一不小心成了明光

大结局

|纪婴| 著|

四川文艺出版社

对于他而言，家，并非一座房屋，一些家具，或是一隅天地。

宁宁才是他的家。

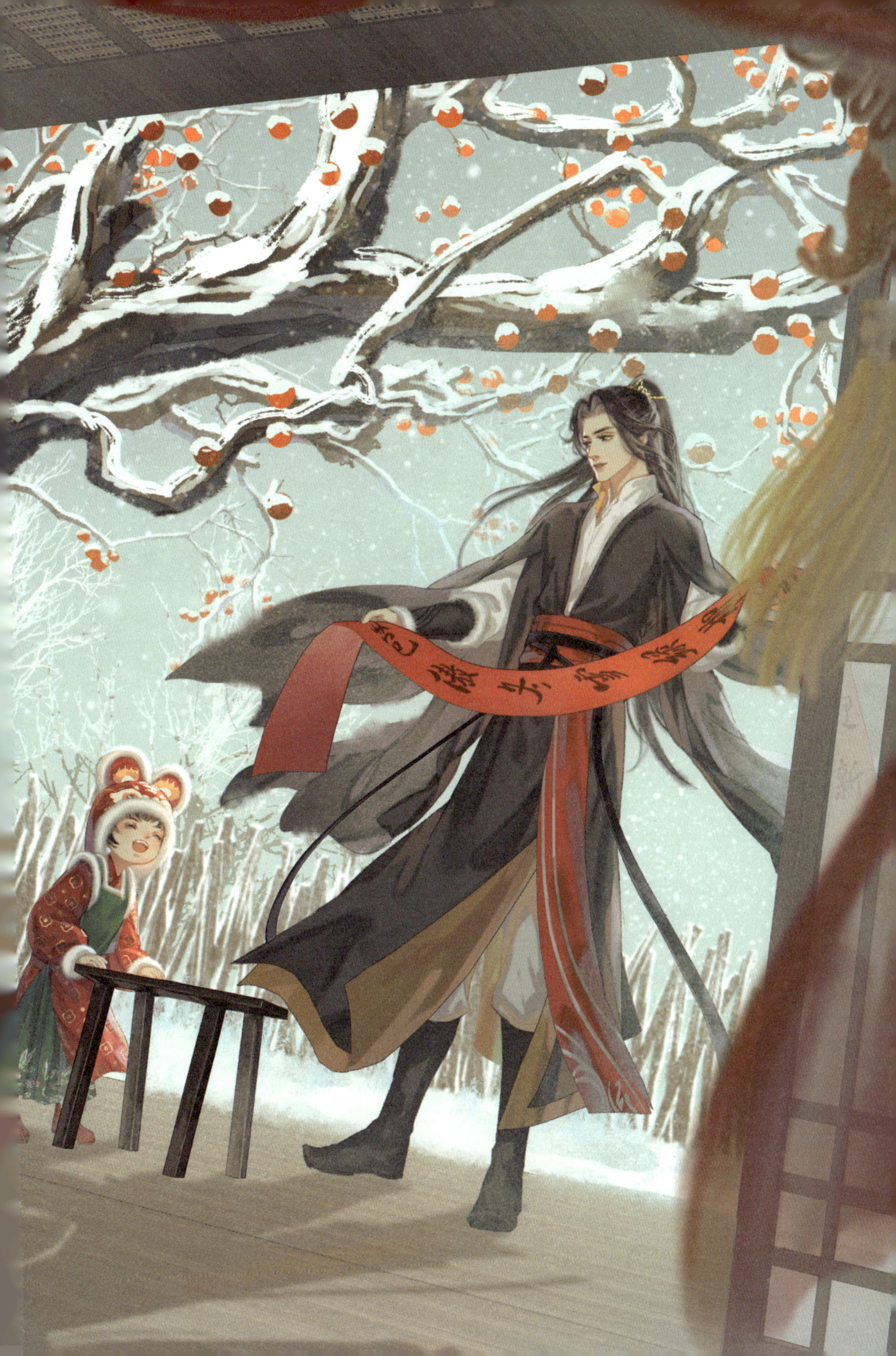

番外

番外一 / 266
万剑宗快乐大饭堂

番外二 / 275
细吻

番外三 / 282
梵音寺悲伤小课业

番外四 / 291
雪

番外五 / 300
凛冬众生相

番外六 / 314
玄虚派梦幻带球跑

番外七 / 326
小裴寂

番外八 / 342
回到现代之后

番外九 / 355
新婚

目录

第八卷 炼妖塔

第一章 / 002
琼山上的日出

第二章 / 029
木植香的味道

第三章 / 053
茉莉花的香气

第四章 / 083
决战六十二层

第五章 / 108
抢夺灵枢仙草

第九卷 天壑

第一章 / 158
紫薇境的白雾

第二章 / 179
揭秘系统真相

第三章 / 206
裴寂帮挡天道

第四章 / 233
宁宁替命之术

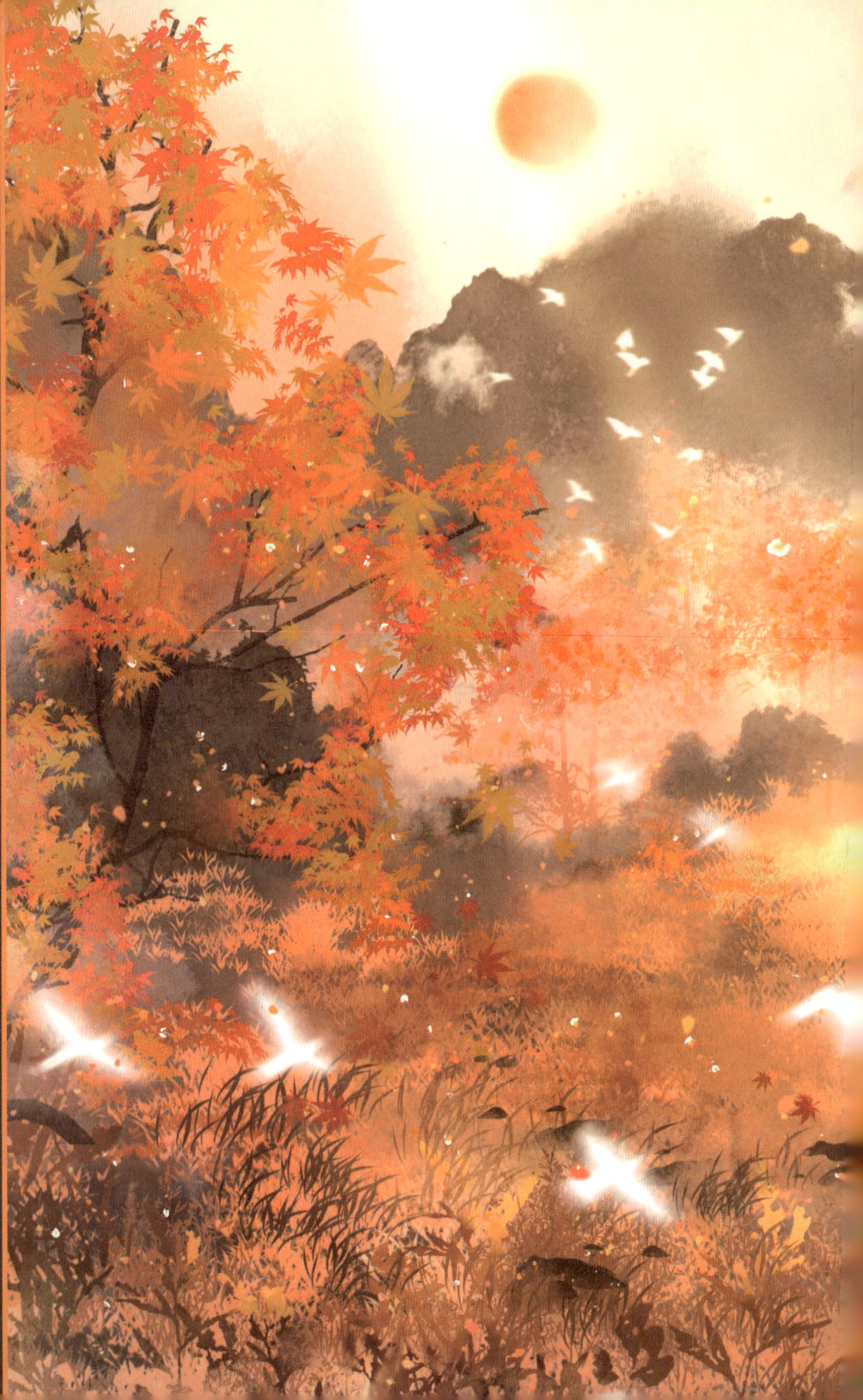

裴寂知道这是场梦。

……

他真是疯了。

想触碰她。想竭尽所能地取悦她。

想把她留在身边，永远都不要离开。

「欢迎回家。
我等你好久了。」

第 八 卷 · 炼 妖 塔

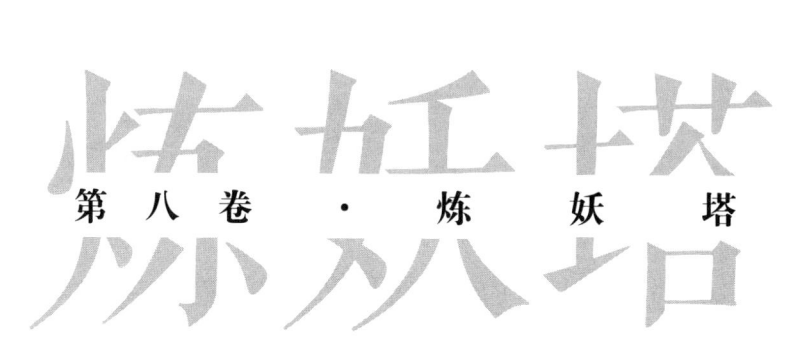

第一章 琼山上的日出

"炼妖塔中存在诸多不稳定因素,请各位务必当心。"

十方法会的第二轮试炼始于灯会次日午时,鼎鼎大名的炼妖塔前。

天羡子作为长老代表,站在高耸入云的白色巨塔门口,跟期末考试动员大会似的发表讲话。

宁宁一边听他讲解规则,一边抬头望向不远处的峥嵘白影,心下不由得感到些许震撼。

炼妖塔位于昆山凌天峰,峰顶云蒸霞蔚、云雾升腾,偶有仙鹤啼鸣而过,于天边划过一行转瞬即逝的影子。

阳光穿过层层雾气,好似千万把金色长剑撕裂迷烟,让巨塔逐渐显现出庄严身形。

塔身由雪白大理石所建,挺拔高大,直入云霄,像把立在山巅的巨剑,在日光下现出点点金光。

白塔共有六角,雕有各式符箓法咒,每个角都如飞鸟张开的双翼向上腾起,似有直上青云之势,势如破竹。

据天羡子所言,炼妖塔前身是片九死一生的魔域,邪魔妖物盘踞其中,时常前往人间为非作恶。

幸有昆山祖师爷出面降妖,以全身之力制造出一片秘境,将域内妖魔尽数镇压,秘境之外的模样,是座纯白色的高塔。

后来或是出于习惯,加上高塔本身拥有极强的镇压之力,昆山后代多将降伏的邪祟关入塔中,名为"炼妖塔",说白了,其实就是一处关押邪魔的监狱。

"炼妖塔共有百层,越往上走,关押的妖魔实力就越强。"

天羡子醒了酒,端端正正地往塔前一站,颇有几分意气风发的意思,很难让人联想到当日举马狂奔的醉狗模样:"你们将被随机传往各个塔层,层数会被标注在秘境入口,若是觉得有心无力,难以战胜该层妖魔,可以选择退出这一楼层,开启下一轮随机。"

"这岂不是拥有很大的自由度？"

郑薇绮摩拳擦掌，眼底闪着迫不及待的光："我还以为要一层一层地爬，既然如此，就没必要在低层浪费时间。"

要打就要打最猛的对手，大师姐真不愧为典型的元婴期剑修。

宁宁心里暗叹一声，忽然听见有弟子发问："天羡长老，这次金丹、元婴期的弟子不会分开吗？"

"不错。"

天羡子勾唇一笑："等你们踏入真正的修真界，与邪祟交战之时，它哪会在意你们究竟是不是同一品阶？不过话虽如此，这次试炼与第一轮不同，还有另外一项规则——"

"在炼妖塔内，任何人都不允许伤害其他弟子。你们之前学会了如何竞争，在这一轮里，理应试着合作。"

有人纳闷道："既然这样，那同门之间岂不是可以串通一气，让元婴带着金丹四处乱杀？"

"这就要提到另一个很有趣的规则。"

天羡子笑得神秘，眼尾勾起看好戏般戏谑的弧度。

"你们进入的塔层完全是随机的，在某一层内并肩作战的队友，等进入下一层，必定会被分开。"

他解释得很是耐心："而且每一层可以容纳的人数有限，每个人能够退出楼层重新选择的机会也是有限。若是想要通过不断随机的方式与同门会合，不如趁早打消这个念头。"

也就是说，这场试炼具有非常大的随机性。

队友和对手都由不得自己选择，唯一能斩获更多得分的方法，唯有与各个门派的弟子们不断磨合，通过合作击败白塔里的妖魔。

"每层塔都是一处截然不同的幻境，里面不止一只邪魔。"

天羡子饶有兴致，似是已经迫不及待想要在玄镜前观赏进程，把语速加快许多："妖魔身死，楼层里的所有人都能获得相应得分。塔层越高、妖魔实力越强，你们能得到的分数也就越高。"

他说着弯起眉眼，将在场所有人扫视一遍："大家听明白了吗？还有什么不懂的问题吗？"

一片寂静。

在短暂的沉默后，终于有人壮着胆子举手发问："天羡长老，我听说昨夜你与一名僧人共跳了一支好美好美的剑舞，那曲舞，究竟叫什么名字啊？"

天羡子眯眯眼，额头青筋拧成"井"字形。

天羡子："叫'再问就杀了你'哦。"

说老实话，对于进入炼妖塔一事，宁宁心里仍然有些紧张。

这座塔向来只存在于用来吓唬人的话本子里，与玄虚剑派的浮屠塔不同，它并非幻境，里面关押着的妖魔个个真实存在，无论拎出哪一个，都能叫小儿夜啼。

当初她看遍原文，印象颇深的片段之一，就是裴寂在炼妖塔里的经历。

他像是从不会畏怯，哪怕到了高层，仍会毫不犹豫地拔剑迎敌。虽然有主角光环庇护，但还是回回伤得满身是血，在绝境之中抓住最后一丝生机。

这让她不由得分了心，很是认真地思考：

这世界上到底会不会有让裴寂畏惧或迟疑的东西？他也会和其他人一样，在某些时候畏缩不前吗？

宁宁想不出来。

他仿佛永远都在拼命，没有停下的时候。

她就在满脑子稀里糊涂的情况下走到了炼妖塔正门。

纯白色泽的塔门大开，虽然外面晴空万里艳阳高照，门内却是浑浊暗淡的一片昏黑，如同被墨水填满，看不见丝毫光彩。

或者说，那片空间仿佛根本不存在。

宁宁握了握剑柄向前迈步，右脚步入门内的刹那，只不过一眨眼工夫，跟前就换了片景色。

首先侵入所有感官的，是深入骨髓的冷。

视线所及之处白茫茫一片，漫天纷飞着鹅毛般的大雪，在银装素裹之中，她甫一低头，便见到身旁的石碑。

那石碑上凝了冰雪，雾凇如蛛网般盘旋散开，她定睛望去，终于看清碑面上刻着的数字。

五十。

一个不好不坏，刚好居于正中的数字。

但也正是因为如此，让她很难评判这一层的难易程度。

呼啸的狂风有如野兽嘶嚎，伴随着阵阵冷意啃咬在耳垂上，宁宁下意识地焐了焐发冷的胳膊，抬眸向四周打量。

树木枯败的残枝好似匍匐在地的骨架，放眼望去是清一色的白，除了冬风呜咽外再没有其他声响，让她无端想起葬礼漫长的哀悼。

她所在的幻境入口是片颓败空地，应该属于不会被妖魔侵袭的安全地带，要想前往更为开阔的主场地，必须穿过一条横亘于两方悬崖之上的独木桥。

而在独木桥前，赫然站着一个十分熟悉的身影。

宁宁一怔，叫出了那人的名字："贺知洲？"

听见她的声音，贺知洲恍然回头，露出激动得快要哭出来的表情："宁宁！"

缘分啊！天注定啊！参加法会的弟子那么多，能遇见宗门里最最靠谱的那一个，简直是他三辈子修来的福分啊！

"我们应该要从这座桥上过去吧？"

宁宁说着上前，垂眸向悬崖下边望。

黑压压的一片，隐约传来几道诡异低沉的嚎叫，无论如何，她都绝对不想亲自前去体验。

也正是在这一刹那，她终于明白了贺知洲在独木桥前踟蹰的原因。

他恐高。

因为严重的恐高症，此人连御剑飞行都仍旧停留在幼儿园水平，曾在小重山里将许曳直接摔下剑去。

炼妖塔里不允许御剑飞行，如今他面对这处悬崖峭壁，必然心生胆怯，不敢上前一步。

"这这这也太吓人了。"

贺知洲用尽最大勇气往下一瞧，很快又往后瑟缩一步："这桥看上去就很悬，不会在我们爬到一半的时候中途断掉吧？就算它不断，雪下得这么大，桥上肯定到处是水和冰，要是不巧被我们碰到，刺溜一下得往下滚——太恐怖了！"

这就是恐高症患者的心路历程，无论如何，总能脑补出自己站在高处的无数种死法。

他说得虽然夸张，却也有点道理。宁宁毕竟资历尚浅，同样对眼前的深渊有些发怵，思索片刻后灵机一动："我想到一个办法——你跟着我做。"

贺知洲呆呆地看着她。

玄镜外的长老们也定定地注视着她的一举一动。

"你们觉得她会想到什么办法？"

纪云开笑道："这桥看上去尤为脆弱，若要动用剑法，说不定立马就断掉了。"

真霄回答得很老实："除了从桥上走过，别无他法。若有其他……或许可以把身体悬空，双手握住桥板，如抓着绳索那般荡过去。"

"这种不是比单纯走过去更难吗？！"

天羡子睨他一眼："要我说，按照宁宁不走寻常路的习惯，说不定会把贺知洲举过头顶——杂技你们都看过吧？把他当作平衡力道的木杆，很容易就能过去。"

纪云开圆溜溜的眼珠子往上一翻，脑海里瞬间浮现出了他提及的画面。

宁宁如同一位慈爱的老母亲，以瘦弱的肩膀举起痴儿身残志坚的身体，当她踏上独木桥时，贺知洲直挺挺的躯体也随风颤动不停，面部表情无比狰狞。

画面题词：英雄母亲。

嚯，好诡异。

纪云开："有点像昨夜天羡长老蝴蝶舞的动作哦。"

天羡子："滚啊！"

天羡子骂骂咧咧地低了头，把目光继续放在玄镜上。

也就是在这一瞬间，他终于忍不住瞪大眼睛。

只见宁宁活动一番被冻僵的双手双脚，转身向贺知洲竖了个大拇指。

然后毫不犹豫地……

趴在了地上？

玄虚剑派的诸位长老凝神屏息，个个目不转睛地望着玄镜，随着宁宁的动作，瞳孔里的地震越来越剧烈，越来越狠。

任何言语都无法描述她此时的状态。

宁宁手脚扭曲成诡异的直角形，整个身体往左前方猛地一缩，与此同时左手左脚同时往前。

随后在下一瞬间，恍如行云流水般，身体右侧重复了这段动作。

她的动作越来越快，越来越快，她好似抽搐着的癞蛤蟆不断交替往前，以趴在独木桥上的姿势飞速爬行，整个身体紧紧贴着木板，异常诡异。

而宁宁本人居然在即将抵达终点之时扬起唇角，以胜利者的姿态，于瑟瑟寒风中放肆狂笑。

真是恐怖他妈抱着恐怖哭，恐怖死了。

这绝对不是人能想出来的动作。

天羡子差点就觉得，自己的乖徒被八爪蜘蛛精上了身。

"居然、居然是——"

玄镜前的几个人震撼无比，唯有贺知洲的声音响彻雪原，莫名带了几分感动与念家的哭腔，一字一顿，力道十足："军训第五条，匍匐前进！！！"

天羡子等人不懂得何为"军训"，更没听过何为"匍匐前进"，只能神情各异地看着两人以这种姿势依次过了桥，在来到悬崖对岸时，十分有默契地敬了个礼。

如今虽然身处皑皑冰雪之中，他们却仿佛回到了那个逝去的盛夏。

他们两人对这层塔一无所知，每往前一步都有风险。

宁宁本打算先与贺知洲讨论一番接下来的作战计划，却在这个念头浮现的刹那，从不远处苍茫无垠的雪地里，猝不及防传来一阵巨响。

四下寂静，这道巨响就显得格外突出。宁宁心口警铃大作，循着声源望去，不由得握紧手中的星痕剑。

两个人影从远处冲来，似在不顾一切地仓皇逃窜，而他们身后赫然是具硕大无比的雪白骷髅，毫无血肉的手掌往前一挥，便引得山巅剧颤、大雪纷飞。

"那是死灵类邪魔，听说可以通过呼吸判定猎物方位，凡是在呼吸的生物，都能被它感知——"

贺知洲说着一顿，语气里多出几分震惊："等等，在前面跑的那个……不是许曳吗？！他那是什么姿势？"

宁宁凝神望去，轻轻皱了眉。

许曳和另一名她从未见过的陌生弟子并肩而行，两人的身体虽然向着前方，脑袋却纷纷朝向彼此所在的方向，如同两棵成精的歪脖子树，保持着十分扭曲的姿势拼命狂奔。

而在他们的嘴中，连着一根空心竹管。

大致揣测了两人的思路后，宁宁神色稍凛，恍然大悟。

原来如此！

因为每个人都可以呼吸，只要用竹竿连接彼此的嘴，就能实现空气持续互通，一来一回之间，始终能保持呼吸流畅，却不会有空气溢出。

这样一来，即便一直吸气呼气，也绝不会被邪魔察觉了！

当之无愧的呼吸永动机，能想出此般妙计，简直是修真界的卧龙凤雏，叫人甘拜下风、五体投地！

——佩服个棒槌啊！！！

这样岂不是在狂吸对方嘴里的二氧化碳吗？

救命！这两位歪着脖子甩着手狂奔的动作真的好诡异好吓人，像是在演《连体婴儿鬼魂复仇记》！而且许曳的脸已经变成猪肝色，开始一边跑一边狂翻白眼了啊！

没气了吧，绝对绝对是没气了吧！他们两个都已经开始四肢发软浑身抽搐快要死掉，所以说到底是谁出的这种馊主意啦！

这两位一个敢想，一个敢做，堪称修真界当之无愧的"卧蚕鸡雏"、绝世好搭档。

还没等宁宁出手相助，便见许曳白眼一翻，以落花般惹人心痛的姿势疯狂后仰，猪肝色的脸庞仿佛经过一番爆炒，染了触目惊心的红。

而那根竹管被他噗地吐出，在推力下猛然灌进另一名弟子的口腔，两具身体如同两朵盛开的花，一前一后，一左一右向两侧倾倒。

玄镜之外，一片沉默。

试炼才开始了不到一盏茶的工夫，各门派精英就各显身手，震惊全体宗门。

先是玄虚弟子化身人体蛤蟆爬行过桥，后有万剑宗不落下风，竟在邪魔的追捕下当众表演自杀，好一个我命由我不由天！

真不知道接下来还会发生何等惨事，十方法会，恐怖如斯！

场面一时间很是混乱。

许曳因呼吸不畅颓然倒地，与他一同奔跑的陌生弟子则被竹管猛地戳进口腔，在大脑极度缺氧、浑身无力的状态下，也茫茫然向后跌去。

凭借超高智商与远非常人能及的操作，在被邪魔杀死之前，这两位难兄难弟联袂出演了一场"我杀我自己"，牢牢将命运掌握在自己手里，实属不易。

再看他们身后的白骨魔，竟足足有数丈之高，虽然只剩下头颅、胸腔与双臂所在的上半身，体形却堪比一座小山。

当它以双手撑起身体，飞速朝二人猛扑之时，地面陡震，积雪纷飞，好似白玉破碎成万千细屑，为冷冽雾气蒙上一层肉眼可见的莹白。

此类邪魔并无神志，乃荒芜之地的怨气与死气所化，由于五感皆失，只能通过呼吸判断其他生灵的方位，并加以大肆猎杀。

与其说是"魔"，不如说它更像是永远不会觉得疲倦、只懂得杀戮与破坏的机器。

"这玩意儿……"

贺知洲强忍住吐槽"呼吸永动机"的冲动，很是警惕地望向骨魔，腰间长剑发出低弱嗡鸣："能让他们两个狼狈至此，这玩意儿估计修为不低。"

他说得没错。

宁宁抬眸看去，巨大的骨架于暴雪中无声嘶吼，本应空洞无物的眼眶里居然凝结着浓郁黑气，像极了污浊淤泥，在雪白一片的背景色里，显得异常突兀。

那是凝聚的死气，只不过粗略一瞥，就能让她心口发闷。

"它的修为大概在元婴初期。"

眼见骨魔距离许曳二人越来越近，宁宁心知不能再等，倏然间拔剑出鞘："我去吸引它的注意力，你趁机救人。"

她说完便催动剑气，手中白光一现，不留余力地向骨魔袭去。

"五十层。"

玄镜之外的何效臣摸了把并不存在的胡须："自五十及以上的塔层里，妖魔都是元婴之上的水平，宁宁要是硬上……以她的实力，虽然大概率能取胜，但想必也是十分狼狈的惨胜。如若在第一层塔里就身受重伤，之后的试炼可就难了。"

"她聪明得很，定然知晓分寸。"

天羡子若有所思地睨他，自眼底溢出一丝调侃之意："不是吧何掌门，你放着流明山的弟子们不管，怎么跑来玄虚剑派这儿啦？"

何效臣一下被戳中心思，呵呵哈哈傻笑几声："我这不是那个啥，心怀天下嘛！绝对不是特意来看——哎呀，宁宁上了！"

天羡子迅速扭头。

宁宁速度很快,剑光被一望无际的纯白雪色尽数吞没,只余下一道极其浅淡的虚影。

她心知骨魔不好对付,在交锋之始便用了七成气力,剑气如星如雨,好似长虹贯日,于顷刻之间击在白骨之上。

剑气剑风卷起零散冰屑,在半空凝成一面薄薄雪墙,这本是汇聚了千钧力道的攻势,然而接触到骨魔之时——

宁宁轻轻蹙了眉。

她总算明白,许曳面对它时,为何会选择慌不择路地逃跑了。

她的剑气凛冽锋利,划过不远处的森然白骨,却只留下一条半指深的长痕。

死灵不似活物,没有痛觉、不具备思想,无论受了多么严重的伤都无动于衷。

要想击败它,最为可行的方法唯有一个:依次击碎骨魔手与颈项,如果能像拆积木一样把它拆开,或许威胁就会小上许多。

但这个法子行不通。

先不说以他们这群金丹的水平很难重创元婴期邪魔,就算真能把它像芭比娃娃那样拆成几块……到时候脑袋、手和身体一起跳来跳去的景象,似乎要比现在更加诡异。

挥剑出招时,宁宁的气息于刹那迅速上涌。骨魔有所察觉,将注意力从之前的猎物身上移开,转过来一双幽深如渊的眼睛。

……啊呀,好像很不高兴的样子。

比起怎样才能打败它,现在要思考的问题,似乎应该是"怎样才能在它手里活命"。

宁宁凝神后退一步,飞快打量身侧景象。

不远处的贺知洲已经将许曳与那位素未谋面的陌生兄弟扶起来,朝她比了个"OK"的手势。

许曳算是好运,没把自己折腾得昏迷不醒,与他一起被追的倒霉蛋则要惨上许多。

他们俩本来就因为缺氧窒息只剩下半条命,许曳半途跌倒时,把嘴里的竹管猛地吐了出去,导致对方口腔在巨大冲击下遭受暴击,他又痛又噎,差点死在队友手里。

那位仁兄直到现在也没醒来,贺知洲只得将他背在身后,颇有感动修真界十大人物的风范。

至于这里的环境条件——

"宁宁!"

贺知洲低着头在储物袋里翻,他虽然时常不靠谱,但也有认真的时候,听闻炼妖塔里可能出现死灵类邪魔,特意在鸾城市集对症下药,买来了宝贝:"我这儿有龟息丹!"

他说这句话时,骨魔恰好伸出手臂向前猛拍。

宁宁反应很快,迅速飞身后跃,虽然得以避开气势汹汹的掌击,却被溅起的雪花糊得眯起双眼。

在腾空而起的刹那,她也看清了此处的大致景象。

正如之前所见,这里与独木桥对岸都紧紧靠着万丈深渊。宽敞长河结了冰,连倾泻直下的瀑布都像面饼一样挂在半空。

周围数座山峰拔地而起,高山之上堆满厚厚的大雪,绿意被蚕食殆尽,化作寂寥的白。

如果使用龟息丹,虽然能暂时逃离骨魔的追捕,但与之相对应的,他们也很难将其打败。

若是趁现在拼一拼,说不定还有机会。

"贺知洲!"

宁宁握紧星痕剑,抬高音量:"我去试一试!"

"试、试一试?"

镜外的纪云趴在桌前,双眼睁得圆溜溜:"她不会是想单挑骨魔吧?"

"你不会是想单挑骨魔吧?"

贺知洲已经服下了一颗龟息丹,闻言焦急道:"我们绝对不是这家伙的对手!"

宁宁却只是露出一个带有类似于宽慰性质的笑,顺手挽了个剑花,然后转身就跑。

贺知洲一脸疑惑。

她跑得毫不犹豫,由于没屏着呼吸、剑气外泄,简直成了骨魔的活靶子。

白骨重重叩击地面的巨响一次又一次撞在耳膜,宁宁正端详周遭地形,毫无防备地,突然见到身旁有道人影闪过。

——贺知洲背着那名弟子跟在她身侧狂奔,旁边则是脸色苍白的许曳。

他见到宁宁眼底的惊诧,很是得意地哼了声:"没想到吧!咱俩可是战略同盟,我绝不可能让你一个人冒险的。老实交代,你打算怎么办?"

许曳累得像条快要死掉的老狗:"还、还有我!"

"这里只是第一层塔,如果和骨魔硬碰硬消耗精力,接下来的试炼会吃大亏。"

宁宁抬起眼睫,沉声道:"看见那些山了吗?我们固定一个区域后分头行动,利用剑气和火符,把山上的雪震下来。"

贺知洲恍然:"你想人为制造雪崩?"

他瞬间就明白了。

他们自身力量有限，要想以最小的代价将骨魔击败，就必须最大限度地利用外界的力量。

而这里处处是山雪，一旦所有雪花都开始勇闯天涯，所造成的冲击力……绝对超出想象。

宁宁似乎还想说些什么，但身后追击的白骨越来越近，情急之下只得点点头："多谢了。"

"这有什么好谢的。"

贺知洲挑眉一笑，拔剑出鞘，从怀里掏出一张火符，贴在剑身中央。

他虽然习惯了咸鱼划水，但毕竟修为在身，长剑更是经历过无数次的锻造与锤炼，骤一发力，立即掀起恍如巨浪的层层火风。

由于服下龟息丹，骨魔并未把注意力放在贺知洲与许曳身上，一心追在宁宁后边跑，偏偏她在所有人中身法最快，一人一魔始终保持着固定的距离。

而另外两人一左一右，于群山之下凝集剑气，剑光大盛，红芒遮天。

火风气势如龙，撕裂铺天盖地的雪白，一举涌上半空。须臾间山腰剧颤，在震耳欲聋的巨响后，雪堆与融化的雪水纷然而下。

骨魔没有视觉听觉，不会知晓究竟发生了怎样的异变，可宁宁看得一清二楚。

在大雪以咆哮之势下落的前一刻，她适时屏住呼吸，向侧旁迅速闪去。

刻意与之保持不近不远的距离，就是为了以活物作为诱饵。

由于之前划定过烧山范围，当她将骨魔带来此地，也恰恰是将它引到了雪崩区域中央。

而大雪乃毫无气息的死物，骨魔注定无法察觉。

"以死物对付死物，这招不错。"

真霄斜倚在墙角，看着玄镜里骨魔被大雪掩埋的景象，不自觉拧了眉头："只是那邪物力量颇深，也不知这些雪……"

他话没说完，便听得镜中一声狂嚎。

紧接着，是一只白骨嶙峋的巨手自雪中兀地伸出。

——在如此汹涌的冲撞之下，骨魔竟毫发无损，挣扎着从雪堆里蹿了出来！

"这魔物的身体竟如此坚固吗？"

纪云开吃下一口甜糕，语气里听不出情绪起伏："这个法子好像失败喽。"

"等等。"

天羡子身体前倾一些，弯着眼笑道："宁宁又动了。"

画面里的贺知洲与许曳纷纷显出震惊之色，唯有宁宁神情不变，似是早就料到了如今的场面，与骨魔黑黝黝的眼眶对视一阵后，笑着挑起眉梢。

仿佛势在必得的挑衅。

骨魔虽然看不见她的模样，魔气却因方才一事更加浓郁，从喉咙里发出沙哑嘶吼，摆动双手继续向她冲去。

宁宁仍然充当活靶子的角色，头也不回地往前跑。

镜外的天羡子一愣。

"原来如此！"

他笑得咧了嘴："是河啊！"

在宁宁前方不远处，正是那条连通瀑布的、已经凝固了的宽敞河流。

而当她向前奔去，踏过冰面继续前行，骨魔必然也会落在河面上。

原来她的计划，打从一开始就不是引发雪崩。

或是说，雪崩落下的雪水，只是计划里必要的催化剂。

剑气夹杂着火符，绝大多数雪花都会融化成水，落在骨魔身上，能让整具骨架瞬间湿润。

根据摩擦力定律，摩擦力大小与接触面粗糙程度息息相关。

骨魔的身体支撑全靠手掌，骨节本就极为光滑，而水的润滑作用更是大大减弱了摩擦，当它置身于冰面上，所需要的，仅仅是一道推力。

哪怕是再微小不过的一份力。

巨大白骨跟在少女身后踏上冰面，在一阵恍惚的停顿后，不受控制地向侧面滑倒。

而宁宁转身停下匆匆的脚步，站在离它近在咫尺的河边，把剑气顺势往前一挥。

猜中了。

全垒打！

剑气一击即中骨魔胸口，它保持着满脸茫然的模样，顺着河道一溜烟向前滑行，最终来到悬崖的瀑布之上。

而骨魔的水上滑滑梯，也在此刻抵达了尽头。

它大大的眼眶里，头一回出现了大大的疑惑。

然后是失重、跌落，安详地盖上了自己的棺材板。

贺知洲望着那道骨感十足的美丽曲线，不由得啧啧赞叹："这镜头，真够露骨啊。"

"骨魔……这就没了？"

许曳被这通猛如虎的操作惊得目瞪口呆："这、这也太——"

其实非要说的话，宁宁的策略称不上多么高端大气上档次，甚至简洁明了得过了头。

谁能想到足足有元婴修为的邪魔，居然会败在冰面上？

· 012 ·

可她不仅能想到这个法子,还一丝不苟、按部就班地做了,最简单,却也最有用。

不愧是曾经把霓光岛耍得团团转的人,还是一如既往不走寻常路。

许曳吸了口冷冰冰的气,暗自庆幸自己没站在她的对立面。

"下面的悬崖深不见底,它就这样滑下去,估计是没了。"

这个宁宁超强却过分谨慎,即便骨魔大概率在自由落体后归了西,也还是死死盯着河道尽头,似是不太放心:"我去崖边看一看。"

许曳呆呆点头。

眼看宁宁越走越远,他正兀自发愣,忽然听见身旁响起衣物摩擦的窸窣声响。循声望去,才发现贺知洲背上的年轻人不知何时睁开了眼睛。

四目相对。

那人的面貌逐渐狰狞,五官一点点拧成麻花,从喉咙深处沙哑地挤出三个字:"许——曳——呃——"

许曳被吓得花枝乱颤:"周师兄饶命!"

"好样的!周照终于醒了!"

玄镜之外,在玄虚剑派驻扎地的不远处,一名万剑宗长老用力拍向大腿,言语间似有所指:"这孩子从小心性坚韧,如今即将突破金丹期,实力自是不凡。摆弄小聪明算什么?是时候让某些人看看,什么才是真正的剑修!"

天羡子嗑着瓜子,发出"哟呵"一声干笑:"竹管哥醒了哈,和许曳一起用那根管子,应该没被憋坏吧?"

与他遥相对峙的万剑宗长老早就习惯了两大门派之间的暗自较劲,闻言低哼道:"只会耍嘴皮子可没用。天羡子长老不妨睁大眼睛——"

他说到这里,忽然神色一凛闭了嘴,还没等天羡子瞪眼,自个儿的眼球就差点从眶里挤出来。

玄镜中的周照毫不迟疑地从贺知洲背上下来,强忍着心头怒气对许曳道:"你说你,想出的那是个什么馊主意?若非被那根竹管扰了心绪,说不定我已与骨魔大战三百回合——嗯?骨魔呢?"

许曳把这位坑得够惨,事到如今只能委屈巴巴一言不发,瘪着嘴伸出右手,指了指河道尽头。

周照没见到骨魔影子,困惑地望他一眼,没做多想地上前一步。

他正好踏在河流的冰面上。

许曳:"等——!"

贺知洲:"不——!"

两道声音都被卡在喉咙里,不等二人说完,冰上气质出尘的白衣剑修便迈开了第一步。

在被贺知洲背起来之前,他的脚上沾了许许多多雪花。

而众所周知,雪是会融化变成水的。

就在周照闻声回眸的刹那,梅花,开了第二度。

也正在此时,悬崖边的宁宁探查完毕,如释重负地回过头,然后笑容瞬间凝固。

谁能告诉她,为什么那个素未谋面的陌生人会突然躺在河道里,一边像保龄球那样转来转去,一边重复着……鲤鱼打挺?

周照的双手双脚都在打滑,手脚胡乱飞舞之际,竟生生跳出了街舞里的地板动作,两腿一伸,就是个七百二十度托马斯狂旋。

许曳被吓得不轻,赶忙上前搀扶。没想到刚伸出右手,便被对方用力一抓,不受控制地向前扑。

于是两人手拉手滑来滑去,龇牙咧嘴摇摇摆摆,一同跳起了双人踢踏舞。

天羡子看得吭哧吭哧笑,像只快要喘不过气的小猪崽:"我的天哪,好一个舞林争霸。这就是剑修吗?"

万剑宗长老:"……"

万剑宗长老用力按住人中,拍拍身旁同僚肩头:"水……给我一杯水。"

"这位是周照师兄,金丹圆满。"

好不容易从冰面上离开,许曳一边委屈巴巴地低头往前走,一边依次介绍在场几人身份,撞见周照死灰一样毫无光泽的双眼时,条件反射地瑟缩一下。

"原来是宁宁道友。"

周照像是受了剧烈打击,保持着双眼无神的面瘫模样,跟部分青春偶像剧里演技稀烂的机器人男主角有的一拼:"我听说过不少关于宁道友的事迹,一直想与你较量一番。呵呵。"

这两个干巴巴的"呵"不带丝毫笑意,听得宁宁后背发麻,总觉得它们不应该出现在此时此地,若是某天周师兄参加死对头的葬礼,这种语气倒挺合适。

她从嘴角勾出一抹礼貌性的微笑,好奇道:"两位比我们来得早些,不知可曾有什么发现?"

许曳蔫得像一朵娇花:"我与周师兄一路前行,除了那几株兰花,什么有用的东西都没见到。"

据许曳所说,他们俩有幸在一座山脚下发现了珍稀灵植饮血兰,本打算将其打包带走,却不料与骨魔转角遇到爱,一番打斗之后自知不敌,节节败退,只得撒丫子仓皇逃窜。

而现在,正是许曳带领着众人前往饮血兰的所在地。

"宁道友、贺道友。"

周照道："我不会参与饮血兰的瓜分，还请二位高抬贵手，忘掉方才冰面上发生的事。若能保守秘密，你们就是我的再生父母。"

宁宁噎了一下。

你这父亲母亲认得好轻易，好没骨气哦。

"饮血兰。"

贺知洲摸了把下巴："我听说这种花非常罕见，只会生长在怨气深重的地方，以成百上千人的血液作为养料——这地方究竟发生过什么事，才会长出如此邪性的玩意儿？"

"单单看这里的环境，好像也不太对劲。"

宁宁抬头仰望须臾，被四处凝聚的死气扰得皱了眉。

越往深处走，天空就越是昏暗。

起初乌云只是浅色的棉絮，重重压在天幕上，微弱阳光从缝隙里无声降落，像是毫不起眼的金屑，在坠地时碎成极其清浅的光晕。

随即黑墨一点点浸染云朵，放眼望去尽是沉闷深灰，云的轮廓模糊交织在一起，与层层叠叠、分不清界限的山峦如出一辙，沉甸甸地低垂在天幕中。

四周枯败的老树形态各异，乍一看去，颇像是无数只等待着攫取魂灵的利爪。在四周越来越暗的环境里，映衬着黑雾般的死气，显得更叫人不舒服。

许曳提到的山脚距离河道并不远，一行人很快就赶到了目的地。

饮血兰通体暗红，花瓣与根茎上如同凝固了层层血渍。宁宁摘下一朵细细来闻，萦绕在鼻尖的却并非沉闷腥气，而是淡雅清甜的兰香。

"奇怪。"

周照蹙眉道："先是出现由死气汇成的骨魔，又有这簇食人鲜血的兰花……按理说，有它们在的地方必定尸骨累累，可我们为何只见到无边大雪？"

"既然炼妖塔里的邪魔都真实存在，能杀死这么多人的怪物，好像并不多见吧？"

许曳打了个哆嗦："单是一个骨魔就已经够呛，那酿成这一切惨剧的罪魁祸首得有多可怕啊？这里当真只是五十层吗？"

宁宁把饮血兰放入储物袋里："我们已经探索到的区域很小，再往前一些，定然能有更多发现。你们有没有察觉，死气和魔气越来越强了？"

她说得不错。

除了越发昏暗阴沉的天空，周围漆黑的雾气也越来越浓。空气里充斥着腐烂的味道，黑烟随着寒风聚拢又散开，恍若飘浮在半空的魑魅魍魉，有时甚至像是拥有了实体，沉甸甸压在胸口，让人无法喘息。

"再往前，危险程度很可能远远超出我们的想象。"

贺知洲轻轻拂去鼻尖的一片雪花，正色道："我建议咱们还是先去看看，万一觉得实在难以招架，再离开这层塔也不迟。"

周照一听有架打，黯淡如破布娃娃的双眼立马噌噌发亮，握紧剑柄回应："我同意！跑是不可能跑的，小小邪魔也敢在此放肆，必须打它个七进七出落花流水！"

——他挽回面子的机会终于到了！

周照话音刚落，便听得身旁的许曳大叫一声："你们快看，那是什么？"

宁宁也发现了异样，下意识地做出防守姿态。

他们置身于茫茫雪海，日光隐匿、山岳潜形，拔地而起的座座高峰投下片片暗影。在雪花、黑雾与阴影之间，视野可见度极低的混沌里，悄无声息地出现了几个人影。

那些"人"行走时佝偻着身子，浑身像是没什么力气，拖着双腿缓缓向前时，颇有几分恐怖电影里行尸的风姿。

等它们逐渐靠近，她也终于看清了来者模样。

那是几个身着腐烂盔甲的士兵，衣物尽数染了触目惊心的血，布满刀砍与灼烧的痕迹。

而它们的身体竟然全无血肉，只余下一具具森然白骨，在察觉到生人气息时猛地抬头。

杀气骤现。

宁宁握紧手里的剑。

"是骨魔！"

贺知洲没有辜负他买的满屋子杂书，第一时间低呼出声："听说人类的尸体遭受强烈魔气侵染，就会堕化成不人不鬼的怪物……但能做到这种地步的魔，怎么也是化神期修为啊！"

化神。

与各大宗门长老持平甚至更高的级别。

骨魔感知到活人气息，迟缓慢行的动作顿时停下，在极度短暂的愣怔后，眼眶中浮现起单薄黑雾。

随即它们如同提线傀儡般，关节猛地一动。

许曳拔剑出鞘："它们来了！"

它们比之前遇见的骨魔迅捷许多，只不过电光石火之间，便以令人惊讶的速度欺身向前。

宁宁躲得及时，身旁的贺知洲则不太走运，发尾只不过被森白利爪轻轻擦过，就被瞬间斩断在疾风中。

它们的力道大得超乎想象，但无论如何，这些骨魔前身毕竟只是灵气微薄的凡人，哪怕身染魔气，也绝不可能到达之前遇见的骨魔那般地步，拥有压制金丹修士的力量。

宁宁出剑很快，长剑击中惨白骨架时，汹涌剑气扩散如雷霆，迸发出巨响。白骨应声碎裂，于刹那化作齑粉，融入雪中。

这场战斗结束得很快，贺知洲摸着被斩断的发尾心有余悸："好险好险，这玩意儿怎么跟疯狗一样乱咬人？"

"不妙啊。"

许曳苦着一张脸，蹲在地上死死盯着骨架看："这层塔里究竟关押了什么怪物？只是凭借它散发的魔气，都能培养出如此强大的骨魔……这里真是五十层？"

他顿了顿，又好奇问道："宁宁，你在做什么？"

"被关进这里的邪魔，都曾受到过各大门派的镇压，这个应该是深受重创、修为大损，所以才会在五十层。"

宁宁俯身低着头，在各个骨魔的衣物中小心摸索，似乎并没有发现任何有用的东西，露出有些苦难的神色："我想看看他们身上有没有能证明身份和时间的东西，用来确定那魔物身份。"

她甫一说完，忽然手臂微僵，眼底浮现起些许亮色："啊。"

许曳好奇心更强："找到什么了？"

他说着向下看去，在小姑娘白玉般的手上，见到一块令牌。

那令牌染了血，很难辨别出雕刻的字样，许曳皱了眉凝神望去，缓慢念出那两个模糊小字："剑——刹？"

这回贺知洲坐不住了："剑刹？！"

周照亦是眼角一抽："不是吧，剑刹？那这塔里的岂不是——"

宁宁对修真界的前尘旧事所知甚少，闻言困惑道："剑刹是什么？"

"剑刹，是当年仙魔大战之时的一支军队。"

贺知洲知晓她身份，当即耐心做了一番解释，开口时难掩目光里的复杂情绪："组建它，就是为了对付魔君之一的影魔。"

宁宁点头，听他继续讲："影魔修为高深、性喜杀伐，座下魔兵众多，最为棘手的是，它本身并无实体，只是一道怨念极深的魔息，寻常手段根本无法将其打败。"

贺知洲说着挠挠头，懊恼地叹了口气："那时大战将近尾声，仙门和魔界都伤亡惨重，由于修士稀缺，为抵抗魔兵，由凡人百姓组成了一支军队，名为'剑刹'。"

许曳在一旁小声补充："其实就跟送死差不多。"

"幸有剑刹拖住魔潮，才为长老们争取了时间，于琼山之巅设下千光归元阵法——影魔惧光，听说唯有强光，才能让它的实力稍微削减一些。"

贺知洲并未反驳许曳的嘟囔，继续沉声道："凡人之力何其微小，大战之后，剑刹也的确……全军覆没了。"

所以这些魔化的骨魔，其实都是当年与魔族战斗的士兵。

"影魔居然被关押在五十层，这也太、太——"

周照是个有话直说的急性子，用力踢飞地上的一摊雪："这不是坑人吗！"

"别急，它实力大减，定然不如当年。"

宁宁把令牌放进储物袋，抬眼望向远处的苍茫雪原。

原来这里叫琼山。

天上的雪花越下越大，仿佛永远没有停下的时候，而远处的道路被黑气吞没，如同巨兽张开的深渊大口，只等着猎物自投罗网。

不过究竟是不是自投罗网，没到最后一刻，谁也说不上来。

宁宁轻声道："我们再往前走走吧。"

这条漫漫长路，是由白昼到深夜的渐变。

每向前一步，周遭景物都会变得更加暗淡，血腥气也更重。

宁宁在雪与雾里一直往前，竟在路边望见数道半透明的人影，看样子正是当年活着的士兵，恍如大战仍未发生一般，在雪地里彼此交谈或缓步前行。

"那是'念灵'。"

贺知洲在一旁悉心解释："当已逝之人对于某件事的念想极为强烈，就会留下这样的幻影，相当于当时的记忆重现。"

宁宁恍然地"噢"了声，心想这东西相当于修真界的脑电波。

穿过时而浮现的虚影，等那股腐朽死气越来越浓，宁宁忍不住服下龟息丹时，众人终于来到琼山尽头。

他们这边是积雪堆砌出的素裹银白。

而目光所及之处，是雾茫茫一片漆黑。

多不胜数的骨魔盘旋于雪地之上，密集之程度，犹如聚集成片的黑压压的一群蚂蚁。

在骨魔的层层包围之下、两座相邻高山中间的狭窄阴影里，赫然悬浮着一团不规则黑影。

比起扩散开来的死气，影魔周身的漆黑色泽要显得浓郁许多。

它比宁宁想象中更为巨大，几乎有整栋楼房那般高，浑身缠绕着无形亦有形的暗金锁链，不知从何处发出阵阵嘶吼，震得山头雪花倏然落下。

蠕动着的硕大黑影好似一个足以吞噬所有光线的黑洞，浑身散发着死亡与不祥的气息。旁人哪怕只是遥遥看去，也能被强烈威压与魔气压得心口发闷。

忽然那道影子微微一动。

四人一齐缩回巨石之后，很有默契地往后狂退。

"不行不行不行！我的老天，你们有没有感受到那股威压？"

周照两股战战，猛拍胸脯："还有围在它周围的那群骨魔——以那种数量，若是一哄而上袭击我们，咱就别想活着回门派了！"

剑修虽然好斗，但也不傻。面对明显实力悬殊的对手，必然不可能鲁莽硬上。

许曳亦是脸色惨白："我怎么觉得它还是很强？影魔现在是个什么实力，金丹还是元婴？"

贺知洲睨他一眼："以那道威压来看，元婴中期。"

多么痛的领悟。

三人皆露出了一言难尽的神色。

"欸，宁宁。"

贺知洲没听见宁宁的声音，说完向身旁一瞥，居然望见她低着头，正在细细看着张残损的纸片："你在看什么？武功秘籍啊？"

宁宁摇头，把纸片递给他。

贺知洲将其接下，低低念出声。

"你是天边的月亮，房前的花香，春天落在我窗头的第一只燕子。

"如果要问我有多爱你，就像鸟儿深爱蓝天，池鱼眷恋碧水，蝴蝶离不开花香，我愿栖息在你的枝旁——啊！这是什么肉麻东西！"

他鸡皮疙瘩起了一身，没看完便将它还给宁宁，一张脸皱成苦瓜："是哪个小男生给你写的情书？怎么只剩下一半了？"

宁宁还是摇头，声音很轻："是我在一位士兵身上发现的信，应该是写给他中意的姑娘。"

自从了解真相，她便舍了"骨魔"的称呼，将那些死去的怪物称为"士兵"。

贺知洲一个愣神，不说话了。

宁宁把信小心翼翼地收进储物袋，心里划过一个浅浅的念头。

可惜他没有看完。

在那些叫人起鸡皮疙瘩的情话后，那个人一笔一画地认真写："你总说我胆小怯懦，事实也的确如此。从未敢告诉你这些真心话，写完自己都脸红。

"请原谅我的不辞而别。

"邪魔临世，万民垂危，我辈唯有挺身而出，挽救世间于万一。

"苍生之大，凡夫俗子不过沧海一蜉蝣，虽则能力微薄，却也总好过逃避躲藏。

"我从不说谎话，你是我心里的月亮。

"月亮啊，就应当挂在无风无浪的天上。"

贺知洲说，凡人的力量何其微小，所以剑刹的覆灭，是无法摆脱的必然。

可宁宁不这么想。

当年的士兵们明知前路十死无生，却仍旧会聚于战场之上，一心报效苍生，以血肉之躯为修士铺平道路，扭转战局。

他们虽是凡人，却也拥有无可比拟的决意与力量。

可到如今，那些心怀信念的、誓要击溃魔潮的人，自己却成了被万人唾弃的魔物，徘徊在无尽雪海暗渊，永不见天光。

想想真是不公平，这算什么事啊！

大雪纷纷落，在一片寂静里，宁宁忽然开口："你们有没有兴趣，和我试着打一打影魔？"

这句话有如一声惊雷，周照瞬间把双眼瞪得浑圆："你疯了？那可是当年令整个修真界闻风丧胆的大魔！"

宁宁面不改色："但它如今只是元婴中期水平。"

周照倒吸一口冷气："那也是元婴中期！"

他是当真不懂，她是哪里来的勇气，用如此平淡的语气说出这种话。

元婴中期的魔，旁边还附带那样一群密密麻麻的骨魔，以他们如今的修为，别说将它击败，恐怕连靠近都难！

"你们想啊，五十层，处于这一层的我们的水平恰好于金丹与元婴之间，而这一层的影魔，应该是在我们的能力范围内，可以击杀的最强邪祟——换个方式来讲，也是我们能得到的最高分数。"

宁宁悠声道："不试白不试，你们不想在十方法会夺得好名次啦？更何况就算失败了，它被链子锁在原地，我们照样能趁机逃跑。"

这番话有理有据，还有点小小的诱惑力，许曳听罢吞了口唾沫："可我们四个，真能打败它吗？"

宁宁笑了。

沉寂的雪原里光线寥寥，恰有一片雪花自她鼻尖落下，将少女的面庞映得浅浅莹白。

她抬手指了指自己的脑袋，眼底浮起一抹亮色："我有个办法。"

"哈？宁宁他们要挑战影魔？"

林浅闻风而来，手里抱着只大白兔："如果没记错的话，影魔应该是元婴期的水平吧？他们一群小金丹能行吗？"

"那小丫头似乎势在必得。"

天羡子斜靠在木椅上，视线从玄镜移开，不知正遥遥望着什么地方，说到这里，突然轻笑一声："琼山一役……记忆犹新哪。"

林浅颔首扬眉："毕竟天羡长老也是布阵者之一。"

当年战事迫在眉睫，天下处处民不聊生。为尽快降伏影魔，各大宗门的长老于琼山设下千光归元阵法，辅以纵横剑气，两相交会之下，才终于将其重创。

影魔栖息之处死气沉郁，为防止气息蔓延至人间，昆山掌门将整个琼山纳入芥子界，存入炼妖塔中。若说有何遗憾……

林浅转眸望向玄镜，画面里的宁宁正倚在高耸挺拔的山壁旁，目不转睛地打量着士兵们留下的念灵。

逝去之人的强烈思念能为天地灵气所容，将回忆里的片段一遍遍重复投映，那道不可触碰的虚影，被称作"念灵"。

在琼山牺牲的战士何其之多，强烈念力滞留于炼妖塔这个封闭空间，无法消散，亦不会减弱，理所当然形成了诸多幻影，在大雪中时有出现。

林浅眸光稍暗，没再出声。

在琼山之战里唯一的遗憾，便是那些前仆后继舍命相助的凡俗百姓。在铺天盖地的魔潮里，他们难以招架，几乎全军覆没。

那段记忆太过遥远，她本以为自己会逐渐忘却，如今回想起来，却是历历在目。

修真界与正统军队皆伤亡惨重，那支名为"剑刹"的队伍，由各地而来的平民组成。

其中有男有女，有屠夫书生，也有武师大夫，听说甚至来了好几个青楼小倌，累得整日整夜叫苦连天。

当初琼山死气暴涨，必须尽快收入炼妖塔，而长老们精疲力竭，连为将士们好好收尸的机会都没剩下。

林浅眼睫微垂，静静望着玄镜里的画面。

也不知道今日……他们能否成功。

"当年的琼山，并不是这般模样吧？"

沉默良久，她再度出声："琼山如玉，山巅之上，最适合观赏日落日出。"

纪云开拿手撑着下巴，打了个哈欠："魔气肆虐，在所难免。"

他说得心不在焉，嘴角扬起嘲讽般的淡笑："影魔那团丑东西，自己见不得光，就非要让别人也看不到。我记得它有吞天蔽日之能，战意越强，周遭就越是昏暗、气候也会越发寒凉，等会儿激战的时候寒意入骨……对于那几个孩子来说，可算不上什么好天气。"

"我对宁宁有十成信心。"

天羡子咧嘴笑笑："咱们要不打个赌？"

"不了。"

纪云开往嘴里塞了块红枣糖,浅月形状的眉毛向上一挑:"在场所有人,恐怕都不愿见到她失败的景象。"

炼妖塔内,贺知洲被越来越低的温度冻得打了个哆嗦。
自从与宁宁商定好作战计划,许曳和周照便聚在一起叽里咕噜讨论许久,最终得出结论:
虽然想不通也听不懂,但根据宁宁一本正经的描述来看,这法子似乎还挺有用。
当然,前提是她那段"一本正经的描述"所言不虚。
"怎么,还在看那些士兵留下的念灵啊?"
贺知洲见她看得入神,带了几分好奇地走到宁宁身边:"你之所以执意要击败影魔,是因为那封信吧?"
宁宁双手背在身后,倚向山壁时,被刺骨寒意冻得皱起眉头。
"击杀它的得分当然也是个重要因素,我们不可能去当免费打工仔。"
她把后脑勺往石壁一靠,语气平静:"我只是觉得,那些屠魔的士兵舍弃性命付出一切,到头来却变成他们最为痛恨的模样……"
"怎么说呢。"
宁宁说:"不仙也不侠,叫人心里怪难受的。"
贺知洲笑了。
他少有收敛神色的时候,此时一双漆黑眼眸静悄悄沉淀下来,俊秀眉眼映了雪色:"当年仙魔大战何其惨烈,不得善终的好人哪,估计数也数不清。"
他们两人都未曾经历过那段时光,只能透过他人之口窥见些许旧事。
什么血流成河、白骨遍野,都是听了不知道多少次的老词,直到今日亲眼所见琼山之景,才头一回无比真切地感受到残酷与绝望。
"也难怪世人会对魔族存有那么大偏见。"贺知洲叹气,"不共戴天之敌啊。"
宁宁被风雪眯了眼,不知怎的,忽然想起裴寂。
他出生于仙魔大战尾声,正是人们对魔修恨意最浓的时候。
在那样漫长的童年时代里,他顶着万人厌弃的血统,究竟是怎样度过一天又一天的呢?
她不敢深思,仅仅是这样浅尝辄止地想,都会下意识觉得心口发闷。
"好啦——"宁宁把零散杂乱的思绪抛在脑后,站直起身,音量微微提高,"各位准备好了吗?"
"准备好了!"
许曳摩拳擦掌,两眼放光:"若是苏师姐知晓我击败影魔……欸嘿,欸嘿嘿。"

周照瞥向他的眼神里显而易见写了"没出息",很是严肃地望向宁宁。

"我不要此战的任何荣誉,愿把所有功劳都献给你——但求保守好冰面上那个秘密,尊敬的母亲。"

……结果你连"尊敬的母亲"都毫不犹豫地叫上了,比许曳更没出息啊!她一个妙龄少女,才不想要这种五大三粗的儿子呢!

"这次的交锋很是危险,大家万事小心,切勿恋战。"

这群队友似乎都不怎么靠谱,宁宁扶额道:"到时候如若不敌,我们就立马逃跑,队友本是同林鸟,大难临头各自飞。"

这句话极有画面感,由于代入感太强,贺知洲已经觉得自己惨败于影魔,输到落荒而逃了。

"无论结果如何,我定会全力以赴。"宁宁向前伸出右掌,颊边笑出两个小梨窝,"大家一起加油,把五十层彻底拿下吧。"

贺知洲热血沸腾,一把搭在她手背上:"冲啊!我们的征途是星辰大海!"

许曳深吸一口气:"师姐,我、我可以的!"

周照最后把手覆上:"为了我尊敬的父亲母亲,祝二位万寿无疆。"

宁宁:"……"

所以不要再叫啦!

影魔具有吞光噬热之力,所处之地幽暗如夜,在蔓延的死雾与魔气里,只能感受到深深的寒冷与窒息。

"虽然我们能依靠龟息丹暂时躲避那些骨魔的攻击,"贺知洲探头探脑,压低声音道,"可一旦惊动影魔,它同样可以操纵骨魔朝我们发起猛攻。"

周照吹了吹一缕垂落的乌发,势在必得地伸出大拇指,指了两下自己胸膛:"万剑宗的实力,绝对没的说——我和许曳绝对能把它们拦下。"

对于他们而言,影魔与尸山一样的骨魔都是巨大威胁。

经过一番讨论,决定由在场修为最高的宁宁与周照分别对付影魔和骨魔,贺知洲与许曳分工辅助。

面对那团黑黝黝的凌天巨影,说不紧张当然是假的。宁宁深吸一口气,勉强稳住怦怦直跳的心脏,与身旁三人依次对视:"开始吧。"

周照深刻贯彻他心里那点飘忽不定的大男子主义,执意打头阵走在最前方。宁宁跟在他身后,凝神屏息,悄然穿过浪潮般汹涌密集的骨魔。

大雪好似鹅毛纷落,即便在如此幽暗的环境里,也还是映着异常惨淡的白。

至于影魔旁边那两座峭壁高山,由于落满了雪花,同样像是两缕白茫茫的幽魂,默然浮在浓郁夜色间。

四周没有杂音,只有狂风惨烈的呼啸不间断划过耳边,在骨魔环绕、九死一生的处境里，莫名让宁宁想起重病之人临死前的呜咽。

影魔巨大的影子蠢蠢欲动，似是有所察觉，蠕动着发出一声低咽。

——旋即凛风乍起，在极为短促的静默后，满山骨魔应声而动！

浩荡大军狂奔而来，周照满脸黑线地一抽嘴角，从腰间拔出长剑。

瞬间剑光四溢，如刀刃撕裂无边暗色。

"这群家伙尽管交给我们。"他的言语间带了笑意，剑气狂烈似火，迸发出滚滚热气，将好几个试图靠近的骨魔用力击退，"影魔就拜托二位了。"

宁宁仓促应了声"好"，亦是拔剑出鞘，在剑刃与骨骼的撞击声里，与贺知洲一起飞速往前。

他们借助龟息丹来到这里，距离影魔已是格外靠近，身后汹涌骨魔潮被万剑宗二人死死拦下，宁宁没了后顾之忧，周身剑气更盛。

影魔对气息尤为敏感，庞然身躯挣扎着转向她所在的方位，浑浊如淤泥的巨影兀地一动，竟有数道细长影子挣脱铁链束缚，向她疾袭而来！

那些影子好似毒蛇吐芯，满带着令人窒息的沉郁魔气，经过山腰时掀起连绵雪浪，夹杂了狂风与飞沙。

宁宁将灵气尽数汇于剑上，出剑格挡之时，黑影被雪白剑光倏然斩落。

半悬于空的邪魔发狂一样剧烈颤动，挣得锁链清响阵阵，宁宁咬紧牙关，打了个寒战。

"影魔发怒了。"纪云开道，"接下来温度会越来越低……如果不能趁早将其击败，恐怕他们都会冻死在炼妖塔里。"

他所言不假。

在影魔发出怒吼的刹那，琼山之上急剧降温。密集的雪花几乎填满整片天空，在茫茫黑暗里，点缀出幽异诡谲的白。

不消多时，气温就会降至她所能承受的限度之下。

——可是还不够。

"奇怪，她究竟打算怎么做？"

隔壁霓光岛的曲妃卿也来串场子，见状蹙起眉头："我看她的姿势，似乎一直在被动格挡。这样下去可不妙。"

天羡子摸摸下巴："她应该在等。"

"等什么？"

连万剑宗长老也忍不住插嘴发问："等大雪封山、冷得能把人冻死？"

纪云开趴在桌上看得全神贯注，闻言哈哈笑了声："说不定真是这样哦。"

炼妖塔内，宁宁仍在与道道黑影缠斗，本应陪在身旁的贺知洲却不见了身影。

贺知洲之前说过，这魔物不具备实体，寻常方式难以将其斩杀。如今看来果然如此，即便伸出的影子被切碎一个又一个，它始终能很快生出新的暗影填充。

真是有够难缠。

身边已经越来越冷，她能感受到嘴唇不自觉地颤抖，一阵席卷了狂风的魔息汹涌而来，竟如同飓风，将她一举掀飞到半空。

忽然耳边响起贺知洲的声音："宁宁！"

她冷得厉害，嗓音前所未有地沙哑，闻声拔剑而起，浅浅吸了口气："知道啦！"

飞雪连天，暗夜茫茫。

在一望无垠的黑暗里，宁宁聚气凝神，磅礴灵力势如破竹，剑气骤涨之间，不过须臾转瞬，便掀起澎湃如浪的白光。

——长剑嗡鸣如龙吟，以风樯阵马之势，于暴雪中聚成数道冰墙。冰浪腾空，剑影如虹，身形纤细的少女挥剑而起。

一把巨剑在她身后的雪空里骤然浮现。

紧接着是第二把、第三把。

真霄罕见地出了声："万剑诀。莫非她想……"

镜中已有三把长剑横亘于半空之上，剑光粲然如星，而宁宁屏息蹙眉，星痕剑划出一道细微弧度——

那三把巨剑竟爆发出灼目之势，在天际尽头，再度凝出数道恍如星河的白茫！

"这是……"

林浅一愣："万剑诀和剑光分化？！以她的修为单单使出一种都很吃力，怎会——"

"她这是倾尽全力在斗。"

天羡子敛了神色："但还是不够。"

剑光分化讲究离合分光之法，剑影重重、白光纵横，然而即便如此，要想对付影魔，也还是不够。

气温已经到了承受能力的尽头。

宁宁咽下涌上喉头的腥甜，哑声道："贺知洲！"

话音刚落，玄镜里竟毫无征兆地响起一道巨响——

影魔身旁的两座雪山被巨力猛击，刹那雪花纷落。

"是贺知洲。"

曲妃卿的一颗心也随之提起："他的手里……好像握了张风符。"

方才贺知洲以剑气攻山，却不似之前对付骨魔那样引发剧烈雪崩。

由于剑上贴了风符，纷纷而下的大雪尽数凌空飞起，回旋在疾风之中。

出乎所有人意料，琼山上，形成了极其奇异的场面。

温度持续降低，从天降下的暴雪几乎填满整个空间，放眼望去一片雪白，细细看,则是飞扬在狂风里的点点雪粒。

整个视野里都是纯白。

忽有一道亮光穿过层叠雾气与茫茫雪花,好似一把利剑,刺透混沌暗潮。

第二道、第三道……

无数剑光纷乱倾泻而下,一并刺入影魔庞然身躯,而在雪浪之间——

"咦。"

饶是天羡子也微微愣住,被玄镜里的画面吸引所有注意力:"这是怎么回事?"

长老们自然不会明白,何为"光的漫反射",为什么雪会是白色的。

并非由于所谓的"忘记了自己原本的颜色",而是因为雪花由众多晶粒组成,光线难以穿透,只能被反射。当它反射所有颜色的光,也就自然成了最为纯粹的白。

因此在茫茫雪天,天空中相当于飘荡着数量众多的反光体,而各个方向、各个角度都存在入射光线和出射光线,反光体犹如一面面镜子,将光线漫反射到四面八方。

而当气温骤降、空中遍布雪花之时,也正是漫反射最为强烈的时机。

同样,天空中用来遮掩阳光的重重乌云,更是加剧了光线反射,将剑光凝聚在一方天地之下。

——影魔用来制约对手的力量,到头来反而让它作茧自缚,成为使它变得脆弱的把柄。

于是大雪纷扬,寒流狂涌,剑气激荡中,白光大作。

整个天空的雪花都笼上一层温柔莹白,随即光芒逐渐扩散,来到昏暗无光的山巅、辽阔无垠的雪原,以及被暗云吞噬的天边。

细碎白光一串连着一串,自少女剑身升腾而起,琼山之上,一时竟恍如白昼。

阔别了太多太多年的白昼。

宁宁暗自凝神,脑海里无端浮现起来到这里之前,在雪中见到的那几抹士兵念灵。

他们仍保留着生前的模样,年龄各异、身份千差万别,却在琼山上一起穿上了军装,抱着酒坛促膝长谈。

"我这人,生来没什么抱负,活了三十多年,也只是个杀猪的。"

一个五大三粗的汉子说:"我就住在这山脚下,家里有一个儿子一个女儿,肉嘟嘟的,特可爱。说了也不怕你们笑话,其实我来这儿存了私心。那俩熊孩子整天听些侠义话本子,我窝囊了一辈子,如果有人问起他们,他们亲爹是个怎样的人——就说杀猪?不成,没面子。"

他说着喝了口酒,看不透心里在想些什么:"现在好了!他们能堂堂正正拍着胸脯说,嘿,我爹是个大英雄!"

"我、我只是个读书的，前年考上了秀才。"

汉子身旁文文弱弱的青年接过话茬："其实我不爱念书，一心想要参军，今日来这里，就是想为天下做些事……虽然好像没什么用。"

有人起哄："秀才可有娶妻？"

那人的脸一下就红了："尚未。我、我、我……我打算战争结束后，亲自去她家提亲。"

"听说是他的青梅竹马！"

他旁边的汉子笑道："秀才还给那姑娘写了封信——欸，你给我们念念呗。"

于是年轻人抓耳挠腮地从怀里掏出一封信，往嘴里灌了口壮胆的酒，被呛得直咳嗽。

他说："叶姑娘，虽然从小在对门一起长大，我却从未与你说过几句话。你总说我胆小，今日所言句句属实，还请不要笑话。

"你一定不会想到，有人偷偷喜欢你好多年。每回看到你，我都忍不住脸红。"

他原本是脸庞通红地笑着在念，笑着笑着，眼泪却情不自禁落下来，哽咽着再也说不出话。

宁宁知道他接下来会说什么。

他将说起天边的月亮、房前的花香，那女孩就像春天落在他窗口的第一只燕子，他有那么那么喜欢她。

他也会说起天下之大，凡人有如沧海蜉蝣，请原谅他的不告而别，恐怕再无相见的时候。

这个向来胆小的年轻人懦弱了一辈子，在生命尽头的时候，终于勇敢了一回。

若是那女孩当真听见，一定会笑着打趣："啊，好肉麻。"

可这群将士注定没有生还的机会。

这封情书，也不会有送到姑娘手里的时候。

"你们说，"不知是谁问了句，"咱们今日在琼山做的这事，其他人能知道吗？今后……还有谁会记得我们的名字吗？"

"那都是以后的事情，与我们无甚关联。"

玄衣女郎朗声一笑，擦拭着手里的剑刹令牌："琼山一战，无愧于天地，无愧于本心，那便足矣。我泱泱世间，岂是魔族肆虐之地。"

无愧于天地，无愧于本心。

宁宁垂眸望去，只见得骨魔浩荡，魔气涌动。

当年那群壮志凌云的人，怎就变成这般模样！

怎能变成这般模样！

雪光大盛，骨魔们猝然停下动作，空洞眼眶向上望去，看不出情绪。

而影魔剧烈挣扎嘶吼，修为陡降。

元婴中期。

元婴二重。

然后是——

临界点。

就是现在！

宁宁瞳孔骤缩，须臾间剑光暴起，九把浮空光剑呈包围之势——

在亮如白昼的夜色里，猛然刺入邪魔体内！

哀鸣阵阵、死气汹涌。巨大的黑影极度痛苦般扭曲成一团，身形渐渐淡去，化为转瞬即逝的青烟。

骨魔们茫然抬头，眼眶里的浑浊魔气无声散开。

它们——他们终于不再是由邪魔驱使的死物。

覆盖了整片天幕的乌云翻涌不息，明丽如水的剑牵引出银河般绮丽的璀璨星云。

耳边响起似曾相识的声线，在遥遥山巅上，透过朦胧雪雾，她见到几个半透明的身影。

是残留于此的念灵。

瘦瘦高高的青年双手做成喇叭状，鼓足勇气大喊："我——我要娶叶姑娘！"

他身旁的女子叉着腰，嗓音清脆如黄鹂："我要拯救苍生，当大英雄！"

不知是谁哈哈笑："你一个小小女孩，当哪门子英雄——哎哟，你怎么还打人！"

然后声音越来越杂，随着雪花纷纷扬扬落下。宁宁凝神去听，身旁的一切却都渐渐模糊，变得不甚清晰。

忽有鹅黄暖色自云间溢开，她拭去嘴角血迹，久违地吸气，抬头。

雪依旧在下，只是比之前小了许多。

在漫漫长夜尽头，是划破整片天际的阳光。

"快看，太阳出来了！"

山巅之上，那个一心想成为大英雄的女孩放声喊：

"琼山的日出，好——美——啊！"

第二章　木植香的味道

白色。

充斥着整片视野的，是纤尘不染的纯白。

宁宁努力睁开双眼，试图看清周围逐渐模糊的景物，意识却不受控制地越发涣散，和雪花一样化作白茫茫一团。

以她的修为，能使出万剑诀就已经称得上奇迹，后来辅以剑光分化，强行增加大雪中光源的亮度，一番折腾下来，体内灵力已是所剩无几。

耳边传来贺知洲与许曳的声音，宁宁本想出声应答，然而还没来得及张口，便见到眼前景象倏然一晃。

在一望无垠的雪白里，竟无端生出翡翠般的新绿，紧接着绿意越来越浓，好似在冬日疯长的藤蔓，以令人惊叹的速度把雪色吞噬殆尽。

然后便是藤萝绕树、林海翻涌。

只不过转瞬之间，她就来到了另一处崭新的塔层。

由于习惯了上一层的持续低温，此时骤然升高的温度如同火苗灼烧皮肤。

宁宁用力吸了口气，这才发现自己的身体滚烫得厉害，后脑勺阵阵发痛。

要是在这里倒下就完了。

她勉强汇聚神识，让自己不至于晕倒，将身体靠在一棵巨树树干上，抬眸打量周遭景物。

这里是片绿意盎然的密林，四处可见碧色的深潭与沼泽，四周传来几声鸟雀清脆的鸣啼，伴随着风撩动树叶的哗啦声响，让她稍微清醒了少许。

与万里冰封的琼山相比，此地似乎并没有多少奇异的景象，绿潮水一样铺天盖地，浓郁得快从叶子上滴落下来，当风停止的时候，整个世界都安静了。

宁宁细细寻去，在树影掩映的角落里，瞥见一块石碑。

碑上的刻痕已经有些模糊，她却一眼就认出上面的数字。

六十二。

真是有够倒霉。

她已经连握剑的力气都没有，强撑着打开储物袋，试图从里面找到几颗补灵丹。没想到刚一低头，身旁的树林里便响起极其微弱的窸窣响声。

有什么东西过来了。

来者同样察觉到她的气息，凛冽如冰的杀气顿时压覆而下。

宁宁放缓了呼吸，竭力抬头向前看去。

来参加十方法会的弟子皆为各大门派精英，炼妖塔的试炼自然不可能毫无人性。进来之前，每个人都服下过一颗神遁丸，若是觉得难以招架、危在旦夕，便可动用灵力从炼妖塔中脱离。

更何况各派长老都蹲守在玄镜前观摩战局，如果察觉情况不妙，也会把人强行召出。

她怀有逃生的底牌，因而并未显出怯色。眼见树叶连片地开始颤动，那阵杀气越来越浓，在望见来者的大致轮廓时，宁宁微微一愣。

不是什么狰狞可怖的妖魔鬼怪。

是道人影。

最后一层树丛被哗啦掀开，宁宁靠在树干上，与那人四目相对。

她的剑气浅淡微弱，对方的剑意犹如暗潮汹涌冷冽凶戾，于半空中无声交会时，却是那人的力道抢先消散无影了。

宁宁一怔："裴寂？"

裴寂亦是愣住。

他刚来这层塔没多久，本打算向里继续探寻，却听见身后传来的响声，本以为是妖邪偷袭——

黑衣少年眼底晦暗的戾气骤然褪去，笼上一层局促的慌乱，在见到她苍白脸色时，紧紧皱了眉。

"你——"

裴寂看出宁宁的灵力所剩无几，没做多想地向她靠近。

没想到女孩见到他，目光里的戒备之色茫然淡去，竟忍着浑身的难受，几乎是下意识地笑了笑。

随即身形一晃，她向前倒去。

这片林子平静得可怕。

裴寂不久前战胜金丹期长尾狐仙，从四十三层顺利离开。

以此地六十二的塔层，理应比那里危险许多，他抱着宁宁在林子走了这么久，直至找到可供栖身的山洞，也始终没见到妖魔的影子。

一想到宁宁，他又忍不住拧了眉。

她应该经历过一场恶斗，虽然见不到什么外伤，浑身却像染了风寒般热得厉害。面色苍白如纸，一向红润的唇瓣亦是毫无血色，在昏睡时不自觉地轻颤。

而她的身体却是湿漉漉的，沾了冰凉的水。

他从没见过宁宁受这么重的伤，心里又闷又乱，满腔躁意与怒气无处发泄，只觉气恼不堪。

这里树木繁多，山洞里同样长满了壁虎一样的藤蔓，洞口被枝条遮掩大半，只有少数阳光零散地落进来。

承影看得直抽冷气："老天，她的内伤肯定不轻……宁宁到底在别的层里遇到了什么？"

裴寂没应声，漆黑瞳孔被阳光映亮，变成暗沉阴郁的血红。承影看出他气得想拔剑杀人，懂事地闭了嘴，没再开口。

他骨子里是个正经的木头，因恪守男女之防，又怕过于贴近的接触会惹来反感，一直不敢离宁宁太近。等进入山洞，便将她小心翼翼放在山洞的石壁前。

这本应是个一气呵成的动作。

然而双手还未抽离一半，怀里的小姑娘便意识不清地微微一动。

宁宁冷得打了个哆嗦。

在寂静无声、光晕暗淡的环境里，裴寂听见她浅浅的吸气声，像猫的爪子，极尽轻柔与挑逗地划过他耳膜。

少年挺拔的脊背瞬间僵住。

——宁宁的神志模糊不清，体内冷热交织，难受得厉害，一时间找不到缓解的方法，只得凭借最为原始的感官所求，颤抖着向他靠近。

裴寂屏住呼吸，连心尖都在不受控制地发颤。

一只手环上他腰间，另一只手则贴在脊骨上，宁宁力气很小，哪怕指尖用力往下按压，他也并不觉得痛。

他们像是两团炽热的火，浑身血液都为彼此躁动。

"宁宁。"

裴寂干涩地念出她名字，伸手握住女孩纤细的腕骨，在昏暗洞穴里，只能听见自己心脏狂跳的声音："我去生火。"

她却并未对这句话做出反应，甚至双手一点点继续往上，脸庞自裴寂胸膛慢慢上移，最终来到锁骨附近。

而被水汽浸湿的身体，则紧紧贴在他衣物上。

承影很是自觉地安静如常，潜进识海深处，缩成一团捂住眼睛。

他无法将她推开，却也不能放任她继续靠近。

冰凉水汽与滚烫的体温胡乱交织，鼻尖尽是栀子花的甜香，隔着一层单薄衣料，裴寂能隐约感受到她的——

他想不下去，快要疯掉。

于是当玄虚剑派的玄镜在炼妖塔各层兜兜转转，终于找到宁宁时，在场所有长老皆是一愣。

他们看出那丫头拼尽了全身的力气，很快就会体力不支丧失意识。

奈何宁宁很快被转移到下一处试炼关卡，在五十层的视灵里不见了踪影。天羡子对乖徒担心得不得了，唯恐她会出事，玄镜一层一层地辛苦爬塔，皇天不负有心人，此时好不容易见到——

"这个……"

曲妃卿若有所思地摸摸下巴："是宁宁主动的吧？裴寂脸好红，原来他的脸也会那么红，终于不像个死人了。"

"我还以为会见到什么惊险刺激的场面。"

林浅看得也有点脸红："不过……这样好像也挺惊险刺激。"

纪云开噗噗噗地笑，嘴里的糕点呈天女散花扫射状，喷了满桌。

"不行！你们走开！一群为老不尊的老头老太太！不许看，不许！"

唯有天羡子用力把玄镜揽在怀里，以自己瘦不拉几的身体将画面遮住，面目极其狰狞："我誓死守护裴寂和宁宁的清白！"

林浅丝毫不理会天羡长老发出的猪崽叫，跺脚按住他手臂："若是现在不好好看清楚，就算他俩清清白白，被我们胡乱一想，岂不是更加说不清楚！你放手！"

天羡子："我不！"

曲妃卿急中生智，指着他脚边大喊："天羡长老，你掉了一颗灵石！"

天羡子瞳孔骤缩，如失至宝般向下看去，也正是在这一瞬间，林浅把手迅速伸向玄镜。

在即将触碰到的刹那，天羡子似有所感，手腕猛地一抖。

哗啦，砰砰。

玄虚剑派的玄镜以七百二十度高难度旋转翻滚在地，碎了。

同时裂开的，还有三颗百岁老人的心。

纪云开的双眼变得无比犀利，从口中发出恶魔低语："赔——钱——"

一滴清泪，从剑道之光的眼底滑落。

天羡子猛地一咬牙，张开手臂闭上眼睛："要钱没有，要命一条，我只剩下这具身子了，来吧！"

众人脸色皆是一变。

天羡子此人家徒四壁，穷得就差啃土，一等一的败家子，要他赔钱简直难如登天，哪怕把胆汁榨出来，恐怕都得不到一分钱。

但要说色相……

眉目俊朗的青年眼眶微红，澄净如湖的瞳孔里泛了细微水光，神情里带了三分忧郁，怅然望着天边。

曲妃卿露出了吃苍蝇般的恶心神色："有点反胃，不知道为什么，忽然想到搔首弄姿的大面饼。"

林浅努力让自己的五官不那么扭曲："披着人皮的野猪，我的天，恐怖，撤了撤了。"

天羡子像用一张大面饼做成的猪崽，保持着张开双手的姿势，泪眼汪汪站在原地。

虽然不会被这两个女人继续纠缠，可是为什么，会有一点小小的心痛呢。

炼妖塔内，洞穴中。

裴寂拗不过她，只得将宁宁抱在怀里，在山洞中央点了簇火。

昏黄的火光散发出点点热气，将湿透的衣物渐渐烘干，而她仍保持着牢牢攀住裴寂的姿势，偶尔在他胸口晃一晃脑袋。

哪怕只是稍微一动，都会使未经人事的少年心跳加速。

怀里的身体轻得不可思议，如同柔若无骨的软玉，软绵绵地瘫在他身上。

因她浑身滚烫，裴寂有些恍惚，不知是从宁宁那边传来的热气，还是自己本身也在发热。

地上的那团火也是，烧得他心烦意乱。

他深吸一口气，勉强压下心口喷薄欲出的躁动，从储物袋拿出几颗补灵丹，再将宁宁的脑袋移开一些。

她的脸色还是很糟糕，双眼紧闭着不省人事。裴寂拿了丹药与水，动作笨拙地把补灵丹送到她嘴边。

可宁宁咬紧了牙关。

他哑着声唤："宁宁。"

她当然不可能听见。

"裴小寂，根据我多年来的经验。"承影从识海深处蹿出来，试探性小声道，"给昏睡的女孩喂药，最好也最常见的办法，就是嘴对着嘴——虽然我也不清楚其中原理，但你若是试试，说不定无师自通，自然就会了。"

这是哪门子的办法，不过是乘人之危。

裴寂抿了唇，垂眸望她。

他未曾与旁人有过亲密接触，和宁宁之间牵手与拥抱的次数屈指可数。若是真像承影所言，在她丧失意识时那般喂药——

一旦被她知晓，两人之间难免生出尴尬的隔阂。

那样的动作太过亲近，他哪敢逾越。

承影悄咪咪地满怀期待，却没能见到想象中的画面，只望见裴寂屏息凝神，紧张到近乎胆怯地，将女孩拥入怀中。

宁宁很是难受般动了一下，双手在他后背毫无章法地游移，仿佛是要汲取更多热量，呼吸变得越发急促。

裴寂能清晰感受到，她的炙热呼吸透过上衣，贴上自己皮肤的奇妙感觉。

像是点燃了一节鞭炮，火星刚一冒出，酥酥麻麻的痒就在瞬间噼里啪啦扩散开。

"别怕。"

他说得生涩，想来这辈子所有的耐心，全都交付在她一人身上。

少年人细长却粗糙的双手轻轻落在宁宁脊背，不敢太过用力，极尽温和却也极为僵硬地开始抚摸。

慢慢地，她的呼吸平稳了一些，身体的颤抖也终于不再那样剧烈。

"我——"裴寂从未说过与之类似的话，许多繁杂的思绪涌上心头，到头来居然只说了句，"我会帮你杀了它。"

他说完了又不由得懊恼，这句话杀意腾腾，哪能在安慰人的时候讲出来。

怀里的小姑娘似乎比之前放松许多，安安静静伏在他胸膛。

裴寂敛了神色，再度将宁宁的脑袋向后微仰，把丹药送到她唇边。

补灵丹被推入口中，理应再辅以凉水灌下。他做得很不熟练，水壶下倾时，有缕清水从宁宁唇角漏出来。

裴寂没做多想地伸手将它拂去，直到指尖快要移开时，才后知后觉发现触上了宁宁的唇。

他从来不敢去想的地方。

洞穴里的火焰无声地在烧。

女孩苍白薄薄的唇瓣微微张开，染了莹润漂亮的水光。

他一定是着了魔，否则绝不会鬼使神差地抬起拇指，轻轻按在她柔软的唇珠，然后顺着那冰凉的水渍慢慢滑过，自唇珠抚至嘴角。

十分柔软的触感，令人上瘾。

虽然宁宁睡着了，他却还是做贼心虚般将她按进自己胸膛，遮住小姑娘紧闭的双眼。

在昏暗温热的火光里，少年垂睫掩去眼底阴戾，嘴角扬起一抹自嘲的笑意，无声抬起右手。

那只方才触碰过宁宁的拇指稍一用力，不偏不倚，正好落在他殷红的唇瓣上。

他没有察觉到的是，在不久之前，怀里女孩的睫毛轻轻一颤。

宁宁醒来的时候，首先闻到一股冷冽的木植香。

她知道那是属于谁的气息，在意识混沌之际胡思乱想：不会吧，她怎么连梦里都是裴寂的味道？

虽然之前也会偶尔梦见他啦。

浑身上下说不清是冷还是热，大脑晕乎乎的，像生了锈的齿轮。

这种不真实的感觉像极梦境，宁宁只当是在做梦，竭力想要辨清当前的景象。

有什么东西咚咚咚地在跳，撞得她胸口发痒，笼罩在周身的气息又温又软，让她情不自禁地试图更加贴近，伸出双手一点点抱紧。

宁宁在梦里继续悄悄想，原来裴寂抱起来是这样的感觉，她还以为会像块嶙峋的木头。

不过似乎的确太瘦了一些，随手一碰就是硌人的骨头，她得带他去吃更多好吃的——

不对，梦里能和现实一样吗？

要是在现实里，裴寂哪会愿意让她像这样肆无忌惮地摸来摸去、搂搂抱抱。

少年人的身体消瘦修长，抱起来带了点微妙的软，还有暖融融的温热。

宁宁越是靠近他，越觉得身体里的寒意在渐渐消退，剧痛不已的脑袋也终于恢复几分澄明清醒。

不知道真正的裴寂抱起来会是什么样。

她一边胡思乱想，一边把脑袋埋进对方颈窝，从而攫取更多香气与热度。

那人心跳更快，身体亦是明显一僵。

恍惚之间，宁宁听见裴寂的声音："别怕。"

嗯？好像和梦不一样，听得清楚极了。

她的大脑在这一瞬间卡了壳，正在愣神的工夫，后脑勺再度传来剧痛。

梦里会觉得疼吗？

好像，大概，也许不会吧。

宁宁的脑袋轰地骤然清醒，保持着上一刻的姿势不敢动弹。

不会吧。

这不是梦？她当真死死抱着裴寂，还、还在他身上蹭来蹭去？现在被她贴着的软软热热的东西……真是他本人？

宁宁的身体因为风寒，本是笼了层热气的。

如今这些气流腾地往上汇集，一股脑聚在脸颊上。

她仓皇得不知如何是好，耳边又传来裴寂的嗓音，或许是错觉，他的声线比平日里低哑许多："我会帮你杀了它。"

然后是抚头，一颗丹药被送入口中。

柔软的触感从嘴唇中央轻轻滑向唇角，宁宁猜出那是什么，心乱如麻间，只能屏着呼吸闭上眼，装作仍在熟睡的模样。

要是被裴寂发现她还醒着，宁宁就真的没脸再见他了。

他连自己的伤病都向来放任不管，自然从未照顾过别人。裴寂的动作僵硬又迟钝，把她重新抱在怀中。

宁宁的头顶有些痒，想来是他将下巴埋进了她的发丝之间。

他覆在脊背上的手掌暗暗用力，却也极度克制。

裴寂真是嘴笨得厉害，想了许久许久，开口时仍是生涩到极点的话，一点也不浪漫。

"别怕。我不会……再让你受伤。"

他声音很轻，仿佛情人间的耳语呢喃，带了轻微颤音，低不可闻。

可就是这样直白又简单的言语，落在宁宁耳边时，却有如清风拂过，熏得她眼眶微涩。

她已经很久没有过这样的感觉。

在修真界的日子每天都忙碌紧凑，修炼升级、秘境闯关、法宝争夺，她虽然与旁人相处时嘻嘻哈哈，却也会偶尔想起上一段人生。

爸爸妈妈、家里毛茸茸的猫猫狗狗、彼此畅谈过理想与未来的伙伴。

那是与如今截然不同的生活，她生活在家人和朋友的包围里，只要稍一伸手，就能触碰到满腔关怀与爱意。

后来阴错阳差来到这里，变成了与整个世界都格格不入的一个人，不得不慢慢学会硬着头皮独自闯荡。

宁宁从未想过，会有谁像这样小心翼翼告诉她，不会再让她受伤。

干吗要一本正经说出这么肉麻的话啊！

心底被戳破一个小孔，积攒许久的委屈与孤独肆无忌惮地流泻而出，等她反应过来，眼泪已经不自觉地往下落。

裴寂一定是察觉到胸前的湿润，身体显而易见地陡然绷直，然后衣襟被人轻轻一抓，怀里的女孩动了动脑袋，红着眼眶抬起头。

宁宁的面色苍白如薄纸，将眼眶晕开的粉色衬得更浓。

一双莹亮杏眼满满浸着水色，在明灭不定、倏上倏下的火星里，泛起浅浅幽光。

仅仅是被这样一望，他的心便慌不择路丢盔弃甲，软成一摊烂泥。

裴寂不知如何是好。

宁宁同样觉得有些尴尬。

她总不可能老老实实告诉裴寂，自己装睡了好一阵子，还被他的那句话感动到哭出来。

毕竟身为师姐，要脸。

一阵静默。

火光里的小姑娘吸了口气，满眼湿润地看着他，稍一眨眼，泪水就顺着白皙脸颊淌下来："疼。"

语气里有迟疑，有胆怯，也有点隐隐约约的撒娇。

更何况她还伏在他身上，说话时温热的呼吸尽数落在裴寂颈间。

挠心挠肺，暧昧得让他浑身燥热。

裴寂喉头一动，垂眸为她拭去眼角泪水。

他只想立马拔剑，将伤她的浑蛋碎尸万段。

他指腹生了老茧，滑过宁宁细嫩脸庞时，惹得女孩匆匆眨了眨眼。

在极为短暂的停滞后，洞穴里同时响起两道声音：

"你刚醒？"

"我刚醒。"

话一说完，两人又不约而同陷入沉默。

他们俩一个想问清，一个想解释，恰巧撞在一起，便难免透出几分欲盖弥彰的味道。

啊啊啊可恶，怎么会这样！这下子岂不是更加尴尬了吗？裴寂你快闭嘴啦！

宁宁懊悔不已，只想哐哐撞大墙，在毫无防备的时候，后脑勺忽然被轻轻一按，整个人顺势落进他怀中。

这实在不像是裴寂会做出来的事，她差点就以为他被人夺舍魂穿。

而他的手掌仍覆在宁宁脊背上，说话时胸腔嗡动，嗓音很闷："别动。"

哦。

宁宁乖乖靠在裴寂胸口，没出声也没动弹。

裴寂看似冷静，其实紧张得像具僵尸。

十指静静摩挲着单薄衣物，宁宁正纳闷着他的下一步动作，突然察觉有道灵力缓缓汇聚，如同温暖柔和的水流，无声浸过她的皮肤。

干净舒适，是属于裴寂的气息。

他将灵力聚在指尖，以渡力的方式为她消去体内寒气。

手指自脊椎悠悠下滑，每个动作都能被她无比清晰地感知。

宁宁头一回与异性如此贴近，被触碰到敏感的后腰时，呼吸都下意识停住，右手紧紧攥住他的衣衫。

不得不说，这是种极为有效的治疗手段。

对于修真人士而言，风寒入体算不上多么严重的疾病。裴寂的灵力清冽柔和，自她身体的每个孔隙悄无声息浸入体内。

037

暖意浓浓，融化在皮肤、血液乃至骨髓深处，带来难以言喻的极致享受，偶尔轻轻一个回旋反触，触及身体里最为敏感的感官，激得她浑身战栗。

很奇怪的感觉。

像是整个人都被暖洋洋的羽毛包裹起来，身旁充斥着木植清香，有时传来一点沁人心脾的凉气，并不寒冷，让她情不自禁想要靠近。

而宁宁也的确顺应心意，往裴寂身上贴得更紧。

裴寂："……"

裴寂长睫低垂，掩去眼底翻涌的晦暗思绪："你之前，去了第几层？"

"五十层哦。"

怀里的女孩傻乎乎地"嘿嘿"笑了一声："那里特别冷，到处都在飘雪花，关卡里最厉害的怪物是个好大好大的黑色影子，虽然很棘手，但还是被大家打败了——我很棒吧？你呢？"

那它就是死了。

裴寂满腔的怒火无处发泄，烦躁地皱了皱眉，听见她讲话，耐着性子应道："嗯，很厉害。"

连他自己都没有察觉，这是种多么纵容且温和的语气，像在哄不开心的小孩："我遇见狐妖，不足挂齿。"

宁宁发着烧，绝大多数时间思维都混乱不堪，闻言哼笑道："那你也很棒——裴寂会变成修真界最最厉害的人，真的。"

很难不为这样单纯又赤诚的言语心动。

他一言不发，胸膛里软绵绵得只剩下一摊水。

然后在下一刻，瞳孔骤然一缩。

——另一股灵力顺着胸口蔓延，不似他的浓郁稳重，而是轻飘飘的，像是撩动在肌肤上的羽毛。

宁宁猜出裴寂也在战斗中受了伤，试图通过这种方式安抚他。

可她稀里糊涂，毫无经验，效果适得其反。

灵力有如实体地飘来荡去，游走于少年身体各处，像极了女子柔软的指尖。有时暗暗发力，便畅通无阻地淌入他体内，在血液里兀地溢开。

引出一道道酥麻不堪的电流，在最为敏感的神经深处砰砰炸裂。

承影看得瑟瑟发抖，惊声尖叫："我的天哪！这这这、这不太好吧？裴小寂千万撑住，冷静啊！"

偏偏宁宁本人毫无自觉，闷在他怀里，很是期待地笑着问："舒服吗？"

裴寂闭眼，深呼吸。

"宁宁。"

"嗯？"

宁宁从他颈窝里抬头，看不见裴寂神色，只能望见他流畅的脖颈与下颌线条。

他喉结滚动的弧度很好看。

脖子上浸着的浅粉，也挺漂亮。

裴寂叫了她的名字，一时却不知说些什么，沉默半晌，几乎是狼狈地将她松开："我先出去……透气。"

她尚未反应过来，便被裴寂轻轻放在洞穴石壁边，而他走得匆忙，临近洞口哑声道："这个法子，今后不要再对外人用。"

他用了"再"，显然是把自己也算在了"外人"的范围里头。

虽然裴寂看不见，但宁宁还是点了点头，像是自言自语般低声道："可裴寂不是外人嘛。"

在她模糊的视线里，不远处少年人前行的背影倏然一晃，整个人险些跌倒。

"不是外人，四舍五入就是内人。"

承影傻笑："真好，我好满足。快把我'杀'了，给大哥大嫂助兴吧！"

多亏有裴寂渡来的灵力，当宁宁从睡梦中睁开眼睛，浑身恼人的热气已经消散大半。

洞穴里很安静，只能听见柴火燃烧发出的细微声响。她睡眼惺忪，看什么都不太清楚，在蒙眬视线里，恍惚瞥见不远处的裴寂动了动。

他像是在仓促之间低了头，过了片刻，又好似不经意般抬起眼睫，沉声道："好些了吗？"

他说话时恢复了平日里的死人脸，语气同样毫无起伏，淡漠得听不出情绪。

许是渡给宁宁太多灵力，裴寂脸庞显出几分病态的白，眼底则是一片浓郁青黑，被跃动着的火光一照，耳朵晕开薄薄浅粉色。

……在她睡着的那段时间，他是一直都守在这儿吗？

宁宁的脑袋转得有点慢，一动不动盯了他半晌。

裴寂本来还在神色淡淡地与她对视，时间一久，不知是出于什么原因，带了些羞恼地把视线移开。

"别多想。"

他说："我没有一直看你。"

噢。

宁宁眨眨眼睛，继续发蒙。

这种问题……她也没问啊。

"你之前，是不是说要出去透气？"

她摸了把已经不那么疼的脑袋，尝试回想发烧时那段模糊的记忆，越想心跳越快，说话声逐渐变成了蚊子嗡嗡："你在外面，有没有发现什么有用的线索？"

她的的确确，被裴寂抱在怀里过。

虽然用了渡灵力的名头，可当时他们两人之间的姿势，似乎太过暧昧了些。

更何况在那之后，她居然伏在裴寂怀里，用灵力在他身上戳来戳去。那样毫无章法的拂动和那句意味不明的"舒服吗"——

宁宁的太阳穴突突突在跳。

裴寂当时没一把将胡来的她掀翻，说明他骨子里当真是个善良的好人。

如今他对那件事绝口不提，宁宁便也顺势翻篇作罢，耐心听裴寂道："此地与其余塔层不同，是处浮屠境。"

宁宁一怔："浮屠境？能确定吗？"

她听说过这个名词。

与凡人死后形成的念灵相似，修为有成的妖魔或修士能以灵力聚成幻境，将回忆重现。玄虚剑派里用来历练的浮屠塔，就是以此作为原型。

"我在林中时，偶遇过一名妖族樵夫。"

裴寂没再注视她的眼睛，垂了眸死死盯着跟前那簇火焰："与炼妖塔中害人性命的邪魔不同，那妖性情纯良温和，问及此地之事，只道仙魔大战旷日持久，族胞深受其害。"

也就是说，这段记忆是发生在仙魔大战的过程中。

又是仙魔大战。

宁宁想，她似乎与这段往事颇有缘分。

裴寂言简意赅，说罢喉头微动。

他还想告诉她，虽说遇见樵夫是在林中，其实他一直都没离开过洞口。

宁宁的模样那般糟糕，他邪火攻身，受不得撩拨狼狈逃走，便已非君子所为，等出了洞穴，自然不可能置她于视线之外。

然而这番话说起来实在别扭，听上去总显得……他有多么在乎她。

虽然他的确很在乎她。

"如果这里是处浮屠境，"宁宁迟疑道，"炼妖塔本身也是秘境，那我们现在待着的……岂不是境中境？"

裴寂点头："不错。"

他说着一顿，棱角分明的面庞被火光勾勒出流畅弧度，嗓音极轻："若想离开这层浮屠境，还需寻出制造幻境的始作俑者。如果强行破开，很可能导致阵法动荡，难以逃脱。"

浮屠境之所以会出现，是因为强大的执念与情思，许许多多荡气回肠的、求而不得的，或是刻骨铭心的记忆，都能在其中得以重现。

与浮屠塔一样，逃离浮屠境的最佳办法并非暴力手段，而是跟随记忆一点点走下去，为幻境主人破除心魔。

"真奇怪。"

宁宁环顾四周，只觉幻境里的景致与真实世界没什么差别，末了又把视线聚集在裴寂侧脸上："炼妖塔里关押的，全都是十恶不赦的邪魔……即便是它们，也会有如此深厚的执念吗？"

她还以为这地方的邪祟都跟影魔没什么两样，只懂得像块煤球扭来扭去。

不过想来也是，人仙妖鬼皆有欲望，她受了那么多古装电视剧的滋养，早就明白"魔亦有情"的烂俗道理。

不过六十二层啊，怎么也得是个元婴往上的大魔，能因为什么事情纠结成这副模样？

"浮屠境还需细细探索。"

裴寂沉默了会儿，缓声道："我在洞外之时，还遇见一位故人。"

"故人？"

这两个字脱口而出的瞬间，宁宁倏然听见洞外林声窸窣，继而一道白影闪过。

拂开藤蔓走进洞穴的青年身形颀长，风姿凛然，一袭白衣胜雪，其间沾染了几滴红梅般的血迹，在清绝出尘之余，平添些许凌厉气息。

在与宁宁四目相对的刹那，他微微弯了眼，如画眉眼被火光照亮："小师妹。"

"孟诀师兄！"

宁宁没想到能遇见这么多师门中人，扬眉勾了唇笑道："你来这儿多久了？"

"在你们之前。"

孟诀虽是在笑，神色却一直极淡，仿佛微笑只不过是最为惯用的表情，才会时时刻刻都将其挂在脸上。

至于他心里究竟在想些什么，宁宁看不出来。

"我在你昏睡之时遇见裴师弟，后来又去了林中查探一番。"

孟诀的语气里多了点调侃与揶揄："本打算让他同我一并前往，他却执意守在洞口不愿离开。"

裴寂长睫轻颤，蹙了眉没出声。

宁宁没察觉有什么不对，好奇发问："师兄可有发觉什么猫腻？"

"此处应是青州境内，崇岭之中。"

孟诀淡声应道："传闻青州多行巫蛊之术，山中毒虫巨兽众多，而崇岭——"

他说着一顿，唇角笑意更甚："是魔君之一——谢逾的老巢。"

宁宁："……"

所以你的表情果然变得兴奋起来了对吧！眼睛里那抹笑意可是有被她好好捕捉到哦！原来能让大师兄高兴起来的居然是这种事情吗！

宁宁忽然又想起初来与孟诀相处的时候，被他整日整夜教授剑法的恐惧。

除了被天羡子带得性子有点歪，不得不承认，这是个真正的剑修。

宁宁变成了一个没有感情的问号机器："谢逾？"

"谢逾此人，非同一般。"

孟诀微眯双眸，好整以暇地与她对视："青州一带奴隶体系尚存，他出身低贱，家中世代为奴，却生有绝佳的修炼根骨，忍辱多年，终以邪术入魔，从此修为大增，列入魔君之位。"

这是个狠人。

只是宁宁有些想不明白，他若是单单以奴隶的身份存活于世，不说位列魔君，就算想学得修炼的法子，恐怕也是难于登天。

其中或许尚有隐情，她思索半晌也猜不出端倪，又不好意思将孟诀打断，只得点点头，听他继续饶有兴致地说：

"谢逾是个睚眦必报的性子，修为大涨、闯出名堂后，便在仙魔大战之际回了青州，搅得民不聊生、哀鸿遍野，曾经欺辱过他的人，都未曾得到好下场，比如——"

他说到这里欲言又止，瞳孔稍一闪动，抿唇笑了笑。

宁宁立马就明白了这笑里的意思。

那些死去的人的下场实在过于凄惨，孟诀顾及她的感受，把详细描述吞回了肚子里。

"能制造出浮屠境的，必然是修真大能。"

她思忖片刻，轻声道："以谢逾魔君的身份，似乎也与炼妖塔中都是邪祟的说法相吻合……莫非这里是他的记忆？"

孟诀摇头："未可知。若是认错浮屠境主人，在幻境里帮错人，致使执念大乱……那我们恐怕难以再出去了。"

那谢逾听起来就不像什么善男信女的好角色，宁宁打从一开始就不愿帮他，闻言很是受用地扬唇笑道："既然谢逾做了那么多坏事，他最后的结局如何？"

"这是最让我想不明白的地方。"白衣剑修敛了眉目，瞳孔虽被火光映亮，眼底却尽是暗色，"崇岭忽有一日惨遭大劫，山火肆虐、天雷骤降，待灾祸平息之后，已无生灵气息——不仅是居住于此的平民百姓，连魔君谢逾本人，也没了踪迹。"

宁宁一怔，孟诀继续道："在这片树林之外，便是谢逾曾经生活过的镇子。我们不妨先去那里打听打听，说不定能得到些许线索。"

他说着轻笑一声，视线轻轻一晃，落在角落里的裴寂身上："不知裴师弟意下如何？"

宁宁扭头去看他。

方才她与孟师兄讲话的时候，裴寂一个字也没说。

孟诀与裴寂一白一黑，两相对峙之下，彼此间的对立感便前所未有地强烈。

前者白衣飘飘，自是光风霁月、芝兰玉树，而裴寂跟前笼了层山壁的影子，将少年本就漆黑的眼瞳染成毫无光泽的暗色。

颀长瘦削、脊骨笔直，像一把纯黑色的剑。

裴寂抱着怀里的长剑，喉头微动："嗯。"

这片林子并不大，穿过密密匝匝的树丛，很快就能见到小镇里的房屋。

按照孟诀所见妖族的陈词，如今正是仙魔大战、谢逾占领崇岭的时候。

崇山峻岭之中的小镇交通不便，绝大多数居民依靠自给自足填饱肚子，理所当然并不富裕。

这里的建筑多为木屋，可以想象今后山火蔓延之时，生灵涂炭的惨状。

宁宁四下打量，在小镇入口见到两抹格格不入的影子。

一人身着僧袍，剃了个锃亮大光头；另一人眉清目秀，似曾相识，正是流明山的符修白晔。

而在两人跟前，站着个颇为茫然无措的镇民。

他们俩面对着宁宁等人前来的方向，只需稍一抬眼，就能与之恰巧对视。

白晔见到宁宁，脸上神色一僵。

他是怎么也忘不了，这丫头如同尸鬼狂舞般朝自己奔过来的景象。

简直是他的成年阴影，会偶尔在噩梦里出现扭来扭去的那种。

孟诀不愧是玄虚剑派门面一枝花，在望见二人的瞬间笑道："白晔道友、永归小师父。"

原来那小和尚叫作永归。

他们之间互不熟识，如今陡一碰面，难免要客套几句，简称互吹彩虹屁。

宁宁总觉得这些话听起来太过别扭，为了不让自己太过尴尬，已经练成了自娱自乐的神技——

把这里头弯弯拐拐的仙门用语，全接地气地换成关于义务教育的比喻。

比如现在。

白晔竭力稳定神色，朗声笑道："原来是玄虚剑派的道友们！永归小师父，你或许与这几位并不相识——他们都是天羡长老门下的亲传弟子。这位是孟诀师兄，年纪轻轻便有了元婴六重境，修习《太武剑术》，只用去不到半个月时间。"

——这位孟诀同学，十二岁就跳级来到了高三年级，做完一本《五年高考三年模拟》，只要不到半个月的工夫。

孟诀轻而易举便掩下眼底的不耐烦,听他继续讲:"这位是宁宁师妹,在小重山中大放异彩,更是上一轮十方法会金丹期的第一,当之无愧少年英才。"

——这位宁宁同学,不仅在奥数大赛里取得优良成绩,更是上一届英语口语大赛高中组的第一,当之无愧的清北种子选手。

"还有裴寂师弟,古木林海中的魔化树妖便是由他斩杀,虽然拜入天羡长老门下尚未多时,却已快突破金丹。"

——裴寂同学解出了数学月考试卷的压轴题,虽然转学来没多久,已经蹿上了光荣榜前几名。

白晔讲得激情昂扬,旁边那镇民听得耐不住性子,讲话时带了少许口音:"你们还想不想往下面听?不听我就回家了。"

白晔赶忙挽留:"别别别!咱们继续来说选妃的事!"

宁宁好奇道:"选妃?"

"是啊。"

那镇民瞅她一眼,又指了指白晔与永归小和尚:"魔君选妃,这两位正打算参加呢。"

宁宁吞下一口从林子里采到的桑葚,把跟前两人从上到下细细打量一遍,很是惊讶地睁圆了眼睛:"选妃?你们?"

虽然这两位的确生得唇红齿白,但要说选妃——

真的真的很不对劲吧!仙门弟子应该不愿意委身于魔君!

"听说这次选妃,谢逾的标准就是能者上位。"

白晔咧嘴笑笑,像七彩公鸡一甩长发:"若是能脱颖而出,便可入主后宫,长伴他身边。"

宁宁:"……"

宁宁:"长伴他身边,然后呢?"

"然后当然是紧紧盯着他,找出这处浮屠境的破除之法啊!"年轻的符修踌躇满志,谈话间双眼一亮,"此地穷乡僻壤,除了他,还有谁能造出如此逼真的幻境?只要接近谢逾——欸,大哥,你别走啊!我们错了错了,你接着往下说!"

镇民颇为嫌弃地幽幽望他,正要开口拒绝,手里忽然被塞进几两凡间通行的碎银,不耐烦的脸色瞬间消散大半。

"之前咱们说到,魔君选妃的原因。"

他神色警惕地朝周遭看了看,把声音刻意压得很低:"对了,看你们是外来人,千万不要直呼魔君名姓,称他为'那位'即可,否则——"

宁宁看见他做了个抹脖子的动作。

"我听外来的传言,都说那位性好淫奢,曾在外界掳掠过不少女子,之所以举办这次选妃大典,全因耐不住空虚寂寞,想过一过皇帝后宫三千的生活。"

男人掂量了一下手里的银子,小声道:"但你们不觉得奇怪吗?他若当真想要觅得美人,大可前往繁华之地,何苦留在崇岭这等小地方?"

白晔的一颗好奇心被勾得痒痒,闻言立马接话:"对啊!这是为什么?"

男人朝他们一勾手指头,又做贼心虚般看看四周:"这是因为啊——他想报仇!"

宁宁受他的感染,出声也像在讲悄悄话:"报仇?"

她见多了拿着真刀真枪去快意恩仇,还是头一回听说,能通过选妃作乐的方式让大仇得报。

不愧是魔君,行家啊。

"诸位应该知晓那位的出身,出于这个缘故,他曾经在镇子里过得并不算好。"

男人道:"他自出生起就注定是奴隶,属于我们这儿的大户——周家。周家有位小姐,只比他小了两天。"

那名为"永归"的小和尚恍然大悟:"于是两人情投意合,奈何世俗太多曲折,数番挣扎之下一无所得。开始变得糊涂,开始分不清楚,开始兜兜转转忙忙碌碌,想要看得清楚,戏剧却已落幕。"

这是宁宁头一回听见他讲话。

他虽为僧人,却完全没有佛修的清净之感,讲起话来像在油锅炸东西噼里啪啦,最为恐怖的是句句押韵,硬生生讲出了几分说唱的味道,听上去很是诡异。

难道……

一个念头从她脑海深处冒出来,没等宁宁发问,便听见永归继续叽里咕噜出了声:"修行各有各的天命,小僧以舌为乐是天性,只望由此洗涤邪祟魂灵。"

还真是梵音寺那个拿嘴当乐器的音修。

宁宁来到修真界见识了那么多形形色色的人和事,人人皆道肃穆庄严的梵音寺,是她心里当之无愧的奇葩第一名。

无论是制造出人体钟杵的明空明净,还是眼前这位说话像打仗的永归小师父,全是修真界独一无二、不可多得的人才,每次都能带给她新惊喜,一遍又一遍刷新世界观。

"倒也不是这样。"

男人也被他的说话方式唬得一愣,挠挠头继续道:"听说只是那位单方面地爱慕,小姐压根儿没怎么搭理他——后来他约小姐夜半私奔,不但没等到心上人,还被一大帮拿着木棍的家丁堵在巷子里,打得奄奄一息后,直接丢出了周家。"

"这可不一定。"

白晔哼哼笑:"按照话本子的套路,周小姐也必定心仪于他。那场夜奔本是二人合谋,没想到阴错阳差被周家人发现,于是将她软禁在家,再派出家丁对谢逾

· 045 ·

围追堵截，只待斩断二人情思，还周家一个清净。"

他越说越上头，猛地一拍大腿："对啊，这样就说得通了！谢逾误以为恋人背叛，所以特意回到崇岭镇，大张旗鼓地宣布选妃——这不就是为了告诉她，我现在已经是个大人物，爱慕我的人多不胜数，你算老几。"

够狗血，够虐恋情深，堪称史诗级别的"文艺复兴"，千年干尸听了都能复活。

"还要有个不断搅和两人关系的女配角来回蹦跶，三个人你爱我我爱你，误会来误会去，周小姐做的所有好事都被那女人抢了功劳，自己明知被误会，却一句解释的话都不说。"

宁宁打趣道："最后谢逾好不容易看清真相，试图挽回的时候，才发现周小姐要么死了，要么对他死心了。"

白晔好激动："就是这样！还得浑身颤抖、眼尾微红，无比卑微地呢喃'别走，原谅我好不好？'。"

确认过眼神，这也是个沉迷于古早话本子的人。

两人对视一眼，通过寥寥数语，便建立了无比深厚的情谊。

"二位施主，狗血用来驱鬼，请勿往旁人口中灌。"

永归听得起了满身鸡皮疙瘩，连韵都忘了押，抬头对男人正色道："这位施主，不知真实情况究竟如何？"

男人呆了一下。

然后有点尴尬地傻笑一声："其实和这二位说的没差。"

永归眼角抽了抽。

"我也觉得吧，那位选妃是为了羞辱周小姐，要不然何苦待在这穷乡僻壤？"

男人显得有些为难，又拿食指和拇指捻了捻手里的银子："他们二位的关系，我作为外人不好评说。不过诸位细细想一想，那位自小身份低微，却年纪轻轻修为有成——是谁教授的他修炼之法？"

以谢逾的身份和人际关系，似乎只有周小姐有此能耐。

"我言尽于此，无法透露更多。"

男人说罢转了身，似是想起什么，又道："对了，那位归来之后，将周家满门几乎屠尽，只留下一个周倚眉，软禁在他府邸里。哦，对了，周倚眉是周家小姐的名字。"

宁宁被这虐恋情不深的剧情折腾得窒息，想了好一会儿，才后知后觉道："谢逾修炼至魔君，理应用去很长时间，周小姐竟然尚在人世？"

"崇岭人妖混杂，周家尽是树妖所化，寿命极长。"

白晔早就打探清楚情报，得意道："除了这些，在你们来之前，我还得到过一个消息——谢逾在外拈花惹草，不知招惹了多少无辜的人，很有意思的是，那些人都有一个极为微妙的共同点。"

"什么共同点？"

宁宁听得入神，没察觉身旁的裴寂神情一黯，眼底浮起淡淡薄戾。

"和他搭上关系的人，无一例外都生有泪痣，与周家小姐如出一辙——这是爱而不得，找起了替身啊！"

白晔说话间靠近裴寂一些，双眼亮了亮，咧着嘴笑："还别说，就像裴师弟这样。"

这本身是句不带恶意的玩笑，然而说者无心听者有意，落在当事人耳朵里，难免引出许多繁杂的思绪。

宁宁亦是被这句话惊得一个激灵。

众所周知，魔修实力越强，体内魔气就越浓，裴寂身为凡人与魔族混血，从出生起便怀有难以抑制的魔息，想来亲生父亲实力非凡。

结合谢逾四处留情的性子，还有裴寂眼底的那一抹泪痣……

宁宁觉得不太妙。

对于她来说，裴寂的过去始终是个谜。

原著里只寥寥提及，他母亲被生父抛弃，悲痛欲绝之下，将所有怒气尽数发泄在遗留的儿子身上。

可他们两人究竟发生过怎样的故事，身为一名母亲，那女人又怎能心狠至此，对亲生骨肉百般折磨，这些前尘往事，宁宁一无所知。

难怪当孟诀在山洞里提到"谢逾"二字，裴寂会长久地一言不发。

他虽然未曾见过亲生父亲，但总能从娘亲嘴里，偶尔听闻那位负心魔修的名字。

浮屠境里疑点重重，如今毫无预兆地冒出这样一茬，让宁宁一个头两个大。

视线悄无声息地往身旁侧去，落在裴寂脸上时，只能望见少年淡漠阴沉的漆黑眼眸。

他不知道在想些什么，额前碎发凌乱地遮住长睫，为整双眼睛蒙上一层浑浊阴影，神情里有显而易见的不耐烦，也有仓皇隐忍的苦痛。

父母与童年都是他心底不可触碰的禁区，如今却不得不直面旧事，犹如把愈合结疤的伤口瞬间撕裂，露出内里猩红恐怖的血肉，若说不难受，自然是假的。

"话说回来，选妃快要开始了。"

白晔并未察觉有什么不对，撸起袖子发出势在必得的长笑："咱们一起去试试吧。"

所谓的"选妃仪式"被设在镇子中央，周家曾用来比武的擂台上。

自从被谢逾血洗，周家家业就彻底成了他的囊中物——虽然对于如今高高在上的魔君而言，这些财产已经算不得什么宝贝。

据白晔所说，谢逾性情嗜杀，崇岭一带的居民敢怒不敢言。虽则心存恐惧，却还是有不少人家为了同他攀近关系，把家里的适龄女孩送来选妃。

宁宁感受到裴寂周身的低气压，没心思陪着他们瞎胡闹，毫不犹豫拒绝了登台的提议，同他一道站在熙熙攘攘的观众席里，抬眼向前端详。

擂台前方的家主座席上，赫然坐着个身着玄袍的青年男子，想必正是魔君谢逾。

他与传闻里一般俊美无俦，剑眉星目、挺鼻薄唇，竟与裴寂有三分相像。只不过后者多了几分属于少年人的柔和与纤细，比起"俊朗"，更贴近于阴郁的漂亮。

宁宁在心底暗暗打着小算盘。

如果说谢逾在不久后的山火中销声匿迹，那此时此刻，他应该已经与裴寂娘亲相遇，并将她弃之如敝屣了。

这位是魔君，那坐在他不远处的女人，应该就是故事里的周家小姐。

周倚眉长了副虐文女主角标配的小白花模样，面色苍白，延颈秀项，柳眉似乎时时都在轻轻皱着，衬得一双杏眼有如春水起涟漪，惹人三分怜惜。

在她右眼下方，果真有颗泪痣，莹莹如泪垂，更显悲恸之色。

无论当年究竟发生过什么事，这位姑娘都称得上可怜。

家族惨遭灭门之灾，自己则被囚禁于高阁内，这会儿虽然坐在谢逾身边，却不是当家主母的位子，毫无名分不说，还要眼睁睁看着他大肆选妃。

在众目睽睽之下，无疑是巨大的耻辱。

多年前的修真界似乎很是流行虐恋情深与毫不讲理的霸总文学，从江肆身上就可以窥知一二。

宁宁实在不明白这位周小姐的想法，要是换作她，或许早就与谢逾拼个你死我活，大不了翘辫子死掉，也算舍生取义。

总不能真像俗套话本子里写的那样，在被万般折辱后仍然对人渣心存爱意，最后等她抑郁而终，谢逾终于幡然醒悟，痛不欲生。

——周倚眉虽然失去了家人和生命，可他也失去了人生中最为宝贵的爱情，这无疑是最为深刻的惩罚，足够弥补她之前受到的所有伤害。

才怪。

但凡有一点自尊自爱，对死去的家人有一丁点儿责任感，都会只想把这浑蛋碎尸万段。哪里来的风花雪月谈情说爱，说到底也只是感动了自己，人家丝毫不会领情。

宁宁想到这里，不由得怅然叹了口气。

话虽这样说，但结合前因后果，周倚眉大概率是死了。

在这崇岭之内，能制造浮屠境的唯有谢逾一人。

要说他会心存什么执念，恐怕也只有在周小姐撒手人寰后终于正视自己的心意，从此被封入炼妖塔陷入自闭。

这剧情，真是跟买到的泡面里没有调料包一样，叫人无言以对。

——不对。

宁宁忽然眉心一跳。

既然崇岭被山火毁去，无人幸存，魔君谢逾亦是再也不见踪影，那将他送入炼妖塔里的人究竟是谁？那场山火又是由何而起、因谁而生的？

她越想越糊涂，再定睛望向主人席位时，竟发现谢逾身旁的主母位多出了个陌生女人。

那女子小家碧玉、明眸皓齿，与郁郁寡欢的周倚眉相比，像是从死地入了人间，这会儿正满眼笑意地抬起右手，往谢逾口中投喂糕点。

好，不愧是虐恋，果然没有让她和白晔失望，恶毒女配这不就来了。

三角嘛，毕竟是最稳固的形状。

宁宁对谢逾观感极差，十分坏心眼地想，这两人的姿势像动物园喂猴，还是当着周围所有游客的面那种。

四周等待的围观群众越来越多，她把视线从那三人脸上移开，这才发现裴寂不知何时移到了自己身后，默不作声地为她挡去汹涌而来的人潮。

他向来沉默寡言，自听闻谢逾的事迹后，许久没出声说过一句话。

宁宁只知道裴寂性格别扭，猜不出他的所思所想，也不晓得这种时候应该如何安慰。

话说多了反而失礼，因此她只戳一戳裴寂手臂，轻轻问了句："你还好吗？"

他从胸腔里发出低低一声"嗯"，呼出的热气降落在她头顶，悠悠打着回旋儿。

宁宁抿了唇，伸出右手握住他袖口。

这是个代表了接纳与安慰的姿势，裴寂手掌稍稍一动，似是想要握住她手腕。

然而这番动作很快停滞在半空中，少年的右手藏在袖子里，迟疑半晌，终是收了回去。

他想起娘亲歇斯底里喊出的话："你和他一样，算个什么东西！"

裴寂抬起乌沉沉的眼，望向擂台上的俊美青年。

魔族的嗜血与暴戾一脉相承。

若是他也淌有如此污浊的血……那他究竟算个什么东西？

正当此时，掌心里忽然笼上柔软的暖意。

宁宁站在他正前方，由于背对而立，裴寂看不见她的表情。

他唯一知晓的是，她许是看出他的放弃与迟疑，原本拽着袖口的手指顺势上抬，握在他手掌上。

先是一根柔若无骨的指节，指腹缓缓往下按压，随即整片肌肤贴合而下。

像水一样，带了丝丝凉气，没什么实感。

明明她才是主动的一方，却因为手掌太小，等完全贴下来时，反倒像是陷入了裴寂的桎梏之下。

他茫然无措地想，宁宁与其他人，也会做出这般动作吗？

当她与贺知洲谈笑风生的时候，与孟抉有来有往笑着交谈的时候，被其他门派的弟子红着脸询问传信地址的时候——

哪怕只是见到这样的景象，他都会情不自禁感到烦躁不堪。

不想让她和别的男人太过靠近。

不想让她……触碰除他以外旁人的手。

心里纷乱的念头有如藤蔓疯长，长睫下垂，掩去眼底翻涌的暗色浓云。

裴寂任由她握着右手，缓缓向前一步。

他们两人靠得很近，等他迈步上前，便几乎把宁宁拥在怀中，彼此之间只隔了极其微小的距离。

女孩愣了一下，并没有避开，抬头看他时，传来发丝间的花香。

"抱歉。"

裴寂面色不改，嗓音淡淡："后面太挤。"

言下之意，这个动作并非他本意。

人群拥挤是个很好的借口。

宁宁露出"我知道啦"的了然神色，与此同时台上台下的声音嘈杂，不知是谁大叫一声："开始了！"

她也笑着低呼一声："裴寂，开始了。"

到这儿来的姑娘们大多并非出于本愿，扪心自问，毕竟没人会想陪在喜怒无常、性喜杀戮的魔族暴君身旁。

更何况，还有周小姐作为前车之鉴，明明白白地摆在那里。

可她们不得不来，谢逾下了命令，若有违抗，全家死光。

魔族本就不受待见，他行事又如此疯魔，顺理成章激发了不少女孩的逆反心理。

选妃现场一片阴云密布，扮丑的、走过场的、敷衍了事的，不知道的还以为是殡仪馆大队齐聚一堂，凑到这儿来哭丧。

又一个形如软体动物的漂亮姐姐跳完舞下场，谢逾怒不可遏，就差气得在椅子上一弹一跳："都给我认真点！下一个再不能让人满意，休怪我不客气！"

宁宁向裴寂讲悄悄话："下一个正好撞在枪口上，估计有点难。"

她的话甫一说完，便神情稍凝，呆在原地。

鸦雀无声的擂台上，忽然金光大作。

一抹腾飞在半空的身影翩然而至，无比醒目的圆润光头散发着鹅黄光泽，在空中旋转旋转再旋转，袈裟飞扬，金光四溢，好似一颗刚出浴的美蛋。

宁宁看得只想鼓掌，永归小师父把上场都做出了敦煌飞天的架势，接下来的表演断然不会叫人失望。

敬业，真是太敬业了。

他的双眼与谢逾遥遥相对，逼得后者一口糕点从嘴里呕出来，一边翻着白眼直咳嗽，一边哑着嗓子道："这什么玩意儿？"

"小僧永归，愿为魔君献上一曲。"

永归双手合十，扬唇笑道："还请魔君莫要嫌弃。"

谢逾的嘴角明显抽搐了一下："行。"

台下的宁宁却是脸色微变。

以永归小师父的习惯，他口里提到的"曲子"还能是什么。

然而她想要制止，已经来不及。

但见永归凝神拧眉，自喉咙里发出一道低吼，继而柔情出声。

"从最初到现在从没有变，谢逾是我心中最亮的星一点。魔君的俏脸那么雍容，你的地位永远都最重——哟！我只在乎你，你何时才会懂！"

宁宁听呆了。

超越当前十个版本的音乐风格，这是何等的天才，修真界捡到鬼了！

台下的众人亦是呆了。

那和尚状若疯癫，嘴里噼里啪啦好似中了邪，在念着的当口，眉眼逐渐变得狰狞不堪，口中白沫与火光齐飞。

没错，火光。

——救命，好恐怖啊！他一边口眼㖞斜地念，一边嘴皮子在扑哧扑哧冒火花啊！怎、怎会如此这般！

永归的语速越来越快，快到嘴唇摩擦生火，四射的火星在半空勾连成片。

那画面槽多无口，宁宁目瞪口呆，一个字都想不出来。

别问，问就是佛门高阶弟子不拘于世俗尘法之中。

火光连着白烟，模糊了其余一切景色。在迷蒙白雾里，只能见到两片上下翻飞的嘴皮，如同两条来到岸上的跳跳鱼，在生命尽头绽放最质朴的美丽。

一曲终了，四下无声。

永归微笑眨眼，望向谢逾。

谢逾面冷心冷，好似经历了一场人生洗礼，幽幽与他对视。

谢逾:"来人,给我叉出去。"

永归满脸的不敢置信。

以他的估计,这首精心创作的曲子唱出来,不说让魔君哭着求他当太上皇,夺得后宫第一把交椅铁定不在话下。

不愧是魔物,审美与常人天差地别,不可以寻常眼光来量度。眼看计划即将失败,小和尚匆忙与候场中的白晔对视一眼。

白晔朝他比了个"二",意思是开启备用方案。

于是在场所有观众,同时见证了另一幅令人震悚的画面。

那仿若中了邪的和尚陡然暴起,浑身剧颤,如疯牛般眼眶浸着血光,躬身下俯之际,从口中发出状若癫狂的自言自语。

护卫拔剑而起,谢逾凝力以待,宁宁看得头皮发麻,用传音问白晔:"你们想做什么?"

"我们的第二套方案,是打感情牌,求他把我们收入后宫。"

白晔无语凝噎,仰头止住泪意:"话本子都是这样写的,只要'浑身颤抖、眼尾微红、无比卑微地呢喃',对方就能够回心转意。"

宁宁:"……"

哦,那没事了。

小师父演得还挺像那么一回事,虽然变成了"周身抽搐、双眼血红、无比癫狂地质问"。

或许是因为永归卑微呢喃的模样像极了精神病患者,又或许是谢逾所剩无几的耐心到了尽头。

一阵闷响中,小和尚消瘦的身躯腾空飞落,被魔头的灵气击至擂台下,口中火星共血花一色。

白晔大骇:"小师父!"

"小僧已注定没戏,接下来全看道友努力,你看那四周花花风景,是我赠予你的鼓励。"

永归深深吸一口气,与对方的右手击了个掌:"接下来……拜托你了。"

第三章　茉莉花的香气

玄镜里的永归重重落地，玄镜外围观的长老们同时抖了三抖。

炼妖塔里的其他弟子都在生死边缘反复横跳，唯有他们几个被卷入浮屠境，还来了场叫人大跌眼镜的魔君选妃。

就很做作不清纯，堪称十方法会最不一样的烟火，一时间惹来众多看热闹的视线，乍一见到此番惨状，众人纷纷露出一言难尽的复杂神色。

"啊这……"

天羡子抓耳挠腮："永归小师父的曲子，还真是别具一格。"

梵音寺的灵光长老淡笑一声，摸了把圆润光洁的后脑勺："正是。我们寺中倘有弟子无心修炼，便会寻了永归在旁长歌相伴，音律正浓之时两目相望，霎时佛光陡现、心魔尽除。"

也就是两颗光头悬在半空，两相对视，在极度诡异的歌声里，后脑勺哐哐哐地闪金光。

其中一颗还一边发亮，一边面目狰狞地拿嘴喷火花。

在场众人皆是沉默。

这种事情他们并不想听！

"谢逾心性残暴，若是惹他不快，定不会手下留情，也不知白晔会怎么做。"

林浅心有余悸地盯着镜子，目光里隐隐有几分期待："听闻他行事向来严谨，更何况是流明山出类拔萃的优秀弟子……"

自家小弟得了表扬，何效臣憨笑道："过奖过奖，白晔性子随我，应该不会让人失望哈。"

"不过话说回来，"纪云开用白白短短的手指挠挠脑袋，在一众叔叔阿姨的包围下探出头，"孟诀好像不见了欸。"

有人抽了口气："孟诀？莫非孟诀也要参加？不会吧？"

"孟诀？"

隔壁霓光岛的好几位修士同时起身往这边跑，男男女女杂七杂八，颇为好奇地探头探脑。

孟诀身为天羡子首徒、玄虚剑派实力最强的元婴弟子，不但面容俊美，性格更是儒雅温和，只需轻轻一笑，就足以引得诸多女修心尖震荡。

更何况他是个剑修。

剑修讲究以剑破万法，对战之时最是凌厉果决，拿着剑的男人谁能不爱，孟诀也理所当然成了修真界里的万人迷角色，粉丝连起来可绕玄虚派五圈。

托他的福，玄虚剑派镜前咕噜噜又聚了一群人。

不知是谁叫了句："白晔上场了！"

与一心想要完成任务的永归不同，白晔此人很有偶像包袱。

虽然也想在争霸中崭露头角，但他必然不可能像前者那般豁得出去，因此上场上得极其矜持，走出了步步生莲的架势，任哪位古早主角见了都要赞叹一声：呵，好一只磨人的小野猫。

宁宁心里总有种不太好的预感，压低声音对身后的裴寂道："你觉得他有几成把握？"

裴寂本就对这种事情毫无兴趣，如今似是被他做作的姿态辣了眼睛，眸底透出显而易见的不耐烦，闻言沉声回应："零。"

她颇以为然，点头继续往台上看。

白晔生得玉树临风，往原地一站，无须太多言语动作，便自有一番飘逸隽永的仙人之姿。

不少围观的女子下意识地发出惊叹，旋即爆发出汹涌如潮的哇声一片。

但见那年轻修士勾唇一笑，眉飞入鬓，眸清似水，在众人惊艳的目光中腾空起身，长袖一舞，身后兀地出现一道粲然火光。

崇岭之内高山挺拔、道路闭塞，与外界联系少之又少，镇中百姓鲜有见到仙门修士的时候。

火光突现的瞬间，不仅台下观众呼声大涨，连台上坐着的魔君谢逾也是面色一变。

宁宁终于明白，她心里那阵不太好的预感是怎么回事了。

他们位于浮屠境中，所见所闻皆是仙魔大战时期的记忆，而在这个时间段，魔族与正道修士不共戴天。

白晔若是跳跳舞背背诗，甚至来个胸口碎大石都不为过，但这会儿动用五行符术，无异于自爆身份，往谢逾的枪口上撞，简直比菜鸟打游戏还能送，谈笑风生间把自己生生送没。

谢逾的脸色越来越差劲，白晔却对此一无所知。

面如冠玉的青年左腾右挪，身侧仿佛炸开一朵朵绚丽夺目的烟花，在众人瞠目结舌之际，忽然眸光一闪。

人群里发出小孩诧异的惊呼："这、这是——！"

火光迸射之余，竟从烟火的间隙里蹿出几缕莹亮水光，好似蛟龙出洞，凝聚成片地穿梭于火海之间。

恰值此时疾电大作，金光憧憧，电光凝聚成圆环之势，照亮舞动着的雪白人影。

玄镜之外有长老惊叹道："竟是水火雷三行并用，不愧是少年英才！何掌门育人有方啊！"

"三法并施，难度极大。"

曲妃卿颔首道："若是在平常，由于修为不足，这些水电火光会很快消散。但白晔是个聪明人，将灵气和雷电围绕在自己身边，如同一个密闭的茧，能有效减少法术流失。"

何效臣满面春风地哈哈大笑："过奖过奖！你们要是再夸，我该不好意思了。"

曲妃卿所言不假，白晔以灵气为结界，在身边展开了类似于施展避水诀的圆形阵法。

灵气与符法皆被束缚于阵法之中，由于无法往外界流逝，便也显得格外浓郁。火光汹汹、水色晶莹，加之电光迅捷似游龙，绚烂得有如梦幻。

除了谢逾的脸色越来越黑之外，一切都好。

台上舞动着的白晔如痴如醉，青丝如墨染，鸾回凤翥，一双水光潋滟的黑眸欲语还休，手里拿着的剧本名为《贵妃醉酒》。

席间端坐着的谢逾杀气涌现，唯恐那仙门弟子暴起伤人，手中魔气缓缓凝聚，只等时机成熟抢占先机，脑袋里上演的剧目叫作《荆轲刺秦》。

唯有站在人群里的宁宁一颗心提到了嗓子上，大感不妙。

就物理学的角度而言，在密闭空间中，过热的水大量蒸发会产生蒸汽，使空间内压力不断增大。而当压力超过灵气泡可以承受的极限强度时——

"快停下！"

宁宁心急如焚，利用传音入密匆忙对白晔道："把身边的灵气散开！"

白晔不懂其间缘由，带了些许困惑地扭头望她。

然后在下一瞬间，巨大的爆破音响彻四野。

一切发生得太快了。

快到所有人都只瞥见吞天食地的亮光陡然爆开，一抹美丽的白色在巨大冲击下弹飞而起，沿抛物线轨迹硬邦邦地往半空砸。

然后"吧唧"一声，如同被烧熟的肉摔在地上，冒出缕缕白烟。

擂台上下，传来迷人的焦香。

玄镜之外再度陷入沉默。

沉默，是十方法会永远的康桥。

何效臣刚喝下的茶水噗地喷了出来，声音颤抖："白——晔——！"

他们这边乱作一团，席间谢逾的眼中也罕见露出了百思不得其解的茫然与困惑。

谢逾原以为那名仙门弟子会乘其不备发动奇袭，可为何竟当众来了一场他炸他自己？这……这是正道的新型进攻方式吗？

好高级好恐怖，好不走寻常路，真真叫他完全看不懂！

看着那团直挺挺瘫倒的肉，这个多疑的魔君刹那感到了难以名状的恐惧。

场面惨不忍睹，宁宁咬着牙跑向白晔身边，不敢看更不敢碰。

身旁的裴寂同样皱了眉："我今夜在周家旁侧的竹林练剑，你若是做噩梦睡不着，可以来找我。"

承影冷哼："你之前可没说过要半夜练剑。"

白晔身体抽搐一下，眼角有泪水滑落。

你这小子名不虚传，还真不是人啊。

宁宁看着他没说话，满目尽是复杂的神色。

当压力超过可以承受的极限强度，像高压锅意外爆炸那样，灵气泡会砰地爆开，泡泡里所有东西也会被轰然炸飞。

谁管那么多恩怨情仇仙魔纠葛，物理之下人人平等，这分明是《走近科学》。

道法千万条，安全第一条，施法不规范，亲人两行泪。

白晔像是被送去煤窑打了八百年苦工，面目全非到可以直接改名为"黑晔"。盯着宁宁颤颤巍巍张开嘴时，吐出一口缥缈白烟。

"接下来……"

他说着抬起右手，像是要与永归小师父所做的那样，同她击一个掌："就交给你们了。"

宁宁看着他那只焦黑如烤鸭爪的手。

宁宁只想拒绝。

——毕竟这一看就不是什么正经动作，而是妥妥的厄运传递，谁击掌谁在空中玩七百二十度大转体。

她本想查探一番白晔伤势，却被裴寂中途拦下。抱着剑的黑衣少年与她方才的动作如出一辙，伸手俯身时低低出了声："我来。"

宁宁只得点头，抬眸遥遥望向谢逾。

虽然不知道为什么，那人脸上竟然会出现类似于恐惧的神色，但意料之中的是，谢逾周身已有杀气涌现。

她以为接下来注定是场恶战。

然而万万没想到，有名小厮模样的男人匆匆上台，于谢逾身旁悄声耳语几句。后者由最初的暴怒渐渐软化，显出几分惊诧与欣喜之色。

谢逾头也不回地下台了。

片刻之后再回来，身边跟了个身形颀长的白衣青年。

"孟、孟诀？"

所有变故都发生在转瞬之间，何效臣已经快要摸不清剧情走向："他为何会与谢逾这般亲近？"

纪云开往嘴里狂塞甜点，似是心有所感，嗤地笑出了声。

"今日选妃暂且作罢。"

与所有古早虐文男主一样，谢逾生有一副优越的好皮相，勾唇轻笑时眼尾稍挑，显出几分懒散的桀骜："我身旁这位乃玄虚剑派天羡长老，从今以后，便是崇岭镇的贵客。若有谁对长老不敬，杀无赦。"

为什么又又又是天羡长老！

念及贺知洲在小重山里的所作所为，天羡子紧随何掌门脚步，嘴里糕点喷了满桌。

玩归玩闹归闹，大家总爱拿天羡长老开玩笑。

梵音寺、流明山与玄虚剑派的大宗风范一个接一个倒，三派长老清一色面无表情，只希望这场为他们而开的法事尽快过去。

事故现场，宁宁同样是满脸蒙。

孟诀在选妃开始的时候，曾道他有事离开片刻。

她还以为这位高岭之花般的师兄会放下偶像包袱，与那两人一起参加比赛，没想到他非但光速搞定魔君，还大大方方承认了自己是玄虚剑派长老——

谢逾为何还不杀他？

"孟、孟道友？"

白晔满目的不敢置信，勉强动用体内残存的最后一点灵力，传音入密："这是怎么一回事？"

"哦。"

孟诀笑意不改，颇为惬意地垂眸向台下打量，没往他们这边望上一眼："我借用师尊名义叛出师门，把未来各大门派的计划和进攻路线全告诉他了。"

永归："……"

白晔："……"

"此地说到底不过是个已逝的幻境，他无论知晓何事，都不会对未来造成任何影响。"

孟诀道："而我们恰好能以此为契机，让谢逾对我们的叛逃深信不疑，这岂不比入宫为妃靠谱许多？"

两抹清泪，终于从两张灰头土脸的面庞上悄然滑落。

白晔的心好痛。

既然早就定了计策，孟诀那厮为何不透露一点风声？他们的翩翩起舞与放声高歌又算是什么？这群剑修能做个人吗？

玄镜之外的长老们无法听见传音，正当面面相觑之时，忽然见到镜子里的谢逾哈哈大笑，带了几分揶揄地拍了拍孟诀肩头。

然后洪亮的嗓音透过玄镜，传入在场每个人耳朵里：

"天羡长老叛出玄虚入我魔门，实乃可喜可贺的大好事！原以为天羡子乃正道之光，不料也是个贪生怕死之辈，哈哈！"

无论哪方都看不起临阵脱逃的懦夫，魔族也不例外。

孟诀装傻充愣："多谢魔君，魔君谬赞。"

天羡子本人："……"

何效臣身为难兄难弟，很是感同身受地拍了拍他肩头。在身旁诸多同情的视线中，天羡子面无表情地端水、喝茶，指尖微微颤抖。

境内镜外，撕心裂肺的吼声在三个人心底同时响起——

孟诀，你这个叛徒！！！

虽然孟诀被人在心里骂了个遍，但不得不承认的是，托他的福，一行人终于有了合理的理由在周府待下。

——以"叛逃长老和他狐朋狗友"的身份。

孟诀透露的情报句句属实，把各大门派日后的进攻路线一字不落地说了个底朝天。

谢逾与他闭门详谈多时，再次现身，整个人都透着股神清气爽的劲儿，仿佛明天就能把修真界踏平。

为感谢"天羡长老"带来的信息，受魔君指示，周府特意设了宴席款待宾客。

"原来两位小道长的表演只是为了助兴，是在下唐突了。"

谢逾坐在主人位上笑得阴鸷，颇有虐文男主六亲不认的气质："不过在下有个疑问，仙门大宗对弟子们理应不薄，各位为何要选择叛出师门？"

此人性情多疑，若是理由无法将其说服，必然会徒增麻烦。

宴席之中出现了一阵短暂的沉默。

宁宁从储物袋拿出一条手帕，擦擦眼角不存在的眼泪。

"这一切，全是拜真霄剑尊所赐——你们能明白，被师尊当作白月光替身的感受吗？"

玄镜外的视线聚焦体由天羡子瞬间变成他的亲亲师兄。

真霄眼底剑气涌动，真霄不想明白。

"见到他的第一眼，我就深深爱上了他。师尊待我不薄，可我万万没有想到，他之所以亲近于我，只是因为我与他爱而不得的女人长相有七分相似。"

宁宁越说越入戏，以狗血对付狗血，把在座真正的古早男主说得目瞪口呆、深信不疑。

毕竟在他的视角里，这些事情真的好有条理，好符合逻辑，完全无懈可击。

"他视我为替身，为救那女人，挖了我的心头血、割了我的肝脾肾脏、剜了我的灵髓，麻药打进我的身体，我慢慢闭上眼睛。在他眼里，我就是这样不值一提。如果人有下辈子，我发誓，绝对不要再爱上他！"

白晔瞳孔地震，努力埋头吃菜，把心口的震惊往下压。

玄虚剑派的剑修果然恐怖。

修真界里的别人都在拼了命地变强，而他们，却在用生命变态。

听宁一席话，胜读十年书。

宁宁的这段瞎扯，几乎囊括了绝大多数虐恋情深的套路，所有古早男女主，都能从中隐约见到自己的影子。

更何况她讲得这样详细流畅，脱口而出的时候没有丝毫犹豫和迟疑，除了这些事情当真在她身上发生过，谢逾找不出第二种解释。

谢逾义愤填膺："深情之人总是被伤得最深，真霄枉为名门正派！"

说这番话时，他颇有些嘲讽地垂了眼睫，觑向座席右侧的方向。

除开参与试炼的几人与魔君谢逾，席间还端坐着两个女人。

正是选妃时宁宁见到的那两个。

据谢逾介绍，左侧那个穿着金丝月华裙的名为顾昭昭，原是周家侍女，在他贫苦之时不离不弃、生死相依，二人伉俪情深，此生必不负她。

宁宁一边听一边心头咯噔咯噔跳，在听见"伉俪情深"时，念及今日佳丽如云的选妃现场，差点当场笑出声。

至于右侧的白衣女子，便是周家小姐周倚眉。

谢逾显而易见地不愿搭理她，却也显而易见地想要折辱她，面带不屑介绍了名姓后，薄唇冷冷一挑："曾经多么高不可攀的周家小姐，如今也不过是我的禁脔。"

"禁脔"这个词太复古，一般人真的承受不来。

难以想象会有人面不改色说出这样的台词，宁宁尴尬到用脚趾猛抓鞋底，差点当场给这小肚鸡肠的垃圾男人来一套军体拳，让其好好感受来自社会的无上关怀。

而此时此刻，谈及"深情之人总是被伤得最深"，谢逾之所以会睨向周倚眉，其中缘由不言而喻。

他出身低微，被当作周家毫无人权的奴隶养大，唯一心心念念喜欢着的，只有这位遥远如天上月的大小姐。

可惜郎有情妾无意，周倚眉不但对他兴致寥寥，还在他提出私奔之后将谢逾出卖——

想到这里，宁宁又不懂了。

就算谢逾付出十倍百倍的真心，就算周倚眉心冷如铁，从未被他打动，可无论怎么想，她似乎都没有太大过错。

连三岁小孩子都知道，付出不一定会有回报，谢逾对周倚眉情深切切，难道她就非要因此而动心吗？

除了"一往而深"，还有个说法"癞蛤蟆想吃天鹅肉"，天鹅不喜欢就是不喜欢，还能强迫她与盗版青蛙王子在一起不成。

至于谢逾这种，说白了就是自私。真以为自个儿是全世界中心，掏心掏肺穷追猛打就一定有成效，其实做的那些事只感动过自己。

周倚眉闻言面色一白，低垂着头没出声。

从宴席开始到现在，她一口饭都没咽下。

"这位姑娘是此缘由，那——"

恋爱脑高度中毒的谢逾对宁宁信以为真，剑眉一挑，视线落在一旁的白晔身上："这位小道长，不知又是为何？"

白晔正在猛扒饭，闻声猛地一愣，抬头时满嘴的白。

"我……"

白晔缓缓吞下嘴里的白米饭，微仰了头望向天空。

有宁宁的身先士卒，他明白自己应该怎么做。

"那个女人，名叫何小晨。"

镜外的长老们同时发出一声颇为嫌弃的"噫"。

莫名躺枪的何效臣一脸蒙。

"从小到大，我卑微地爱她十二年，却为了给她心爱的男人顶罪，被亲手丢进牢狱，取走肾脏。"

白晔攥紧拳头，用力往桌上一捶："她说出狱之后就嫁给我，结果那只是一场谎言！我一颗赤诚的真心终究被她毁了，毁得鲜血淋漓……所以我逃了，在临走之前用仅存的最后一点尊严告诉她——何小晨，这次是我先不爱你了。"

怎么又是个取肾的。

谢逾望向他的眼神逐渐变得复杂，本想安慰一两句，竟听见"砰"的一声拍桌响。

"可是她不知道……什么都不知道！"

白晔咬牙切齿，眼眶里染了浅浅的红："其实与她在儿时私订终身的是我，在山洞里照顾她三天三夜的也是我——不是我那双胞胎哥哥！她一直都认错了！"

这是个高手啊！

猝不及防听见这个转折，宁宁在心里直呼内行。

白晔只用短短两段话，就无比精辟地容纳了监狱梗、摘肾梗、背叛梗、白月光梗和最为经典的认错梗，堪称集狗血之大成，叫人不得不连声叹服。

不知道是不是错觉，顾昭昭在听完这番话后尴尬一哂，眼底的笑意悄然止住。

"世上竟有如此薄情寡义之人！"

谢逾是个容易受伤的男人，被故事里的恩怨纠葛虐到面色发白："爱真的没用，多爱都没用，感情最怕她逢场作戏，而我们依然死心塌地，无论如何，不爱就是不爱了。"

白晔不停地点头，实则心里尽是茫然：

这人在说什么爱来爱去的猪话？现实世界真有人能讲出如此尴尬的台词吗？或者说，其实他在像永归小和尚那样表演顺口溜？

这处浮屠境以虐恋情深为主打，谢逾估计从没遇见过比他更能洒狗血的人，一时间承受太多无法消化的信息，怔怔卡顿了。

在片刻停滞后，谢逾选择放弃这群乱舞的妖魔鬼怪，往越来越扭曲的主线上狂奔。

"各位都是为情所伤，今日来了崇岭，不如借酒消愁。"

谢逾抿唇笑笑，继而斜斜靠在椅背，语气轻佻："周小姐，为道长们斟酒吧。"

周倚眉眸光微沉。

倒酒向来是侍女丫鬟做的事，他此番一席话，无疑是当着所有人的面告诉她，当年高不可及的周家大小姐已再无权势，任他摆布。

还真是小肚鸡肠啊。

若是在平日里，宁宁早就拔了剑上前，但如今碍于浮屠境限制，不得不候在一旁等待剧情发展。

她本是恹恹拿手撑着腮帮子，一言不发地盯着周倚眉瞧，等后者拿起酒壶，突然飞快眨了眨眼。

白裙女子纤细窈窕，因病弱无力，起身前行时身形微晃，轻轻咳了声。

她竟是以左手拿着酒壶，右手虽然也覆在瓷器之上，五指却绵软得像是毫无力气，仅仅能做出一个"拿"的姿势而已。

周倚眉的右手出了问题，很可能无法再用。

这样一来，谢逾让她斟酒的用意，就要更为险恶几分。

她被折磨得浑身乏力，只能凭借一只左手支撑整个沉甸甸的酒壶，于是毫不意外地，在给谢逾倒酒时手臂轻颤，将酒水洒落些许。

这也正是谢逾的目的。

"怎么，莫非周小姐已经连斟酒都——"

眉目间尽是阴鸷的青年冷声一笑，白玉般的面庞浮上淡淡薄霜，正要开口羞辱，却听见不远处一道清脆的女声。

"时隔多日再想起真宵，最让我难以忘怀的，便是那天在望月山上。"

宁宁很是感慨，难以自拔地陷入回忆："他剜了我的心头血，救下白月光后打算御剑离开。可我灵力尽散，根本无法驾驭星痕剑，那臭男人冷笑着看着我，竟然说——

"怎么，莫非你身为剑修，已经连御剑飞行都做不了？"

谢逾噎了一下。

这好像是他刚刚打算说的台词。

"去他的御剑飞行！他难道还不知道，我被剜去心头血后会是何等虚弱？既然那么爱飞，干脆就斩断那厮双手双脚，剔他灵髓，毁他血脉，把他绑在剑上放风筝好了！脑袋可以当球踢的臭男人！"

宁宁气呼呼地说完，末了抬起眼睫，朝谢逾轻轻一勾唇："魔君大人，你说是吧？"

谢逾："……"

谢逾："好、好像，是的吧。"

虽然这样说，但为什么会莫名有种我骂我自己的错觉呢。

被宁宁这样一折腾，谢逾把之前准备好的台词忘了个遍，周倚眉朝她投去感激的视线，身形稍稍一侧，来到顾昭昭面前。

她们俩曾经一个小姐一个侍女，如今彼此间的身份却是天差地别。

顾昭昭见到她，唇角温和无害的笑意更甚："多谢小姐。"

周倚眉斟酒时背对着谢逾，形成一片封闭的视觉死角，因此他很难看见两个女人间的具体动作。

可宁宁能看得一清二楚。

在周倚眉把酒壶往下斜倾的瞬间，顾昭昭手臂一晃，正好击在她受伤的右手上。

随即便是右臂猛颤、酒壶落地，瓷器碎裂的脆响猝不及防响起，还伴随着顾昭昭一声仓促的惊呼。

哇哦。

宁宁在心里为她鼓掌，这恶毒女配的味道真是够正宗。

"怎么回事？"

谢逾如同遭遇降智光环，本就岌岌可危的智商不断下降，恶龙咆哮："昭昭！你有没有受伤！还有你，周倚眉！你这女人究竟想玩什么花样！"

希望此人葬礼上的锣鼓声能比这个好听。

宁宁默默捂住耳朵。

"我没事，你不要怪小姐，都是我——"

"真霄那都不算什么，最令我恨入骨髓的，是我那长相一模一样的双胞胎哥哥。"

白晔冷声"呵呵"了一声，毫不留情地打断顾昭昭的声音："那日大雪封城，他与我并肩行在长梯之上，忽然就自行滚了下去，等何小晨将他扶起，那混账东西居然厚着脸皮说——"

"我没事，你别怪弟弟推我，都是我不好，要是再小心些，就不会从梯上落下来。"

顾昭昭哽了一下。

这好像是她刚刚打算说的台词。

"我只想说滚啊！真那么喜欢滚楼梯，给小爷去滚啊！我要真想害你，难道还会用如此白痴的方法？你弱智也就算了，能不能别把我也拉下水！害你？你也配？真会给自己加戏！"

顾昭昭面如死灰，颤抖着低头扒饭。

"还有何小晨，那样拙劣的手段她居然也信？如此脑子，惨烈得像一桩冤案！我当初真是瞎了眼才会看上她，我呸！自作多情的傻子！"

白晔出生于书香世家，好不容易在十方法会一展口才，没想到竟是骂人。

他讲得气喘吁吁，自始至终没停下，说罢猛地往嘴里灌了口水，哑声道："谢魔君、顾小姐，你们觉得，我说得对吗？"

谢逾和顾昭昭皆是嘴角一抽。

匪夷所思，简直匪夷所思。

他们两人如同被这群修士损坏了脑子，所有想法与言语无所遁形，被抢得一句话都接不上来。

谢逾罕见地感到了少许怀疑。

他对周倚眉的所作所为是否的确太过分了些？难道真是顾昭昭做了手脚，倒酒才会洒出来？可是——

不，这一切都只是巧合而已。

他年少的喜爱被周倚眉踩在脚底，明明约定好了要一起离开，却只等来拿着棍棒、要将他置于死地的家丁。

只有昭昭，在饥寒交迫时带来衣物与糕点的昭昭，于生死边缘为他送来伤药的昭昭，才是谢逾心底的最后一寸净土。

至于这群修士，他们已经不算是正常的人了。

在这里坐着的，只有几具看似正常，实则被掏空肾脏的人干，他无须与之多言。

"呵呵,那群蠢人最可笑的地方,在于蠢而不自知,就算察觉不对劲,也总要给自己找这样那样的理由。"

宁宁扭头对白晔道:"不自知的东西,真是照了镜子也没用。"

白晔深以为然:"往好处想,他们爹娘铁定很幽默,否则怎么生了个笑话出来。"

谢逾:"……"

谢逾觉得,这两人在一唱一和地指桑骂槐。

可他没有证据。

谢逾,整个修真界最爱在道德边缘上跳舞的男人,头一回受到了心灵上的制裁。

虽然是个被用了降智光环的恋爱脑,但他品着品着,总能从宁宁与白晔的话里品出几分揶揄的味道来,并且在意识到这一点后越想越不自在,很快便匆匆结束了这场鸡飞狗跳的宴席。

宁宁骂得心情舒畅,与战友白晔对视一眼,伟大的友谊如同雨后春笋噌噌噌地往上蹿。

再环顾席间众人,永归小师父满打满算编出了一首即兴乐曲,本打算引吭高歌,却遭遇魔君黑脸跑路,满腔热情无处发泄,正颇为苦恼地摇晃着脑袋,嘴里嘀嘀咕咕念个不停。

裴寂乖乖坐在一旁,自始至终沉默着不曾开口,跟前的筷子几乎没动过。

虽然这位不苟言笑的小师弟与平日里没太大差别,但宁宁还是一眼就看出他心情不好。

想来也是,裴寂那位被折磨得几近发疯的母亲逝去已久,如今好不容易见到自己未曾谋面的生父,却不得不旁观谢逾与另外两个女人的感情纠葛。

更何况是这样剪不断理还乱的狗血剧情。

谢逾认不出他,更不会回忆起他的母亲。这对母子的存在感如此稀薄,在魔君大人复杂如麻花的恩怨情仇里,他们连不值一提的小配角都算不上,像从未存在过一样。

最为优哉的当属孟诀。

他坐在谢逾不远处,这会儿正闲来无事靠在椅背上,抬眸望着那三人远去的背影,不知想起什么,俊秀的眉眼稍稍一拧。

"孟师兄,"白晔是个自来熟,凑到他身旁问,"你在看什么?莫非已经察觉到了幻境里的些许猫腻?"

孟诀笑意不改,骨节分明的右手半扣在桌面上,食指轻轻一敲:"你们有没有觉得……那位周小姐有几分眼熟?"

宁宁闻言努力回想,搜光了整个脑袋,也没从记忆里找到能与周倚眉重合的面孔。

白晔亦是纳闷，茫然挠头道："我应该没见过——怎么，以孟师兄看来，她和谁模样相似？"

这个问题没有得到答案。

孟诀少见地敛了笑意，目光追随周倚眉瘦弱的背影一直往前，直至那道影子被黑暗吞噬，消失在视野里。

再扭头看向白晔时，青年唇边又勾起云淡风轻的弧度："许是我认错了，道友无须在意。"

他说不清周倚眉究竟像谁，此事只好暂且搁置。

谢逾为每个人都在周府安排了客房，宁宁累得厉害，只想好好闭上眼睛休息一晚，然而呈摊大饼状扑上床时，突然想起白日里裴寂说的那句话。

——那时白晔形如焦尸地落在地面，裴寂沉默须臾后告诉她若是半夜做了噩梦睡不着，可以去周府旁侧的竹林寻他。

他在那里练剑。

其实宁宁觉得，这更像是一句无意之间提起的玩笑话。

毕竟他当时的语气轻得像片羽毛，平平淡淡听不出任何起伏，一点也没有类似于约定的仪式感。

更何况裴寂同样在上一处炼妖塔里耗费了大部分灵力，理应在房中好生歇息。无论如何，今晚都算不上适合练剑的时候。

宁宁被寒风吹得打了个哆嗦，很认真地想：

所以听从他的无心之言，乖乖在夜里去往竹林的自己，一定是脑袋出现了什么问题。

可要是不来，一想到裴寂低垂着眼睫坐在角落里的模样——

简直就差在脸上明明白白地写"想要被安慰"了嘛！哪怕只有千万分之一的概率，倘若他当真孤零零一个人待在林子里练剑……

总有点可怜兮兮的感觉。

宁宁恨自己心太软，她没做噩梦也不无聊，硬是顶着重重倦意来到了竹林旁。

出于魔物盘踞的缘故，崇岭镇内四处弥散着昏黑魔气，在如墨夜色里悄然溢开，好似魑魅魍魉半隐半露的影子。

一轮惨白圆月孤零零地挂在梢头，虽然这个比喻不太恰当，但宁宁总觉得它像一张面无表情的死人脸，直愣愣停在她头顶上。

竹林中萧索寂静，碧色竹叶如同一泓在月下荡开的清泉，映在地面的影子则随风摇摆，好似溢开的涟漪。

乍一望去，竟有了几分置身于水下的迷幻感，一切都清清泠泠，不甚真实。

如果裴寂今夜不在这里，那她可就尴尬死了。

不对。

宁宁走着走着开始胡思乱想，反正也没人知道她夜半出门，一个人的尴尬算什么事，睡上一觉就过去了。

她一步步往前走，心里没抱太大希望。竹叶被层层拂开，幽谧月色随之向两旁荡漾，四周本是死寂无声，忽有剑气闪过，击落一簇落叶纷飞。

宁宁心头一跳。

她觉得自己的嘴角正在不自觉地往上翘，为了不显出过于高兴的模样，沉下心来努力把唇角向下压。

再往前一步，她便见到裴寂的影子。

他居然当真一直在竹林空地上练剑。

这会儿已经悄然入夜了。

竹影婆娑，月华如流水四溢，勾勒出少年人修长挺拔的背影。剑气凛冽如冰，在她靠近的刹那势若流风回雪，与夜风一同扑面而来。

那本是颇为凌厉的剑意，裹挟了清幽竹风袭上她脸颊时，却倏然变得格外柔缓温和，如同情人的指尖轻轻拂过雪白侧颈，带来难以抑制的痒。

与此同时裴寂回过头。

残余的剑光纷如雨下，照亮他清朗如白玉的脸庞，在乌黑瞳孔中点亮一束冷光。

一等一的漂亮。

"哇！是宁宁欸！"

承影扑腾一下跳起来，止不住地开始傻笑："她居然真的来了！也不枉你累得半死，还要坚持在林子里练剑哦！"

裴寂冷声回应："我不是专程在等她。"

"是是是，你没有专程等她，没有在上一层塔里累得半死只想休息，更没有一直悄悄往竹林的入口方向望。"

承影摇头晃脑，阴阳怪气地喟叹一声："明明已经体力不支，还要把宝贵的休眠时间用在小竹林练剑上，真不愧是剑修啊。"

这声音好烦，裴寂不想搭理它。

身着黑衣的少年下意识抿平嘴角，将勾起的小小弧度悄悄抹去，选择了最为简朴呆愣的开场白："做噩梦了？"

"才没有！"

宁宁瞪他一眼："我夜里睡不着，出来走走——倒是你，这么晚了还练剑啊？"

裴寂低着头看她，眼底像是笼了层极轻极淡的笑意，微不可察："我也睡不着。"

承影："呵呵。"

他两耳不闻承影事，人为地将这道声音彻底屏蔽，随即十分熟稔地将笑意尽数敛去，垂头在储物袋里翻找什么东西。

宁宁心下好奇，眨巴着眼睛打量他。

裴寂方才练过剑，乌黑发丝浸了汗，凌乱散在额前与鬓边，与冷白肤色两相交映。面庞被冷寂的月色一照，眼底泪痣盈盈动人，好看得过分。

而他的手指长而细瘦，屈起时能见到凸出的骨节，不消多时，便有一个圆形物件出现在手中。

那像是小食或甜点，被白纸一丝不苟地包裹起来，悠悠夜风一吹，携来桃花花香的味道。

裴寂把手臂向她身旁靠拢一些："给你。"

"这是什么？"

宁宁毫无防备地接下，抬眸飞快望他一眼："现在可以打开吗？"

不知道是不是错觉，裴寂抱着剑的姿势更紧了一些，但他还是面无表情地点了头。

打开层层叠叠的包装纸，那股沁人心脾的气息便越发浓郁。

竹林里的浅浅树息与桃花香气扑面而来，月光照亮被一丝不苟装在最里层的惊喜。

那居然是一块鲜花饼。

修真界没有这种吃食，她当初与贺知洲讨论食谱，专门提到贩卖鲜花饼致富的可能性。

可惜后来两人尝试着做了几次，无一例外都以失败告终，自此不了了之。

她只是在无意之中，很随意很随意地向裴寂提过一次。

"味道也许不对。"

他的声音绷得极紧："我不知道做它的法子。"

对啊。

她什么都没告诉过裴寂，原材料、制作方法和流程工序，他全都是一无所知。唯一知晓的，只有一句简简单单的"裹着花瓣的酥饼"。

可裴寂偏偏就做了出来，还将它认认真真一层层包裹在纸里，一本正经地送给她。

宁宁怔怔地又看了看他。

黑衣剑修，眉目冷冽，方才枝叶纷飞、剑光大作的景象犹在心头，然而就是这样的裴寂，却也会待在厨房拿起锅碗瓢盆，一遍又一遍琢磨着花瓣与淀粉的烹饪方式。

裴寂也会穿围裙吗？

不对，古代理应是没有围裙的。

她胡思乱想，脑袋里不受控制地冒泡泡，拿空出的左手蹭了蹭脸颊。

这也太犯规了吧！

宁宁没敢再看他，捧着桃花饼低下头，张嘴咬了一口。

酥皮柔软，在唇齿之间层层碎开，淀粉酥香与桃花清甜交织而来，鲜美得不可思议。

是甜的。

好甜好甜，让她情不自禁地感到开心。

裴寂一言不发，在见到女孩咬下第一口的瞬间握紧剑柄，指节隐隐发白。

然后宁宁咧开嘴角抬起头，整对瞳孔里尽是毫不掩饰的笑意："好吃！"

整颗心脏都松懈下来。

他喉头微动，别开脸低低应了声："嗯。"

在一阵局促的寂静里，裴寂又听见她的声音："对了，你……你还好吧，在见到谢逾之后？"

宁宁问得小心翼翼，而他则始终没有表露出丝毫与悲伤相关的表情，闻言沉声道："无碍。"

他顿了顿，又迟疑着开口："我是不是没告诉过你，关于我娘亲的事？"

宁宁兀地抬头，睁圆了眼睛。

"那不是多重要的故事。"

裴寂语气很淡，仿佛在讨论今日的天气，提及往事时微微勾了唇，眼底是满带嘲讽意味的冷笑："她出生于世家大族，偶有一日路见不平，救下一位重伤昏迷的青年人，两人互生情愫，偷食禁果。"

那青年应该就是谢逾。

宁宁没有插话，静静往下听。

"可惜那人并非良配，只是为接近她，从而盗取世家功法。待她冒天下之大不韪，自家族禁地盗来功法——"

他说到这里微微顿住，瞳孔里的自嘲之意更浓："魔族便大肆攻入城中，仅仅一夜时间，家人、财富、修为，什么都没有剩下，唯一留下来的，只有肚子里尚未出生的孽种。"

孽种。

宁宁心头一颤，缓缓蹙了眉。

这是裴寂从不曾向旁人倾诉的言语。

他性格要强，倔得要命，从来都不屑于向他人展示自己的伤疤，可此时此刻，却破天荒地想让宁宁知道。

裴寂说不清楚自己的所思所想。

他的力量何其微不足道，对外界肆无忌惮的折辱无能为力，只能咬着牙不让自己出声求饶，一天又一天地苦熬。

久而久之，少年逐渐习惯在蔑视与排斥中过活，疼痛、责罚、生死一线，不需要任何协助，仅凭他一人的力量，也能咬着牙挺过去。

——裴寂本应习惯的。

可宁宁抛出的糖一点接着一点，他尝到了甜头，食髓知味，在心底最为阴暗的角落，有个声音疯狂叫嚣着更多。

他真是够卑鄙的，跨不过横亘在两人之间的那条鸿沟，便全靠饮鸩止渴，以这种低劣又卑微的手段，试图让她多看自己几眼。

连自己都觉得可笑。

裴寂垂着眼睫，没有看她。

他的声音亦是很低："那些事与我无关，你不用施舍同情。"

停顿片刻，少年音莫名染了沙哑："我不可怜。"

谢逾与那个女人的爱恨纠葛的确与他关联甚小，可裴寂将那么多秘辛和盘托出，唯一隐瞒下来的，全是关于他自己的故事。

比如承受着母亲对于谢逾的恨意，每日在暗不见天日的地窖中苟延残喘、遍体鳞伤。

比如自娘亲重病身亡后四处流浪，曾因为一个包子，被街边的混混打破额头。

比如继承了属于魔君的浓郁魔气，被旁人视作不可接触的怪物，不知受到过多少羞辱与漠视。

那女人给他取名为"寂"。

哪有母亲会给骨肉取这样的名姓，分明是个永生永世难以逃脱的诅咒，打从出生的那一刹起，他便承受了无穷尽的恨意。

有时裴寂会想，他究竟算是个什么东西。

被生母怨恨、被生父遗弃，天下之大寻不到一处落脚的地方，除了剑，世上的一切仿佛都与他无关。

他不在意旁人，也没有谁会在意他。

这些都是他不愿让宁宁知晓的事情。

像离开水泊即将被渴死的鱼，他这一生狼狈得要命。

可即便如此，他也会有想要坚守的，属于自己的最后一点支离破碎的尊严。

唯有她。

裴寂不愿被宁宁看不起。

竹林里静了一瞬。

他唯恐听见类似于安慰或怜悯的语气,耳边传来窸窸窣窣的声响,原来是宁宁低着脑袋,用脚踢了踢地上堆积的竹叶。

那微弱的杂音径直挠在裴寂心口上。

她讲话像是在低声嘟囔:"我才不会同情你。"

裴寂握紧手中长剑,不知为何感到心脏狂跳。

"因为你很优秀啊。优秀的人才不需要别人同情。"

宁宁抬头与他对视,清澈声音在空蒙月色下悠悠响起,莫名有几分蛊惑人心的魔力:"我们裴寂多好啊,会烹饪、会降妖除魔,还会做好多好多漂亮的小玩具,其他人谁能比你更厉害?我崇拜都还来不及。"

她怎能语气寻常地说出这种话。

向来独来独往的少年从未听过如此直白的言语,哪怕知晓她是出于安慰,也还是无措到耳朵滚烫。

"而且,"宁宁说着一顿,目光在他脸上停了很久,自顾自地笑起来,"裴寂长得很好看嘛,比很多很多人要好看许多。"

月光让一切情绪都无处遁形。

一片叶子慢悠悠地落下,少年白净的脸被染上桃花般的粉色。

他忽然无端地想,那块桃花饼,会不会太甜了?

月光碎落满地,与无边夜色悄然勾缠,晕开寒水般冷然的薄烟。

裴寂屏了呼吸,扭头别开视线,却未曾察觉这样做不过是掩耳盗铃,无法避开那道视线。

宁宁看出他的害羞,一时间颇感新奇,像是出于恶作剧,向前更靠近一些。

她的目光在他脸庞上一点点下移,如同一团炽热的火苗。

偏生还有道含了笑的声音没心没肺响起,一字一顿,尾音十分恶劣地上扬。

"眉毛,眼睛,鼻子,嘴巴——"

平日里冷冰冰的人害羞起来最为有趣,宁宁本是笑着出声,猝不及防地,忽然对上一双漆黑的眼瞳。

——裴寂将视线回转,眼睛一眨不眨落在她脸上。

他的喉结上下滚落,双眼里盛满月光,长睫轻轻颤。

瞳孔里暗涌如潮。

宁宁的浅笑僵在嘴角,明明自己才是主动撩拨的那一方,却被他一个眼神望得心脏狂跳。

宁宁摸摸鼻子,很没出息地低头秒怂,声音比之前小了很多:"都挺好看的。"

宁宁被他盯得有点慌。

裴寂很高，月华斜斜落下来，他的影子恰好笼罩在她身上，明明没有实体，却带了重量沉甸甸地往下压，叫人难以呼吸。

要是在这种时候低头或后退，那她就整段垮掉，无异于明明白白地告诉裴寂，自己被他一个眼神看得害了羞。

那也太没面子了。

宁宁按捺住心跳，绷着表情仰头。

谢逾的面部轮廓凌厉深邃，眉目间总是含着几分魔息凝成的邪气。

裴寂身为其子嗣，融合了父母两方基因，虽然与之稍有相似，模样却更偏向于艳丽与柔和。

宁宁所言不虚，裴寂真是极为漂亮。

他平日里冷着脸的时候冷如寒月，遥不可及，这会儿站在与她近在咫尺的地方，不知怎的，目光里竟隐约显出些许挣扎的意味，大大缓解了周身的冷意和戾气。

像破碎的水光轻轻漾在眼底，映了温润如桃花的浅粉色，却被人为地刻意封堵，无法传达到她身边。

这样的眼神实在令人难以招架。

而裴寂缓缓挪动脚步，朝她靠近一些。

他面上的愣怔只出现了短短一瞬，旋即被常挂在脸庞的克制与冷然取而代之。

宁宁见他停了动作，本以为此事就此揭过，突然毫无防备听见属于裴寂的声音。

他声线微暗，语气僵硬得过分，几近于哑声呢喃："我可以……抱抱你吗？"

无法拒绝的口吻。

宁宁差点以为自己出现了幻听。

心口像多了毛的猫咪，绒毛砰砰砰地四处散开，她怔怔望过去，见到少年被凌乱发丝半遮的眼睛。

这回反倒是裴寂后背一僵，沉默着移开视线。

他从未想过，只不过一阵恍惚，自己居然会把这句潜藏在心底的话说出来。

虽然鲜少与外人有过往来，裴寂却也明白拥抱的含义。

那是亲近之人彼此间才会给予的动作，象征了接纳包容、肌肤相贴，以及说不清道不明的暧昧。

宁宁没有应声，充斥竹林的唯有黑暗与沉寂，他前所未有地感到狼狈不堪。

她一定倍感唐突，犹豫着不知该如何拒绝。

想来也是，归根结底，他们两人只称得上普通同门的关系。

对于裴寂而言，宁宁是所有人中最为特殊的那一个，可她周围永远环绕着那么多形形色色的朋友，沉默寡言、性情孤戾的师弟难免显得可有可无。

更何况，他还顶着这样一个糟糕透顶的身份——

这个念头尚未散去，耳畔忽然掠过一阵携了花香的清风。

有什么温暖柔软的东西扑进怀里，裴寂身形微微后仰，向后退了一步。

宁宁对于拥抱的经验并不比他丰富多少，动作仓皇又笨拙。两只放在他后背的手不知道该往哪儿落，一番辗转后，最终停在裴寂凸起的脊骨。

他的心跳声也太大了，宁宁想，又快又凶，震得她发麻。

她将脑袋埋在裴寂颈窝，说话时吐出的气息温和，在他锁骨上轻轻挠，嗓音闷闷地叫了声："裴寂。"

宁宁在叫他的名字。

仅仅两个字，就足以让他心头躁动。

裴寂吸了口气，沉沉应声："嗯。"

"你要是想抱，直接抱就好了。"

她开口时把头埋得更低，音量渐渐微弱，像是用了很大勇气才终于把这段话讲完："这种事情……总不能让女孩子主动吧。"

承影没忍住，发出了"噗"的一声笑。

裴寂愣着没动。

一丝火光在胸腔迅速蔓延，牵引出星星点点明丽的火花，仿佛有什么东西轰地爆开，那日在鸢城中见到的烟火，莫名其妙绽放在他心口上。

如果宁宁不曾厌恶他——

少年剑修松开手中长剑，两臂上抬。

手掌触及的，是与冷硬剑柄截然不同的事物，柔软得像一团棉花或一湖水，泛了舒适暖意。

他满是伤痕与茧的双手缓缓向上，依次经过女孩纤细的后腰、腰窝与脊背，宁宁似是被触碰得有些痒，在裴寂怀中轻轻一颤，连带着他的心也跟着颤抖。

"你不要难过哦。"

宁宁说完又觉得不对，停顿刹那后僵着声音补充："不对……你要是难过，可以随时来跟我说。我虽然没什么能耐，但一定会尽全力帮你。"

裴寂低垂着头，鼻尖与她的发间咫尺之距。

是熟悉的茉莉花香。

他轻轻吻过她的发丝，没留下丝毫痕迹，宁宁对此一无所知。

想靠近她些。

再靠近些。

曾经无比奢求的拥抱，在此时此刻似乎已经远远不够。

他从未如此贪得无厌，心底仿佛裂开一道漫无尽头的深渊，无论如何都没办法被填满。

裴寂快被折磨得疯掉。

"有什么心事也不要总藏在心里，知道吗？"

宁宁好不容易从紧张的情绪里缓过来，慢慢熟悉了这个动作，说着戳了戳他后背："我……"

她的话讲到这里，忽然稍稍顿住，裴寂亦是皱了眉，抬眸向竹林深处望去。

那里隐约有窸窸窣窣、不易察觉的响声。

宁宁脸上的滚烫在听见这道声响时卷土重归，匆匆咳嗽一声，从他怀里后退两步踏出来。

她屏了气息，没敢看裴寂，径直往声音传来的方向瞧。

深夜的林间幽寂无声，月亮不知什么时候被乌云遮挡，只淌出几缕暗淡银灰。

幻境之中凶险万分，宁宁与裴寂皆收敛了周身灵力，而竹树环合的尽头倏然一动，竟从中走出一名白裙女子。

宁宁愕然愣住。

这个妹妹，她曾见过的。

皓齿蛾眉、娉婷秀雅，眼底一颗泪痣低垂，正是周家小姐周倚眉。

周倚眉哪承想过会在这里撞见他们，被夜里的冷风一吹，不自觉掩唇轻咳几声。

三道视线在恍如停滞的空气里骤然相撞，虽无任何言语，却于无形之中滋生出暗潮汹涌。

宁宁实在想不通。

听说谢逾带领魔族攻破崇岭后，周家人除了她以外无一幸存，而周倚眉虽然侥幸逃过一劫，处境却是生不如死，蒙受百般屈辱。

那男人怨恨她当年的背叛与绝情，不但将周倚眉安置在废弃别院居住，令其人人可欺，还将她的右手手骨折断，堪称身心并虐，连追妻火葬场都不用，把臭男人的骨灰扬掉也不足以弥补。

——如果按照古早虐文的狗血走向，周倚眉莫非还要真爱上谢逾不成？适合他的唯一结局，不应该是被做成人肉叉烧包喂狗吗？

不对不对，现在最重要的问题是，三更半夜的，周倚眉为什么会独自出现在竹林？

宁宁正兀自纳闷，身旁的裴寂神色淡淡开了口："周小姐。"

周倚眉掩去眼底慌乱，向二人微微颔首："裴公子、宁姑娘。"

以她的身份，谢逾不可能有耐心为之详细介绍修士里的每一位，她却在用餐时细细记住了两人的名字，修养可见一斑。

竹林中再无旁人，四野阒然之下，白裙女子稍作停顿，压低声音道："还请二位对今夜之事保密……竹马见我此般处境，于心不忍送来伤药，如若被他知晓，恐怕又有无辜之人丧命。"

哦嚯，出现了！总会在危难之际伸出援手，却只能得到一句"你是个好人"的痴情男二！

宁宁注意到，她连谢逾的名字都没提，用了一个"他"来代替。

"二位乃仙门弟子，定然怀存怜悯之心，还请怜恤我等——"

周倚眉话音未尽，便又皱了眉咳嗽起来，宁宁露出同情的神色顺势接话："周小姐放心，我们定会保密。"

她这才抿唇一笑，面色苍白地致谢："时候不早了，我得尽快回房歇息，二位也趁早归府吧。"

这位显然没有与他们继续攀谈的打算，正要转身离开，宁宁却挑眉唤了声："周小姐。"

周倚眉神色淡淡地扭头看她。

在拂掠而过的竹树倒影下，那剑修小姑娘情真意切道："我也曾被师尊伤过，懂得你如今的心情——当年赠予谢逾伤药与功法的人并非顾昭昭，是你对不对？"

她略微怔住，眼底显出哀切之色："陈年旧事，再提又有何用？无论我如何辩解，他都不会相信。"

这便是承认了。

这盆狗血真是纯正入味，宁宁拼拼凑凑，根据看过的古早虐恋话本子，很容易就能还原出当年的整个故事。

出身娇贵的大小姐与家中奴隶坠入爱河，由于家族管教甚严，哪怕寻得了伤药与饱腹食物，也只能托付身边的侍女带给他。

属于她的喜欢青涩又羞怯，好在少年与她情投意合。

后来便是二人约定出逃，却不承想遭侍女走漏风声，周倚眉被下令禁足，谢逾则在家丁的棍棒之下只剩下半条命。

他自以为遭了背叛，其实什么也不知道。

例如，那位小姐曾多么小心翼翼地为他挑选药材，再红着脸交给侍女；例如，她总会在擦肩而过之时偷偷瞧他，哪怕有时相距甚远，羞怯的目光也总会兜兜转转落在谢逾身上。

哪怕她从来都表现得矜持文雅，周倚眉心底的喜欢从不比他少。

想来打从最开始送药的时候，顾昭昭就冒领了所有功劳，如今的周倚眉哪怕想要解释，也全然找不出证据和理由。

真叫人搞不懂，一个魔君，一个妖族大小姐，生生用阿凡达的人设，活出了阿凡提的剧情。

这误会一个套着一个，不知道的还以为在玩俄罗斯套娃，连宁宁这个旁观者都觉得心累，何必呢。

"我与他注定无缘，如今命如浮萍，也不知该往何处去。"

周倚眉思忖片刻，缓声道："以我如今的身子，大概活不了多久了。也不知在我殒命之后，能否引出他的一滴眼泪。"

"周小姐莫要伤心，此事说不定仍有转机。"

宁宁颇为感同身受地安慰，言罢忽然话锋一转："我听闻周家乃世代传承的妖修望族，谢逾功法皆是由此而来——想必周小姐的修为，应该也不低吧？"

满月的莹辉自云层透射而出，女人眼中的凄怆与悲恸瞬间顿住。

而宁宁仍在面色不改继续问："不知小姐修于何道？符修、法修，抑或……剑修？"

周倚眉站在竹林的阴影里，双目之间阴影层叠，一言不发地与她对视。

良久，女人自唇角露出自嘲的浅笑，扬起被折断的右手："我已是一介废人了，宁姑娘。"

这个话题让气氛降低至冰点，他们之间的对话到此戛然而止，周倚眉神色哀哀地与两人道了别。

眼见她的背影渐渐远去，宁宁眸中的同情浑然消散，涌上些许玩味笑意："你察觉到了吧？"

裴寂应得很快："嗯。"

他们两人都是剑修，对于剑气格外敏感。因而当周倚眉最初现身之时，宁宁立马就捕捉到了她身侧即将消逝的一道剑气。

冷冽清绝，幽邃无形。

周倚眉夜半出现在竹林里的原因，恐怕绝非"竹马送药"这么简单。

宁宁意识到这一点，因此后来与对方的谈话，两人都在拼演技。

她装傻充愣，周倚眉则全程哀切不已，似是对来日已没了希冀，唯有在临别转身之时，才终于露出一点破绽。

有个问题困扰了宁宁很久。

既然无人知晓魔君谢逾的去向，说明他并非为宗门长老降伏。这样一来，倘若此地真是属于他的幻境——

那将他击败并送入炼妖塔里的人，究竟是谁？

察觉到那道剑气时，答案便呼之欲出了。

身为一个正常人，家人尽失，自己被毫无尊严地囚禁在一方天地，真能抛却前尘旧事，与仇人展开轰轰烈烈的爱恨纠葛吗？

怕不是脑袋出了什么问题，建议左转医院脑科。

更何况周倚眉生而为妖，家族存有世代相承的秘籍功法，谢逾有的她都有，谢逾得不到的，她也能轻而易举得到。

无论种族、天资还是后天教育，这位大小姐都要远胜于他。

曾经的魔族之所以能占领崇岭，全因魔兵众多，现如今前线兵力吃紧，绝大多数都去了战场第一线，留下来驻守的，无论如何都不足为惧。

至于周倚眉浑身上下那么多地方，谢逾之所以独独要折断那只右手……

宁宁眼皮一跳。

折断剑客握剑的手，无疑是对她最大的羞辱。

够狠。

虐恋情深，真是一个神奇的领域。

好端端的姑娘被百般折磨羞辱，却仍旧执着于爱与不爱，只要听见一声所谓"浪子回头"的"爱你"，就能将前尘往事一笔勾销。

要说整个故事存在的意义，或许只有展示人类拥有多么顽强的生命力，以及圣母光辉如何照大地。

可为什么要委屈自己在垃圾堆里捡男朋友？凭他蠢钝如猪，凭他后宫三千，凭他那颗三级残废的小脑瓜萎缩得可怜，心头一软想去扶贫？

——才怪嘞。

何苦把人生全绑在无聊的情与爱上，这种时候唯一想要做的，铁定是为自己、为家人报仇啊。

宁宁把视线停留在白影消失的方向，笑着踮了踮脚："接下来或许有场好戏看喽。"

方才所见历历在目。

她仿佛仍能看见周倚眉转身离去时，眼底涌动的一缕微光。

既不低微也不愁怨，在那双黑瞳里映着的，是一道剑气，以及毫不留情的凛冽杀机。

"谢逾此人，在魔君中虽然称不上强，却因容貌俊美，于仙魔大战之际很是出名。"

孟诀悠然道："他知晓这一点，倒也懂得因利乘便，凭借那张脸得了不少好处。"

午时阳光亮得晃眼，永归正在抚摸自己电灯泡一样的后脑勺，闻言抬了眼睫："好处？"

他们几人中，唯有孟诀亲身经历过仙魔大战。休憩一夜后，一伙人特意聚在周府后院交换信息。

"修真界多的是名门小姐与女修，谢逾一手美男计玩得出神入化，最为拿手的伎俩，便是与她们展开一段刻骨铭心的爱情故事。"

孟诀对此番行径颇为不屑，嘴角挂了懒洋洋的嗤笑："继而乘虚而入，要么强夺功法秘籍，要么谋取战事情报，还因此得了称谓，唤作'多情君'。"

说是多情，实则最是无情。

谢逾万花丛中过，片叶不沾身，而被他染指的姑娘们，轻则修为尽失，重则家破人亡、死无葬身之地。

比如裴寂的母亲。

那女人为他搭上了自己的后半生，却不承想错信贼子，引得魔族大肆攻城、民生凋敝，她一个曾经的贵女辗转流离，最终只能龟缩于破败村落苟延残喘。

而对于谢逾来说，她与许许多多被他欺骗的女人一样，都不过是用以消遣的工具。哪里来的多情或真心，当她丧失利用价值，鼎鼎大名的魔君大人恐怕连裴寂生母的名姓都记不起来。

她就是这样一种可悲的存在。

在谢逾的人生里，唯有他与周倚眉轰轰烈烈的爱恨情仇，后人感兴趣的，也只会是这段浸满狗血的过往。

就像话本子永远只是属于男女主角两个人的聚光灯，其他人无论经历过怎样的故事，都注定不会被知晓。

宁宁莫名感到了稍许怅然，用力揉一揉两侧的脸颊，试图让自己看起来更加精神。不远处有鸟雀在叽叽喳喳叫，她在刺目阳光下眯了眯眼，心里忽然有个念头一闪而过。

宁宁抬头好奇地看向孟诀："大师兄，你之前说觉得周小姐很面熟，不知今日是否有了眉目？"

自从孟诀下意识说出那句话，宁宁便在周倚眉身上多放了几个心眼。

她脑海里冒出来的第一个念头，是在这个处处充斥着狗血的浮屠境里，或许和众多家庭伦理剧的走向一样，周倚眉与在场某人有血缘关系。

后来左思右想，差点把认亲大会玩成一起来找碴，可她除了与裴寂有一颗极为相似的泪痣，便再也没有任何值得怀疑的地方。

若是排除这个原因，而周倚眉又很可能是把谢逾送进炼妖塔的人……

那她会不会在什么时候，曾与孟诀打过照面？

脑海中陡然闪过这个设想时，宁宁心头一跳。

这样就说得通了。

孟诀的头脑何其聪明，传闻在学宫念书时一目十行而过目不忘，他对周倚眉的记忆如此模糊，说明两人的碰面理应是在多年以前。

而恰巧，孟诀经历过仙魔大战。

——也就是说，在这个反复纠缠、爱来恨去的故事尽头，周倚眉并没有成为依附于谢逾的菟丝花，不但报了灭族的血海深仇，还在焚山烈火中大难不死，保全性命。

　　"说到此事，着实很是有趣。"

　　孟诀不知想起什么，舒展眉眼轻声笑笑："你们一定不会想到，那周小姐……"

　　宁宁好奇得厉害，在一旁认认真真地听，可惜他说到一半，便被另一道男音骤然打断。

　　谢逾带着他磨人的小妖精顾昭昭款款而来，后者的双手紧紧抱在他臂膀上，让宁宁忍不住又想：

　　当年她去福利院当志愿者，和朋友一起搀扶腿脚不便的孤寡老人时，眼前所见就是这幅景象。感谢魔君帮她回忆青春。

　　"诸位道长。"

　　谢逾身为魔修，骨子里渗了傲气与阴戾。他毫不掩饰对这群叛逃分子的鄙夷不屑，但又碍于情报所需，不得不耐着性子与他们套近乎。

　　说到底不过是演戏，这种事情谢逾最为擅长。

　　他嘴角虽然噙了笑，眼睛里却是乌沉沉的漠然，声线醇厚如酒，带了令人沉迷的磁性："多亏天羡长老带来的情报，昨夜魔族在前线大获全胜。"

　　他说着瞥一眼孟诀，讽刺的笑意更深："魔尊下了号令，召我于今晚前往鸢城共商计划，恐怕短时间内无法再与各位相见。"

　　今晚。

　　也就是说，周倚眉必须在今晚之前动手。

　　宁宁看他的眼神里多了点怜悯。

　　看把孩子乐的，多高兴啊，真希望他待会儿被周小姐拿剑捅来捅去的时候，也能像现在这么开心。

　　说曹操曹操到，周倚眉的名字刚浮上心头，宁宁就在不远处望见她的影子。

　　谢逾对她的羞辱毫不留情，明知周倚眉被废了右手，却还是驱使她没日没夜干杂活，过得比周家用人更苦更累。

　　说好听点叫睚眦必报，直白来讲，这男人就是小肚鸡肠，脖子上顶着的玩意儿不叫脑袋，简直是颗急性肿瘤。

　　噫，好恶心。

　　周倚眉左手拿着扫帚，抬眼的间隙也见到他们，在与宁宁短暂四目相对后，面色不变地低头继续打扫。

　　宁宁好奇道："魔君大人，你若是去了鸢城，那位周小姐该怎么办？"

　　"她？"

每每提及周倚眉，谢逾的神色都会比之前更显不耐，闻言蹙眉斜看过去，刻意把音量加大："不过是玩玩就罢的女人，也不看看自己成了怎样的货色，我难道还得带上她？"

周倚眉无动于衷，继续扫地。

"这右手一断，来日也不晓得能有什么出路，更何况如今崇岭被魔兵占据，等我一走，她没了靠山……"

他似是愤懑于对方的爱搭不理，眉目间隐隐出现少许恼意："若真想要活命，只要声泪俱下地跪着求我，说不定能让我心软一些，带她从崇岭离开。"

这算是再直白不过的暗示了。看来谢逾虽然对她表现得十足嫌弃，心底却还是会不由自主地悄悄在意。

只可惜他绞尽脑汁地说，周倚眉始终旁若无人低着头，连一个眼神都没给过来。

宁宁用力把嘴唇抿平，强迫自己不要笑出声。

虽然有点恶毒，但从她的角度来看，此时此刻的场景……

真的很像一只狗在对着一个扫地机器人狂吠。

谢逾忍着怒火，深吸一口气。

他似乎已经被这样冷待过许多次，多少有了点抗压能力，哪怕被如此扫面子，也不过咬牙切齿道了句："装清高？以后有你哭的时候！"

顾昭昭仿佛被迷人茶香腌入了味，轻轻抚着他手臂，声音软得像是煮了整整一个小时的泡面：

"阿逾莫要生气，小姐她就是这样的性子……你又不是不知道，当年你我处处向着她，她却从来不领情，一直都是冷冰冰的。"

"我师尊的白月光总想刻意接近我，谁不知道她心里装着的恶心主意。"

宁宁往嘴里塞了颗花生米，对身旁的裴寂道："万事先想想自己配不配，娘亲让我别和傻子玩，我搭理她干吗呀。"

顾昭昭神色僵了一瞬，经过一番激烈的思想斗争，决定不去理会她，继续对谢逾吹耳边风："她这样的性子，曾经让你多累啊。别去想了，咱们走吧，你若是不开心，我会心疼。"

宁宁目光怅然，两眼望着天地回忆起从前："她那么爱装，一定很累吧。心疼。"

顾昭昭终于忍不下去了，右腿一迈就冲上前去："你……！"

裴寂面无表情地握住剑柄。

谢逾蹙眉："昭昭，做什么！"

"顾姑娘，你怎么了？"

宁宁像是被吓了一跳，向裴寂身后瑟缩一步："我在说师尊的那位白月光，半个字都没提到你呀……你与魔君伉俪情深，难道不应该与我同仇敌忾，一道抨击那坏女人吗？"

顾昭昭的嘴唇抽搐一下。

"对不起，我不会讲话，是不是惹顾姑娘生气了？我很少与旁人打交道，不像姑娘你善于此道，什么话都讲得出来，好厉害的。"

宁宁面露委屈，说着轻轻吸了口气，转而望向一旁的谢逾："这事怪我，魔君大人千万别往心里去。并非顾姑娘性子差、脾气火暴，全是我嘴笨的原因。"

顾昭昭的嘴角已经开始扭动着疯狂跳舞了。

白晔在一旁听得瞠目结舌，内心激荡不已，就差拍案而起，大呼一声"实属无敌"。

宁宁此人竟然生猛至此，硬生生以守为攻，把顾昭昭那套花里胡哨的语言艺术化为己用，不但暗讽她见人说人话、见鬼说鬼话，还点明了那女人性子暴躁、脾气坏。

至于一句"这事怪我"当属精髓，瞬间把宁宁塑造成柔柔弱弱的受害者形象，让谢逾找不到理由来质询。

至于顾昭昭，她一心要维持不谙世事的圣母白莲花形象，绝不可能承认自己与宁宁口中的"白月光坏女人"如出一辙，只能干吃哑巴亏，保持微笑接受嘲讽。

妙啊。

若是来日宁宁出了书，他绝对第一个买。

顾昭昭和谢逾像两只气急败坏的火烈鸟，没过多久便双双离开。

宁宁大战告捷，懒懒打了个哈欠，再一睁眼，与不远处的周倚眉撞了视线。

周小姐心如明镜，当然能看出这陌生姑娘是在帮她，望向宁宁的视线里虽然仍有戒备，却显然比之前柔和许多："多谢。"

"不用。"

宁宁朝她咧嘴笑笑，抬头瞥一眼天边。

不久前还挂在穹顶的太阳，已经不知何时蜷缩到了云层底下。

日晕一层一层往外旋，越来越淡、越来越轻，最终在如絮般的云层里，与一道幽谧浅灰悄然相接。

再往旁看，便是翻涌如潮的淡淡墨色。

有风轻佻地拂过来。

快下雨了。

"周小姐。"

宁宁收回视线，笑着对她说："今天天气不错。"

适合拔剑杀人。

"不对不对，各位冷静一点，在周倚眉复仇之前，我们得先弄明白一个事实。"

与周倚眉道别后，宁宁便跟着大部队来到白晔的房间，与另外几人进一步商议后续计划。

屋外的天色果真越来越暗，却并未下雨，仿佛只是谁不小心打翻了墨汁，衬得他们越发做贼心虚。

"如果这儿是现实也就罢了，可它偏偏是处浮屠境。浮屠境什么原理？执念所生。"

白晔看一眼层层乌云，压低声音："咱们待在这里面，要干的事不是行侠仗义，而是替幻境主人解决执念。"

他说话时敛了笑，做出一本正经的表情："要是帮错了人，我们突破浮屠境的难度恐怕要猛增十倍不止——你们觉得，这鬼地方的执念究竟是什么？"

永归道："谢逾乃浮屠境主人，周倚眉是他永生伤痕。倘若知晓错付深情，如何能从愧责脱身？没的争，只可能，待在炼妖塔这一层，自我放逐以让心理平衡。"

白晔："说人话。"

"永归小师父的意思是，谢逾的执念在于愧疚。"

宁宁摆弄着桌上的圆镜，托住腮帮子说："话本子里不都这样写吗？只有在女主角死掉之后，男主人公才终于察觉自己有多么爱她，于是一夜白发，整日以泪洗面、痛不欲生。嗯，大概就是这种剧情。"

白晔冷嗤："怎么，你不会还相信这些玩意儿吧？除了话本子里的角色，真有正常人能把爱情看得比什么都重要？"

他说着跷了腿，很有耐心地悠声道："作为一个男人，我可以很负责任地告诉你——我们这群兄弟不可能为所谓的白月光守身如玉一辈子，更不会因为那么点后悔和愧疚一蹶不振。花花世界那么大，何苦在一棵歪脖子树上吊死？"

这番言论话糙理不糙，白晔猛地往嘴里灌了口水，又补充道："退一万步讲，就算我真的爱惨了那女人，到死都在打光棍，可爱情算什么？只不过是生活里可有可无的调剂品啊！没了它，我照样可以步步高升，家财万贯，饱受万人敬仰——哎嘿，美滋滋。"

简而言之，他不觉得凭谢逾对周倚眉的歉疚能造出如此庞大的幻境，现实不是全员恋爱脑的话本子。

孟诀没反驳，顺着他的意思接话："不知依白道友所看，这浮屠境的成因是何？"

"我觉得吧，谢逾肯定恨死周倚眉了。"

白晔眼底尽是胜券在握的神采，语速越说越快："你们想啊，他虽然年少与她相恋，可那毕竟是很久之前的事情。这时间一年一年地过，无论多么浓烈的感情，都难免被磨得只剩下一个薄壳——那两人仅仅是这样的交情，而周倚眉非但想要杀他,还将谢逾关进暗无天日的炼妖塔,你们说,这执念够不够重?"

宁宁笑了:"所以你觉得,谢逾想要杀掉周倚眉报仇。"

"对啊!"

白晔应得毫不犹豫:"这不是挺符合他性格吗?睚眦必报的小人。"

"但如果谢逾真想杀她,在这处浮屠境里,他曾有很多动手机会,不必非得等到报仇的这一刻。"

裴寂沉声开口,眼底是化不开的暗色:"他至今没动周倚眉,说明心中尚有温存。"

这两方各有各的理由,也各有各的不合理之处,房屋内一时陷入沉默,忽然响起宁宁清脆的嗓音:"哇,你们快看!周小姐出发了!"

于是在场几人纷纷侧过头。

宁宁在百花深处的姑娘手里得到过一个视灵,不久前与周倚眉谈话时,顺手将它放在了周小姐肩头。

仙魔大战之时,这玩意儿尚未被研发。因此就算周倚眉察觉到不对劲,也不会对它多么上心,顶多觉得路过了不知名蚊虫,与报仇比起来不值得注意。

"既然咱们讨论不出个所以然,"宁宁指了指面前的圆镜,"不如先看看剧情走向?"

她说罢半垂眼睫,凝神看向镜面上的影子。

身形纤瘦的白衣女子立于门前,仰头望向狂浪翻涌的天际。

层叠的乌云恍如变幻无常的鬼面,疾风发出饕餮吞吃的声音。

的确是个好天气。

周倚眉没做任何准备,不过是将稍显凌乱的发丝重新束起,匆匆洗了把脸,便头也不回地出了门。

第四章　决战六十二层

顾昭昭在整理带去鸾城的行李时，忽然听见门外的脚步声。

她以为那是侍奉于身侧的丫鬟，低着头继续整理："何事？"

只要熬过今天。

今日一过，待她与谢逾一道前往鸾城，彻底摆脱崇岭这是非之地，她顾昭昭，就能飞上枝头变凤凰。

魔君之妻。

一想到这四个字，她就止不住嘴角上扬。

其实打从一开始，她没想过谢逾能有这么大出息，之所以暗自借了小姐的功劳，只因为他生有一张漂亮的脸。

哪怕遍体鳞伤、瘦骨嶙峋，少年的眉眼也能在刹那令她面红心跳。

只可惜谢逾对高不可攀的周大小姐情根深种，对她从未生出丝毫兴趣。

充斥整个心口的嫉妒，应该就是自那时而起。

周倚眉拥有女人们渴望的一切，绝美容貌、出色根骨、无懈可击的家世，以及为数众多对她死心塌地的男人。

顾昭昭不甘心。

即便谢逾不喜欢她，她有的是法子叫他上钩。

于是她开始日复一日地编织谎言。

周倚眉心疼谢逾，碍于周家眼线，只能托付身边的侍女为那小奴隶捎去伤药和糕点。

顾昭昭拿着篮子悄悄跑去见他，红着脸告诉满脸戒备的少年："你别怕，这是我特意为你准备的药膏……你的伤还痛吗？"

一天又一天，一遍又一遍。

谢逾看她的眼神越来越柔和，偶尔会向她喃喃提起，为何周小姐总是对他不冷不热，从未来看他一眼。

· 083 ·

后来谢逾向周倚眉提出私奔，顾昭昭毫不犹豫告了密。

周大小姐被囚，谢逾被打得半死不活。

而她走到少年身边，挤出一滴眼泪："你真傻，周小姐那样的人物，怎会心甘情愿同你离开？就在今早，她还向我嘲讽你的无能无知……她把一切都告诉老爷，今夜注定不会来了。"

谢逾的两只眼睛都是血红的，一眨不眨地望着她。

顾昭昭继续告诉他："你走吧，若是来日还记得我，便回来崇岭看看我。"

在那一瞬间，少年眼底的冷漠土崩瓦解，弥漫开浅浅水雾。

她知道，自己成功了。

谁能想到，谢逾竟会成为魔君呢？

眼看曾经无比骄傲的周倚眉从云端跌落云底，而她一步登天，成为陪伴在魔君身旁的人，那些滋生多年的妒忌终于烟消云散，顾昭昭感到了前所未有的快活。

只有一点。

谢逾似乎仍对周倚眉旧情未了，哪怕口中说得多么厌恶，可眼睛骗不了人。

等到去往鸾城，她就可以与周大小姐永远说再见了。

顾昭昭心头欢喜，本打算继续收整行李，却隐隐觉得不大对劲。

方才进屋的那人没说一句话，只是静静地站在门口，不知是否正在看她。

她胸口一跳，仓皇抬头。

映入眼帘的，是一张再熟悉不过的脸。

周倚眉。

顾昭昭感觉不太妙，往后瑟缩一下。

她居然连说话的勇气都不复存在，磕磕巴巴好一会儿，才破了音地惊呼出声："你、你想干什么？"

她没有忘记，周倚眉曾经是个根骨卓绝的剑修。

只可惜在她的怂恿之下，那只拿剑的右手被谢逾生生折断。

"你别想打什么歪主意！若是伤了我，谢逾定然饶不了你——侍卫呢？丫鬟呢？都去哪儿了！"

周倚眉没理会她的大喊大叫，手中白光一现，出现一把锋利长剑。

孟诀缓声道："以气化剑，这位小姐修为不低。"

再看窗外，虽然还未到傍晚，天空却已经全暗了。

乌云聚成庞大的旋涡，阴沉沉地倒挂在天幕上，仿佛要将所有光亮吞噬殆尽，空留沉闷且单调的黑。

因此，当月光般的雪白剑光凛然涌动，如汹汹雪瀑映亮女子侧脸时，勾勒出的轮廓才会像方才那般冷冽而瑰丽。

这女人一定是疯了。

她竟是……以左手拿着剑的。

顾昭昭被吓得瑟瑟发抖，周倚眉则自始至终面无表情，望向她时不像在看活物。

像在看一块恶心至极的垃圾。

长剑嗡鸣，白衣女修上前一步。

顾昭昭还想求饶，小腹却猝不及防被剑气猛地一撞，浑身剧痛之下，噗地从口中吐出鲜血。

周倚眉懒得同她多话，语气极淡："安静。"

她不想听见这人的声音。

顾昭昭哭成了泪人，想道歉求饶却不敢，只能一边发抖一边掉眼泪。

而那提着剑的疯女人一把提起她领口，不由分说地将顾昭昭往屋外拽。

她哪敢反抗，只能跟着周倚眉一步步往前。

府邸里的侍从丫鬟皆昏昏倒地没了意识，顾昭昭看得心头大骇，开始盘算如何能尽早让谢逾发觉此等惨状，只有他能治治这疯——

不对。

她兀地瞪大眼睛。

周倚眉拽着她去的方向并非别处，正是谢逾的卧房。

她隐约有了预感，自己接下来会遭遇什么。

"不……求求你，不要！是我错了！"

她下意识地想要求饶，瞥见对方淡漠的面孔后狠狠一咬牙，哑声道："你真以为他会信你的鬼话？待会儿谢逾见我受伤，准会立马杀了你！"

周倚眉沉静如死水的脸上，终于出现了一抹笑容。

充满了嘲笑、不屑与怀疑的笑，冰冷如刀，周倚眉一字一顿地问她："你确定？"

顾昭昭不确定。

她知道谢逾对周倚眉怀有特殊的感情，爱恨交织，最是叫人疯狂。

随即便是破门而入的砰响，当她还在为那道眼神心惊肉跳之时，周倚眉已经踹开了谢逾的房门。

而正如她所料，房屋里的男人微微一怔，并没有立刻出手。

谢逾终究还是对周倚眉心存不忍。

"阿逾，救我！"

顾昭昭来不及细想其他，涕泗横流地扯着嗓子喊："她疯了，周倚眉——"

话音未尽，小腹之上又是一阵剧痛，血花跟旋转花洒似的喷出来。

——周倚眉竟然敢当着谢逾的面伤她！

谢逾对顾昭昭好歹有几分情，见状蹙眉怒起，然而还没来得及开口，就被周

085

倚眉冷声打断："上前一步，我会杀她。"

她没说谎，长剑架在顾昭昭脖子上，剑修杀人不过转瞬之间。

两方对峙，场面陷入僵局。

"说。"

周倚眉面无表情："当年为他准备伤药的是谁？"

她就知道疯女人会来这一出！

顾昭昭目眦欲裂，用颤抖不已的声音大声喊："我……是我！阿逾救我——啊！"

一缕剑气毫不留情穿过她右手手掌，剧痛难忍。

"最后一次机会。"

周倚眉的语气依旧没有起伏："当年为他准备伤药的是谁？"

顾昭昭一边流眼泪一边干呕，快哭吐了："我、我说！求你别杀我呜呜呜……我全都说！是小姐，是小姐准备好一切，托我去送的！"

谢逾浑身猛地一震。

周倚眉微微抬起下巴，仿佛在讨论某件再普通不过的小事，口吻里甚至带了几分慵懒意味："继续。"

谢逾那废物男人压根儿就靠不住！

顾昭昭气得牙痒痒，迫于威胁只能继续往下说："所有东西……都是小姐准备的，我、我撒了谎……我愿意做牛做马来赎罪！小姐饶了我吧！"

脖子上的长剑更靠近了一些，惹来生生的疼。

周倚眉："继续。"

"私奔……私奔也是我告的密！对不起对不起，都是我的错！"

顾昭昭不敢看谢逾的眼神，低头死死盯着地板，即便如此，还是感到一股覆盖而下的浓郁杀气。

属于魔族的杀气。

周倚眉对她的声泪俱下与谢逾的惊骇皆是置若罔闻，淡声道："你还有什么话想说吗？"

周倚眉没有杀她！

顾昭昭的眼瞳瞬间亮起来："小姐，求你饶了我吧！我愿意用这一辈子来补偿，你不要杀我，好不好？"

周倚眉："哦。"

周倚眉："忘了说，这是你的遗言。"

顾昭昭的脸色本来就糟糕透顶，听闻此言，立马变得比吃了苍蝇更差劲。

她本来是想破口大骂的。

然而横在脖颈的长剑白光倏然而过，她疼得浑身发麻，大脑停滞，什么也记不起来。

顾昭昭颓然倒在了地上。

周倚眉抬眸瞥向不远处的男人，拭去剑上斑斑血迹："清楚了吗？"

天边的光亮已然尽数消散，在铺天盖地的幽寂里，谢逾面如死灰。

而跟前眉目清绝的白裙女修仍在自顾自继续地说："药是我送的，功法我给的，情是我求的——你难道就不曾怀疑，她一个侍女，哪有那样大的能耐？"

他怎会未曾怀疑，顾昭昭的话里有太多含混不清的猫腻。

可一旦顺着那个思路想去，背后的真相让他畏而却步，不敢深思。

——他究竟做了些什么？

俊美无俦的青年浑身颤抖着后退一步，双目猩红。

他在心底一遍遍问自己：谢逾，你究竟做了些什么？

谢逾自出生起，就注定没有未来。

一个身份低微的奴隶，打骂尽是家常便饭，没有人愿意施舍善意的眼神。

周家的少爷小姐们犹如远在天边的月亮，想要见上一面都难，以他的身份，更不可能有丝毫接触的机会。

想来他与周倚眉的相识极为俗套，外出赏花的小姐将玉佩落在路旁，奴隶少年将它拾起，怀揣着跳动不已的心朝她靠近。

他怯怯地说："周小姐。"

然后周倚眉笑着转头，也笑着向他道谢。

谢逾那天晚上辗转反侧，许久没有睡着。他对于外表向来毫不在意，却在那个夜里一遍又一遍地想，要是当时能把脸上的灰尘擦干净就好了。

从没有人对他那样温柔，微微笑起来的时候，仿佛把所有光芒都聚在身上。

他开始小心翼翼地追随那一道光。

哪怕大小姐并不在意他，对他忽冷忽热，对于谢逾来说，只要每天能看她一眼，那就很开心了。

周倚眉答应同他离开崇岭的时候，谢逾高兴得像在做梦。

被家丁们围在巷子里的时候，同样像是身处梦里。

年少最为小心翼翼的喜欢被毫不留情打碎，他理应恨她的。

可倘若顾昭昭所说的一切都是骗局呢？

如果周倚眉从来对他一心一意，如果他……亲手毁了生命里最重要的那个人呢？

谢逾的胸口阵阵发痛。

他屠尽她的族人，将她的尊严踩在脚底，甚至亲自折断她握剑的右手，毁去她大半修为。

——那姑娘是将他从无尽炼狱里拉出来的光。

周倚眉会如何想他？倘若她知晓这一切都是误会……可不可以原谅他？

如同即将溺死的人抓住最后一根救命稻草，谢逾深吸一口气。

没错。

她之所以会把顾昭昭带来此地解释，一定是想让他回心转意、再续前缘。

毕竟周倚眉爱他，他也爱她。

"觉得我会原谅你？"

瞥见男人眼底的微光，女修的嗤笑越发明显："别做梦了。"

她开口时毫不掩饰厌恶之意："有些人生如蛆虫，便觉得世上其他人也定是污浊不堪，真是可笑——今日我来见你的用意，莫非你还不懂吗？"

谢逾双目失神，听她继续道："我恨你，每日每夜都在恨你。我情愿当年放任你重伤病倒，不曾冒着风险为你送去秘典古籍，你若是死了，那便再好不过。"

每个字都像针扎在他心口上。

而在须臾之间，剑光乍现。

周倚眉用了全身气力，谢逾并未躲开。

浓郁的血腥味充斥在鼻尖，周倚眉想闻到它已经太久太久。

她修为被毁、手骨碎裂，只能伪装成柔弱不堪的模样任人践踏，唯有夜深人静的时候，才能以左手握剑，通过卧房旁侧的小道，前往竹林练剑。

一天又一天，每天都痛不欲生，却也让她在恨意中找到了苟且偷生的意义。

周倚眉想报仇。

她本来是不屑与谢逾多说废话的，如果可以，她宁愿一剑将他碎尸万段。

可她的修为与体力都不允许，要想在今日杀了那两人，必须借助别的法子。

例如让他悔恨交织，疏于反抗。

没有任何风花雪月，也没有怜惜与后悔，周倚眉心底的唯一念头是，和他说话真是倒胃口。

"这一剑，为我。"

剑光如冰，刺入男人右臂。

"这一剑，为我枉死的族胞。"

又是一剑，刺入小腹。

"这一剑……为天下被你所害的无辜之人。"

最后一剑，深深没入胸膛之中。

谢逾没说话也没动。

他在哭。

"我不知道……对不起。"

昔日风光无限的魔君眼眶通红，望向她的目光里尽是胆怯与破碎的深情，哽咽到难以分辨语句:"你杀了我吧……杀了我,也许能好受一些。"

"杀你?我自然不会杀你。"

周倚眉面无表情地看他,说到这里,语气中忽然带了几分笑意:"'不要你死,我要你生不如死地活,在无尽屈辱里反省曾经的所作所为……'这是你亲口对我说过的话,可不要轻易忘记。"

此时此刻,她将这句话原封不动还给了谢逾,以充斥着嘲弄、不屑与嫌弃的口吻,毫不留情。

男人的眼泪越来越汹,周倚眉稍稍一顿,皱眉。

她说:"别哭了,恶心。"

圆镜之后,几人皆是沉默。

宁宁大概能猜出来,凝成这处浮屠境的执念究竟是什么了。

炼妖塔中暗无天日,谢逾求生不得,求死不能,只能在这一隅天地内,背负满身旧疾蹉跎光阴。

这要是放在法治社会,都能上当日头条新闻:

天网恢恢疏而不漏,某谢姓连环杀人凶手终落法网,坦言后悔不已。

据悉,该谢姓男子侮辱罪、故意杀人罪、非法侵入住宅罪数罪并罚,若想关注更多后续发展,欢迎关注法制节目《底线》。

好一出牢底蹲穿的铁窗泪。

谢逾恨周倚眉吗?

斩断骨髓,囚他入塔,当然恨。

可他爱周倚眉吗?

少年时期永远的白月光,更何况是被他那样无情辜负过的女人,答案不言而喻。

他的爱与恨都无处发泄,在牢狱般的囚笼中痛不欲生熬过一天又一天,悔恨、暴怒、前途无望、每日每夜都痛苦不堪。

周倚眉想让他生不如死。

那么谢逾被困在炼妖塔中,心底最为迫切的执念会是什么?

——他想死。

如若在这一日,周倚眉执剑复仇之时便毫不犹豫将他斩杀,今后的一切苦痛他都无须再去承受。

太可怜了。

宁宁做抹泪状:"好惨好可怜,是路过的小狗看见,都会忍不住笑出声的程度呢。"

谢逾脖子以下的部位,已经血红一片,变得不能描写了。

直到此时此刻,他脑海里仍然充斥着爱与不爱的千层套路,奢求得到心上人的少许宽恕。

而周倚眉一把将剧本砸在他脸上。

去你的虐恋情深。

铁锈般的腥气将房间迅速填满,血液被黑灰色魔息染成暗红。

周倚眉的几剑用上了全身气力,剑气凝结刺入,在浸入血液与骨髓时轰然爆开,好似千万缕凛冽的寒风尽情肆虐,每一缕都带来难以忍受的刺痛。

谢逾不知是因疼痛还是悔恨,双目渐渐染上不自然的血红,被眼泪一润,仿佛在眼眶里打转的液体是血滴。

"对不起,对不起……"

他不停低语,上前一步试图朝她靠近:"我真的不知道,我以为你不要我了,我一直都爱你,原谅我好不好?你一定还爱我,你爱我的对不对?"

周倚眉后退避开,虽然没出声应答,脸上的表情却一五一十昭示了心中所想。

她分明想说:傻子,说人话。

白晔摸着下巴啧啧叹气,一对眼珠子差点掉进圆镜里:"周小姐真狠啊!她是怎么做到狠得这么不拖泥带水,狠得如此有魅力?在下佩服佩服!"

宁宁亦是看得心情舒畅:"这才是正常的故事走向嘛!谢逾做了那么多恶事,周小姐怎么可能再度爱上他?如今后悔又有什么用,从他做的那些事来看,这人骨子里早就烂透了。"

她说着神色一顿,目光定定落在镜面上:"奇怪……你们觉不觉得,谢逾的模样有些奇怪?"

永归应了声:"嗯。"

——谢逾身旁的魔气,较之前更加浓郁了。

崇岭镇魔族盘踞,四处都笼罩着淡淡黑气。

那些黑气有如薄雾,算不上多么显眼,然而自周倚眉拔剑到现在这一刻,谢逾周身的阴影越来越重,已经强烈得如同实体。

"不妙。"

孟诀缓声道:"心魔滋生,魔气暴涨……你们还记得那场烧了整个崇岭的大火吗?"

宁宁眼皮一跳。

周倚眉无疑是谢逾心里永生永世的疙瘩,如今当年真相被一一揭开,当他知晓自己究竟犯下了怎样不可弥补的过错,必定导致心魔滋生。

一旦心魔滋生,在极度崩溃之下……

还会惑乱心神,引得他魔气暴增,沦为只知杀戮的怪物。

白晔惊道:"不好!那周小姐——"

圆镜之中,黑气陡生。

原本哭泣着忏悔的俊美青年双目猩红如血,额头与脖颈迸出道道显而易见的青筋。

黑雾剧烈如实体,猝不及防间,竟直扑周倚眉面门而去!

周倚眉何其机敏,蹙眉向后移开,与此同时挥剑一斩,白光粲然之下,魔气轰然碎裂。

谢逾却对此毫无知觉,两眼无神地与她对视,魔气一凝,手里现出一把长剑。

周家世代以剑为传承,因而当年周倚眉赠予他的秘籍,也多半是极为珍贵的剑谱。

结果到头来,这些杀招却被用在了她自己身上。

剑气混杂着魔息席卷而来,周倚眉眼底尽是视死如归的决意。

今日前来复仇,她压根儿没有想要活着出去。

——虽然周府里的侍卫丫鬟多数被她击昏,能确保短时间内无人打扰,但崇岭内毕竟还剩下一些驻扎的魔兵,等他们察觉动静,定会布下天罗地网,大肆搜捕她。

无论如何,只要能与谢逾同归于尽,她就已经心满意足。

但她万万没想到,谢逾竟会在此时爆发如此强烈的心魔。

以她这具被折磨得脆弱不堪的身体,要想战胜他,恐怕……

周倚眉咬牙握紧剑柄。

谢逾失了神志,握着剑胡乱挥砍,魔气接二连三在空中爆开,引出火光四射,随着一声长啸,势如长龙地燎燃整间房屋。

一道剑风猛扑而来,周倚眉正要反击,忽然察觉身旁迅捷地袭过另一道剑气,将谢逾的攻击用力劈开。

她愕然回头,见到宁宁等人的身影。

"周小姐莫怕,我等乃仙门弟子,特来除魔!"

白晔身旁现出数张符咒,凝神御风之时,扯开嗓子大喊:"我之前所言皆是假话,流明山何掌门英明神武、天下第一!"

镜外的何效臣轻咳一声。

孟诀面色不改,聚力于长剑之上:"在下并非天羡子,师尊胜我良多,岩岩若孤松之独立,傀俄若玉山之将崩。"

"我要忏悔,我和真霄剑尊的那些事全是我瞎编的!"

宁宁亦是力挽狂澜,为离开炼妖塔后的自己争取最后一丝活命机会:

"师伯,虽然我鲜少夸你,但那只因不想让我粗俗不堪的言语玷污你高贵的剑意!我即使是死了,钉在棺材里了,也要在墓里用这腐朽的声音喊出:真霄剑尊剑法无双！"

这女人竟如此会拍马屁！

白晔面露惊恐地瞪眼看她。何掌门因他之前那番言语定然火冒三丈，若是在此时被真霄剑尊比下去，他就完了！

"何掌门真的好自私。每次现身之后，有多少人睡不着觉，他不在乎；有多少人饱受相思之苦，他不在乎；有多少人承受着爱而不得的折磨，他更是从不在乎！"

白晔手中火光一现，袭上谢逾身后，却被一剑挥散。

"还记得何掌门养过一只小兔，因乱食杂草拉肚子死了。当时看见您抱着它满目哀伤，我的脑海里只剩下一个念头——"

他一边打一边饱含深情地喊："我多想死掉的不是它，而是我！"

这回连孟诀都颇为诧异地看了他一眼。

狠，太狠了。

这还怎么比，舔王之王，夸人一千自损八万，谁都舔不过啊！

好好一场大战被迫沦为溜须拍马现场，玄镜之外的长老笑倒一片。

何效臣怒目圆睁，摸一摸自己并不存在的长须："干煸还是油炸？"

"不必与小弟子们置气，让他们体面些。"

真霄应道："清蒸吧。"

天羡子点头。

少油少盐，没把他们丢进油锅炸一炸，的确够体面。

宁宁不知道那三人之间的对话，对自己一番彩虹屁颇为满意，在把真霄夸得天花乱坠时，没放松对谢逾的围剿。

她为对付影魔消耗了不少精力，尚未完全恢复，只能在外围划水凑数。一行人中的主力，是周倚眉、裴寂、孟诀与白晔。

——永归小师父的说唱属于精神攻击，对疯狗一样的谢逾作用不大，他只能在旁充当辅助。

五行之术与剑光交叠明灭，谢逾饶是修为再高，如今心智大乱、全无逻辑，在众人合击之下难免落于下风。

魔焰因他的怒气层层爆开，火光汹涌，凄嚎声声，宁宁心知局势已定。

或是说，无论面对他们还是周倚眉，谢逾战败的结局，打从一开始就没有任何悬念。

"既然谢逾最终被关进了炼妖塔……"

之前尚未赶来的时候，她曾这样问孟诀："那在真实发生过的历史里，就算没有旁人出手相助，周倚眉也还是最终将他击败了吧？"

"嗯。"

孟诀懒懒应声，眼尾噙了笑地轻轻一挑："听说她凭借一场生死之战领悟了千方剑意，修为扶摇直上，由元婴步入化神期，斩杀邪魔千百——应该就是这一日。"

白晔长舒一口气："不然怎能成为万剑宗有史以来最年轻的长老……谢逾恐怕怎么也不会想到，自己惹了个修炼怪物。"

没错，哪怕没有他们的协助，周倚眉仍然会成功，唯一的变数，只有谢逾能不能保住性命。

——即便多日以来受尽折辱，即便身单力薄、形销骨立，面对入魔发狂的仇敌，她凭借长剑，终究还是将他斩于剑下。

因此当孟诀在后院提起她时，才会神秘笑道："你们一定不会想到，那位周小姐……正是日后万剑宗的静和长老。"

静和。

当今天下，以左手拿剑的剑修屈指可数，其中最为出名的，便是万剑宗一位号作"静和"的女修。

传闻她来历不明，于仙魔大战中突然出现，并在此后立下赫赫战功。

白衣女郎，风姿卓绝，因性情喜静而鲜少与外人接触，与贺知洲的师尊一样，常年待在山下降妖除魔，绝大多数弟子都不曾见过她真容。

周倚眉真真正正报了仇，当谢逾在炼妖塔中蹉跎一生，受尽百般煎熬，她以一剑名扬四海，证明了自己的道。

而当年烈焰灼灼、疾电浮空，女修长剑染血，立于血与火之间，眉间杀气如冰——

眼看着裴寂的长剑没入谢逾心脏，宁宁突然想：

要是能亲眼见一见当时的情景，那该多好呀。

长剑入骨，魔物狂啸。

裴寂眉眼淡漠，漆黑的瞳孔里见不到神采，只有若隐若现的火光翻涌肆虐。

立在他正前方的青年神色愣怔，目光里的戾气渐渐散去，重新笼上几分清明。

在那双通红的眼眸里，有痛苦不堪和浅浅的震怒，却也有释然与解脱。

裴寂与他四目相对，微微张了嘴，最终却一个字也没说。

随即"咔嚓"一声。

正如宁宁猜想那般，幻境中的谢逾重伤身死，执念尽破，浮屠境便也到了尽头。

此地种种皆是执念所成的幻境，接下来要面临的，才是真正的六十二层。

以及被困于炼妖塔数十年之后的魔君谢逾。

宁宁睁开眼睛，首先见到一片昏黑无际的天空。

这里说不清是清晨或傍晚，天光若隐若现、似明似暗，她从地上爬起来，闻见一股淡淡血腥味。

真正的六十二层没有崇岭那样一碧如洗的穹顶，也见不到茂盛青葱的幽林。

这里虽说像是山野，却充斥着极其浓郁的魔气，林木尽数枯萎，看上去像是匍匐着的人类残骸。

地上尽是沙砾和魔兽遗体，宁宁的背被硌得有些疼。

他们之前误入幻境，如今应是被分散传去了各处。她灵力不足，在这种处境中很是不利。

这个念头堪堪浮起，猝不及防间，一道无比刺耳的声响划过她耳畔，如同尖利刀刃，直入脑海。

是系统发出的提示音。

宁宁微微皱眉，没开口出声，细细阅览浮现在脑海里的字句。

宁宁凝视着孟诀近在咫尺的背影，眼底浮起一抹阴狠凶光。

他虽是名义上的大师兄，却向来瞧不起她，平日里见她刁难裴寂，亦是次次站在后者那边，让她吃过不少回瘪。

她不甘心。

为什么人人都要向着裴寂？他不过一介魔修子嗣、上不得台面的怪物，而她出身望族，前途不可限量，无论怎么想，她都应该是备受宠爱的那一个。

一群蠢货！

念及孟诀平日里的冷嘲热讽，一个念头自她心底缓缓浮现。

宁宁想，她要杀了他。

六十二层异常凶险，如今只剩下她与孟诀并行，只要找到附近视灵的死角，略施小计……

待他死无葬身之地，有谁能追究她的过错？

宁宁看得头皮发麻，后背腾起阵阵冷风。

在之前的任务里，系统虽然会安排她走一些与恶毒女配定位相符的剧情，但往往是掀不起大浪的口舌之争或恶作剧，这次却截然不同。

她要对孟诀下死手。

埋藏在心底深处的记忆一点点苏醒，宁宁大概记起关于炼妖塔的剧情。

裴寂独来独往，几乎从未与旁人有过交流合作，因而原著里对其他弟子的描写少之又少。

不知是幸运还是不幸，宁宁正是这"少之又少"的其中之一。

只要剧情不抽风，待会儿他们会与孟诀相遇，四人两两组合，分头探寻此地秘辛。

等她与孟诀登上山崖顶端，立在视灵死角处的时候，宁宁须得伸手将他往前推。

——当然，这番举动铁定不会成功。

孟诀何其机敏，在她悄声靠近的刹那便察觉到了不对劲，当宁宁手掌即将触碰他时，他会正正好回过头。

也正正好，看见她笔直伸出的图谋不轨的手。

想来孟诀早有准备，之所以在那个节点转头，就是为了让她的尴尬最大化。

那样一个再明显不过的谋害姿势，简直叫人百口莫辩。

宁宁光是凭空想象那时的情景，都能满脸通红，浑身起鸡皮疙瘩，与此同时又忍不住想：

即便在那种生死攸关的时刻，孟诀都不忘刻意耍弄她，真真黑心肠。

她的脑子一定是开过光。

这个想法填满脑海的瞬间，宁宁耳畔传来似曾相识的清澈男音："宁宁师妹？"

刚抬眼，就对上一双含笑的黑眸。

即将成为她暗杀对象的孟诀对一切毫无所知，身边跟着白晔与永归，许是被小姑娘呆呆的模样逗乐，眼底笑意更深："在想什么？"

"我、我在想——"

宁宁的大脑飞速运转。

她虽然受制于系统，但好歹长了脑子，绝不会傻到盲目屈从于系统。

根据以前的几次经验来看，系统往往不看结果，只注重她一丝不苟做的过程。

也就是说，只要在崖顶做出伸手前推的动作，并找到正当理由，说不定能摆脱被孟诀当场抓包且自此深恶痛绝的命运。

念及此处，宁宁眼前一亮。

她有办法了。

孟诀双手环抱在胸前，安静打量自家小师妹无比精彩的表情变化。

她之前失魂落魄的模样像条胖头鱼，瞪着鼓鼓的眼睛不停吐泡泡；这会儿又突然像打了鸡血，整个人浑身一震，仿佛一具诈尸而起的"千年老粽子"。

他觉得有些好笑，很诚实地弯起嘴角。

宁宁见他心情不错，也双眼亮晶晶地笑起来，语气却神神秘秘："师兄，你可曾听说过一套从天而降的掌法？"

孟诀很配合地捧哏："哦？你说。"

小姑娘得到应允嘿嘿一笑，慢慢伸出双手，做出向前推的姿势。

她动作笨拙、面色凛然，以极度迟缓的速度抬起手臂，伴随着身体微挪，双手在半空左右摇曳，推出两个浑然天成的半圆。

从胖头鱼变成了富有夕阳红气息的乌龟奶奶。

"这是我家乡那边的传统武学，名为太极八卦掌。"

宁宁正色道："我近日来勤学苦练，只希望能在众山之巅一展掌法，定然很有武林宗师的风范。"

一席话胡诌完毕，宁宁只想在心里给自己鼓掌。

什么叫化朽为奇、力挽狂澜，她简直就是个天才！

待会儿上了崖顶，等她的气息被孟诀发现，后者转过身来，正要厉声诘问之时——

却见她满目正气跨开马步，手掌从他身后画着圆挪开，最后再发出尤为诚挚的邀约："师兄，来和我一起打太极吧！"

好有说服力，好让人无法反驳。

想必无须多久，黑雾绕顶的悬崖之上就能出现两道并肩打着太极的身影，轻灵柔和、正气十足！

宁宁没什么信心地摸摸鼻子。

大、大概如此吧。

福祸都是躲不过，等白晔和永归简单包扎好伤口，一切就按照原著剧情井然有序地开始进行。

六十二层魔兽肆虐，四处弥漫着浓郁魔气。

一行人铁了心要在这座荒山挣得更多积分，经过短暂商讨，决定两两分头行动，寻找秘境里潜藏的机缘与凶魔，以及尚未现身的裴寂。

宁宁与孟诀身为同门师兄妹，理所当然被分到了同一组，朝着山顶方向不断前行。

她心中有鬼，一路上紧张得厉害，倒是孟诀心情似乎不错，乐此不疲找着话题。

山间幽寂，放眼望去只能见到一簇簇干枯如骨架的灰黑树尸，好似蠢蠢欲动的魂灵，在黑暗中荡出扭曲的影子。

道路两旁一直没出现魔物踪迹，只会偶尔传来几道不知名动物的啼鸣，如泣如诉，仿佛浸了极深的杀机与恨意。

宁宁跟着孟诀四下搜寻，东张西望没过一会儿，不知不觉便到了山顶。

那道惹人心乱的提示音也适时响起：

"叮咚！

"请将孟诀推下山崖。"

言简意赅最是气人，完全不留给她任何喘息的余地。

宁宁心乱如麻，虽有千般不愿，却只能按照剧情走向，佯装好奇地一步步前往山崖尽头。

孟诀知晓她灵力所剩不多，为确保安全，一直跟在身旁。

山巅位置极高，俯身看去望不到底，只能见到一片混沌深渊。

无边黑暗有如漆黑空洞的瞳孔，一眨不眨与她对视，盯得她心里又乱又慌，悄悄皱眉。

"好高啊！"

宁宁按部就班念出原文台词："师兄，你快来看看！别处可见不到这样的景象。"

她说这段话时的语气轻快灵动，叫人听不出异样。孟诀很少拒绝她的请求，闻言上前几步，走到悬崖边沿。

最没有防备的后背，停在她触手可及的地方。

到时间了。

宁宁深呼吸，退到他正后方。

手臂往前伸的时候，整颗心脏都悬在半空。

她的手掌马上就要触碰到孟诀脊背。

心脏怦怦直跳。

等等。

除却心脏跳动的声音，她为什么还听见另一道……类似于野兽的嚎叫？

这绝对、绝对不对劲。

宁宁心口一颤，猛然回头的瞬间，双眼忍不住兀地睁圆。

谁能告诉她，为什么在她与孟诀身后的密林里……居然会忽然蹿出一只双目猩红的魔狼啊！

魔狼气势汹汹，径直向二人狂奔袭来，所经之处黑雾渐浓，散开层层死气。

宁宁被这个突发状况弄得摸不着头脑，心里疯狂呐喊。

快停下，这根本不是说好的原著剧情！这只狼要是这时候冲出来，大师兄岂不就要马上扭头了吗？她她、她还没来得及摆好太极的姿势啊！

可惜天意从不会眷顾她，恰如此刻，崖边的青年剑修倏然转身。

而宁宁身体侧转，死死盯着身后恶狼袭来的方向，双手保持向前推的姿势，僵硬如雕塑。

这下真是百口莫辩了。

谋害同门被当场抓获，这车翻得够狠。

宁宁心如死灰，不敢看孟诀眼睛。

她只想立马找个地洞钻进去，或是像鸵鸟一样，把脑袋深深埋进土里，慌乱之余，却忽视了另一个十分重要的要素。

由于扭头去看身后的魔狼，宁宁身体一歪，手臂的方向自然也会向旁侧偏转。

因此当孟诀扭过头，她的动作并非要把他推下悬崖，而是满目惊恐地看着魔狼，将他往右前方的空地推。

孟诀剑眉稍拧，眼底浮起一丝讥诮的笑意。

这丫头，莫非觉得他胜不过区区一只魔狼吗？

不过——

他想到这里，敛去嘲弄的念头，觑一眼宁宁毫不犹豫朝他伸出的双手。

这样将他推开，受伤的只能是她自己。

便宜师妹虽然傻乎乎的，但还算有点良心。

宁宁尬在原地，哪里知晓孟诀心里的所思所想，尚未做出反应，突然见到白光一闪。

孟诀拔剑出鞘，黑发白衣萧萧肃肃，一言不发挡在她跟前。

他的剑法迅捷如雷、凛冽如冰，剑出之时扬起纷然冰屑，魔狼还未发出惨叫，声音便尽数被折断在喉咙里。

飞溅而出的鲜血带着铁锈气息，似是有几滴落在脸上，灼热滚烫，黏腻得惹人生厌。

"小师妹这是做甚？"

玄虚剑派年青一代中的最强者长剑染血，面上却是言笑晏晏："不过一匹魔狼，我尚能对付。"

孟诀说罢一顿，又道："倒是你，灵力不支，无须逞强。"

什么"逞强"，她哪里有逞强？

他在说什么猪话。

宁宁的大脑再度卡壳，填满一个又一个小问号，等勉强转动起来，才迷迷糊糊揣摩清楚对方的意思。

孟诀这是……误以为她为了保护他，所以才刻意将他推开？

不会吧。

这是哪门子舍己救人的感动修真界十大人物的剧情？她走的不是恶毒女配路线吗？大师兄不要在一些奇奇怪怪的地方脑补啊！

这剧情飞流直下三千尺，直接崩成了脱缰的飞行器，呼啦啦飞往外太空。

宁宁愕然之际，突然听见不远处传来白晔的声音："孟师兄、宁宁师妹，我们找到裴——嚯！这匹狼怎会如此之大！"

一扭头，居然见到分头行动的另外两人，以及被他们俩找到的裴寂。

几双眼睛彼此交换视线，宁宁呼吸一滞。

他们不会……都看见她推孟诀的那一下了吧？

裴寂似是受了伤，白皙脖颈上染着殷红鲜血，黑衣同样被浸湿，软绵绵伏在身上。

不知道是不是错觉，他的眼神和平常不太一样，像是心里藏了不开心的事，冷着神色将郁气往下压。

孟诀也见到他，在飞快睨一眼宁宁后，自嘴角抿出一抹不易察觉的笑，然后不动声色地，朝她靠近一步。

青年灼热的气息扑面而来，宁宁心头警铃大作。

等、等等。

师兄突然靠她这么近做什么？

对于与异性的近距离接触，宁宁向来不习惯也不喜欢，因此见到孟诀欺身靠近时，下意识地后退一步。

然而对方并没有留给她避开的机会。

孟诀的神色惬意闲适，眸间涌了层阴云般的暗色，以及一抹意味不明的笑。

那笑里少有温润友好的意味，反而带了些恶作剧似的戏弄，他仿佛在暗处静候猎物的捕食者，终于在此刻露出一点锋利爪牙。

危险。

宁宁第一时间感到了不妙，这黑心莲定然不怀好意。

孟诀见她满脸戒备，嘴角挂着的弧度越发明显，随即右手一抬，径直拂过她脸颊。

"宁宁不必舍身救我。"

他说得漫不经心，但因声线清润、语气温和，于旁人听来，只觉情深意切。

青年细长的手指微微弯起，指腹没有裴寂那么多的伤疤，掠过宁宁脸上的血迹时暗自发力，将散发着腥气的点点红痕擦拭干净。

宁宁听见他的声音："兄长必护你此生周全。"

宁宁："……"

这个举动太过突然，宁宁彻底裂开。

亲手为他人拭去血迹，这分明是个能撩得人面红心跳的动作，然而被孟诀做出来，只让她感到了无穷无尽的疑惑与恐慌。

她与大师兄之间的关系，无论如何都还没进展到如此亲密的程度吧？而且像孟诀那种性格的人，当真会讲出"护你此生周全"这么肉麻的话？

他他他、他被夺舍了？

以宁宁看来，哪怕她当真在今天为救他而死掉，孟师兄也只会对着她的遗体淡淡笑一笑，或许还会在心里暗骂一句"不自量力的白痴"。

——那他干吗要突然说出这种话？

还没等她反应过来，便见孟诀后退一步，不动声色侧了身子，从她眼前移开。

他这一挪，宁宁只要抬起视线，就能与不远处的永归、白晔四目相对。

还有裴寂。

黑衣少年静静望着她，不知在想些什么，像是怔怔愣了神。等宁宁抬了眼，目光相交之际，裴寂条件反射般握紧手里的长剑。

他没有如往常那样，立刻沉着眸子把视线移开，而是一言不发地继续与她对视，苍白如纸的薄唇紧抿，目光幽深如潭。

宁宁想，她一定是看错了。

否则裴寂的眼睛里，为什么会莫名其妙出现类似于委屈和无措的情绪。

委屈？

可惜这番对视并未持续太久，宁宁正打算凝神细细看去，就望见抱着剑的少年垂下长睫，以几近于狼狈的姿态，刻意避开了她的目光。

"我身上有血。"

裴寂立在原地久了，再动身时难免眼前一白，身形不受控制地微微侧晃。好在他反应够快，很快稳住脚步，才不至于摔倒在地。

若非被那道目光望得失了神，宁宁差点就立马冲上前去搀扶他。

裴寂的嗓音哑哑的，仿佛蒙着层布，离开时没有回头："去那边的河清洗一下。"

宁宁察觉到他不高兴。

言语间甚至带了点若有若无的、不耐的躁意。

她似乎明白了一丢丢孟诀的意图。

莫非，难道，也许——

大师兄在故意坑她，或是说……坑他们俩？

白晔哪怕再傻，也早就察觉到宁宁与裴寂之间的气氛不大对劲，见状轻咳一声。

"哎呀！他怎么一个人离开了？明明在魔兽潮里受了伤，这样多危险啊！"

他顿了顿，刻意观察宁宁的神色，把音量提得更高，故作惊慌地大声喊："本来早就让他去清理伤口，但裴师弟不知道怎么想的，见你俩久久未归，非说此地凶险，必须先与你们两个会合。"

永归听他说罢，很配合地一拍脑门："倘若突遇猛兽袭击，如何才能保有余力，不如快快前去寻他踪迹！"

白晔有如神助，很快接过话茬："他也不懂照顾自己，身受重伤还与我们分离，要说什么因为所以，身不由己，迫不得已……啊呸！永归你闭嘴！"

这两人一唱一和，居然都是即兴发挥，带着万众瞩目的即兴说唱站在修真界大舞台上。

宁宁神色古怪地瞥瞥他们，匆忙道谢后，追在裴寂身后离开。

"宁宁师妹看我的眼神，再也没有了往日的崇拜。"

白晔仰头望天，目光忧郁："她会不会觉得，我跟永归小师父一样不正常？"

永归心如止水，做了个双手合十的虔诚姿势："这是一种艺术，你已成为我的信徒。"

100

"不过这招顺水推舟的激将法，玩得着实精彩。"

为了避免被他同化，白晔赶忙把话题转到为数不多的正常人孟诀身上："不愧是孟诀师兄，实在高！"

孟诀但笑不语，神色悠闲，端的是世外高手做派，十步帮一人，千里不留名。

"话说回来，我自认长得一表人才，家族世代修炼，从小到大在学宫都名列前茅，要说修为也不差，浑身上下找不到缺点。"

白晔摸摸下巴，陷入深思："为什么直到现在，也没有仙子向我示好？莫非我太过优秀，让她们自惭形秽不成？"

永归抬了眼睫，看他的眼神里颇有几分难言的深意。

思索刹那后，小和尚从地上捡了片干枯的叶子，轻轻吹一口气，令它悠然飘荡着下落。

枯叶徐徐落下，如同风中摇曳的一艘小舟。

白晔静静看着它，恍然大悟："小师父，我悟了！你是不是想告诉我，万事强求不得，要像这片叶子一样顺其自然，等到了命中注定的时候，就必然会找到归宿？"

永归摇头，双手合十朝他略一躬身，又捡起一片叶子，重复之前的动作。

一旁的孟诀笑得有如春风拂面，眉梢一挑，学着小和尚的语气道："白施主，永归师父的意思是，'你吹，继续吹，尽管吹'。"

白晔："……"

白晔气出猪叫："永归闭嘴！不要狡辩说你方才没开口！动也不许动！不、许、动！"

距离崖顶不远的密林里，有条穿林而过的河流。

裴寂立在河道中央，任由蔓延的魔气浸在身旁。河流流速极缓，携来潺潺若琴音的水声，与哀泣般的幽然兽鸣。

与其他几人相比，他的运气实在糟糕，刚睁开眼便置身于魔息肆虐的兽潮。

被困炼妖塔的魔兽向来修为不低，一旦群聚而起，就更是难缠。他硬生生凭借一把剑杀出重围，在意识即将涣散的时候，遇见了白晔与永归。

他们说，在不久之前见过宁宁。

她与孟诀师兄一并去了崖顶，到现在仍未归来。

裴寂身怀魔族血脉，较之正统修真人士，能更为清晰地察觉周遭魔气。

此地黑雾氤氲，寻常人看不出猫腻，他却能清清楚楚地感知到，越往上走，笼罩的死气越强。

他忧心宁宁遇上危险，因而拒绝永归先行疗伤的提议，执意前往崖顶与她会合。

少年念及此处，黑眸中阴影渐浓，自喉间发出一声自嘲的轻笑。

结果却见到宁宁不顾自身安危，一把将孟诀推开。而那位光风霁月的大师兄把她护在身后，抬手抹去女孩脸上被溅射的血迹。

"宁宁不必舍身救我，兄长必护你此生周全。"

哈。

此生周全。

漫至腰身的河水冰凉，偶尔随波荡起，舔舐在被利爪撕裂的伤口上，惹来钻心刺骨的剧痛。

裴寂对此无动于衷，轻垂了眼睫，伸手自河里盛起一捧清水，发狠般按在小腹上的血痕。

他褪了上衣，血与水混合着淌下来，把身侧的河水染成暗红色泽，恍如朱砂层层晕开。

这会儿手掌按在伤口上，虽名为"清洗"，却毫不犹豫地狠狠发力，那块皮肤更加血肉模糊，血止不住地往外涌。

只有这样的剧痛，才能让他从几近混沌的神志里，寻回些许清明。

更何况他早就习惯如此，无论宁宁还是旁人，没有谁会在乎他。

"裴小寂，你疯了？"

承影在识海中狂跳不止，语气里罕见地带了几分薄怒："你吃醋就吃醋吧，犯得着这样折腾自己？快给我停下！"

暮色里的少年抿起薄唇，哑声应它："我没——"

说到一半，自己先停了口。

他没有否认的底气。

当看见孟诀朝她一步步靠近，手指拂过宁宁脸颊的刹那，他能清楚感受到内心翻涌的情绪。

胸口发闷发酸，平白无故生出许多委屈和气恼，只想仓皇地移开视线，仿佛站在那里都成了种折磨。

即便不愿承认，但那分明是赤裸的嫉妒，如同蚀骨焚心的烈焰，灼得他快要魔怔。

裴寂缓缓呼出一口浊气，手掌途经肩头带血的裂痕，不自觉越发用力，眸色更深。

大师兄品性如冰壶秋月，剑术一流，地位高，哪怕那般亲密地直抒胸臆，面上也不见分毫惧色。

因此，孟诀能直言不讳告诉宁宁，护她一世周全。

可他能吗？

不久前还有人将他疗伤用的仙泉换作毒水，甚至伤及宁宁，在她小腿之上灼出血痕。

他的身份如此低劣不堪，顶着"魔物"的头衔永生无法摆脱，即便无人在明面上刻意针对，却难掩暗潮之下的鄙夷与排斥。

除了剑术，裴寂未曾追求过其他什么东西。

除了剑术，自出生起便备受憎恶的少年心知肚明，他也配不上别的什么东西，更何况是那样明亮且温暖的宁宁。

他真是没用。

英雄配美人，所有故事里都这样写，倘若宁宁当真与师兄在一起，那也是情理之中。

然而只要一想到这个结局，裴寂的心口就空落落地发疼。

亏他还带着满身伤来找她，她却一句话也没说，只顾着站在孟师兄身旁，一点都……

一点都不在意他。

他心烦意乱，委屈和烦闷全都无从发泄，只能一遍遍擦拭身上的血渍，却太过用力，导致伤口更严重地裂开。

承影大呼小叫，气得不行，吭哧吭哧的喘气声持续了好一会儿，不知怎的，突然没了声息。

裴寂心有所感，不动声色地抬起眼睑。

身着素色纱裙的女孩站在岸边，目光定定落在他身上，不悦地皱了眉："你就是这样清理伤口的？"

是宁宁。

她此时……不应正与孟师兄待在一起吗？

裴寂有些发蒙，顺着她视线所望的方向轻轻一瞥。

恰好是他胸前。

神色阴郁的少年略一停顿，旋即整个身体向下压低，将胸膛尽数没入水中，只露出细长脖颈与苍白面庞。

裴寂把声音绷得很紧，桃花眼里迅速笼上一层薄冰："你来做什么？"

承影不屑冷哼。

让这小子对它爱搭不理，现在好了，克星来了，该有好戏看了。

瞧他那副令人作呕、故作姿态的模样，面对宁宁似乎还挺跩。

也不知道是谁委屈得几近爆炸，在心里一遍又一遍想，她为什么不来。

"你还没回答我的问题。"

裴寂身上遍布抓痕与咬痕，宁宁看得直皱眉，本想义正词严教训他几句，话到嘴边，却不争气地软下来："你先上岸，我帮你。"

裴寂的目光有片刻闪烁，很快消失无踪："不用。我自己来就好。"

他从前可不会用生涩僵硬的语气讲出这种话。

像在赌气闹别扭。

宁宁隔着迷蒙的黑雾遥遥望他，没说话。

裴寂极白，细雪般的肤色在暮光中尤为明显，因发带被取下，乌发有如瀑布凌乱散开，倾泻在淌动的河水上。

视线再向下，能见到他脖子的一道细长红痕，自锁骨攀附而上，被濡湿的发丝遮掩大半。

无论裴寂有多么凌厉冰冷的目光，都难掩这份异样的美感，更何况少年的眼眶不知为何隐隐发红，在冷白肌肤的映衬下无处可藏。

宁宁心口有些躁，下意识抿了抿唇。

她看出裴寂不高兴。

他为什么会不开心？之前在谢逾的浮屠境里，裴寂不是好好的吗？要说在那之后发生了什么……

宁宁半开玩笑地想，难不成是因为她和孟诀闹的那场乌龙？

她本来是带了几分调侃地从脑子里冒出这个念头，然而想着想着，却渐渐品出了点儿不对劲。

按照永归小师父与白晔的叙述，裴寂既然能顶着伤口上山来寻她，就说明他在来到崖顶之前并未置气。

要说唯一能有什么引火索，似乎真的只剩下她与孟诀的那番互动。

难道说，裴寂是因为她舍命救下孟诀、被后者近身擦去血迹，所以才感到不开心？

不会吧。

这个设想似乎有些过于大胆。

它究竟意味着怎样的情愫，分明是那样不言而喻。

宁宁想，她一定脸红了。

仅仅因为某个天马行空的念头，真没出息。

她看着前方双目微红的少年，毫无预兆地感到心慌意乱，想起裴寂身上的斑斑血迹，只得再度艰涩开口："你……先上岸。"

宁宁说罢一顿，见他没做反应，把声音扬高一些："你要是不上来，我就下去。"

这句话果然有用。

河水冷如冰，裴寂定然不会让她置身于滚滚水流，稍作停顿后倏然起身，蹚着河水缓步上岸——

即便是在这种情况下，他依旧拿她毫无办法，只能乖乖听从。

伴随着双腿在水中迈开发出的哗啦声响，宁宁终于看清他此时的模样。

雾气一笔一画勾勒出少年挺拔的身影，黑发被河水浸透，湿漉漉贴在他未着片缕的手臂与腰间。

宽阔的颈肩线条流畅，向下则是淌着血的胸膛与小腹，腰身劲瘦，苍白得过分。

裴寂感受到她的视线，身形显而易见地陡然一僵，低垂了眼睫，死死盯在河面上。

他、他干吗要这么害羞啊！

这本应是再正常不过的场景，却因裴寂这个回避的动作笼了层若有若无的暧昧气息。

宁宁本来就有些紧张，如今更是觉得一股热气往头顶冲，浑身僵硬得动不了。

他这样……倒衬得她像是对美色图谋不轨的恶人一般。

宁宁不露声色地抿了抿唇，虽然她的确有被诱惑到。

等裴寂上了岸，最初那股别扭的劲儿便悄无声息消散许多。

受过伤的少年浑身带着股血腥气，宁宁让他坐在河边，从储物袋拿了块手帕。

"我听白晔他们说，是你放心不下，执意要来崖顶找我和师兄。"

宁宁垂着脑袋，将浸了水的手帕在他脖子上轻轻擦拭，裴寂一低头，就能看见她纤长的漆黑睫毛。

像扇子一样，只需要轻描淡写地一动，便能把他心口戾气尽数扇去，只留下零零星星的酸涩。

她真是狡猾，明知他打定主意独来独往，却总会在这种时候一步步靠近，让他连气恼都做不到。

"可这样一来，你身上的伤口不就全部恶化了吗？"

宁宁全神贯注地拭去血迹，用指尖点了点侧颈上那道伤口旁："是不是很疼？"

裴寂摇头，闷声反问她："孟诀师兄呢？"

问完又觉得后悔，他怎么会讲出这种没头没脑的话？

"怎么？"

宁宁笑了："难道比起我，你更想见他？"

她说话时抬了头，顺着少年硬朗的下颌线条，一直望上他漆黑的眼瞳。

裴寂的眼眶还是有些红，瞳孔则染了蛛网般的血丝，映着眼尾泪滴一样的小痣，显出与平日里截然不同的迷离与狼狈。

他语气干涩地开口，浅粉的唇瓣脱了色，薄如纸："不是。"

停顿须臾，他又哑声道："我只想见——"

他分明只想见她。

这个秘密被深深埋在心里，宁宁永远不会知道。

裴寂听见她的一声轻笑。

宁宁没有追问被他藏起来的那个字，一边继续擦拭血迹，一边缓声问道："你为什么不高兴呀？"

她用了故作疑惑的、噙了笑的语气，没有抬头看他："是不是因为我？"

裴寂没做多想地应答："不是。"

"真的？"

宁宁低声说："我还以为被你讨厌了。"

隔着一层薄薄的手帕，裴寂能感受到她指尖柔软的触感，滑过伤口时又痒又麻，牵引着尖锐的疼痛。

疼痛本应是令人难以忍受的感觉，却因她的触碰，让他几乎上瘾。

裴寂稍敛神色，深吸一口气："我不会讨厌你。"

他口舌笨拙，却努力想要同她多说几句话，被伤口上一道刺骨的凉意惹得轻轻一颤，声线更加喑哑几分："无论如何，我都不讨厌你。"

宁宁没有立刻应声。

她似是在心里斟酌了半响措辞，嗓音像碰撞的铃铛那般清脆响起来："那……你喜欢和我说话吗？"

她说话时指尖用力，在他小腹上的齿痕旁轻轻转了个圈。

疼痛像蔓延的火苗，裴寂下意识咬牙，以防发出羞耻的声音。

一个古怪的问题。

他像是投降般无可奈何地答："喜欢。"

这两个字被无比生涩地念出口，让少年的耳根染上醒目粉红，好似一汪荡开的水，悄无声息地蔓延到脖颈与脸颊。

宁宁隔得那样近，一定全都看在眼里，她见他脸红，会不会……觉得很可笑？

他正因这个念头胸口一痛，耳边又响起宁宁的声音："牵手呢，你也喜欢吗？"

她的手指慢慢下移，已经来到他小腹。

裴寂浑身紧绷，僵硬得有如雕塑。

他的声线同样生硬沙哑，喉咙仿佛与耳根一样，滚滚发烫："嗯。"

"噢。"

她低着头问："拥抱呢？"

她步步紧逼，问得越来越暧昧，吐出的每个字都压在他心头上。

裴寂无路可退，故作镇定的嗓音不自觉发颤："喜欢。"

宁宁停了好一会儿。

关于裴寂为什么会不高兴，关于他藏在心里未曾说出口的秘密，她似乎什么都明白了。

坐在河边的女孩兀地抬头，视线与他匆匆交错。

她的面上涌着绯红，嘴角却挂着笑："真的？"

那道上扬的尾音像猫咪摇晃的尾巴，挠过他耳膜时，细细的痒在浑身血液里倏地蔓延。

脑袋里只剩下岌岌可危的最后一根弦，裴寂看着她的眼睛，神志犹如被蛊惑，只能顺从心意地答："是。"

跟前的小姑娘朝他眨眨眼睛，旋即一言不发伸出左手，握住裴寂凸起的腕骨。

在四散开来的雾色中，他看见宁宁再度低头。

中指指节的那道陈年伤疤上，突然覆了层温热的陌生触感。

那是少女柔软的嘴唇。

周围的一切声响，似乎都因为她的这个动作而尽数消散。

万籁俱寂里，只有心脏疯狂跳动的声音。

脑海中是前所未有的慌乱不堪。

心口有什么东西轰隆隆炸开，裴寂只觉得恍如置身梦境。

而宁宁垂着脑袋，看不见神色，仍是用听不出起伏的语气问："这样呢？"

他无路可退，溃不成军。

喉头不自觉地上下滚落，裴寂在糨糊一样的思绪里，居然只蒙蒙地说了句："血，脏……"

这两个字没说完，就迟钝地悬在舌尖。

——宁宁欺身上前，带着栀子花香气，不由分说吻在他耳垂。

她的气息贴在他耳畔，像一阵暖洋洋的风轻轻掠过。

止不住的战栗有如电流，自耳根飞速蔓延，席卷全身的每一滴血液、每一根骨髓。

他听见女孩耳语般的低喃："那……喜欢这样吗？"

裴寂的耳朵肉眼可见变得通红。

红得好像只要再稍稍一撩拨，就能滴出殷红的血。

当她的唇瓣与之触碰时，能感到少年浑身上下腾涌的、浸了河风的热气。

可爱到犯规。

"裴寂。"

宁宁笑意更深，后退一些凝视他的眼睛。

她开口时颊边漾出两个浅浅的梨窝，声线仿佛浸了栀子花的甜，让他不由自主意乱情迷，无法抵抗。

心跳得难以抑制。

宁宁的声音同剧烈心跳一并响起，裴寂听见一声极轻的笑。

第五章　抢夺灵枢仙草

"你是不是喜欢我呀？"

清澈少女音噙了笑地悠然响起，裴寂怔怔看着她的眼睛。

与他愣怔无言的模样截然不同，玄镜之外，已沦为充斥着尖叫与微笑的大舞台。

"吭哧吭哧，呃呃呃吭哧吭哧。"

天羡子乐得口眼㖞斜，把各种动物的叫声轮番来了一遍，差点笑出狗叫："怎么就、就忽然谈起这种话题了呢，叫人怪害羞的。"

曲妃卿瞪他一眼，恨铁不成钢："我呸！要不是你之前死命护着玄镜不让动，我们至于盯着崖顶的那颗石头看这么久？"

林浅双目无神："有些事，错过一时，就是错过了一辈子。"

之前见宁宁下山寻找裴寂，一堆吃瓜群众吵着要调换视野，奈何天羡子再度正义感爆棚，把玄镜牢牢抱在怀里，不让旁人来动。

这是面刚换上的新镜子，林浅唯恐它粉身碎骨，忍着一口气没伸手去抢，与身旁几人一起，苦口婆心给天羡长老讲道理。

结果等他好不容易服了软，把画面掉转到河边时，在场所有人耳朵里，居然一并响起宁宁的那句"你是不是喜欢我呀"。

剧情跟云霄飞车似的，倏地就登了顶。相当于去天香楼里吃大餐，舌头尚未品尝到丁点儿味道，肚子就已经被装满了。

数双眼睛瞬间变得异常犀利，开始讨论如何处置天羡子这可耻可恶的叛徒。

"等等等等！"

何效臣出声止住现场混乱的局面，眯着眼往玄镜深处一望："好像不大对劲……你们看那是什么？"

林浅闻言低头，目光落在玄镜之上，亦是愣住。

宁宁等人所在的这层浮屠境魔气肆虐，四处可见浮在半空的黑雾。

此时不知怎的，本应轻薄如纱的雾气陡然聚拢，暗色渐渐凝结，竟在无声之间变为墨汁般的昏黑。

"这是……"

曲妃卿皱眉："如此汹涌的魔气……这层究竟关押了哪些魔物？"

"既是在山巅的河道中，"何效臣耐心解释，"应是黑蛟。"

裴寂的感知不会有差错，越往山顶，笼罩的魔气就越是强烈，而形成此般局面，可行的解释只有一个。

山巅之上，盘踞着实力远远超出其余所有魔物的大怪物。

何效臣话音刚落，便听得玄镜中传来一声巨响——

一抹巨大黑影自顶峰的河水轰然脱出，引得乌云重重合拢，遮掩住所剩无几的天光。

蛟龙出水，天昏地暗，宁宁顺着声响抬眸望去，竟在河边望见三道熟悉的影子。

正是孟诀、永归与白晔。

大师兄他们……怎会出现在那里？

她心头困惑还没来得及退下，不过须臾的愣神之间，耳畔居然再度响起一道叮咚响声。

宁宁脑子一蒙。

不是吧。

大师兄的剧情刚过，系统提示音居然还来？！

她记不起原著中提到过与蛟龙相关的剧情，只得先行稳下心神，细细看向脑海里浮现的字句。

——在崖顶之上、河道尽头的那株灵植……竟是灵枢仙草！

宁宁心头剧颤，不自觉眼底腾起幽幽暗光。

圣阶灵植可遇不可求，但凡能得到一株炼成丹丸，定可抵过数百年修为！

若得此物，她哪儿还用愁处处比不上裴寂。

宁宁势在必得，目光不自觉地看向不远处的裴寂。

这是她唯一的障碍。

无论如何……她都要将灵枢仙草抢到手！

"叮咚！

"任务发布：请不顾一切抢夺灵枢仙草。"

灵枢仙草。

宁宁心头一动，这个名字她曾经听过，正是为温鹤眠治病的仙草之一，没想到居然会在这里遇上。

这次的任务似乎并不算太难,事成之后,也能找到合理的解释方法。

毕竟在秘境里采摘珍稀灵植并非恶行,孟诀他们三人出现在那处陡崖,应该也是为了拿取宝物,不承想惊惹蛟龙,惹来麻烦。

只不过……

宁宁神色稍沉,神识再次掠过脑海里整齐排列的黑体字。

原著里并未提起蛟龙一事,剧情所有着力点都集中在仙草抢夺之上。

他们究竟是出了什么岔子,才会引得那条黑蛟腾出水面?

宁宁来不及细想。

——那条本应正对着孟诀等人的蛟龙身形一晃,暗金色蛇瞳倏然下移,不偏不倚,竟正好落在她与裴寂身上。

"这是怎么回事?"

林浅一愣:"惊惹了黑蛟的,分明是那三人,它为何会放着他们不管,特意看向宁宁与裴寂?"

"许是魔气相吸。"

天羡子凝神应道:"裴寂身怀魔息,能被黑蛟瞬间感知。"

他话音刚落,玄镜里的黑蛟便发出一道沙哑嘶吼,径直俯身向二人猛冲而去。

裴寂心知宁宁灵力所剩不多,于顷刻间披了外衫,拔剑挡在她跟前。

另外三人见此阵势,哪还顾得上摘取灵枢仙草,纷纷亮出法器,自陡崖崖顶赶来。

这条黑蛟应是六十二层的实力佼佼者,现身之时魔息四溢,浓郁得让宁宁差点喘不过气。

她正想抬手捂住口鼻,目光向上一瞥,忽然察觉不大对劲。

裴寂握着剑挡在她跟前,虽然有意掩饰,却还是能看出脊背在轻轻发颤。

宁宁下意识觉得这是伤口裂开,然而细细看去,终于发现了最为关键的异变。

在少年的身体四处,居然也开始散发着缕缕黑烟。

那是魔气。

对了。

魔族之间能相互感应,而裴寂体内剑气魔气彼此抗衡,如今受到黑蛟影响,必然导致魔息大增。

如同平静的湖水里突然落入一块巨石,掀起难以平复的阵阵涟漪。

他有心遮掩,但其实魔气很可能已经失控。

黑蛟腾啸而来,自口中喷吐出腐尸般恶臭的死气。

裴寂握紧剑柄,一言不发地迎上前,为身后的女孩挡下滚滚黑烟,与此同时周身黑雾越来越浓，剑光纷然落下之际，终是无法继续强撑，蹙眉吐出一口鲜血。

他不可能避退。

一旦裴寂倒下，宁宁注定也活不了。

宁宁此时应该要帮他。

可脑海中却传来系统的叮咚响声：

"请尽快取得灵枢仙草。"

"不成，我得先——"

她本欲反驳，却被对方冷声打断：

"必须尽快取得灵枢仙草。开启倒计时，请立即做出行动：10，9，8……"

宁宁在心里骂了句脏话。

不远处的裴寂几乎被浓郁黑气层层包裹，恍若置身于密闭的茧。

剑意与魔气一并反噬，想必浑身都疼痛欲裂，也因此，他在与黑蛟的缠斗中显而易见地处于劣势。

宁宁把心一横，头也不回地飞身向前，直奔仙草所在的方向。

不知是不是错觉，当她离开的刹那，脑海中传来一声不屑的、类似于得意的冷嗤。

她没忍住，又骂了句脏话。

"裴寂快不行了！那臭小子，难道不知道自己体内的魔气有问题吗？居然像个愣头青似的挡在前面……这样一来，他必然会陷入心魔，被魔息困住神识啊！"

林浅急得跳脚，眼中浮起不敢置信的神色："宁宁——她怎么往仙草的方向跑了？"

她不觉得宁宁会置裴寂于不顾，一心扑在仙草身上。

可事实似乎正是如此。

玄镜里的小姑娘身形飞快，不消多时便赶到灵枢仙草近旁。宁宁低垂眼睫，看了看跟前生有两片叶子、貌不惊人的嫩苗。

而远处战事正激，孟诀三人赶到的时候，裴寂已经笼了层浓郁魔气。

比黑蛟更浓的气息。

也不知道当他见到她奔向灵枢仙草的时候，心里作何感想。

师兄等人分身乏术，被黑蛟困得无法分心，不可能抽身去救裴寂；她灵力全无，自然也没办法帮他。

念及此处，宁宁眸色一黯。

不对。

她怎么没有办法，摆在面前的……岂不就是最好的办法吗？

"喂。"

她自嘴角勾了个浅浅的弧度,在心底低声问它:"你难道就不觉得奇怪,我为什么会那么毫不犹豫地跑过来吗?"

藏在脑袋里的声音没有应答。

宁宁发出低不可闻的轻笑,深吸一口气,感受到自己指尖发颤。

她在不自觉地发抖,手里动作却没有停下,在空茫的死寂之下,摘下灵枢仙草其中一片叶子,旋即放入口中。

寒冰般冷冽的温度迅速在舌尖蔓延,宁宁被冻得皱了眉,将叶子整片吞吃入腹时,能感到传遍整具身体的刺痛。

直至此刻,万年不变的冰山系统音终于出现一丝波澜:

"你疯了!"

"她疯了?!"

玄镜之外,不知是谁恍然大悟地惊呼:"她是想借由灵枢仙草迅速提升修为,破开裴寂周身的魔气!"

林浅大骇:"这、这是在做什么?直接吞食圣阶仙草,她难道不知道这是能叫人殒命的大忌?简直胡闹!"

一旁的曲妃卿亦是眉头紧锁,视线定定凝在玄镜上。

灵枢仙草乃可遇不可求的圣阶灵植,拥有常人无法想象的丰厚灵气。

虽然功效巨大,但灵力越强,对身体所带来的负担便也越是沉重,往往需要通过炼丹加以调和。

像这样直接吞入腹中,待磅礴灵力轰然而起,陡然汇入全身经脉……

那样强烈的冲击,莫说金丹修为的宁宁,恐怕连她也难以承受。

倘若挺不过这一关,轻则修为大损、根骨重创,重则身死命殒,再没有睁开双眼的时候。

"她为救裴寂,这是把命都豁出去了啊!"

眼见玄镜里的宁宁猛然吐出一口鲜血,何效臣看得额头直冒冷汗。

他哪曾想过,这样一个看似柔柔弱弱的小姑娘竟会有如此破釜沉舟的勇气,见状匆忙望向天羡子,急切道:

"不成不成!这岂不是送死吗!天羡长老,还是尽快把他们抽离炼妖塔吧!"

天羡子平日里最疼这群弟子,闻言却只是轻蹙了眉,没按照对方的话做出响应。

"她如今正是最为虚弱的时候,倘若受了外力干扰,只会神识大乱。"

他双眼一眨不眨地望着宁宁,眸底暗云翻涌,显出少有人见过的沉沉郁色:"我们能做的……唯有在此等候结果。"

"那我直接去炼妖塔里!"

林浅急了:"我们在十方法会前保证过,会尽力确保每位弟子的安全,现在情况特殊，我——"

她话没说完，猝不及防撞上纪云开似笑非笑的视线，未尽的言语被一下子哽在喉咙。

"莫慌。"

唇红齿白的"豆芽菜"斜倚在椅背上，眼底闪过几丝稍纵即逝的期待："像她这般食下灵枢仙草，虽有性命之忧，但在九死一生之际，总有那么点生机留存——不是吗？"

林浅一咬牙，没说话。

"仙途漫漫啊，哪能从来都是一帆风顺的时候。"

纪云开撑着脸颊，挤出一团白皙的软肉，说着眯眼笑笑："更何况那是宁宁欸，对于她，各位难道还没有信心吗？"

林浅稍稍一怔。

"正因是她，所以才更为担心啊。"

曲妃卿长叹一口气："人老了，最是见不得生离死别和以命相搏……如今陡一见她这样拼命，像是自己女儿在受苦，心里堵得发慌。"

"你们快看！"

何效臣音量兀地拔高，言语间显出几分惊诧之意："宁宁的剑出鞘了！"

炼妖塔内，魔气前所未有地暴涨纵横，凝固成如有实体的道道黑影，仿佛自深渊攀爬而起的重重鬼魅，颇有遮天蔽日之效。

凶兽的长鸣与疾风呼啸夹杂其间，干枯的树枝被吹得哗啦作响，在一片混沌的暗色中，忽然闪过一道灼目白光。

手中的星痕剑散发着凛然寒气，宁宁勉强稳住身形，竭力睁开双眼，强迫自己不至于晕倒过去。

心脏跳动的频率快到不可思议，重重落在胸口时，每一次碰撞都像沉重的巨石在狠狠敲击，带来难以忍受的剧痛，随着神经扩散到身体各个角落。

脑袋突突地疼。

头痛欲裂，如同有把小刀在脑髓中肆意切割，叫她恨不得把大脑一举剖开，说不定能好受一些。

最为难受的，是身体里的条条经脉。

灵枢仙草的灵力非她所能承受，暴涨的力量好似熊熊燃烧的烈焰，随时都能冲破她这个脆弱不堪的容器，将一切燃烧殆尽。

她痛苦得每道经脉都快要炸开。

可她绝不能在这种时候倒下。

宁宁颤抖着深深吸了口气，感受体内翻涌的力量逐渐填满每一处脉络，而她金丹巅峰的修为迅速上涨,有如洪潮之势,势不可当。

她还有理智。

她还能再坚持,坚持着……把裴寂拉回来。

系统铁了心要让她置裴寂于不顾,可这是她的人生,全凭自己做主。

它能千方百计离间她与其他人的关系,让她做出违背本心的事,她也就可以顺着它的意思,再反过来利用它。

要抛下裴寂,必须不顾一切地夺取灵枢仙草。

但要救裴寂,也必须用到灵枢仙草。

一切自有命数,哪怕系统的指令与她本意相悖,她也有办法……重新造出另一条逻辑链。

这是她的法则。

她不是只懂得按照命令行事的机器,而是活生生的人。

"她已经快要撑不住了!"

林浅不忍心再往下看,心跳如擂鼓:"裴寂身侧的魔气那般浓郁,若想彻底破开,恐怕连元婴期弟子都够呛,以她的这副模样……真能成功吗?"

"宁宁也在顾忌这个问题。"

天羡子的目光一刻不离玄镜,始终皱着眉:"所以她必须强撑着,等灵枢仙草浸润身体各处。"

他说着一顿,眉宇间浮起不忍之色:"待她最为痛苦、神志即将涣散的那一刻,也是灵力最为充沛的时候。"

众人一片缄默。

"如果宁宁此番能从炼妖塔出来,"林浅道,"我御兽宗门下所有灵宠,任她随便挑。"

曲妃卿怔然接话:"我霓光岛门下所有男修女修,也任她随便挑。"

停顿刹那,她又一本正经接了句:"包括我。"

天羡子幽幽睨她一眼,转而看向镜中。

手握长剑的少女面色苍白,双眼已有了浑浊失焦的前兆,忽然剑光一动,宁宁自口中吐出一摊血。

她有如飘絮浮空,摇摇欲坠,却也似利刃出鞘,巍巍不倒。

明丽剑光在嗡鸣声中越来越强烈,笼罩于剑身之上的灵力化作点点星芒,引出无与伦比的绮丽之色。

镜外的青年剑修长睫轻颤,紧握的双拳中尽是冷汗,沉声开口:"正是此刻。"

恰至此刻。

星痕剑发出一道悠长鸣啸,剑气聚拢回旋之间,牵引浩荡如潮的气流涌动。

在黑雾遍布的无边暗色里，一道白光冲天而起，直入云霄。

浑身都剧痛，思维如同暴风雨里的小舟，漂来荡去，没有停下的时候。

宁宁握紧手中长剑，凝神屏息，将仅存的神志与气力凝集于剑上。

环绕在裴寂周身的魔气再度涌来，她并未躲闪，而是默念剑诀，整个人被战意点燃。

她如今虽是最弱，却也最强。

白光如疾风掠影，不过转瞬之间，便袭上天边翻涌的滚滚浓云，自云层中央刺出一道裂口，势如破竹——

刹那天地变色，乌云层层破开，黑幕之下缓缓溢出久违的暖橘色阳光。

而那道剑气越来越浓，由最初纯粹的白渐渐添上星光般璀璨的色泽，遥遥望去，有如银河垂落，自天边而来。

宁宁屏息，拔剑。

漫天跌落的星光，尽数落在身形单薄的少女身上。

——旋即星色凝结，化作千百道夺目的细长光线，好似剑雨纷飞，一齐刺入铺天盖地的浓郁魔气中！

"魔息……"

何效臣的一颗心脏快要提到嗓子眼，开口时声线发哑："破了！"

剑光纷落，伴着一声哀嚎般的轰鸣，黑雾在星河之下无处遁形，化作一缕缕四散的薄烟。

而在缭绕的烟气里，少年人消瘦的身形被光点逐渐勾勒。借由着最后的意识，宁宁见到他紧抿的薄唇、眼角一颗暗红的泪痣，以及浑浊不清的血色眼瞳。

被魔气缠身的裴寂亦是抬头，蒙昽无神的双眼凝视着她。

他本以为自己快要死去。

眼前只有无边无际的黑暗，魔息肆虐，浑身都是骨肉尽碎般的剧痛，一如儿时那间不见天日的地窖，只有他孤零零一个人，见不到分毫希望。

可突然之间，有道亮光破开层叠暗色，女孩一点点、一步步来到他身边。

她那样明丽漂亮，却独自来到这片昏沉阴暗、令人窒息的幽暗沼泽。

裴寂闻到熟悉的栀子花香。

那道纤细的身形悠悠一晃，似是体力不支地向前倾倒，而裴寂拥她入怀，如同触碰到一团柔软的火苗。

"裴寂，你别怕。"

宁宁在他耳畔低低出声，气若游丝，音量越来越低，像飞走的蒲公英："我在这儿呢……不会让你一个人的。"

令人无法拒绝的言语，仅凭寥寥几字，就将他坚不可摧的心防一一击溃，化作一摊软绵绵的水,再没有抗拒的力气。

裴寂想起不久前听到的那个问题,关于他是否喜欢宁宁。

他想不出答案。

他的喜欢太过廉价,仅仅用这个词语描述心中情愫,似乎显得格外轻描淡写——

如果宁宁想要,裴寂能为她献出自己的一切,修为、家当、感情,乃至这具伤痕累累的身体。

但一旦明确了这个心思,便又有更为繁杂的欲望席卷而来。

例如想让她永远留在身边,例如无比贴近地感受她的体温,例如……

例如触碰她身上的每个地方,辗转反复,用指尖或嘴唇。

即便困于心魔、意识混沌,可少年沉寂许久的心脏,在这一刻,却还是无比沉重地跳动了一下。

裴寂想,他不愿让宁宁离开。

是她先稀里糊涂闯进来的。

那就怪不了……他想牢牢抓住她了。

宁宁睁开眼睛时,见到无边无际的黑暗。

灵枢仙草导致的剧痛在此刻消弭无踪,整具身体轻盈得过分。

她茫然环顾四周,待得双眼渐渐熟悉当前景象,在不远处的角落里,隐约见到一个小小的、蜷缩着的身影。

宁宁稳住涣散的意识,一步步向前。

离得近了,那道模糊影子终于慢慢清晰,被暗色勾勒出大致轮廓。

那竟是个瘦弱不堪的男孩,双手紧紧抱住膝盖,把身体缩成一团,像极濒死的小兽。

她闻到浓郁血腥气,还有地底潮湿的灰尘味道。

暗不见天日的空间、地下室、鲜血。

宁宁似乎明白,如今的自己正置身何地。

裴寂遭到魔气反噬,不得已陷入心魔之中,而她神识脆弱,自是难以抵御魔息侵蚀。

这里应该是他的心魔。

蜷缩在地面的男孩微微一动,宁宁俯了身子,低头看他。

这处地窖四处密闭,没有丝毫光线透进来,好在修道之人五感灵敏,她才得以将跟前景象尽收眼底。

原来小时候的裴寂这么瘦。

他如今身上没多少肉,之前与她拥抱的时候,能清晰感受到少年脊背嶙峋的骨骼,不过好在三餐协调、灵气充裕,不至于太过消瘦。

但这个丁点儿大的男孩不同。

他被一件破旧单薄外袍勉强遮住,露在布料外的身体瘦弱得不可思议,像是在骨头外包了层苍白的皮。

更何况皮肤上还有那么多绵延的伤疤,一道接着一道,暗紫连着殷红。

这该有多疼啊。

这是他童年时期的记忆,裴寂看不见她。

可宁宁却能见到他的模样,脸上像是被扇过耳光般高高肿起,长睫轻颤,缓缓睁开眼睛。

裴寂一定很害怕。

即便是她,置身于如此昏沉的场景都会不自觉地感到恐惧,更不用说伤痕累累、年纪尚小的他。

所以在此之后,裴寂才会那样怕黑。

一道鲜血自男孩手臂无声淌下,宁宁看得心口发闷,下意识想要伸手为他拭去,指尖却径直穿过他的身体。

过往的记忆无法被更改,在这间昏暗不见天光的地窖里,没有人能帮他。

正值此刻,身后忽然传来一阵吱呀声响,宁宁转身望去,见到一抹自上而下的白光。

——地窖入口被人打开,来者是个形销骨立的女人。

原著里很少提到裴寂的母亲,在其他人的记忆里,这个几近疯魔的女人同样未曾留下任何痕迹。细细想来,能记得她的,似乎只有裴寂。

宁宁被突如其来的光线刺得眯起眼睛,抬眸打量逐渐朝这边靠近的女人。

她的皮肤毫无血色,苍白得称得上"诡异",长发胡乱披散在肩头与后背,一双染了血丝的眼睛深深凹陷,周围笼着浓郁的灰黑色泽。

但即便如此,也还是瞧出几分曾经风华绝代的模样。

"装死做什么?给我起来!"

她背对光线站立,眼神里尽是毫不遮掩的厌恶之色,说话时上前一步,右脚踹在男孩细瘦的腰腹。

裴寂痛极,身体条件反射地向后瑟缩,却咬着牙没发出痛呼或求饶,长睫飞快地上下闭合,从喉咙里发出一道破碎的呜咽。

也正是在这个时候,宁宁终于看清他的眼神。

儿时的裴寂尚未学会用戾气把自己浑然包裹,乌黑圆润的瞳孔中满含着茫然的水雾,长睫之下见不到丝毫光彩,唯有极致的痛苦与麻木。

他在努力维系所剩无几的自尊。

然而越是淡漠，就越让女人感到无法遏制的愤怒。

"这种眼神是什么意思——难道你也看不起我！"

她如同发了狂，恨意从眼底满满当当溢出来，一边咬牙切齿地说，一边躬身抓起男孩被血渍浸成一绺绺的黑发，将他不由分说地往上提："谢逾……你也和谢逾一样对不对！你们都该死，魔族余孽！"

紧接着便是打耳光的脆响。

裴寂在巨大力道下被迫偏过头，本就肿起的侧脸红得几欲滴血。

宁宁眼眶一热，心都快碎掉，却只能浑身僵硬站在一边，什么也做不了。

"都怪你们，全是你们的错！"

她声线沙哑，整个脊背都在剧烈颤抖，面对与自己血脉相连的孩子，从口中吐出无比恶毒的字句："恨我吗？你该庆幸有我留着你……知道当今的魔族是怎样的境遇吗？人人得而诛之，恨不得挫骨扬灰！"

空荡狭窄的地窖里回荡着属于她的声音。

如同来自深渊的幽魂，不着痕迹充斥在每一处角落，久久未曾散去。

"你怀有这样的血脉，这辈子都别想过好日子，也只有我愿意收留你，出了这屋子，你还能往何处去？"

她将指甲深深陷进裴寂脖子，男孩面色惨白地皱起眉头，耳边是亲生母亲好似疯狂、被恨意浸透的嗓音："邪魔当诛……有谁会在乎你，有谁会接近你……恶心的东西！"

直到最后，她已经将他当作了谢逾。

城防被破、流离失所、家破人亡，这个女人就算有心复仇，可对方是高高在上的魔君，她哪能轻易做到。

万幸，她还怀有那人的骨肉。

——那个日复一日，长得越来越像谢逾的男孩。

这是她的报复，仅仅为了宣泄自己无处发泄的怨恨，何其可笑，何其愚蠢无能。

宁宁到后来已不敢再看，年幼的裴寂却始终一言不发与女人对视。

男孩的眼中有懵懂无知，更多则是仓皇无措的刺痛，有什么东西悄无声息碎开，化作破裂的阴影，四散在他瞳孔深处。

他还那样小，被关在地窖许多年，对外界所知甚少，唯一能接触到的信息来源，只有娘亲每日说的话。

裴寂就是在如此深沉的恶意里，一天又一天地苦熬。

那些怨毒的诅咒与辱骂被深深印刻在心底，他怎能不觉得，自己是个不为世人所容的怪物。

原来比起这个女人，他最为厌恶的，是自己。

宁宁半合了眼睛,不愿去看裴寂身上越来越多的血痕与伤疤,却又忍不住将视线流连在他身上,心口止不住地发涩。

她知道接下来的剧情。

后来待他娘亲重病身亡,裴寂没了枷锁,开始懵懵懂懂地流浪闯荡。他对外界一无所知,走得磕磕撞撞,有时身体里的魔气无法控制,常在深夜满头冷汗地痛醒过来。

饥饿、冷眼、嘲弄、旧伤日日夜夜带来的剧痛。

直到阴错阳差,拜入玄虚剑派。

从此少年学会让自己置身事外,不与任何人有所牵连,以冷然戾气作为难以破开的茧,把自己层层叠叠包裹。

所以裴寂才总是那样一副冷冰冰、凶巴巴的模样。

自幼时起就占据内心的卑怯与自厌将他牢牢禁锢,裴寂不懂得如何与旁人相处,更不觉得会有人愿意接近他。

这是裴寂的心魔。

歇斯底里的咒骂犹然回荡在耳畔,毫无征兆地,眼前画面忽然一暗。

女人与男孩都于瞬息之间不见踪影,宁宁不明白发生何事,茫然抬起眼睛,打量周遭景象。

四周又成了最开始的那片昏黑,黑暗无边无际,在整个空间内肆意蔓延伸展,压得她快要喘不过气。

也正是在这时,宁宁见到一道修长笔挺的身影。

裴寂定定立在不远处,神色冷淡地注视着她,触碰到宁宁的视线时,郁郁地皱起了眉。

好奇怪。

这完全是看陌生人的目光,甚至带了点浅浅的厌烦,与他平日里的眼神完全不一样。

宁宁上前一步:"……裴寂?"

他的眼底比周遭黑暗更深,淡声开口时,语气里携了嘲弄讽刺的嗤笑:"这招不管用,你不必煞费苦心。"

什么不管用?什么煞费苦心?

宁宁没反应过来,又听他继续道:"幻象与人……终究不同。"

哦,原来他以为她是心魔产生的幻影。

——可明明她就是本人啊!裴寂这个笨蛋!她和她自己哪儿来的不同!

他的模样冷漠又正经,宁宁好气又好笑,心里涌起一股逗弄的心思,顺着裴寂的意思问:"哪里有不同?"

· 119 ·

黑衣少年抿了唇，双目犹如波澜不惊的古井，皱着眉看她。

"她……"

他喉结轻轻一动，听不出语气里蕴藏的情绪："她不会到这里来。"

此地是他心魔深处，裴寂心知肚明。

失去意识之前，他亲眼见到宁宁头也不回地离开，径直奔往崖顶的一株灵植。他虽然认不出那究竟是何物，然而有黑蛟护在近旁，想必品阶极高。

当他与黑蛟缠斗，便有了采摘灵植的绝佳空当。

说不清见到宁宁转身离去时，心里究竟是怎样的滋味。酸涩、阵痛和失落，似乎都不足以形容。

尽管不愿承认，可他难过委屈得快要爆炸。

裴寂原以为……她会和其他人不一样。

可宁宁最终也没施舍给他丝毫目光。

"你为什么觉得她不会到这儿来？"

宁宁扬了扬下巴，双手背在身后，脚步轻快地朝他靠近，视线则落在裴寂眼睛上，注视他漆黑的眼瞳。

好凶，好不耐烦，好像跟她多讲一句话都是浪费时间。

裴寂他面对别人的时候，都是这种态度吗？

"此地凶险，"好在他虽然没有耐心，却因着她那张与"宁宁"相同的脸，低声答，"没人会在灵力尽失之时，擅闯他人心魔。"

他用了十分笃定的语气，由于不习惯与旁人太过亲近，面无表情后退一步。

"话可不能这么说，你怎么知道她怎么想的？"

宁宁要为自己打抱不平，向前一迈，径直走到他面前："如果有呢？"

她开口时仰了头，杏眼一眨不眨地与他对视，携了点轻微的不满，更多却是止不住的笑意。

四周流动的气息忽地一滞。

裴寂怔怔看着她，眼底薄冰般的戾气倏然退去。

少年乌黑的眼瞳里暗云翻涌，因蒙着层轻柔水雾，看不清被他压抑在心底的情愫。

可那份情感如此强烈，即便没有任何动作与声响，也能从眼中不受控制地涌出来。

他带了不确定的口吻，嗓音突然变得喑哑，一字一顿地出声。

"宁宁？"

宁宁本想继续板着脸，却没忍住心口一动，弯着眼扑哧笑出声。

她这一笑，裴寂就全明白了。

宁宁居然当真入了心魔，在灵力所剩无几、神识极度脆弱的时候。

可她是如何打破他身旁那层层浓郁魔息的？她分明——

裴寂的身形兀地顿住。

一些遥远却又触手可及的记忆，在混沌识海中悄然浮现。他想起少女唇边殷红的血迹，还有那道破开黑雾的白光。

在他深陷无尽炼狱之际，有人以剑劈开层层魔息，浑身是血、虚弱不堪，却也无比坚定地一步步朝他靠近。

向来淡漠的少年的眼尾，陡然泛起一抹幽红。

原来宁宁并未弃他于不顾，反而豁出了性命来救他。

他自小便畏惧黑暗，唯有她带来无边亮色。

他哪里值得。

心脏开始剧烈跳动，裴寂凝视着女孩含笑的眼眸。

他们隔得如此之近，他伸手就能触碰。

被深深埋在心里的渴望叫嚣着欲要挣脱，眼底浓云聚散，凝成肆虐的心魔。

什么世俗纲常、卑微怯懦，仅仅因她一个眼神，就瞬间分崩离析，皆不复存。

裴寂只想要她。

少年喉头无意识地滚落，忽然叫她的名字："宁宁。"

"嗯？"

她好奇抬头。

旋即鼻尖笼上木植清香与属于少年人的清冽气息，眼前则是倏然靠近的黑影。

有什么东西轻轻触在唇上，宁宁兀地睁大眼睛。

只那么一瞬间，整个世界的声音都消失了。

裴寂的唇瓣薄而柔软，很轻很轻地压下来，像是软绵绵的果冻，带了点干涩的裂痕，与她紧紧相贴。

他毫无技巧，只能凭借最为原始的本能一点点触碰，几近于虔诚地垂下眼眸，连呼吸都刻意屏住。

薄唇慢慢下压，又在猝不及防时轻轻移开，再如蜻蜓点水般落在另一处。

他吻得认真，面庞停在她毫厘之距的地方，近乎局促不安地沉声开口："这样……可以吗？"

宁宁本来就大脑一片空白，被他这样一问，热气更是从耳朵迅速蔓延到全身。

什么叫、什么叫"这样可以吗"？

他这分明是先斩后奏。

她没有躲开，亦没有表示厌恶。

那就是不讨厌的意思。

宁宁不讨厌他。

裴寂眼角笑意加深，沁着浅浅的粉，再一次把嘴唇贴上去。

唇与唇无声交磨，所及之处尽是柔软。

宁宁抬眼便见到他含笑的眼眸，好似深不见底的旋涡，添上眼尾一颗勾人泪痣，引得她无力抗拒，心甘情愿为之沉沦。

他的动作小心翼翼，每次触碰都用了极大勇气，偶尔抬起长睫望她，连声音都是紧绷的："你喜欢……像这样吗？"

与她之前如出一辙的话。

宁宁分不清这是在认真询问，还是对她的小小报复，但她总算明白了一件事。

裴寂不会接吻，以为像这样嘴唇之间的触碰，就是亲吻的全部。

真的是个小学鸡蛋壳啊。

她在心里闷笑几声，看一眼近在咫尺的黑眸，忽然有了个恶作剧的念头。

这场亲吻本是由他主导，女孩却轻勾了嘴角，踮起脚，然后伸出舌尖，碰一碰他的下唇。

因少年的失血与力竭，她触碰到一条干涩裂痕，舌尖传来血的味道。

宁宁眨眨眼睛，用尽身体里所有勇气，逗弄般轻轻一舔。

他的动作果然瞬间停顿，身上热气更甚。

濡湿的触感在唇间蔓延，像自水而出的鱼，尾尖一动，引出连绵不绝的涟漪。

裴寂很明显地整个僵住，瞳孔中浮起惊诧与茫然，竟红着脸哑声问她："应该这样？"

宁宁："……"

他问得认真，似是觉得没能做好，语气里多出几分歉疚和委屈。

作为主动撩拨的那一方，她反倒因为这句话，整个心口都为之一酥。

他们置身于心魔深处，因而承影并没有如往常那般出现在裴寂脑海。

如果被它望见这幅场景，定会恨铁不成钢地用手捂住眼睛。

真真没眼看。

没出息的废物，接吻还要让女孩来教，丢人现眼啊。

好在裴寂并未纠结于此，来日方长，他有的是时间慢慢学。

至于现在——

少年伸手覆上她柔软的后腰，唇瓣缓缓侧移，终于不再刻意屏息，而是贪婪吮吸她身上的香气。

被他吻过的地方都在发热，不过片刻之间，裴寂便像她之前所做的那样，将薄唇压在宁宁耳垂。

似是极为喜爱般，带了力道地一抿。

他的呼吸温热，全部淌进耳朵里。

裴寂用微不可闻的音量喃喃对她说："喜欢你。"

宁宁只觉身体毫无力气，悠悠软软化成一摊泥。

——她向来是不相信这种描述的。

可来自裴寂的风轻轻一吹，伴随磁性十足的喑哑少年音回旋在耳膜，所有神志仿佛都在那一刻抽离脑海，令她目眩神迷，用不上力气。

偏偏身体被裴寂按住，动弹不得。

扶在她身后的手掌慢慢往上移。

隔着薄薄一层细纱，宁宁能清楚感受到他掌心的温度与轨迹，像团火一样向上蔓延，拇指似有若无地按压，所经之处皆开始躁动。

五指最终停在脊骨，裴寂整只手用力，将她往怀里按；而她的胸口与之毫无间距地相贴，能感受到对方剧烈的心跳，扑通扑通。

唇瓣已然来到女孩脖颈，他的脸埋在她颈窝，说话和呼吸的时候，都引来抓心挠肺的痒。

裴寂的声音在轻轻颤。

他嗓音干涩，如同稚嫩无措的孩童，在她耳边懵懂却坚定地启唇："喜欢宁宁。"

宁宁心口又怦怦怦地跳起来。

把头埋在她颈窝的少年低声笑了笑，发丝蹭在她下巴，丝丝撩动心弦。

裴寂的吻轻柔细密，却也隐隐藏匿着令人无法抗拒的执拗，将她锢在身旁，难以逃离。

裴寂在她侧颈呼出一团热气，薄唇贴上少女泛红的锁骨。

宁宁听见他说："……最喜欢。"

秘境里的黑气，较之不久前更为浓郁了一些。

天边厚重的乌云团团簇簇，被狂风吹散成灰蒙蒙的碎絮，浸入穹顶的墨汁悄无声息向四周晕开，携来陈腐的泥土气息。

孟诀等人与黑蛟的战斗已然步入尾声。

蛟龙修为极高，辅以周遭澎湃如浪的魔气，实力大幅上涨，已入化神初期水平。

由于修为差距，在场所有人中，能与之抗衡的唯有玄虚剑派大师兄孟诀，其余二人的进攻形如挠痒，起不了太大作用。

这条黑蛟就已经足够麻烦，偏偏此地凝聚的魔气越来越重，不少魔兽被吸引而来，打定了主意要以人肉充饥。

而其中最具有吸引力的，无疑是昏迷不醒的宁宁与裴寂。

白晔大致见证过事情的来龙去脉，被宁宁不要命的操作吓了一跳。

他到如今仍是心有余悸,见魔兽自四面八方汇集,一咬牙脱出与黑蛟的缠斗,护在二人面前。

只不过——

年轻的符修下意识蹙眉,手中应接不暇的雷光绵绵不绝,他已经逐渐出现疲软之势。

他只是金丹期修为,此地的魔兽修为则大多聚集在金丹与元婴,若说单打独斗还好,但兽潮一群接着一群地往这儿涌,灵气匮乏之下,难免感到力不从心。

奇怪。

白晔将一只凶兽轰地击飞,目光匆匆掠过黑压压的兽潮,又望一眼不远处的黑蛟。

魔族之间会受到魔气牵引彼此相吸,裴寂之前魔气暴涨,这群奇形怪状的野兽会冲向他,属于情理之中。

但如今他的魔息被宁宁尽数斩去,远远比不上半空那条蛟龙,为什么……它们还是要发疯一般涌向这边?

完全想不通。

这也并不是白晔需要在此刻考虑的问题。

狂奔而来的魔兽铺天盖地,四周尽是变幻不止的黑影,天上飞的地上跑的,能凑一桌不重样的满汉全席。

孟诀与永归在与黑蛟的对峙里脱不开身,只剩他一个小身板挡在最前面,如若一不留神露出破绽——

念头匆匆划过脑海的刹那,白晔浑身一震。

天边一只巨鹰俯冲而下,与此同时身侧袭来数道身形,他的灵力所剩寥寥,断然无法抵挡。

不好。

白晔心头一空,却并未转身离去,将身后二人暴露于兽潮之下,而是从怀里掏出一张泛黄纸符,指尖不自觉轻颤。

这是他压箱底的宝贝,用于千钧一发之际,耗尽浑身所有灵力催动法咒,给予敌手致命一击。

这是类似于同归于尽的招式,虽然能稳住这一波袭击,可接下来……

罢了,能撑一时是一时。

他狠下心肠,于瞬息之间咬破指尖,正欲将溢出的血滴按在符纸上,却听得身侧一声震耳欲聋的嘶嚎。

——糟糕,来不及了!

魔狼的掌风来势汹汹,不留给他丝毫反应时间,利爪便毫不留情袭上青年面颊!

何效臣拍案而起:"白晔!"

也恰值此时,不过电光石火之间,竟有一束剑光倏然而至,在狼爪即将触碰到白晔的前一刻,将其径直一分为二地切开!

"这是……"

曲妃卿一动不动,紧紧凝视玄镜里的画面,忽而嘴角轻扬:"裴寂醒了!"

天羡子若有所思:"宁宁把他的心魔破了。"

秘境之中,白晔身后,满身是血的黑衣少年将怀中女孩小心翼翼地放平在地面,目光沉沉地站起来。

他手中长剑并未出鞘,周身却汇聚着翻涌不止的凛然剑气,散发出杀气腾腾的白光,映亮裴寂漆黑的眼瞳。

"神识化剑,他这是修为突破了啊。"

纪云开拿中指指节敲了敲桌面,罕见地一本正经:"只是不知道宁宁的状况如何了。"

"裴、裴师弟?"

白晔面色惨白地盯着他瞧,眼见身旁剑光大作,又有几只魔兽发出濒死的哀嚎,试探性地问他:"你没事吧?脑子还正常吗?"

苍天大地,如果连裴寂也被心魔占据、堕身入魔,那他们几个就全完了。

裴寂比白晔高出一些,淡淡垂眸时,顺着长睫落下几滴暗红色血点。

他同往常一样没太多表情,双眼里尽是浓郁暗色与冷戾杀气,不知想到什么,眼底野兽般的煞气略微一滞,竟显出些许赧然:"替我照顾……宁宁。"

废话,他白晔男子汉大丈夫,当然会照顾她啊!

不对不对,什么时候变成"替他照顾"了?宁宁师妹不是大家的吗?

他还没来得及出声,跟前的裴寂便一言不发拔剑出鞘。虽然很没出息,但不得不承认的是,白晔看呆了。

破除心魔之后,裴寂虽然仍会自体内溢出魔气,但他显而易见地不再受其掌控,拧眉屏息聚力,居然把魔气化为己用,于长剑上凝出道道震慑力十足的血色。

少年的背影高挑清瘦,染了血的乌发与黑衣被疾风吹得冷然上扬,剑气却是夺人心魄的白,溢开一片冷光。

裴寂虽受了伤,身法却仍然快到难以看清。

光影无踪,疾剑无痕,伴随一道嗡鸣轰响,剑光所至之处,竟同时化出重重利刃,有如冰雪纷然,刺入魔兽血肉之中——

随即轰的一声闷响,剑气层层爆裂,血肉纷飞。

实打实的暴力美学。

白晔知道这位剑修小师弟脾气算不上好，万万没想到，裴寂打起架来居然比魔族更狠，丝毫余地也不留。

好在每层炼妖塔里关押的魔物数量有限，兽潮一群接一群地来，很快便全被裴寂斩于剑下。

也因此，当孟诀与永归终于解决了黑蛟，被血雾模糊的视线，先是见到野兽的尸骨一堆靠着一堆。

而站立于尸山血海中的少年人收剑入鞘，眉眼之中满是冷意，不带任何感情色彩地与他们遥遥对视。

对视只持续了短短一瞬，裴寂很快移开目光，似是因体力不支踉跄一下，随即迈步向前，前往宁宁所在的方向。

直到他靠近，白晔才看清裴师弟如今的模样。

浑身上下都是被野兽抓挠撕咬的裂痕，苍白薄唇裂开道道血痕，面上亦是毫无血色，仿佛随时都会脱力昏倒，想必方才已经耗尽气力。

真狠哪。

这人不但对敌人狠，对自己更狠，表面看上去云淡风轻，实际上每次拔剑都拼了性命。

白晔心生佩服，知他是特意为宁宁而来，后退让出一条道。

哪知裴寂略一怔，竟摇了摇头，哑声道："我身上有血，脏。"

真是神奇，不久前还跟杀神一样的人，这会儿居然会一本正经在乎这种小事。

白晔看着他眼底的戾气渐渐散去，望向宁宁时，甚至仓皇眨了眨眼睛，情不自禁暗自腹诽：还真是偏爱得毫不掩饰，这臭小子。

"师妹力竭昏睡，恐怕不适合继续留在炼妖塔中。"

孟诀解决完黑蛟，收了剑疾步走来："不如——"

他话音未落，身后忽然传来一道笑声。

那是属于青年男人的笑声，沙哑张狂，好似石砾剐蹭地面，实在称不上"好听"。

须臾之间魔息纷至，孟诀拔剑挡下，魔气与剑气相撞，爆开层层回旋的气流。

白晔猜出来人是谁，凝聚全身战意，迅速回头。

在之前生有灵枢仙草的地方，赫然立着个男人。

他应该也是被冲天魔气吸引而来，曾经邪魅的气质荡然无存，散发披肩、面色如霜，憔悴得仿佛一具披着薄肉的骷髅。

白晔敏锐地察觉到，在他双手双脚上都戴上了枷锁，如同死囚临刑前的禁锢。

那是为炼妖塔魔物特制的刑具，不但能抑制修为，还能操控神志，让他们不致自戕。

正是谢逾。

看来被周倚眉送进炼妖塔后，他的日子并不好过。

　　"就是你们闯进我的浮屠境？"

　　男人的眼底昏暗无边，隐匿重重夜色，此时扬唇一笑，便不自觉染上几分癫狂的味道，口中却慢条斯理地说："知道我等外人来，等了多久吗？我杀不了周倚眉和那群老头老太太，杀你们泄愤……似乎也不错。"

　　本来还提心吊胆的曲妃卿瞬间怒不可遏："他叫谁'老头老太太'！"

　　谢逾听不见她的怒骂，说罢哈哈大笑，身侧魔气无形胜似有形，径直向众人猛扑。

　　白晔仓皇大叫："不是吧！把你困在这儿的明明是他们，你却报复我们这些小辈，不要脸！"

　　孟诀则较他平静许多，挥剑斩去魔息，面上仍带了笑意："阁下不必在我们身上费心思，我对你的项上人头并无兴趣。"

　　此话一出，谢逾脸色骤然一冷，白晔亦是恍然大悟。

　　原来如此。

　　既然孟诀能毫不费力劈开袭来的魔气，就说明谢逾要么并未下死手，要么体内已经没剩下多少气力，无论出于哪种可能性，他都不可能在此杀掉他们。

　　唯一的可能性只有一个。

　　谢逾为求死在刻意惹怒他们。

　　这也是他心底最深处的愿望。

　　"战与不战，不是你说了算！"

　　立于山巅的男人厉声咆哮，右臂一挥，便有数道黑刃破风而至，尽数袭上裴寂身侧。

　　饶是孟诀，也在刹那皱了眉。

　　谢逾不蠢，透过那场浮屠幻境，已经大致摸清他们每个人的性格与习惯。毫无疑问，在场所有人里，裴寂对他的恨意最强。

　　也最容易煽动。

　　"你是我的孩子，对不对？"

　　黑影如雨纷纷落下，每一道都带有势如破竹之态，裴寂眼眸沉郁，拔剑将其斩去，听见陡崖上男人的声音："你姓什么？裴？我从不记得临幸过姓裴的女人——你娘不过是解闷的玩具，你嘛，玩具都算不上，我连看上一眼都不屑。"

　　白晔听得青筋暴起，只想冲上前将此人狠狠暴揍一番，视线落在裴寂身上，见到少年眼底涌动的杀意。

　　"孟诀师兄，"他不知如何是好，急得冒冷汗，"我们该怎么办？"

　　孟诀摇头："无论裴寂如何抉择，都不是我们这些外人能插手的。"

・ 127 ・

"你小时候一定吃了很多苦,对不对?"

谢逾瞥见他眼底杀气,笑得更加猖狂:"只可惜我那几年大鱼大肉、穿金戴银,不晓得你和你娘亲过的是些什么日子。"

他说着一顿,看向不远处昏迷的宁宁,眼底笑意更深:"你喜欢那个女孩?"

本在防守的少年浑身一滞。

"她如果见到你魔气缠身的模样,还会愿意接受你吗?你从我身上继承了魔族的血,就是个不折不扣的怪物,旁人躲着你还来不及,看看那些魔兽的尸体,她知道你如此热衷于杀戮——"

话语未尽,眼前便袭上一道黑影。

裴寂以剑抵住谢逾咽喉,嗓音低沉得可怕:"闭嘴。"

谢逾感受到席卷的杀气。

炼妖塔象征着无尽孤独与痛苦,禁锢在手脚的法器让他求生不得求死不能,他想死已经太久太久。

"你害怕了。"

男人嘴角露出嘲讽的弧度:"你害怕她的厌弃,因为这是难以逆转的事实。当她玩腻了你,就会去找下一个更好的人,而你又怎么办?孤零零的,哪儿也去不了。"

他说罢幽幽与眼前的少年对视,等待长剑落下,一切归于沉寂。

可裴寂没动。

长剑发出低低一声,类似于呜咽的嗡鸣。

"宁宁……不会如此。"

他喉头微动,黑瞳中浓云聚散,声线很低,像是在告诉谢逾,也像是告诉自己:"她不讨厌我。她与其他人……不一样。"

他喜欢她。

因此也愿意全身心地、无条件地信任她。

只要宁宁愿意对他多笑笑,裴寂愿意相信这个曾将他背弃的世界。

谢逾瞳孔一缩,脊背剧烈发抖。

计划已经全然不受他控制。

"我与你……"

裴寂冷冷看他,声音漠然得听不出起伏:"也不一样。"

一阵携了血腥气的微风拂过,掠动少年乌黑发丝,在眼底笼上云雾般的暗色。

崖顶之上,握着剑的修长身影稍稍一顿,后退一步。

一声轻响。

那是长剑入鞘的声音。

"长老。"

裴寂自储物袋拿出与玄镜相通的传讯符，声音很淡，却异常清晰："我与宁宁申请提前离塔。"

"等、等等！"

谢逾彻底慌了神，一把抓住他袖口："我抛弃你们母子，让你自小受尽折辱苦难，我杀人无数，还……"

"所以周小姐才把你关进这个地方啊。"

白晔站在山下，爽得不行，把双手做成喇叭状放在嘴边："想想被你害死的那些人吧，白痴！"

十方法会第二轮，终于在炼妖塔中落下了帷幕。

宁宁伤得格外严重，被百草堂各位长老用灵药潜心滋养，直至法会结束也尚未醒来，被放在担架送上了飞舟。

天羡子与门下一群小弟子个个心疼得厉害，郑薇绮差点哭得窒息过去，扛了剑就要去砸炼妖塔。

小白龙林浔不停掉眼泪，双眼成了两个圆滚滚的核桃。

他们一群人实在吵闹，百草堂长老被嚷得烦躁不堪，二话不说把其他人踢出飞舟的病房外，只留了最靠谱的裴寂和天羡子在里头。

因此，当众人抽抽噎噎、骂骂咧咧走到飞舟中央的时候，才察觉飞舟里人满为患，已没了空位。

不对。

还剩下最后两个！

不对不对！

有另外两个陌生弟子也对它们虎视眈眈，正往座位上缓缓靠近！

贺知洲两眼发亮，与郑薇绮交换了视线。

这个机会他们俩势在必得！

这架飞舟里尽是百草堂弟子，与他们几人颇为面生，两人在心里悄悄交流一番计划，终于拍板定下方案。

《贺氏表演法则》，第三十六条——

装聋作瞎！

百草堂讲究心如止水，比起习惯了打打杀杀的剑宗，要显得安静许多。

也正是在这一片祥和的氛围内，突然传来两道无比纷乱的脚步声。

有弟子好奇抬头，顿时吓得呆立当场，动弹不得。

但见一男一女两个剑修，男人似是腿脚出了问题，哆哆嗦嗦摇晃着罗圈腿一步步往前，更不用说他眼球乱颤、双眼黯淡无神，似是看不见前方情景，伸出双手茫然摸索,很是凄凉。

而女子状若正常,扶着他一步步向前,正巧,与那两名百草堂弟子同时抵达座位。

"可怜啊,我的小洲,这浮屠塔一战,怎么叫你变成了这般模样!"

郑薇绮从眼底挤出鳄鱼的眼泪:"什么也看不见,腿脚也成了这样,作为一个剑修……连飞舟上的座位都赶不上坐,今后可怎么办哪!"

贺知洲:"呃呃呃啊啊啊……这是哪儿?郑师姐,你怎么把灯关了?"

立在一边的百草堂弟子嘴角一抽,虽看出这两人是在刻意造假,却还是很识趣地后退一步,让他坐上椅子。

而郑薇绮亦是忍了笑,向前一跨,坐在另一处。

"姑娘。"

百草堂尽是认药不认人的书呆,哪会心存怜香惜玉的念头,更何况自知被这两个厚脸皮的剑修所骗,见状上前一步:"这位道友受了伤尚可理解,既然我们同时发现空位,不如两方各取一个,你——"

"郑师姐,我虽是惨,你也过得不好啊!"

贺知洲茫然望天,语气悲悯:"年纪轻轻怎么就因为那场雪里的音爆,彻底听不见了呢!"

顿了顿,他又痛心疾首道:"我和你说这些又有什么用!都说甜言蜜语要说给左耳听,你以后再也听不到了——嗯?等等,刚刚是谁在说话?此地不是只有我与师姐吗?"

一盲一聋,简直无法沟通。

合着他说了一大段话,全被这两人默认听不到。

百草堂弟子:"……"

算你们狠!

飞舟速度极快,在半空中飘行不久,便抵达了目的地鸾城。

十方法会是鸾城的大事,按照既定习俗,城中百姓会在结束时开展烟火会,迎接各大仙门归来。

这本应是极为喜庆的事情,可当贺知洲走到飞舟门口,准备沿着长梯向下,却忽然感到一丝不对劲。

飞舟下静候的百姓本是喜笑颜开,在看见他的瞬间,纷纷一动不动,神情肃穆地闭了嘴。

贺知洲:"……"

他丈二和尚摸不着头脑,四下扫视一番,竟在人群中央,见到一面无比硕大的玄镜。

玄镜上，正放映着某座飞舟里的景象。

飞，舟，里。

在那一刻，他似乎明白了一切。

好像的确有谁对他讲过，鸾城百姓对仙门心存崇敬，因此会在飞舟回归之际，特意记录里面的影像。

一片令人心慌的死寂。

不知是谁带了哭腔，扯着嗓子大喊一声："别怕，你就是最棒的英雄，呜呜——快，快来几个人扶他下来啊！"

那两个百草堂弟子站在人群最前方，两张脸纷纷扭成菊花模样，拼命忍了笑朝他摇头晃脑。

自作孽，不可活。

贺知洲仰头，忍住眼里荷包蛋般打转的泪花。

箭在弦上，不得不发。他还能怎么办，当然是笑着把曾经的自己原谅。

青年剑修忍住眼眶泛红，无比熟稔地把嘴一歪。

他看见身侧抬着宁宁，从病房出来的天羡子。

师叔对飞舟里发生的抢座大战一无所知，正无比惊恐地看着他如今的模样，视线越来越犀利。

可他迎着那样多的视线，没办法解释。

在无数仙门人士欲言又止的震悚神色里，无数鸾城百姓炽热且期盼的目光中，贺知洲双腿弯成深深印刻在 DNA 里的 O 型罗圈腿的形状，两手伸长做出探路的姿势，一颠一颠地，打着小颤走下长梯。

他的气质拿捏得那样到位，眼尾的微红是那样惹人心疼，一个女人无比激动地喊了声：

"贺知洲，他——他靠自己动起来了！"

随着这声惊呼，人群里猝不及防响起一道极为清脆的掌声，很快掌声越来越大、越来越多，不消多时，便汇聚成轰轰烈烈的海洋！

贺知洲迈着舞步一步步向下，群众的欢呼声一点点增多。

空气里充满了催人泪下的励志气息，这一刻，他就是众望所归的王。

天羡子拼命按压人中，决定在十方法会结束后马不停蹄地逃离鸾城，否则他可能会被气到窒息身亡。

飞舟下每一道喊声都极其尖锐地刺入耳膜，同为"犯罪嫌疑人"的郑薇绮面色惨白，厌如鸵鸟。

"天哪，贺知洲快要下来了——他成功了！"

"他居然真的做到了！这就是玄虚剑派的剑修吗！"

"太感人了，太感人了！我都快看哭了！太不容易了！"

贺知洲的理想，是让万千少女为他痛哭流涕。

可惜他猜中了前头，却猜不中这结局，鸾城上至八十岁老妪，下至八个月女婴，无一不在此刻落下眼泪，全是因为他的身残志坚。

"以现在这种状况，"郑薇绮看着担架上昏迷不醒的宁宁，眼角一抽，"若是我们跟在他后头……那群百姓见到师妹的模样，岂不是会变得更疯？"

她这句话说得直白，林浔刚一听完，脑袋里便不由自主浮现起那时的景象，尴尬癌提前发作，本就因担忧宁宁而泛红的眼眶越发红肿。

但这并不算什么！

小白龙握紧拳，笔直的两个小角彰显出不可动摇的决心。

小师姐对他那样好，即便承受着所有鸾城百姓的目光，他也要把她好好护送下去！

天羨子哆哆嗦嗦，把目光从贺知洲的背影上挪开，缓了口气："别、别着急，为师有个法子。信我的，准没错。"

于是没过多久，飞舟门口再度出现几道身影。

明眼人一看就认出，那是天羨长老与他门下的弟子。剑修强者个个威风凛凛，唯一值得在意的，是他们手里抬着的担架。

担架之上，躺着个睡着的女孩。

那女孩平躺着一动不动，周围几人皆是眼眶通红，神情有如凝滞，而她的脸上……

赫然盖了层白布！

悲凉。深入骨髓的悲凉，悄无声息浸入天色。

有人颤抖着喃喃发问："那个被白布盖着的死人……究竟是谁？"

林浔被这句话吓得浑身一抖，偷偷摸摸瞟一眼天羨子，得到后者自信十足的眼神。

"无碍，别慌。"

天羨子身为师尊，在此时此刻展现出了超人的淡定与超然，用传音入密对弟子们缓声道："宁宁面上盖着白布，绝不会被人认出来。你们还不相信师尊我吗？"

然而他话音刚落，人群里便突然响起另一道高呼——

"你傻吗！围在旁边的全是天羨长老门下弟子，除开一人外全员到齐，少的那个……"

接下话茬的人说到这里微微一顿，语气里多了几分不忍与痛苦："不就是宁宁吗！——宁宁死了！"

抬着担架的几人，面无表情地一同望向天羨子。

群众，是天才。

他们，是傻子。

一刹那的愣怔。

紧接着便是千百人一同狂啸，号哭阵阵。

聚在近旁的百姓化身丧尸围城，号叫着伸出双手，疯狂往玄虚剑派一行人身边靠。

有人哭得面目狰狞，有人惊骇到五官变形，有小女孩抽噎着仰天长啸："姐姐死了，姐姐死了，呜哇——！"

也许是他们的声音太过吵闹，又或是在阵阵哭声里，一阵风缓缓拂过，吹起少女面上蒙着的白布。

不知出于什么原因，本应死去的宁宁，在众目睽睽之下，毫无征兆地睁开了眼睛。

那双不带神采、满是血丝的眼睛。

没有人说话。

所有人都停下动作，不约而同望向她苍白得过分的脸颊，以及嘴角溢出的暗红血水，如同一场中途暂停的老电影。

忽一人大呼："尸——变——啦！快——跑——啊！"

寻常尸变就已经足够致命，更何况是修真之人所化的僵尸！

转瞬之间，夫起大呼，妇亦起大呼，俄而百千人大呼，百千儿哭，百千犬吠。

号啕之声，呕吐声，呼呼风声，又夹百千求救声，狂奔声，"不要杀我"声，"宁宁饶命"声，"让老人和小孩先走"声。

凡所应有，无所不有，虽人有百手，手有百指，不能指其一端；人有百口，口有百舌，不能名其一处也。

本就号哭阵阵的现场一片混乱，人们手脚并用地狂奔，无一不是痛哭流涕，口水和眼泪一起淌，好端端的丧尸围城，变成了丧尸们快逃。

毋庸置疑，这是鸢城所有百姓记忆里，最难以忘却的一场十方法事。

城主死了，夫人跑了，事到如今，连全民爱戴的剑宗小姑娘都尸变了。

打从一开始，他们就不应该倾注太多真情实感。

好奇心，杀死了整个鸢城。

而宁宁。

对一切浑然不知的女孩抬起右手，轻轻挠了挠脸上被白布盖过的地方，心满意足地闭上眼睛，再度进入了甜美的梦乡。

宁宁在床上无比惬意地打了个滚，由平躺变成懒人俯卧。

她做了好几段漫长又混乱的梦，这会儿乍一清醒，居然什么也想不起来，只觉得大脑里空空一片，神清气爽。

充沛的灵气有如潺潺山泉回旋于识海，偶尔稍稍一牵，引出电影片段般的破碎记忆。

等等，灵力。

宁宁闭着眼睛迷迷糊糊地想，她之前不是把灵力消耗一空了吗？在炼妖塔里发生过什么事情来着？

哦，她吃下一半的灵枢仙草，进入裴寂心魔。

思维到这里卡了壳。

脑海里浮现起那片漫无止境的黑色，以及伫立于黑暗中的少年影子，宁宁记得自己一步步走近他，然后——

裴寂的嘴唇，是软的。

这个念头蹭地蹿上头顶，混沌的意识瞬间清醒。

宁宁感觉到有股热气从脚底往全身各处蔓延，心口的血液因而变得滚烫，咕噜噜吐泡泡。

不、不会吧。

她她她、她和裴寂亲——

宁宁兀地睁开眼睛，停止思考。

宁宁把自己蜷缩成一条干瘪的死鱼，浑身僵硬地往床边一滚。

她的动作大大咧咧，一不留神差点摔下床，万幸身侧突然伸来一只手，轻轻按在宁宁肩头。

那是属于少年人的右手，五指细长，骨节分明，指甲泛着浅浅粉色，能见到手背上深色的伤疤。

经过方才的一番翻滚，整床被子全都裹在她身上，只露出头发乱糟糟的脑袋，宁宁茫然抬头，径直对上一双漆黑的眼瞳。

裴寂坐在床边垂了眸看她，喉结无声一动，欲言又止。

紧抿的双唇似是张了张。

在最后的记忆里，裴寂立在死寂般的黑暗中，正是以它吻在她耳垂和锁骨上。

宁宁："……"

耳朵上的热气比之前更重了。

尚存理智值：百分之五十。

宁宁把视线从他的薄唇上移开，努力绷着一张脸，把整个身体往被子里缩，只留出四处乱转的眼睛。

完蛋了。

她现在只要一见到裴寂，心脏便像立马装上电动马达，嗒嗒嗒、怦怦怦，整个胸腔地跳，仿佛下一秒就能蹦出来。

希望他不要发现她脸上的红，否则宁宁会羞愤至死。

"……好些了吗？"

裴寂见她躲闪，仓促垂下长睫，从宁宁仰视的角度看去，能见到黑眸中浮动的阴影。

他说着一顿，竟同样显出些许类似于仓皇的神情，刻意把声音压低："还有没有哪里不舒服？"

宁宁实话实说："好多了。"

其实要说的话，裴寂如今的模样似乎比她更糟糕。

她体内充盈着灵力，身上也并无明显的外伤，应该是经过悉心调养，从睡梦里醒来时，与平日里慵慵懒懒地起床没什么两样。

可裴寂完全不同。

他罕见地穿了身白衣，乌发迢迢垂下来，衬得整张脸都没有血色，眼底像是晕开一层薄墨，染出许久不得休憩般的乌青。

这样粗略一看，他仿佛才是更适合躺在床上的那个。

宁宁在心里斟酌了好一会儿语句，用鼻尖蹭蹭被子，低声问他："你的伤怎么样了？"

裴寂微微抿了唇，随即轻声应她："无碍。我多是皮外伤，擦些药就好。"

"拜托，你把那些叫作'皮外伤'？"

承影念及他在兽潮中深可见骨的咬痕与抓伤，只想把这不争气的小子猛捶一通："这种时候就应该撒娇卖惨求抱抱好不好！怎么可以不把自个儿往惨里说，反而这么轻描淡写啊！"

它越想越委屈，干脆躺下来翻来翻去："我不依！你干吗不说实话！"

裴寂冷着脸没理它。

宁宁听不见它的声音，自然也无法做出回应，接着裴寂的话继续道："你不会在这里待了很久吧？"

猜对了！

这段问句带了点调侃的意思，就算裴寂没有一直候在床边，也不会显得她太过自作多情，能用嘻嘻哈哈的玩笑话糊弄过去。

感谢汉语言的魅力！

"对对对！这臭小子三天两夜没合眼！"

承影又来了精神，义正词严地嚷嚷："百草堂也不去，药浴也不泡，只做了简单包扎就跑来这儿，跟望夫石似的，再不动都快发霉了——裴寂你倒是说实话啊！"

裴寂："就一会儿。"

承影气到吐血。

裴寂虽然说得含混不清，宁宁从那片再明显不过的乌青里，却已经知晓了答案。

也就是说，在很长一段时间里，那双漂亮幽深的桃花眼都凝在她脸上。

偏偏她对一切毫无知觉——

等等等等。

那时的她……不会打呼噜磨牙吧？

宁宁表情一滞，思维往奇怪的方向狂奔。

她这会儿刚从梦里醒来，头发肯定早就乱成一团，像虫子一样在被子里扭来扭去的模样也全被他见到。

尚存理智值：百分之三十。

宁宁心口突突跳了两下，轻轻吸一口气："我睡着的时候，有没有打呼噜流口水？"

裴寂一愣，摇头。

她下意识松了口气，仍带了点不确定地问他："那、那我应该也没说什么……奇奇怪怪的梦话吧？"

还是摇头。

宁宁"哦"了一声。

好奇怪，她因为心魔的那件事，心里从头到尾都紧张得不得了，可裴寂似乎并不在意，无论神态还是语气，都和往常没什么两样。

当时分明是他不由分说地——

宁宁想到这里，不由得略微愣住。

俯身吻下来的是他，亲口承认"喜欢"的也是他，而她只是逗弄般步步紧逼，问了句"你是不是喜欢我呀"。

自始至终，她都没有明明白白表露自己的心意，如今从梦中醒来，亦是绝口不提当时的事情。

简直就像个百般撩拨，却在他做出回应后装傻充愣的渣女。

其实仔细看一看，裴寂的耳朵，好像也一直都在微微发红。

他在等她的回应。

……不要吧。

宁宁把身子缩得更紧一些。她现在连看向裴寂的眼睛都会脸红，如果当面说出"喜欢"，一定会心脏爆裂而死的。

所以当时的她是哪里来的勇气那么生猛啊！完全没给此时此刻的她留退路，

超讨厌!

"十方法会的试炼已经结束，明日会在鸾城城主府公布结果。"

裴寂猜不出她心底的百般纠结，垂眸沉声道："百草堂诸位长老一道为你疗伤，如今应该并无大碍，可以——"

他话没说完，忽然见到蜷缩在被子里的小姑娘从床上笔直坐起。

似是觉得扭着身子看他的姿势不太舒服，宁宁皱了皱眉，把整个身体转过来，跪在床板上与他面对面。

裴寂比她高出许多，然而坐在床边低矮的木凳上，此时不得已微仰了头，才能见到宁宁的眼睛。

一高一低，两人的身高在这一瞬间陡然逆转。

"裴寂。"

她不知在想些什么，双膝向前，更靠近他一些："……你过来。"

于是黑发白衣的少年依言抬头，逆着窗外的阳光，在光晕里捕捉到她纤细的轮廓。

每一根发丝都沾染着正午的微光，光点跃动之间，能清楚见到女孩面颊上细微的白色绒毛。

宁宁低着头，而裴寂以近乎臣服的姿态仰面凝望，茫然等待她的下一步动作。

他看见她眨了眨眼睛，然后毫无征兆地，距离他越来越近。

心跳在此时陡然加快，向来喜怒不形于色的少年呼吸一滞，瞳孔骤缩。

宁宁的双唇得了灵气滋养，绵软得不像话，覆盖在他干涩冰冷的薄唇上，似是轻轻一颤。

难以描述那一刹那的感受，唇上覆着的软肉只需稍稍一碰，便整个向内陷下去，栀子花香氤氲着淡淡药香，将他浑然包裹。

这个由她主导的亲吻来去匆匆，宁宁很快就将身子坐直。

她似乎想要硬气地直视他的眼睛，在四目相对的瞬间却又仓促低下脑袋，不安分地并拢小腿："这个，是回应。"

裴寂仍保持着抬眸的动作，听她吞吞吐吐出声，音量越来越低："就是，我、我也喜欢你……的意思。"

室内安静了一瞬。

"裴小寂，你愣着干什么！快上前亲她啊！狠狠亲她！你不是特意问过我怎样接吻吗？！"

承影很自觉地捂住眼睛，在识海中滚来滚去，疯狂呐喊："拿嘴唇找她的嘴唇，快啊！"

裴寂没动。

137

——裴寂怎么能不动呢!
　　宁宁没得到他的回应,脑子稀里糊涂乱成一团,心底的小人已经在疯狂吐血。
　　她都已经做好了迎接更加刺激的情节的准备,可他毫无表示,连话也不说——
　　宁宁按捺住狂跳不止的心脏,视线兜兜转转,最终回落到裴寂眼前。
　　他居然在定定看她。
　　她从没在裴寂眼里见过这样的神色,满盛着快要溢出来的暗潮,就那样一眨不眨凝视着她的眼睛。
　　没人能抵挡住这样的目光。
　　宁宁很没出息地心头一空,随即整颗心脏都为之顿住。
　　——裴寂狭长的眼尾缓缓上挑,双眼中冰霜退去,竟浮起浅浅笑意,轻轻一眨,便惹得她胸口猛地颤动。
　　视线再往下,能见到被她亲吻过的薄唇。
　　少年的唇瓣不复之前的苍白干涩,不知为何带了几分潋滟的水光,染上柔和粉色。
　　很漂亮,也有点色气。
　　她似乎明白了。
　　裴寂之所以没动,是因为在她蜻蜓点水的触碰以后,用舌尖……舔舐了被吻过的地方。
　　尚存理智值:百分之十。
　　宁宁觉得自己快要死掉。
　　干吗要做这种小动作啊,他是笨蛋吗?
　　比起想象中的直接反扑,裴寂的这个举动居然令她更加心神不宁。
　　一旦他们都不说话,这间房屋便安静得过分,窗外的阳光静悄悄淌进来,将一切都熏得躁动不堪,宁宁莫名感到危险的气息。
　　她决定说些什么,从而缓解这份狂涌的暧昧,正打算胡乱瞎扯些垃圾话,忽然闻到一股血腥味,从裴寂身上传出来。
　　他之前在兽潮里受了伤,还来不及医治,便又与黑蛟陷入缠斗,如今渗出血,定然是伤口裂开。
　　宁宁心下一动,轻声开口:"你没有好好疗伤?"
　　她说话时皱了眉,几乎是下意识地伸出手去,将他脖子上的衣襟向下一拉,不出所料见到绷带上晕开的一缕血红。
　　宁宁抿了唇,指尖用力,将白衣继续往下拂。
　　裴寂身体僵住,没有拒绝。
　　他的上衣自肩头一点点褪下,浸出的血渍也渐渐无处可藏。

宁宁本来是带了恼意和心疼在看,目光猝不及防撞上裴寂冷白皮肤泛起的浅粉色,才后知后觉意识到不对劲。

她以前虽然也为裴寂擦过药,但都是后者主动褪了上衣,将上身毫无保留地尽数展露出来。

可现在完全不同。

他原本是好端端着了衣物,却被她的指尖撩落到一边。雪白衣衫无声息地滑落,缓缓露出少年白玉般的颈肩,几缕散落的黑发垂在肩头,欲盖弥彰。

宁宁余光一瞥,能见到裴寂上下滚动的喉结。

他的脸好红,连喉结都是粉色的。

想来也是,在与她相识之前,裴寂鲜少与外人有过接触,连牵手和拥抱都极其陌生,如今直接过渡到这种动作……

像是从幼儿园直接跳级到高中,瞬间就半只脚踏进了成年人的世界。

哪怕这真的真的只是一次再正常不过的检查伤口。

尚存理智值:百分之五。

宁宁深吸一口气,试图让气氛回归正轨,匆匆把他的上衣拉回原位,尽量缓声开口:"是不是很疼?"

这是个有些多余的问题,因为想都不用想,按照裴寂的性格,一定会冷冰冰道一声"不疼"。

他从来都是这样的性格,无论多么难受,只会一言不发藏在心里,不会告诉任何人。

然后在寂静房间里,宁宁听见熟悉的声音。

裴寂说:"……疼。"

清澈的少年音,微微带了磁性,更多是生硬笨拙的语气,却也有一点点委屈。

电流从耳畔开始滋生,以迅雷不及掩耳之势,迅速传遍身体各个角落,每一滴血液都为之痒痒地一酥。

宁宁怔怔低头,与裴寂四目相对。

他也抬眼望着她,面上尽是蔓延开来的薄红,一直浸到上勾的眼尾处。鸦羽般的长睫倏然一眨,牵引出黑瞳里碎光浮动。

他未曾向谁服软过。

儿时被折磨辱骂的时候,少年时被刻意针对、几近丧命的时候,裴寂从没亲口说出这个字。

如今他却以这样的目光望着她,低低道了声"疼"。

致命暴击。

尚存理智值:零。

脑海里有个声音在不断重复：机体损坏，损坏，无法修补。

噼里啪啦砰砰砰，脑袋里的烟花炸个不停。

理智是什么东西，它曾经在她身体里存在过吗？

似乎没有。

宁宁听见自己的声音："那要怎么样……你才会不那么难受？"

老天。

她一定是疯了。

温柔是种难以言喻的感觉。

像一股水流来到干涩的心口，从皲裂的道道裂痕中缓缓浸入，逐渐填满所有或深或浅的缝隙。

裴寂头一回那样清晰地感知到，自己仍然活着。

也头一回无比庆幸，自己能够活着。

宁宁向前靠近一些，指尖将他散落的乌发向后撩，露出苍白消瘦的脖子。

裴寂不知道她的下一步动作，却心甘情愿任其摆布，双眼里看不出太多情绪，瞳仁漆黑，如同在猎人面前引颈受戮的野兽，安静地藏匿了锋芒，仰着头一言不发。

"我……我在之后请教过大师兄，关于灵力疗伤的法子。"

宁宁垂了脑袋，右手落在他侧颈，透过薄薄一层皮肉，触碰到线条流畅的颈骨。紧接着指尖慢慢前移，抚上喉结正下方的一条旧疤。

裴寂下意识吞咽，喉结不受控制地下落，恰好滑过她手指所在的地方，短促且突兀。

一股灵气自他喉间蔓延，如同柔和煦风在血液与皮肤间悠然扩散。

衣物下尚未痊愈的伤口灼热不堪，而这股气息清新凉爽，好似春雨润物，令苦痛渐渐消去，每一滴躁动的血液都因此归于沉寂。

宁宁的力道比之前在洞穴里缓和许多，灵力循序渐进地逐步增强，恍如沙滩之上一层接着一层的浪蕊浮花。

——也像是她冰凉的指尖依次经过他身体的各个角落，引来不由自主的战栗。

裴寂被这个念头熏得耳根发热，避开她的视线："你伤势未愈，不必浪费灵力。"

宁宁却没有停下。

如同在他身上四溢的灵力那样，她的手指也同时上抬，在伤疤上轻轻一抚。

那道伤口早就结了痂，被触摸时并无疼痛。

或是说残余的痛楚很弱，像极了难以抑制的痒。

他听见宁宁叫了声他的名字——裴寂。

于是他仓促抬眸，见到宁宁兀地低头。

女孩的唇并未落在嘴唇或脸颊，裴寂却在那一瞬间屏了呼吸，蜷起的指节因太过用力而泛起冷白。

——她俯了身子，蓬松柔软的黑发抵在他下巴，嘴唇则落在那道疤痕之上，没用太大力气，似是轻轻一抿。

笼罩全身的灵力因为这个动作倏然一晃，像是有微风掠过，惹起湖中阵阵涟漪，肆意翻腾涌动。

裴寂哪曾体会过这般感受，当即声线喑哑地唤她："宁宁。"

他一说话，喉结就又陡然下落，经过她嘴唇。

那是种非常奇妙的触感。

宁宁本就浑身紧绷，被这突如其来的起伏袭上嘴唇，后背霎时僵住。

她真是很少这样主动地亲近某个男孩子，看似云淡风轻，其实早就紧张到不敢做出多余的表情。

既然裴寂难受，像这样的话应该能让他舒服一些吧？他会喜欢这么亲密的动作吗？她虽然吻了上来，可下一步应该怎样做，抬头还是继续？

继续相当于一直往下，去到脖子以外的其他地方，可那画面实在过于限制级，她连想象一下都会脸红，压根儿没有勇气去做。

但要是在这种时候抬头，让她和裴寂面对面，一旦撞上他那双眼睛……

不行。

宁宁想，她绝对会脸红到爆炸。裴寂的眼睛简直能杀人，之前被他轻轻一望，她差点连呼吸都忘掉。

她吻下来的时候完全顺从本意，想着亲一亲他，让裴寂知道自己不是孤零零没人在意。

这会儿冲动退去，理智一点点浮上来，便难免觉得羞赧。宁宁很认真地想：在电视剧里，男女主角接下来会怎么做？

好像是镜头一黑，转场，芙蓉帐暖，夜夜春——

呸，打住！

她没有经验，实在不知道应该如何是好，嘴唇被喉结突如其来地一刮，视线也就跟着悄悄往上移。

耳边是裴寂越来越沉的呼吸。

眼前是少年人纤白的脖颈，那块凸起的骨头拥有漂亮的弧度，在阴影下轻轻颤抖。

宁宁慌不择路，脑袋稍稍往上，用嘴唇压住它，感受到一阵慌乱的振动。

脖子本就是极为敏感的部位。

温热的吐息、发丝不经意的撩拨与伤口传来的阵阵酥麻混作一团，裴寂低低吸了口气,发出轻颤的气音。

要死。

宁宁被这道声音搅得心口发软,开口时紧张又小心翼翼:"这样……会不会好些?"

他的脑海中乱七八糟,她却认认真真问出这样的话,顿了顿,又低声道:"以后一定要记得乖乖疗伤。"

思绪与身体都是绵软的,裴寂连"嗯"的力气都不剩下。

——其实"疗伤"对他而言尽是无用功,既然身上已有那样多交错纵横的旧疤痕,再添一两道新伤,似乎也算不得什么大事。

曾经很多次他都自暴自弃地想,倘若有天这具残破的身体再也撑不下去,闭上眼睛的时候,或许也是种解脱。

"要是见到你难受,我也不会开心。"

宁宁说话时,吐出的气流无比贴近落在他皮肤上,如同铺展开来的细腻绸缎,柔柔淌向四周。

她想了会儿,仿佛是在组织语言,末了生涩地继续出声:"我喜欢裴寂,所以……你也不要讨厌他,好不好?"

温柔得过分。

心底有粒羞怯的种子悄然萌芽,曾经贫瘠荒芜的世界里,终于出现了一抹柔和新绿。

由她而生的水流慢慢经过它单薄的叶子与根茎,一点点包裹,一点点将其渗透。

裴寂无法言明此般感受,只觉得当女孩的唇轻轻覆下,听她说出那声"喜欢",回旋的水波滴滴答答,新叶在刹那迅速长大,摇摇曳曳抚上他胸腔,心脏极其有力地跳动了一下。

所以他才会如此在意她。

没有人能从这样的温柔里脱身,而裴寂心甘情愿地越陷越深,甘之如饴。

少年用下巴蹭蹭她脑袋,右手按住宁宁后腰,将她向下一带。

她身形纤瘦,整个人向下一伏,便正正好落在他胸口处。

裴寂的手掌比平日里滚烫许多,带了股令人心慌意乱的热气,把她往怀里用力按。

由于彼此的胸膛相距极近,宁宁分不清究竟是谁的心脏在猛烈敲击胸腔,只能听见道道沉重的咚咚声响,撞得她脑袋发蒙。

这是个带了点占有欲的拥抱。

曾经的无数个日夜都渴望着触碰,如今裴寂终于真切地拥有了她。

可他居然还想要更多。

"我知道。"

裴寂的动作仍是笨拙，手掌按在她身后，不敢乱动，也不知应该如何动，只能一遍遍用下巴蹭女孩头顶松软的头发，贪婪地享受拥她入怀的实感："……我知道。"

宁宁醒来没多久，师门里的其他人便依次前来探望。

最先闯进病房的，是林浔、孟诀与大大咧咧的郑薇绮。

大师姐心情不错，身边跟了个面容俊朗的高挑青年。

那青年白衣白发，颇有几分仙侠剧男主人公的风范，见宁宁眼神好奇，温声笑道："二位好，在下是薇绮表兄裴白霜，来日将上任鸾城城主。"

"我表哥打小在鸾城长大，前日刚从南岭降妖回来。"

郑薇绮乐悠悠地解释："之前十方法会的结束仪式，就是由他主持的。"

宁宁一愣："结束仪式？"

"你都睡了这么久，十方法会自然早就过了。"

郑薇绮一点她额头："你也太豁得出去了吧！灵枢仙草欸，居然直接吞下去——若不是百草堂诸位长老一道出力抢救，你恐怕就没命了。"

她说罢一勾嘴角，眯起眼睛问："你难道就不好奇，自己在法会里的名次？"

说老实话，宁宁对于自己在十方法会里的成绩并没抱太大希望。

她在六十二层耗尽灵力，与裴寂一道提前出塔，就除魔数目而言，定是比不过其他人，但眼见郑薇绮满脸兴奋的模样，还是很给面子地问："多少？"

郑薇绮嘿嘿一笑，伸出右手的食指。

一个"一"。

宁宁茫然眨眨眼睛。

"干吗露出这种表情！金丹期第一名欸，宁宁！"

郑薇绮倏地蹦起来，比她更加兴奋："影魔是什么级别的怪物，黑蛟又是什么级别的怪物，连我撞上都悬，你居然全拿下了！我师妹简直是天才！"

宁宁被她夸得红了脸，小声应道："黑蛟……我其实并未出力。"

郑薇绮义正词严："师兄的就是你的，你的还是你的！身为剑修，剑才是道侣，男人全是工具！"

她说着一顿，话匣子一旦打开就停不下来："哇，当时表哥说完你是第一名，玄镜里显现你与影魔那一战的时候，整个城主府都沸腾了！超帅的！我师妹天下无双！"

郑薇绮的彩虹屁一套接着一套，宁宁听得恍惚，蒙蒙地摸了摸鼻尖："裴寂呢？"

房间里出现了很短的一阵沉寂。

孟诀与郑薇绮莫名对视一眼，唇角显出一抹笑，替她接过话茬：

"他是第二名。你在琼山中以雪生光，将士兵们尽数超度，仅仅是他们为你挣得的分数便已远超旁人，再加上黑蛟与兽潮，在金丹期弟子中自是一骑绝尘。"

他说着眸光一转，眼底笑意加深："只可惜裴寂非要在床边守着你，法会第一名、第二名都没现身。"

郑薇绮闻言又忍不住接话："说到琼山那一场，你究竟是怎么才能想到那么绝的法子？剑光一出——哇，我的心都酥了！超多小弟子来找我要你的传讯符地址，全被我给拒绝了。"

"我、我也觉得小师姐很厉害。"

鲜少出声的林浔眨巴着眼睛看她，瞳孔里点缀了晶晶亮亮的微光，一本正经地说："师姐为了那些士兵拼死的决心……也特别棒！"

宁宁脸皮薄，不动声色地往裴寂身后藏了一些。

在原著剧情里，以遥遥领先的优势夺得魁首的，理应是裴寂。

他在十方法会结束后，被不少弟子唤作"杀神"，原因无他，只因杀伐果决，在秘境里凭借金丹期修为，硬生生多次越级除魔，杀出一条血路。

可裴寂却为了她，在试炼尚未结束时，便匆匆离开了炼妖塔。

如今的事态发展与应有的剧情完全不同，系统却从未发出过警告……

它存在的意义到底是什么？

宁宁想不出个所以然，忽然听见郑薇绮的声音："对了表哥，你平日里神龙见首不见尾，今日怎么有空来陪我看望师妹？"

裴白霜抿唇笑笑："我听闻你终于通过学宫测验，特意准备了惊喜。"

对哦。

郑师姐正是因为通过了文试，才得以来到十方法会的。

说来也奇怪，大师姐一直秉持着"十年寒窗两茫茫，看两句，忘三行"的"优良传统"不动摇。

据她自己所说，背书是一种享受，但她郑薇绮不是那种贪图享受的人，所以从不背书。

然而偏偏就是这样，她其中一门课业居然拿了满分，硬生生把总分往上拉了一大截，成功通过文试。

郑薇绮两眼放光，拼命点头，本来已经做好了伸出双手静候红包的姿势，却在下一瞬间表情僵住——

裴白霜道："表妹所作文章夺得满分，兄长喜不胜收，特从学宫长老手中将其求得，带来鸾城共赏。"

郑薇绮很明显地嘴角一抽，整个人像卡了壳，僵在原地一动不动。

向来天不怕地不怕的大师姐少见地慌了神："别别别！表哥别！毕竟是我的私人物品，这样不好吧！"

　　她话音刚落，便见青年储物袋金光一现，显出一叠卷轴。

　　与此同时，房外传来贺知洲新奇的叫唤："哇，屋子里居然这么热闹——要共赏什么宝贝？"

　　随着贺知洲探头进来，宁宁才发现他竟然同裴寂一样，也是浑身缠了纱布，左手被包得跟粽子似的，可以角色扮演木乃伊。

　　林浔低声向她解释："贺师兄在炼妖塔受了重伤，应该是方才刚醒来。"

　　惨还是他们惨。

　　两个惺惺相惜的恶毒反派遥遥相望，唯有泪千行。

　　裴白霜为了自家表妹的学业操心许久，如今终于苦尽甘来，声称要留给自己一份惊喜，将试卷传给旁人阅读。

　　于是那沓纸兜兜转转，落在了看上去最为亢奋的贺知洲手里。

　　"是郑师姐的文试考卷？"

　　他看得嘿嘿一笑，装模作样念出顶上的题目："喀——《伏妖记事》。"

　　"对对对。"

　　裴白霜眉头一扬，露出与郑师姐同款的招牌咧嘴笑："听说规定的文题就是这个，学宫里那么多弟子，只有薇薇拿了满分。"

　　贺知洲连声赞叹，嘴里几乎可以塞鸡蛋，丝毫没注意到郑薇绮本人诡异的神色，用标准播音腔继续往下念：

　　"我印象最深的一次伏妖，是儿时在荒野中遇见了树藤成精。

　　"那藤妖身长数尺，咆哮着向我奔来，我像脱缰的野狗拼命逃跑，临近绝望之时，突然见到一抹身形——

　　"天哪！竟是我的表哥！"

　　——表哥！

　　简直是意外之喜！

　　裴白霜听得心潮澎湃，两眼亮得堪比奥特曼射激光，嘴角疯狂上扬，继续往下听。

　　"表哥身为一个初出茅庐的符修，竟单枪匹马匍匐在地不断前行，像一条蠕动的大虫，逐渐靠近藤妖！

　　"原来他绞尽脑浆，为救我于水火之中，最终想出一条妙计——藤妖的眼睛长在脑袋而非脚上，只要趴在地上接近，就绝不会被它看见了！"

　　那条毫无逻辑可言的"妙计"简直神经病，忽略它不谈，"绞尽脑浆"这种词语实在过于恐怖。

从某种意义上来说，此时此刻的裘白霜仍是在微笑。

——虽然嘴角的弧度是向下撇。

林浔带了几分惊恐地看他，在小白龙的世界观里，这位满头白发的表哥已经成了条扭来扭去的大虫。

"紧接着便是阵法流光四溢，藤妖惨叫连连，在刺眼的白光里，我望见一道被击飞的身影在空中翻滚跌落，正是表哥！

"表哥死了！"

乍一听到自己的死讯，裘白霜一口气差点没顺过来，瞪圆了眼睛拼命猛掐人中。

窒息前一刻，突然听见贺知洲的又一道惊呼：

"不！表哥！

"我的心好痛！我怒吼着朝他奔去，居然看见他翻着白眼直挺挺地躺在地上，眼皮像泥鳅一样上下翻飞！

"表哥还没死！"

文章里的表哥在死与活的状态里来回切换，现实中的裘白霜也在气到猝死与劫后余生狂喜不已的心情中不断进行"量子波动"。

为了庆祝郑薇绮留他一条小命，裘白霜舒一口气，嘴角重新浮现起微笑。

他决定不去细细思考，什么叫作"眼皮像泥鳅一样上下翻飞"。

"表哥的眼睛鼻子嘴巴都在喷血，眼珠子一鼓一鼓，都快被挤出来了。

"他流着血泪握住我的手，嘶呵嘶呵地喘气：'薇薇，我这辈子最大的愿望，就是有生之年能见到你从学宫出师……否则我做鬼都不会安心，必然要去你们玄虚剑派飘摇游荡啊！'"

裘白霜已经真的开始猛翻白眼，嘶呵嘶呵疯狂喘气了。

贺知洲不愧是专业的，最后那句话被他念得阴森至极，颇有种幽怨不得志的气质。

宁宁不由得打了个哆嗦，倘若她是阅卷长老，恐怕会当场被吓到后背发凉，把这份试卷就近火化。

——到头来这段话才是整篇文章的重点吧！表哥到死都是文试得分的工具人啊！

"雨水打湿了我肤如凝脂的脸庞，我的眼泪晶莹剔透，从灿若星河的双眸里无声下落，途经美得令人心碎的颧骨和脆弱单薄的双唇，在地上凝结成稍纵即逝的水花。

"我握紧了粉拳，柔若娇莺的哭声传遍漫山遍野，哀婉回旋不绝：'表哥，你安心去吧，我一定会通过学宫测试的！'

"通过学宫测试的！

"测试的！

"试的！

"的！"

郑薇绮这个恐怖的女人。

之前还把表哥形容成扭来扭去的大虫，然而描写自己的时候，忽然就能灵活运用许多奇奇怪怪的形容词，像在描写言情小说女主角。

这回连贺知洲都念呆了，目露惊恐地望一眼她"美得令人心碎的颧骨"。

他犹犹豫豫好一阵子才道："郑师姐笔下的风骨，果然与常人不同。"

宁宁很是担忧地打量裴白霜的脸色，细声细气发问："所以……表哥最后究竟如何了？"

她本以为上述内容就是极限，事情无论如何都不可能变得更糟糕，没想到贺知洲目光朝下一瞥，竟深深拧起眉头。

不对劲，很不对劲。

宁宁心感不妙，刚要出声阻止，就见贺知洲缓缓张了唇。

"也许是老天保佑，表哥并没有死去，那颗圆润美丽的头颅却受到重创，让他成了只能躺在床上一动不动的蔬菜人。

"他曾经多么意气风发，如今却永远陷入了长眠。也许某天，当我拿着学宫文试的高分考卷去看他，他能如愿以偿地睁开眼。

"救人一命胜造七级浮屠，表哥救了万千百姓，那么谁，能给他一次生的机会？"

何等跌宕起伏的"文学大作"。

前面已经够离谱，居然还在最后来了场毫不要脸的道德绑架，难怪这份考卷能拿满分，阅卷长老那叫一个苦。

贺知洲看得乐呵，笑得肩膀一颤一颤的：

"郑师姐，你是不是想说'表哥成了植物人'？我只跟你提过一次我家乡的这种用词，没想到你居然能活学活用，了不得啊！"

郑薇绮仰面朝天，颤抖的嘴角勾出一丝浅浅弧度。

周遭的一切都那样安静，在这一瞬间，她成了个满目沧桑的哲学家，不关心人类，只关心表哥的铁拳。

裴白霜圆润美丽的头颅一动不动，目光犀利，直勾勾地盯着她看。

直到这一刻他才明白，原来这并不是什么《伏妖记事》，而是《救救我的植物人表哥》。

偏偏贺知洲看不懂气氛，还在继续笑："话说回来，郑师姐，你不会真有个表哥吧哈哈哈！千万别让他本人看到啊，不然你就死定了！"

他原是用了开玩笑的语气，可说完之后，竟无一人回应。

每个人的神色都是那样悲悯，仿佛他方才不是在念文章，而是当众宣布了某人的死讯。

在一片默哀般的沉寂里，贺知洲似乎明白了什么。

一道人影缓步上前，他听见陌生的男音，来自那个从未见过的白发青年："在下溯风仙人裘白霜。"

对方说着一顿，随即加强了语气，一字一顿，声声撞在耳膜："我就是她表哥。"

最后那两个字，被咬得格外重。

贺知洲怔怔地看看他，又蒙蒙地望望郑薇绮，脑子里一片空白，哆哆嗦嗦应了声："溯风仙人球……白、白道友好。"

裘白霜忍住额头上冒出青筋，闭眼深吸一口气："我、姓、裘。"

"哥。"

郑薇绮放弃抵抗，像条在岸上不断吐泡泡的鱼，她的眼泪晶莹剔透，从灿若星河的双眸里无声下落。

那句话，她已经说了太多太多遍："答应我，别把孩子打死了，行吗？"

午时的清虚谷不似别处热闹，层林叠嶂遮天蔽日，掩去遥遥落下的明媚阳光。

极少数光线自林间缝隙细细密密地穿梭，由于日晕极淡，如今被树叶一筛，便只剩下模模糊糊的幽影，非但不能把谷中照亮，反而平添几分氤氲的暧昧之感。

轻轻打开窗户，能见到一只鸟怯生生地栖在枝头。

圆滚滚的身子倏然一动，伴随着枝叶晃动发出窸窣响声，枝头颤动之下，有片树叶慢悠悠坠下来。

直到瞥见那叶上的枯黄，温鹤眠才陡然惊觉，不知何时已入了秋。

清虚谷向来安静，鲜有外人前来叨扰，今日却响起几道匆匆的脚步声。他恍然抬头，见到熟悉的影子。

玄虚剑派弟子皆知将星长老久居清虚谷，已将此处列为不可踏足的禁地。

其实细细想来，绝大多数人恐怕并非出自敬畏或恐惧，最为主要的缘由，当是对于天才陨落的同情。

而温鹤眠最是厌烦同情。

若是在往常，这种情绪绝不可能被施与他身上。

他曾经那般骄傲，却在仙魔大战中陡生变故，每当触碰到旁人欲言又止的目光，都会难以抑制地感到无比厌烦。

那样的眼神，分明是在毫不掩饰告诉他，温鹤眠已然成了个一无是处的废物。

虽然这的确是事实。

好在清虚谷人迹罕至，令他无须在意他人的眼光。到如今仍然愿意与温鹤眠保持往来的，唯有门派中的诸位长老与几位旧友。

……还有个奇奇怪怪的小姑娘。

而在今日，他们竟一并出现在他屋前。

温鹤眠恍然一怔。

"哎呀温师兄！你说今天怎就这般巧？！"

天羡子抬眼就望见他，丝毫没有长老风度地扬唇傻笑："咱们这是心有灵犀啊！来来来，我给你介绍一下，这是我的小徒弟宁宁——还记得那片灵枢仙草不？她摘下来的！"

宁宁之前来这儿三番四次作妖，如今被师尊亲自领到温鹤眠跟前，难免觉得有些尴尬。

她感受到对方惊诧的视线，努力伪装出理直气壮的模样，与孱弱的青年四目相对："将星长老好。"

"宁宁在炼妖塔里身受重伤，从鸢城回来后独自静养了好一阵子，所以直至今日，才能被我们带来见你一面。"

纪云开要拼命仰头才能与他对视，即便敛了神色一本正经，粉嫩如白团子的脸上也看不出分毫威严。

他说着轻咳一声："多亏有她带来灵枢仙草，如今要想医好你的身体，所需药材只剩下孤月莲。"

温鹤眠眸光一晃，将视线静静落在不远处的小姑娘脸上。

与身旁的各位师叔师伯同行时，她要比之前所见的几次安静乖巧许多。

而他也能很明显地感受到，宁宁眉目间的稚嫩与懵懂渐渐退去，多了几分藏锋的锐气，比起曾经那个做事胡来一通的女孩，日趋成熟更像个剑修。

他在暗地里关注着十方法会的进展，自法会结束，便时常候在他们曾经见面的林中。

可惜温鹤眠一直没能等来宁宁的影子，反而从天羡子那边得了消息，声称有个小弟子在炼妖塔中得到灵枢仙草，愿意无偿赠予他。

他只当那女孩新鲜劲头过去，对自己这个废人没了兴致，自始至终未曾想到，原来她正是舍身夺得仙草的弟子。

像是被命运恶趣味地耍弄了一遭，心底郁郁不乐的烦忧在此刻倏然退散。

或许正是因此，温鹤眠与宁宁对视时，才会不自觉多出一些受宠若惊般的局促。

"……多谢。"

温鹤眠沉默片刻，轻声道："温某身无所长，不知如何报答——"

"停停停！咱们之间大可不必如此客套！"

天羡子做了个暂停的手势，上一句还是义正词严的语气，再开口时，口吻瞬间软下来:"师兄,其实说老实话,我们的确有一事相求。这事只能靠你,别人做不了。"

这句话说出来,温鹤眠本人是一个字都不信。

他识海受创、修为趋近于零,不给旁人添麻烦就已经胜造七级浮屠,世上怎会有只能靠他做到的事。

奈何天羡子说得信誓旦旦,并神秘兮兮地声称"此事说来话长",温鹤眠只得将众人请进屋内,一面泡茶,一面听他讲。

"在十方法会期间的炼妖塔里,曾发生过一件怪事——你且看这段影像。"

在他说话的间隙,真霄从储物袋中拿出一面玄镜,镜面幽光一现,浮现出当日裴寂入魔的情形。

画面里黑云压顶、黑蛟肆虐,裴寂被重重魔气缠身,宁宁以剑光驱散魔息,紧接着便是兽潮阵阵,白晔挡在两人面前。

温鹤眠从头到尾细细看完,耳畔传来纪云开的声音:"小温,有没有觉得哪里不对劲?"

"她身旁的少年怀有魔气,引来兽潮袭击理所当然。"

他颔首温声应道:"后来魔气散尽,魔兽本不应继续将他们二人当作靶子,但……"

但事实并非如此。

兽潮仍然朝她与裴寂身边猛扑,若不是白晔护在跟前,他们俩恐怕早就没了性命。

"这就是问题所在。"

天羡子叹了口气:"我们本以为引来兽潮的源头只有裴寂,但从后来的情形看,除了他以外,对于那群魔兽而言,宁宁也是个移动的活靶子。"

温鹤眠目光一顿。

"这说不通。"

白衣青年皱起眉,语气比之前急切几分。他的嗓音清澈如醴泉,此时加快语速,引得喉头发痒,低咳道:"唯有魔气能引来魔兽,她不过是个普通人修,不应如此。"

"这就是我们有求于你的原因。"

纪云开抿了口热茶,嘴里时刻都停不下,开始细细咀嚼从屋外树下摘来的叶子。

"宁宁虽是普通人,但据她所说,在炼妖塔开启之前,曾有人把裴寂疗伤用的仙泉调包,换作含了魔气的腐蚀性剧毒。她一不小心,被那瓶水溅在腿上。"

这是最让宁宁百思不得其解的事,直到十方法会结束,调换仙泉的罪魁祸首都没有被找出。

当时她被药水所伤，虽然在水中见到丝丝缕缕的魔气，却只当那是剧毒里的必要成分，没有多加思考。

而在究竟是谁置换了仙泉一事上，她和裴寂都理所当然地认为，是有人看不惯他魔族的血统，特此做手脚——

可如今看来，似乎全然不像这般简单。

"百草堂后来细细查过，那瓶子里的魔气非比寻常，浸入宁宁身体之后，让她在魔兽眼里成了块随时散发强烈魔息的香饽饽。"

纪云开继续道："类似于引魔香，哪怕只是一动不动站在原地，都能对魔兽产生强烈吸引力。"

他说得直白，温鹤眠何其聪颖，当即明白了话里未尽的深意。

这药水最终被鬼使神差用在宁宁身上，可按照幕后黑手原本的计划，它本应伤及裴寂。

一旦裴寂沾染剧毒，进入炼妖塔后，不但会承受本身狂涌不止的魔气，更要在诸多妖魔的围剿中，被它们浓郁的魔息淹没。

对于他而言，无疑是种巨大的折磨。

"药水倘若用在裴寂身上，到那时，困住他的可就不只是心魔那么简单了。"

天羡子斩钉截铁下了结论："唯一可能的结局，唯有魔气暴涨，吞噬神志，让他成为六亲不认、只懂得杀戮的邪魔。"

届时不仅魔兽会遭殃，与他同行的宗门弟子，估计也一个都活不了。

屋内气氛渐渐凝固，温鹤眠蹙眉沉声："这背后，是魔族所为？"

天羡子不答反问："不知师兄可还记得，当初小重山里的古木林海异变？"

见对方点头，他又道："当今魔气尽散，那株古树生长千年，倘若没有人为干涉，怎会在朝夕之间突然入魔？最值得深思的一点，是林海异变的源头——"

温鹤眠长睫低垂，沉声应道："正是一位名为'裴寂'的弟子靠近古树。"

旋即异变陡生，无数仙门弟子惨遭劫难。

"或许在那时，就有人妄图利用他，来达成某种目的。"

纪云开悠悠道："只可惜当初宁宁以身涉险，从树海中救出裴寂，破了他们的计划——再者，就是这回的十方法会。"

他说着低笑一声，似是觉得有趣："他们肯定万万没想到，居然又被宁宁搅了局。"

如今一切皆是风平浪静，然而若非存有那样多阴错阳差的巧合，恐怕局面已然变得不可收拾。

温鹤眠沉思半晌："他们这样做，目的何在？"

"我们也想不通啊。"

· 151 ·

天羡子从喉咙里发出一道苦笑："唯一能确定的是，魔族已经蠢蠢欲动，暗地里设下计谋了。"

一时间再无人开口。

宁宁乖乖地坐在木椅上，听他提及魔族，脑海中不由自主浮现起关于仙魔大战的记忆。

魔族数量众多，除却热衷于战争与杀伐的魔兵，也不乏修为浅薄、并未参战的平民百姓。

万物有灵，修真界自然不可能将其尽数清剿，为防止邪魔入世，在屠尽魔君魔尊后，于魔域入口设下大阵，阻断人、魔两界往来。

值得一提的是，阵法所在之处，正是当年骆元明撞见魔修、修习炼魂术法的地方。

一片漫无尽头的大漠。

"阵法恐怕出了纰漏，若想查明此事，必须前往大阵源头。"

纪云开凝视着青年澄澈的双眸，一字一顿地告诉他："决战中无数修士身死殒命，当年布下阵法、对大漠了如指掌的那些人……如今只剩下你。

"我们不会逼你，全凭你自己抉择。"

他说得轻缓，每个字都无比清晰，带着决然的气势："魔族入世，大漠凶险，你，去还是不去？"

"然后呢？温长老有没有答应和我们一同前往？"

贺知洲往嘴里塞了口糖醋茄子，幸福得眯着眼睛扭来扭去："这茄子绝了！裴寂的手到底怎么长的？简直能入选国家一级宝物！今天也要为裴师弟的厨艺原地三百六十度跳起爱的魔力转圈圈！"

宁宁听他的彩虹屁听到后背发麻，做了个投降的手势："你正常一点——他没给我们确切答案，说要静下心来好好考虑。"

她能大概理解温鹤眠的想法。

他自暴自弃这么多年，早就在清虚谷里结下了牢不可破的壳，再加上长年累月养成的自卑感，哪能说离开就离开。

据说大漠里的阵法名为"两仪微尘阵"，是以数名修士血肉灵力为引，历经多时凝成。

阵法一出，魔域便与人间隔了道无法逾越的屏障。如今魔族隐隐有作乱之势，唯一行得通的解释，只可能是阵法出了问题。

然而他们毫无证据，一切全凭猜测，所以此番前往大漠不可能兴师动众，唯有天羡子与门下几名弟子同行。

孟诀为答谢那位将他收留的奶奶，暂且留在鸢城，协助裘白霜整顿花街与贫民窟；郑薇绮外出降魔无法归来，因而能前去的人选，只剩下宁宁、裴寂、林浔与贺知洲。

这几位皆年纪尚小，无论是大漠还是魔族，对于他们而言都是新奇又刺激。

尤其林浔和贺知洲，满腔正气被浑然激出，小白龙听闻消息时激动得脸色通红，脊背挺得像块竹板："谢谢师尊！我一定会好好干的！"

师兄师姐都那样优秀，他不能总是在旁人的照拂下生活。

他一定会超超超级努力的！

至于此时此刻。

天羡子向来爱热闹，大大咧咧提出要和大家一起吃顿饭，在临行前一夜鼓舞士气。他们这伙人绝大多数只会炒瓜，出于宁宁怂恿，由裴寂担任了主厨。

除了她以外，其余几人都不知道裴寂竟会做饭，贺知洲与天羡子两个穷鬼吃得鹅叫连连，流着泪高呼"厨神"。

林浔亦是两眼放光，声称找回了曾经在龙宫里玉盘珍馐的味道，差点没忍住，条件反射般叫他一声"奶妈"。

一群人一边吃一边天南地北地侃大山，天羡子身为极不靠谱的师尊，甚至带了几坛珍藏的小酒来。

在那之后——

裴寂想到这里，不由得皱了眉。

在那之后的事情他记得不甚清晰，应该是众人各自喝了点酒后纷纷回房，他酒量很浅，脑袋刚一碰到枕头，就浑身乏力地闭了眼。

没记错的话，他理应睡着了。

那为什么……脑子还在稀里糊涂地思考？

身体仿佛陷入无法自拔的泥潭，裴寂尝试着睁开眼睛。

眼前尽是被打碎的光，朦朦胧胧散在各处。双耳同样听不清晰，无数支离破碎的杂音被无限度拉长，透过耳膜直直刺入脑髓，混作一团。

涣散的视线渐渐凝聚，他在半睡半醒间抬眼望去，见到如流水般幽幽淌下的黑发，以及少女莹白如月色的脸庞。

仅仅看见那张脸，他的心就开始狂跳。

原来此刻是在做梦。

魂牵梦萦的女孩正坐在他小腹上。

鬼魅一样游移不定的光与影交错重叠，依次经过她的侧脸与鼻尖，最终来到线条流畅的纤细脖颈，再往下，便是一片涌动的暗色。

裴寂原是不敢向下看的。

可梦境全然不受掌控，属于他的视线无声坠落，仿佛那片暗色成了个幽深的悬崖或旋涡。

她被一袭浅白薄衫粗略罩住，也仅仅着了这一缕衣衫。裴寂一眼便认出，正是今日秋风寒凉，他在夜里披在宁宁身上的那件。

它显而易见地过于宽大，自她肩膀顺势滑落，露出精致锁骨，以及少女圆润的肩头。

锁骨以下是片柔嫩白净的皮肤，旋即则是衣衫轻拢，半掩半露。

她双手撑在他胸膛，双腿兀地并拢，倏然而至的力道化作涓涓暖流，惹来烈火灼烧般的躁动。

裴寂知道这是场梦。

他一面厌弃这种见不得光的龌龊心思，一面被她春水般的目光融化所有思绪，越陷越深。

他真是糟糕透了。

"裴寂。"

她笑着唤他的名字，声音像是从很远又很近的地方传来，让他生出一瞬恍惚："裴寂。"

她的声音柔柔糯糯，刚触到耳膜就一股脑化开，散作携了栀子花香气的甜。

裴寂尚未做出反应，恍然见她俯下身来，红唇轻启，含住他喉结。

就像宁宁之前做过的那样。

他听见女孩轻缓的呼吸声，如同藤蔓将他逐渐缠绕，心尖因她的动作一点点窒息。

似是为了回应，梦里的裴寂伸出手去，握住她纤细的腰。

软得过分。

像是握住一摊水，触碰不到骨头，绵柔的软肉仿佛稍不留神就会从指缝溢出。那件薄衫因她的呼吸上下起伏，他手掌滚烫，敛了力道一捏。

于是莹亮的杏眼瞬间蒙上水雾，她抬头与他对视，红润唇瓣轻轻颤抖，发出低不可闻的微弱吐息。

像一根指头，在他心口最为柔软的地方用力一按。

裴寂顺势吻下，手掌稍一用力，女孩便软绵绵地向旁侧倒去。

而他倾身而上，膝盖骨抵在轻颤的侧腰，将她笼罩在阴影之中。

那件薄衫不知何时已向下滑落。

一切感官都被无限放大。

乌云不由分说地逐渐上涌，咬上天边清净莹白的月辉，月亮怯怯一动，被它一点点吞噬了身形。

清寂夜色中涌起疏影，暗香阵阵，白烟将视线模糊。

浑浊的云越来越浓，将高高挂在天边的圆月吞吃入腹，四下没有风，枝头的新叶却在轻轻颤动。

他真是疯了。

想触碰她。

想竭尽所能地取悦她。

想把她留在身边，永远都不要离开。

他的吻小心翼翼，自肋骨顺势而下，来到少女白嫩的脚踝。

也正值此刻，欲色如潮的黑瞳陡然一僵。

接下来应该如何……

他想象不出来。

一声毫无征兆的砰响。

眼前的所有景象尽数碎裂，白光团团簇簇炸开，他听见类似于敲门的咚咚声，以及一道清脆少女音。

宁宁当真唤了声"裴寂"。

梦境须臾间破碎殆尽。

裴寂兀地睁眼，被破窗而入的阳光刺得蹙眉，失了焦点的眼瞳悠悠一晃，听到门外嘈杂声响。

"奇怪，裴师弟向来起得最早，今日不会还没睡醒吧？"

这道声音清朗高昂，应该来自贺知洲："莫非昨日那顿饭让他太过操劳？"

然后是林浔被刻意压低的嗓音："贺师兄，你去哪儿？"

"那边的窗户不是有条缝吗？"

于是不消多时，裴寂便见到一个大头。

属于贺知洲的大头，正嵌在半开半闭的窗户上。

裴寂："……"

裴寂面无表情，不知出于怎样的心理，将被褥往身上一拉。

"不是吧裴师弟！咱俩都是大男人，你这样害羞做什么？"

贺知洲和往常一样没心没肺地笑，见他向上提被子，露出有些惊讶的神色："我的天，你的脸怎么这样红？"

他话刚说完，身旁的人就好奇凑上来。贺知洲心领神会，往旁边一挪，为她让出一片空间。

秋日金黄的光芒飘飘然罩下，微风掀起窗帘一角，裴寂见到宁宁乌黑的眼睛。

他羞于见到她。

同梦里一样，此时她也是暖融融的，薄唇轻启时，让他有种分不清虚幻与现实的恍惚，心乱如麻。

手掌似乎还残留着那道水一样的触感。

裴寂头脑发热，听见胸腔里沉重的阵阵心跳，敲得他胸口生疼。

这不是种多么美妙的体验。

深深埋藏在心底、不敢言明也见不得光的渴望，仿佛被迫暴露在阳光之下，她笑得越是不加掩饰，就让他越发觉得自己卑鄙。

"哇——真的脸红了。"

宁宁同样是笑着投来视线，朝他眨眨眼睛，打量房屋里的景色。

裴寂的卧房干净整洁，被打理得一丝不苟，唯一称得上"凌乱"的地方，只有角落里那张床。

被褥与被褥下的人皆是狼狈又散乱，少年披散的长发有如水瀑倾泻，将棱角分明的面庞衬得苍白。

偏生又有浓郁的粉色肆意蔓延，遍布眼尾、侧脸与颈间，直至没入凌乱的衣襟深处。

感受到她的视线，攥在被褥上的手指下意识地用力，裴寂近乎狼狈地低头。

"怎么了？"

宁宁被这个动作逗得扑哧笑出声，抬手敲敲窗户："大家都是同门，没什么不好意思的，你别害羞。"

贺知洲在旁边一本正经地接话："我和林浔师弟可以忽略不计，你嘛，毕竟是个女孩儿，他总归要矜持一些。"

宁宁扭头飞快看他："我又不是没见过裴寂刚醒——"

她说到一半便咬牙停了嘴，重新往屋子里看时，脸上也多了抹极淡的红："快起床吧，我们该出发了。"

万幸她什么也不知道，否则他定会羞愧得疯掉。

裴寂深吸一口气，声音哑得厉害，是被火燎过的涩然："嗯。"

他足够冷静。

当务之急，是尽快压下周身暗涌的躁意，不让他们察觉丝毫端倪。

至于这床被子……

少年眼底的暗色更深，低垂了眼睫，掩去深邃眉眼中涌动的阴影。

趁没人发现的时候尽早烧掉。

挫骨扬灰。

第 九 卷 · 天 壑

第一章　紫薇境的白雾

大漠名为"天壑",乃多年前仙魔大战的决战战场,亦是魔域入口所在之地。

天壑上空死气凝结,仍残留着由魔族设下的邪法和陷阱,不适宜飞行。因而一行人御剑抵达的目的地,是大漠南方一处叫作"平川"的小镇。

平川虽是建在绿洲之上,放眼望去却还是充斥着漫漫黄沙,绿意稀疏,连树叶都显得无精打采,蜷成皱巴巴的一团。

灰蒙蒙的天与黄澄澄的空气接连成片,宁宁刚从星痕剑上跳下来,就忍不住咳嗽一声。

"这么多年过去,平川镇居然一点没变。"

天羡子抬眼四下打量,毫不掩饰唏嘘之色,末了扭过头去,看向身旁的白衣青年:"师兄,你身体可有不适?"

那人摇头,温声应了句:"无碍。"

正是温鹤眠。

当初魔族节节败退,修真界同样伤亡惨烈,几乎倾尽各大宗门之力,才终于筑成两仪微尘阵,在天壑尽头凝成结界,阻隔人、魔两界。

由于人才凋敝,修士们很难满足阵法所需的浩瀚灵力,因此在结阵之时多以血肉为引,填补灵力空缺。

温鹤眠亦是其中之一。

他倾尽全力,引得识海崩溃、经脉损毁,奈何修为远超常人,被残存的剑气护住了最后一丝灵脉,勉强保住性命。

他再从鬼门关睁眼醒来,已是一片尸山血海,物是人非。

他是结成两仪微尘阵的主力兼策划者之一,知晓阵法的每一处布置,若想彻查大阵有何纰漏,温鹤眠定是不二之选。

其实说老实话,对于他究竟愿不愿意离开清虚谷,天羡子一直都拿不准。

他知道这位师兄心存骄傲,自修为尽失,封闭在自己的小世界里已有多年。

今早他带着弟子们，本是没抱多大期望去找对方，没想到还未踏足清虚谷，便在入口的石碑旁见到一抹白衣。

——在树影婆娑里，温鹤眠身形笔挺地站立，正低头凝视手里的一封信。

听闻他的脚步，青年微抬眼睑，在极为短暂的迟疑与愣怔后，自唇角勾起温和弧度："走吧。"

真真是件怪事。

那张信纸看上去平平无奇，像是小弟子们才会用到的纸张的质地，可温师兄几乎与外界断了联系，向来不接收任何传讯符——

这会是谁给他的信？与温师兄同意出谷是否有关？

天羨子想破了头也想不出有什么端倪，在满心疑惑下，并未察觉在见到那封信时，宁宁神色一僵。

那正是她在昨夜写给温鹤眠的信，仍然以"将星长老小粉丝"的匿名身份。

他们两人一直保持着笔友关系，昨天晚上温鹤眠突然发来一张传讯符，内容很是言简意赅，询问在她心里，他究竟是个怎样的人。

宁宁思索许久，很认真地给他回了一封信。

因此当第二天前往清虚谷见他，望见温鹤眠手里那张无比熟悉的信纸时，她下意识一愣。

无论那封信有没有起到些许宽慰的作用，总之，温鹤眠终是答应离开清虚谷，与他们同行前往大漠。

这便是最好的结果。

"这地方真是又热又闷。"

好不容易抵达平川镇，贺知洲用手充当小风扇，四下张望："连外边都是这副德行，大漠里得有多热啊。"

"你可得做好思想准备。"

天羨子悠声笑笑："天壑里设了结界，魔气和死气未散，除了极有可能藏身于暗处的魔物，还有不少被魔气侵染的妖——越往深处走，你就越难受。"

宁宁好奇道："平川镇临近魔域入口，凶险万分。按照常理，镇民早就应该逃得一干二净，为何到了今天，仍有如此多的人留在此地？"

"对哦。"

贺知洲摸了把下巴："如果换作我，绝不会在这儿多做片刻停留。"

温鹤眠长睫轻颤，欲言又止，未出口的话皆化为一声叹息。

"你们想啊，大漠黄沙，妖魔肆虐，能住在这地方的大哥大姐，能是一般人吗？"

天羨子道："当然不是啊！这地方处处是马匪和帮派，发狠起来，能跟妖怪对砍！"

……跟妖怪对砍。

宁宁很适时地展开想象，脑袋里浮现出一群光膀子大叔狂舞着手上砍刀，把妖魔追到痛哭流涕的景象。

很魔幻现实主义，也很平川。

"最为重要的一点，"天羡子继续道，"这里曾是仙魔大战战场，虽然逼退过很多人，但也引来了不少人。"

林浔想不明白："仙魔大战既已结束，那些被引来的人有何所图？"

他思索不出其中因果，宁宁却拧了眉应声："莫非因为……那些散落在战场上的留存之物？"

天羡子叹了口气，算是默认。

在发生于天壑的决战里，双方皆是死伤无数，无论魔修或是正派修士，都遗留了诸多法器与秘籍，四散在大漠里的各个角落。

倘若能进入大漠，并从中找到一两件有价值的物什，将宝贝卖出的价钱，能保一世衣食无忧。

"可、可是这——"

林浔瞪大眼睛，难以接受其中逻辑："在大漠里丧生的，都是为除魔献出性命的英雄，他们这样做，岂不是……盗取遗物吗？"

没有人做出应答。

因为这的确是事实。

已逝的修士前仆后继地献身，到头来非但没有被世人铭记知晓，遗留下来的私物反而成了被争相夺取的商品。

实在令人心寒。

"小友不必难过。"

温鹤眠见他垂头丧气，缓声安慰道："并非世人皆是如此，心怀善意者大有人在。"

"师兄还是这种性子。"

天羡子朗声一笑，拍拍小白龙肩膀："你师伯说得不错，不过'人心赛妖魔'这句话不假，今后在世间闯荡，还是要多留几分心眼。"

他顿了顿，笑意敛去大半，语气压低："盗取遗物的事已经够糟糕了对不对？你定然不会想到，当年在大战之际，还出现过更恶心的事情。"

林浔微张了唇，安静听他继续往下讲。

"就拿发生在天壑大漠里的一件事来说。"

天羡子极有耐心："初入大漠的那队修士人生地不熟，特意请了当地几个镇民作为向导。没想到镇民尽被魔族所诱，为了区区几颗金银珠宝，便将他们带入魔修围剿圈之中。

"那可是十几个修士的命啊，对于他们来说，却远远比不上自己下辈子的荣华富贵。"

天羡子说到这里，眼底的笑意已然全部散去，空留一片怅然漆黑："你生于龙宫，自小养尊处优，鲜有接触到这种事情的时候。无论何时，都应记得人心隔肚皮，尤其是这荒芜之地的——"

他话没说完，跟前便倏地掠过一道黑影。

有个小姑娘狠狠撞上林浔身侧，匆匆道了声"抱歉"后转身就走，来去都像一阵风，没留下任何痕迹。

天羡子与自家徒弟里最傻白甜的小龙面面相觑。

天羡子："你知道，现在这种情况是什么吗？"

林浔蒙蒙应答："那个……话本子里男女主人公命中注定的邂逅，猝不及防的相逢？"

天羡子："……"

天羡子的表情吓人，像个鬼一样，一字一顿告诉他："你、钱、袋、没、了。"

一颗，两颗，三颗，四颗……

藏身于阴影中的女孩握着瘪瘪的鲛纱袋，一边数，一边不由自主地皱起眉头。

那群人看上去气度不凡，所用的钱袋也极尽奢华，理应是修真门派的高阶弟子，为何竟会如此囊中羞涩。

这一袋的石头，还不够买一个装它们的鲛纱袋。

她全神贯注地数，忽然听见身后传来一道慢悠悠的声响："哟，已经在数数啦？"

"嗯嗯。"

她乖乖点头，须臾之间意识到不对劲，仓皇回过头去，果然见到似曾相识的面孔。

——之前与钱袋主人对话的青年面露微笑，负着双手俯身看她，在四目相对的刹那嘴角一勾："盗走钱财之后应该往远处跑。你过了两个转角就藏起来，岂不是等着被抓包？"

他没再说话，浑身上下却散发出不可言说的威压，极浅极淡，应是有意克制，却还是压得她心口发颤。

天羡子往后一瞥，把林浔向前一拉。

"这、这位姑娘。"

林浔被猛地拽上前，哪怕心里存了落荒而逃或缄口不言的念头，可一旦望见自己被盗走的钱袋，就觉得心口阵痛。

灵石每被她拿走一颗,他院子里的瓜就枯萎一个,心脏也在被小刀一点点切割。仿佛这姑娘拿着的不是钱袋,而是他的命。

在性命与社恐之间,林浔毅然选择了前者:"这、这是我的钱袋,你能把它……还给我吗?"

姑娘一言不发地望着他。

有那么一刹那,她觉得这人脑袋似乎出了点问题。

明明他才是失主,面对她这个小偷,干吗要用如此客气的口气。

甚至要比这座镇子里,许多人对待她的态度好上许多。

"这么客气做什么!"

贺知洲迈开腿向前一步,本想做出凶神恶煞的表情,但眼见这姑娘面黄肌瘦的模样,话到嘴边立即软了下来:"姑娘,偷窃不好,你若能把钱袋还给师弟,我们定然不会追究。"

他话音落下,本以为对方会乖乖归还钱袋,没想到只听见女孩的一声冷笑:"看你们的模样,也是打算进入天壑的修士?"

她语气不善,想必将他们当作了盗物之徒。

林浔最是厌恶那等不仁不义的行径,哪会愿意被人误会。

正要解释,却见她扬起一个没心没肺的笑:"看你们修为应当不错,不如也带带我呗?我出入天壑多年,要论资历,整个镇子没有谁比我更深。"

这姑娘看上去年纪轻轻,居然是个老盗物贼。

小白龙经历了情感的大起大落,颇有种被命运玩弄的心酸感,张着嘴怔然无言。

"我叫陆晚星,你们在平川镇打听一遍,没有不知道我的。"

她似是为了证明,竟从怀里掏出一个储物袋,旋即金光一现,手里出现一把长剑。

"看见没?这袋子和这把剑,都是我在大漠找到的,绝对能卖个好价钱——我身上还有更多好东西,你们带上我,绝对不亏。"

虽然温鹤眠存有对天壑的记忆,但毕竟时日已久,加之大漠之中诡谲莫测,若有一名向导,他们的路途会容易许多。

但不应该是这个来历不明的女孩。

更何况从她的话里可以听出,这姑娘盗取修士遗物多年,他们一行同为修真之人,对这种忘恩负义的行径心存排斥。

温鹤眠望着剑,低声道:"此剑灵气外溢,多年蒙尘仍有微光,主人应是不俗之辈。"

天羡子敛了眉目,侧眸看他:"我倒觉得……这股剑息似乎有些熟悉。"

"好眼光!"

陆晚星眯着眼睛笑:"我从小就入了大漠,对地形地势、气候变化和出没妖物都了如指掌,要说谁最了解它,我称第二,绝对没人敢要第一。你们不如考虑考虑?"

宁宁好奇道:"出入此地的修士数量不少,你为何偏偏选中我们?"

"天壑中圈和外圈我都去过,没什么意思。"

她把钱袋护在手里,眼眸一转:"你们看上去修为不低,定然不会只满足于大漠外围,对不对?跟着你们,铁定能找到更多的好东西。"

这丫头,倒挺会看人和做生意。

"师兄。"

天羡子望一眼温鹤眠:"怎么办?"

陆晚星闻言抬头,对上青年安静的视线。

在场所有修士中,此人的眼神最为柔和,应是心地柔软之辈。

她做好了被接纳的准备,却没想到温鹤眠竟摇了摇头:"姑娘,我们进入大漠,并非为盗取宝物。"

陆晚星神色一怔。

他这句话的意思再明显不过,道不同不相为谋,他们不会将她带上。

"不、不拿宝物也行!我给你们带路,你们给我工钱如何?"

她似是有些急:"我现在急缺钱,只要有工钱,一切都好说!"

林浔恍然大悟:"你之所以偷走我的钱袋,是因为急着用钱?"

陆晚星拼命点头。

她若是平平静静还好,如今仓皇至此,便难免有些奇怪。

魔修藏身于暗处,一切计划都尚不明了,倘若中途加入这样一个目的不明的姑娘,很可能出岔子。

更何况……她不顾安危,如此执意要和他们一同前往天壑,这件没头没脑的事情本身就显得古怪。

宁宁原以为温鹤眠是个很好说话的人,然而他沉默片刻,没有一丝犹豫,最终还是摇了摇头。

天壑与小镇相隔有一段距离,经过一番讨论,众人决定雇用马车前往大漠。

他们人数颇多,超过了一辆马车能够容纳的限度,于是分为两辆,一前一后。

宁宁与裴寂、林浔共乘一辆,车夫看上去三四十岁,眼角留了道长如拇指的刀疤,看上去像是武侠片里的刀客,颇有几分粗犷豪迈之感。

宁宁还在思索陆晚星的猫腻,上车后轻声嘱咐:"车把式,我们去天壑大漠,送到入口便可。"

车夫应了声"好"。

大漠之中风情剽悍,马车跑起来亦是虎虎生风,速度快得不可思议。

宁宁唯恐天羡子所在的那辆跟不上,把脑袋探出窗户,迎着风急声喊:"车把式,后面有辆车跟着我们!"

跟着他们?

她语速很快,声音被汹汹而来的风狠狠一刮,就显得更加急切慌乱。男人眸光一凛,晃眼向后望去。

漫漫黄沙之中,竟然当真有辆马车鬼鬼祟祟地跟在他们身后,始终保持了一段不远不近的距离。

若非那女客提醒,他恐怕永远都无法察觉这场追踪——

何等下作的手段!

属于大漠男人的血性,在此时此刻被猛地激发而出,握紧缰绳的手微微颤抖,他感到前所未有的兴奋。

这、这难道就是传说中的……

追逐战!

宁宁想,一定是她的错觉。

否则那车夫听闻这句话,回答"没问题"的时候,为什么发出了一声邪魅狂狷、唯我独尊的狂笑?

与此同时,另一边。

贺知洲原本好端端跟在宁宁之后,这会儿向窗边望去,却陡然察觉不对劲。

前面那辆马车不知道抽什么风,突然像跳起大神一样,一边以迅雷不及掩耳之势向前猛冲……一边如走火入魔般开始蛇形疯扭。

这是何其癫狂的走位,贺知洲大感不妙,赶忙叫道:"大哥,快快快,快跟上前面那辆车!千万别跟丢了!"

驾车的青年听罢,浑浊双眼中亦是寒光一现。

难怪那辆车前行的姿态如此反常,原来是察觉到有人在跟踪!他能被甩开吗?绝不可能!那是对他多年来技术的侮辱!

"放心。"

他说话间打了个响指,嘴角勾起势在必得的邪魅冷笑:"一切交给我。"

马鸣风萧萧,大漠映斜阳。

蛇形疯扭的马车从一辆变成两辆,于长路之上掀起道道烟尘。马儿的嘶鸣与车夫的咆哮混作一团,赛出水平赛出风采,赛出了当年 AE86 上秋名山的气势。

这已经不再是简简单单的马车驾驶,而是两个男人之间关乎荣誉的较量!

这,就是大漠!

道路之上人仰马翻，小镇居民四处奔逃、尖叫连连。

有人无意中瞥见后面那辆马车的窗户，更是被吓得差点神魂俱灭。

车里的每个人都被颠得左右横移、上蹿下跳，乍一看去只能望见麻花般扭成一团的手脚和脑袋。

一名白衣青年扭曲的脸自窗前闪过，瞳孔里满是对活下去的渴求与来自灵魂的震颤，舌头和眼球都快被甩飞！

贺知洲的心尖和声音一起狂抖，破着音疯狂呐喊："大啊啊啊哥！慢、慢啊啊啊——呃呃呃！"

狂风呼啸而过，所有话语都显得那样苍白模糊，最终抵达男人耳朵里的，唯有那个被贺知洲无限放大音量、拼命喊出的"慢"。

"呃啊——"

男人早就追红了眼，眼看被甩得越来越远，直至此刻，终于发出今日以来最为壮烈的一声咆哮。

身为车夫，他绝不允许有人说他慢！

两辆马车同台竞速，比到达沙漠的预计时间快了整整一炷香，不知道的见了，还以为在录马车版《男生女生向前冲》。

等终于颤颤巍巍下车，宁宁心有余悸地从裴寂怀里出来，恍惚望一眼身后漫无边际的黄沙，难掩声音里的颤抖："大叔，我们后面的马车呢？"

"放心。"

冷冽的风撩起鬓边碎发，烈日勾勒出男人棱角分明的面庞，他仰面望着天边，缓缓吸一口烟斗。

在散开的缥缈白烟中，他的目光是那样悠长深远，低哑嗓音尽显王者之风："不过区区蝼蚁——"

男人说着冷笑一声："已经甩掉了。"

宁宁无语。

——所以你们是自顾自演起了《无间道：修真风云》吗，大叔？

宁宁面无表情地站在大漠入口，遥遥望向昏黄的天地交接处。

为防止死气外溢，天堑外围被仙门设下结界。隔着一道无形屏障，她所在的这一头丽日当空、金光万道，另一边则黑雾笼罩，只能隐约窥见模糊天光。

魔气之下，层次分明的沙丘连绵起伏，有如凝固于半空的怒浪滚滚。

黄沙处处，偶尔自远处掠过一道茫茫黑影，不知是天边仓促而来的飞鸟，还是妖魔稍纵即逝的影子。

天羡子他们还是没来。

当时她话音落下，好端端的车夫突然化身为愤怒的公牛，狂喘着气就拉上缰绳拼命往前冲。

她与另外两人在马车里被颠来颠去，毫无防备之下向后仰倒，本以为即将撞上木板，后脑勺却落在一处温温软软的地方。

原来是裴寂伸了手，轻轻护在她脑袋上。

宁宁本想出声询问，方才的力道有没有把他手掌压痛。

没想到一个恍惚，就被不由分说拉入他怀中。

裴寂身体很冷，呼吸却是热的。

宁宁被一把拉过，嘴唇恰好落在他锁骨附近，每当呼吸，气息悠悠回荡在颈窝的时候，都能感到后背上的手掌暗暗用力。

她当时不敢说话也不敢动，更何况车里还有个林浔。

宁宁："……"

她已经不想去看林浔的表情，以小白龙的性子，恐怕早就面红耳赤，比她这个当事人更害羞。

这样的三人空间堪称折磨，宁宁抵达天壑后立刻匆匆逃离。

奈何另一辆马车还没过来，她在等候的间隙百无聊赖，干脆朝车夫搭话："大叔，您对这大漠了解多少？"

"你说天壑？"

车夫吸了口烟斗，往结界内一睨："仙魔战场，进去的人挺多，出来的嘛……"

他说话时眼珠悠然转了个圈，脸庞被白烟映得有些模糊，略带了狐疑地问她："看你们的模样，应该是头一回到这儿来，人生地不熟的，就这样闯进去，不怕出事？"

宁宁摇头："我们做过准备。"

天壑大漠凶险万分，他们一行人来到此地，自然不可能头脑空空。

地图、常见精怪与注意事项都有过了解，加之有温鹤眠这个人形科普机器，进入大漠后问题应该不大。

她停了一阵，又道："近日来，大漠里可发生过什么奇怪的事？"

"这我就不知道了。"

男人笑了笑："我们当车夫的，整天都在镇子里来回跑，哪会知晓大漠里的古怪。你若真想打听这个，不如问问那群盗物贼——他们成天待在大漠，说不定能看出几分猫腻。"

盗物贼。

宁宁因这三个字心头一动，凭空生了几分兴趣："大叔，你认不认识一个叫'陆晚星'的姑娘？"

"陆晚星？"

车夫定定看她，微蹙眉头："你怎会认识她？"

"巧合而已。"宁宁见他神色不对，好奇继续问，"陆晚星怎么了吗？"

"倒也没太大问题——只是那丫头吧，实在有点古怪。"

他们两人皆闲来无事，车夫又是个藏不住心里话的话篓子，甫一提起陆晚星，一张嘴就再没停下："当年大战的时候，有几个镇民给修士带路，往天堑大漠里边走，结果被魔修收买，导致那群修士全部惨死——这事你有没有听过？"

宁宁点头。

"陆晚星她哥，就是带路的其中一个。"

车夫露出略显嫌恶的神色，把音量压低："但你也知道，给魔物办事，无论它们把报酬吹得有多天花乱坠，到头来能给丁点儿好处吗？不可能！"

宁宁本以为那只是段与现今没什么关联的陈年旧事，没料到其中还有此等纠葛，一时间好奇心更重："那些人出事了？"

"是啊！他们拿着一堆金银珠宝出来，连夜要带着家里人跑路，结果还没踏出家门，嚯！"

他说得激情澎湃，有了几分说书人的气势："那群人竟然纷纷倒地，被魔物抽走精气，成了再起不来的干尸！至于从魔修手里拿到的珠宝，也全都化作腐物和烂泥——都是报应啊！"

"所以说，"宁宁若有所思，"魔修早就对他们下了恶咒，欲要赶尽杀绝。"

"就是这样！"

车夫连连点头："信谁都不能相信邪魔，谁知道那群怪物心里存了怎样的心思——哎哟，跑题了，咱们不是在讲陆晚星吗？"

这会儿裴寂与林浔也从车里出来，后者还没从之前所见的那一幕缓过神，自始至终低着头，龙角微微泛了粉色。

宁宁不看他们俩，试图通过与车夫的谈话转移注意力："对，陆晚星。"

"她爹早就过世了，同兄长与娘亲相依为命，出了那样一档子事，家中就只剩下陆晚星和她娘。"

车夫道："说来也奇怪，她哥做了那样的丑事，在平川的名声早就臭了，留在这里只能挨白眼。当年带路的其余几户人家全部搬出平川，只有陆家留了下来，真不知道她们是怎么想的。

"要说的话，她爹也算是个人物。他是我们镇子里出了名清正廉洁的镇长，可惜在一次火灾里为了救人，死了。"

他说到这里叹了口气："留下一儿一女，儿子勾结魔族死了，女儿吧……陆晚星整天在大漠里进进出出，干起盗取遗物的勾当，我曾见她鬼鬼祟祟地与外人来往，应该就是在做交易。可惜，可惜。"

裴寂听了半响，冷不丁突然出声："她曾做过在活人身上行窃的事吗？"

"啊？"

男人一愣："盗窃……应该不至于吧？她虽然性子有些野，但也不至于干这种事。"

话题到此便戛然而止。

不远处响起一道高昂的马啸，天羡子等人所在的马车终于赶来。

狂奔后的骏马累到直翻白眼，被骤然拉紧缰绳、不得不停下来时，脚下生起阵阵黄烟。

从车门里滚落一团果冻形状的类人物体，如同死去般软绵绵瘫倒在地，赫然是贺知洲。

车夫目光一凛："追击得如此之快，不错不错，后生可畏啊。"

坐在马车上的青年亦是面目狰狞："你究竟是何等人物，技艺竟如此出神入化……可恶，这次是我输了。"

宁宁："……"

你们大漠人都是怎么回事啊大叔！

如果忽略差点出师未捷身先死，被有男人血性的大漠车夫颠得肝肠寸断的话，一行人总算是畅通无阻地进了天堑。

天堑魔气盘踞，他们在穿过结界的刹那，就能清晰感受到从四面而来的淡淡压迫。

这鬼地方连空气都显得浑浊不堪，天羡子因修为高深，面色与寻常无异："越往里走，这股魔气就越强。你们可得当心。"

大漠当属蛮荒之地，外围被寻珍夺宝的盗物者踏足多年，已很难看出当初仙魔战场的痕迹。

剑修剑气外露，寻常妖魔不敢近身，因而比起前来此地寻宝的普通人，他们向内深入的速度要快上许多。

正如天羡子所言，随着渐渐靠近大漠中心，宁宁能很明显地感受到，周围的魔气越来越浓。

她心有所感，看一眼身旁的裴寂。

魔族摆明了在针对他，此番前来天堑的所有人里，裴寂是最为关键的一个。

天羡子心知他会被魔气影响，特意在此之前准备了诸多清心丸与抑魔丹，用以压制魔息，使其不受大漠里汇集的气息操控。

更何况经过炼妖塔一战，宁宁吞下灵枢仙草，而裴寂成功破除心魔，两人修为都得到极大提升,由金丹一跃到了元婴境界。

境界提升之后,对于魔气的抑制力也大有所长。

大漠里满是一成不变的景色,在越发浓郁的黑气里行走一段时间后,宁宁对新鲜事物的好奇感渐渐退去,已经没了太多兴致。

她本是百无聊赖在往周围张望,猝不及防之间,忽然瞥见一道飞速掠过的黑影。

那道影子携了股杀意腾腾的妖气。

不对劲。

周围沉闷的空气里……似乎传来了一阵十分诡异的香气。

天羡子淡声笑笑,手中化出长剑:"察觉到了?"

温鹤眠颔首:"当心。"

话音刚落,忽有疾风匆匆刮过。

那道异香被狂风吹开,肆无忌惮扩散到各个角落。许是受此影响,天边突然之间响起阵阵鸟鸣,纷乱不堪的影子遮天蔽日,不过一个恍惚——

便有数道疾影俯身而下,向众人袭来!

"附近有引魔香,这是在等我们上钩。"

天羡子发出一声轻哼:"魔族果然破了两仪微尘阵……有漏网之鱼到外边来了。"

天边与沙丘皆暗影浮动,强烈妖气伴随着魔息肆意蔓延,宁宁拔剑出鞘,斩去突如其来的一只鸟妖。

如今邪风大作,四面八方都是蠢蠢欲动的妖魔。

她大概能猜出魔修的一些算盘,知晓他们此番来袭的目的,应是一行人中最为重要的温鹤眠或裴寂。

——温鹤眠通晓两仪微尘阵,若能将他解决,修真界便很难在短时间内查出大阵存在的猫腻。

裴寂身怀极强的魔族血统,虽然尚不清楚魔修们的具体计划,但从之前几次对他的刻意针对来看,裴寂定是计划里的关键人物。

很显然,其他人也在这么想。

因而当脚下的层层沙土骤然狂颤,数条藤蔓破沙而起,一时间黄沙漫天、腥风大作的时候,所有人都下意识把注意力转向两人身侧。

哪知妖影纷然,藤蔓以肉眼难以捕捉的速度飞快前冲,如刀如刃,破开层层呼啸烈风。

然而袭去的方向,却并非温鹤眠与裴寂。

惊变只在电光石火的短短一瞬间。

宁宁一愣。

她手里的长剑正抵御着一只沙魅没头没脑的进攻,而腰间缚着的——

赫然是条与漆黑魔气融为一体、难以察觉气息的妖藤。

宁宁脑海中弹幕爆炸。

触手怪抓她做什么？难道这些妖物是无差别攻击？为什么不按照说好的剧本来，她只是个无辜的恶毒女配啊？

她的吐槽还没念叨完，旋即便是用力一卷。

女孩的身影与藤蔓一道下落，与此同时地面黄沙涌动，竟在不远处形成一团不停蠕动的圆形旋涡，只不过转瞬须臾，便将宁宁吞噬得没了踪影。

天羡子骇然大喊："宁宁——欸！裴寂！你跳下去干吗！"

他分身乏术，只得咬牙望一眼贺知洲："照顾好温长老和林师弟，我带他们回来！"

宁宁觉得自己在做梦。

梦里的一切都极其模糊，光影来回闪烁，凝聚成许许多多变幻不息的影子。

她见到水墨般漾开的巍峨高山，灯火通明的悠长街巷，以及纷飞纵横的剑影刀光，最终画面一滞，四散的影像浑然聚拢，凝作一道纤长人影。

周围是一望无际的空白，整个世界里，仿佛只剩下她与那个人。

好险好险，她差点以为自己稀里糊涂死掉，眼前正在播放回顾一生的走马灯。只有当见到眼前这道人影时，才恍然明白是在做梦。

因为那人是她完完全全没有见过的模样。

他是个男人，或是说少年。

宁宁安静看着他，脑袋里浮起很不合时宜的念头：只可惜出现在这里的不是裴寂，若是在梦里见到他，她说不定能比平日里大胆一些。

她一边胡思乱想，一边好奇走上前。

少年由雾气凝聚，没有实体，只不过是道无法被触碰的虚影。他穿了件干净整洁的白衣，面孔像是被打乱的拼图，五官模糊一片，全然看不清相貌。

宁宁把他上上下下打量一遍，尝试在梦里开口："那个……你好？"

那人没有应答，像具死尸或是玩偶。

说老实话，有点恐怖。

宁宁不习惯这种诡异又死寂的氛围，凝神端详他满脸的马赛克，正打算伸手碰一碰，突然见到那人浑身一颤。

这种突如其来的惊吓最是恐怖，宁宁条件反射般后退一步，却发现对方并没有继续动弹。

唯一与之前有所不同的地方，是他心口上晕开了一片血迹。

少年身着白衣，殷红鲜血如潮涌般漫了出来，显得格外突兀与可怖。

不知道为什么，虽然看不见他的五官，宁宁却莫名有种感觉，这个人正在注视她。

她分明与他全然不相识，此时却不由自主地感到胸口发闷。心脏无比剧烈地开始跳动，每一次撞击都沉重如巨石，撞得她有些蒙。

一切妖魔鬼怪都是纸老虎，宁宁努力稳住心神，凭借多年以来的小说阅读经验，脑补出了无数符合仙侠世界观的故事。

比如夺舍，比如前世今生，比如失去的记忆与忘记的人，思来想去总觉得肉麻，把自己脑补出了一身鸡皮疙瘩。

比起前世今生稀里糊涂的纠葛，她宁愿相信眼前这位兄弟是从M79星云来的外星人，正在利用脑电波或潜意识与她进行深层次沟通。

四下寂静得有如死亡，宁宁戳一戳那人肩膀，只碰到无形的白烟。

她还想说点什么，奈何刚一张口，耳边就响起另一道从未听过的嗓音，来自某个女人。

"快醒醒。"

这道声音将她从浑浑噩噩的梦境拉回现实，宁宁兀地睁开眼睛。

很好，身体疼得像是散架了，这儿不在梦里。

从进入天壑到现在，已经发生了太多怪事。她勉强撑起身子，坐在地上环顾四周，顺便回忆陷入昏迷之前的事情。

他们一行人遭遇魔族设下的引魔香，她在乱战中被一根妖藤卷入旋涡，为脱离桎梏，拔剑将藤蔓斩断。

然后发生了什么？

宁宁蹙眉回想，深不见底的旋涡里伸手不见五指，她在无尽黑暗里失去支撑，不停下坠，本打算御剑稳住身形，却被另一股更为强烈的力量笼罩，失去了意识。

……是来自这个地方的力量吗？

她心下一动，抬眼望去，视野之中满是毫无瑕疵的纯白，与记忆里被黑雾笼罩的天壑大漠截然不同，倒是与梦中所见极为相似。

与梦里不同的是，那个被马赛克掉的少年不见了踪影，飘浮在宁宁眼前的，唯有一团浓郁白烟。

她想不通究竟发生了什么事，望着白烟愣愣发呆，本打算伸手碰上一碰，却听到有道女人的声音从烟气里传来，轻灵柔软，似是在笑："你又来了。"

又？

她曾经来过这个地方？

宁宁脑袋里一团糨糊，忍着疼开口："你是谁？"

对话进行到这里，不知出于什么原因，周围的空气悄然凝滞。

· 171 ·

四散的白烟倏地顿住，带了些许困惑地出声："你不记得我了？这么多年来……你每次来到这里，分明从没忘记过。"

它像是在自言自语，音量越来越低，带了不敢置信的口吻："你怎么能和其他人一样，也不记得我？明明你和他们是不同的……只有你不一样。"

今日的所见所闻远远超出她的想象，宁宁的脑袋里从没有像现在这样，充斥着数不胜数的小问号。

这是什么地方？眼前的女人是谁？对方为何会表现得……像是与她认识？

还有那个莫名其妙出现在她梦里的少年。

宁宁只觉得头痛欲裂。

"好可怜。"

白烟倏然聚拢，凝成面目模糊的女性形态，逐渐向她贴近的同时，五官也一点点成形。

冷冽寒气迅速扩散至四肢百骸，白影的双手已然覆在她双颊两旁。那女人自顾自地说，空洞的眼瞳一眨不眨凝视她，声音缥缈如云烟。

"身上的死气还是这么浓……既然忘了我，那你可否还记得——"

宁宁听不懂对方话里的意思，却在下一瞬间兀地僵住。

白烟携来女人喟叹般的低喃，每个字句都无比清晰，重重落在她耳膜："在不久之后，你就会死去？"

问："突然听见自己大限将至的死讯，是种什么体验？"

答："谢邀，人在大漠，刚下飞藤。"

作为一名亲身经历者，对于这件事，只想回复一句话："其实我早就知道啦，没想到吧哈哈！"

宁宁置身于四面雪白的空间里，与近在咫尺的陌生女人无言对视。

对方的双眼由白雾凝成，看不透其中蕴藏的神色，听见那句不明不白、关于死亡的话时，宁宁脑袋里只匆匆闪过一个念头——

按照和系统所做的交易，她的确会在任务完成之后假死脱身。

这是最为浅显直白的想法，然而只需稍加思索一番，就能察觉事情不可能如此简单。

先不谈她脑海里莫名出现的少年身影无法得到解释，单论从女人口中吐露的话语，就足以叫她一个头两个大。

"什么叫作……"宁宁凝神正色，按捺下心脏不由自主的狂跳，"每次来到这里……分明从没忘记过？"

女人定定望着她，沉默了好一会儿，竟答非所问地轻笑一声："原来如此，你身体里还有别的东西。"

宁宁抿唇没有应答，大脑飞速转。

别的东西？是指系统吗？它怎么能看出系统的存在？

"你想利用那东西度过死劫，对不对？"

它笑时身形微颤，白雾也随着动作不断聚散，仍是自顾自地继续道："失败过一次又一次，若是旁人，兴许早就放弃了，也只有你还这样执着——你是为了谁？自己吗？似乎不像呀。"

"稍等稍等，咱们打断一下可以吗？"

信息量实在太大，宁宁一时半会儿消化不过来，只能用力按按太阳穴，皱了眉问她："姐姐，咱们能不能从头说起？这是哪儿？你是谁？一次次失败又是指什么？"

周围的气氛悄然一凝。

它比之前笑得更加放肆，身旁雾气乱作一团，连五官都晃荡得模糊不清。

"姐姐？你居然叫我姐姐——你不那么严肃，反倒叫我有些不习惯。"

女人说着再度凝聚成形，双腿一踮，负了手径直升往半空，居高临下打量眼前的小姑娘。

"我在这里太久太久，许多事情都记不清。"

女人声音很低，语气里带了少许迟疑，似乎连自己都快把过去遗忘得一干二净："我以前是一把剑，当年仙魔大战，跟随主人前来大漠……然后是轰隆隆的爆炸和满身血，等我恢复意识，就已经出现在这里，变成如今这副模样。"

这是个脱离了剑身的剑灵。

要想凝成有意识的剑灵，那把剑定然不凡，至于它口中的"主人"，应该也是曾经叱咤风云的大能。

宁宁好奇道："你还记得自己的名字吗？"

见白雾摇头，只得换个话题继续问："那你知不知道，这里究竟是个什么地方？"

"我本来也不清楚，是你告诉我的。"

它闻言发出咯咯轻笑，在空中匆匆旋了个圈："你说我剑灵离体，本应烟消云散，却被一股极强的灵力所护，幸得不死。至于这个地方，是在一个名为'紫薇境'的绝世法器里，一旦进入其中，便能与外世隔绝，不受外力干涉。"

"我告诉过你？"

宁宁眼皮兀地一跳。

纷繁思绪好似层层裹住的毛线球，找不到头也寻不见尾，然而有一根丝线被缓缓抽出，让她隐约窥见一丝天机。

宁宁问："我来过这个地方许多次？"

"对啊。"

白雾一动不动地望着她："第一回好像是无意间掉进这里——毕竟你说过，这处秘境是在一个陡崖下面，稍不留神就能落进来。"

　　它说到这里，微微偏了头，似是在努力回忆："之后你偶尔会来找我，和我说说话——其实除了你，还有好几个人也时常掉进这儿，可他们每次都像失去了记忆，不记得曾经见过我。"

　　宁宁细细地听，许久没有出声。

　　她心里已经有了整个故事大概的轮廓。

　　据白雾所言，紫薇境不受外力影响，独立于大千世界之外。

　　也就是说，无论法器外如何沧海桑田、满目疮痍，就算临近世界末日，这里都始终是片一成不变的白色。

　　那么，倘若外界开启了一次又一次的回溯与轮回——

　　对于栖身于此的剑灵来说，时间定然还是和寻常一样，不可逆转地缓缓淌过。

　　所以白雾才会看见她一次又一次地来，一次又一次地带着满身死气死去。

　　所以仙魔大战分明只过去数十年，白雾却声称"太久太久"，完全不记得当初的事情。

　　所以那些不慎落入秘境里的人，才会从来都不记得白雾的存在，每一次重逢都如同初遇。

　　因为在不断轮回的外界里，对于他们而言，的的确确是头一回与它相见。

　　宁宁想，那她自己又算什么？

　　如果每一次轮回都只有她存在记忆……难道她就是导致时间一遍遍回溯的原因？

　　后脑勺突突突地疼，宁宁深吸一口气，沉下心来整理思绪。

　　白雾说，她身上死气浓郁，不久之后就会死去。

　　过了一会儿又笑言，她身体里多了某个东西，或许可以通过它来逃脱死劫。

　　如果那"东西"对应系统，是不是可以认为，曾经的她为了避免死亡，利用某种法术一遍遍重启时间，在无数次的失败之后……

　　试图利用"系统"来扭转命运？

　　可她为什么会失去曾经的记忆？一旦记忆丧失，扭转命运的难度岂不是更大？系统的运作原理又是什么？

　　最为重要的一点是，以她的性格，当真会单纯为了让自己逃离死劫，就一遍遍开启轮回吗？

　　宁宁觉得不会。

　　无数次的轮回对应了无数次的死亡，那样太难受，她最是怕疼，不可能喜欢。

　　就连白雾也无意中提过，觉得她不像是仅仅为了自己。

那她究竟想要阻止什么？

接下来在大漠里……会发生怎样不可逆转的事情？

毫无线索，无论如何也想不通。

白雾所能提供的线索到此为止。

它不晓得在紫薇境里独自待了多少年，连自己的前尘旧事都已记不清晰，能认出宁宁这张脸就算很不容易，再也记不起更多细节。

当务之急，是尽快从这处小天地脱身，查明待会儿究竟会发生什么事情。

在即将离开紫薇境之前，宁宁好奇地问它："这么多年，你没有想过出去看看吗？"

"出去？不要。"

白雾在空中晃晃悠悠，像个闹腾的小孩："主人将我护在这里，一定有他的用意。我若是胡乱跑开，他寻不到我怎么办？"

可仙魔大战已经过去很久了。

那个人自始至终没有出现，恐怕再也不会回来。

宁宁正欲开口，却听得白雾里传来一声哼笑："我知道你想说什么，同样的话，你早就说过好多好多遍了。

"他一定还活着。就算他不来寻我，当主人挥动那把剑的时候，我也能在瞬息之间赶到他身边。

"虽然遗忘了许多东西，但我一直都记得——"

白雾于此刻骤然弥散，女声里显出前所未有的崇敬，充盈整个寂寞空荡的小小角落："我的主人，他是九州百城、天上地下，最最了不起的剑仙。"

天壑大漠。

引魔香招来绵绵不尽的妖物，林浔与贺知洲护在温鹤眠身侧，后者则低声道出妖魔属性与治退之策，大漠之中剑光纷飞，妖尸遍地。

此地的妖魅都染了魔气，被异香扰乱神志，层层聚拢而来。

但好在妖物皆有灵智，不似魔兽那般随性而动，只知杀戮，眼见这两名剑修修为不低，其中不少生了退却的心思，在不远处打转徘徊，不敢近身。

这理应是向好的局面，温鹤眠却微拧了眉，视线扫过沙丘下涌动的黄土。

方才宁宁三人落下去的旋涡，已经不见了踪影。

他们都以为魔修的目标是裴寂，然而那条长藤的动作毫不犹豫，摆明了早就确定好猎物，在卷走宁宁之后立马逃离。

可为何偏偏要带走她？宁宁不过是个再普通不过的小姑娘，从小到大唯一接触过的魔族，恐怕只有裴寂。

等等,裴寂。

青年指尖稍动,心脏沉沉跳了一下。

他听天羡子提到过,宁宁与裴寂关系匪浅,后者性情孤僻,鲜少与旁人往来,若说心中有何珍视之人,答案必定是宁宁。

只有她,能成为威胁裴寂的砝码。

温鹤眠感觉事情不太妙。

"那群魔修也太没种了吧!不跟我们正面硬碰硬,只敢用引魔香这种下作手段!"贺知洲一边打,一边嘴皮子上下不停地叭叭叭:"宁宁他们怎么办?旋涡没了,咱们该去哪儿找他们?"

林浔仓皇开口:"贺师兄,小心后面!"

他话音刚落,还没等贺知洲回头迎击,就望见一道似曾相识的人影突然迎上前,飞身一拳,就把偷袭的沙魅揍出老远。

林浔被这无比粗犷豪迈的动作震惊当场,目瞪口呆地看着那道影子。

温鹤眠一言不发拧了眉。

"你——"

贺知洲瞪圆了双眼与来人对视,抹一把脸上的血:"你在跟踪我们?!"

站在他跟前的姑娘拿着个巴掌大的圆形罗盘,生了双狡黠的猫瞳,笑起来两眼一眯,完全没表现出丝毫羞愧之色。

正是平川镇的陆晚星。

"大漠寻宝的事,能叫跟踪吗?"

陆晚星嘿嘿一笑:"这叫碰巧,碰巧。"

"我呸!这丫头一直鬼鬼祟祟跟在你们背后,不知道安的是什么心思!"

又是一道从未听过的嗓音传来,贺知洲扭头望去,竟在不远处的沙丘下,见到一群五大三粗的汉子。

为首的中年男人手里握了把染血大刀,身上尽是被妖物抓挠撕咬的道道血痕。

他说话时面露不屑地睨一眼陆晚星,扬声道:"她哥就干过谋害修士的行当,你们可得小心,莫着了她的道。"

陆晚星朝他做了个鬼脸。

"这些人是横穿大漠的沙匪。"

温鹤眠传音道:"二位小心行事。"

"几位不必如此防备。"

领头那人朗声笑道:"在下姓钱,排行老三,叫我钱三便可。我们都是平川里土生土长的人,亲眼见过仙魔大战的惨状,对修士最为敬重。今日相见,绝不会做出不忠不义的丑事。"

这群提刀的沙匪煞气深重，旁侧拿剑的修士剑气四溢，无论哪一方都不是好惹的软柿子。

妖魔本就存了退却的念头，这会儿见他们陡一会合，当即尽做鸟兽散，很快没了踪迹。

贺知洲道了声"多谢"，转而望向身旁的陆晚星，用了颇为无奈的语气："小姑奶奶，你跟着我们到底想干吗？"

"我、我这不是——"

陆晚星吞吞吐吐，干脆破罐子破摔，挠挠头一股脑道："我这不是想着，既然你们修为高深，妖魔定然不敢近身，只要跟在你们后边，就能在大漠深处找到更多宝贝了嘛……"

这人真是为了钱，连命都不要啊。

贺知洲努力吸了口气，听见那叫作"钱三"的沙匪头子发出一声冷嗤："拼了命地大发死人财，兄妹不愧是一家人。"

大漠之中最讲究快意恩仇，他们作为沙匪，更加看重道义与侠情。

无论是当年几个镇民出卖修士，还是陆晚星等人盗取遗物，在他们看来，都是令人极为不齿的行径。

陆晚星像是对这种言语早就习惯，偏过头不做理会。

"他们对陆姑娘的恶意好大。"

林浔催动神识，暗地里传音："她兄长犯下的罪过，不应该由她承受吧？"

贺知洲亦是好奇："当年那件事，具体的来龙去脉究竟如何啊？"

"当初魔族节节败退，唯一据点只余下天罄大漠。"

温鹤眠沉默片刻，顺着他的话应声："大漠之中的魔气比如今浓郁许多，处处藏有致命陷阱，为保障绝大多数修士安危，以万剑宗决明道长为首，组建了一支十六人的探路小队。"

林浔猛然一惊："决明道长！"

剑修之中，恐怕无人未曾听闻过这个名号。

此人一剑开山、剑气入骨，乃千百年难得一遇的剑道天才，只可惜陨落于仙魔大战之中，尸骨无存。

"魔修存了谋害的心思，于大漠之中布下致命陷阱，更是自魔域引来苏醒的'魔神'，设作围杀之局。"

温鹤眠垂下眼睫，遮盖眸中起伏的暗色："决明力诛魔神，奈何精疲力竭，葬身于魔神临死前的自爆。他那把传说能斩万物的诛邪剑亦是不知所终，恐怕毁于一旦。"

魔神乃堕化为魔的仙人或仙兽，实力超凡，传闻怀有灭世之能。所幸常年沉睡于魔域之中，鲜有苏醒的时候。

它们的存在，也是设下两仪微尘阵阻隔人魔两界的重要原因。

"不对啊。"

贺知洲挠挠头："如果当年的修士都葬身沙海，镇民叛变的这则消息是怎么传出来的？"

"当年的十六人中，唯有一位名唤'刘修远'的符修侥幸存活。"

温鹤眠敛了眉目："只可惜他同样身受重伤，于数日后在家中重病身亡。"

所以还是都死了。

林浔听得心里难受，晃眼一瞧，才发觉陆晚星已不知何时到了身边。

她看上去很是好奇，轻笑着朝他扬起下巴："你们怎么都一动不动的？是不是——传说中仙门修士的传音入密？"

林浔蔫成了茄子，低低应了声"嗯"。

温鹤眠倒是面色不改，缓声开口问她："姑娘方才所用，可是体修的技巧？"

陆晚星终于显出了一丝羞怯的神色，摸着鼻子点点头。

贺知洲不明白了："你一个好端端的女孩，学什么体修？"

"不学体修，你给我买剑买琴买符咒吗？"

陆晚星瞥他一眼："我一来没钱，二来没修真门路，在大漠里捡到什么学什么呗。"

"没钱？"

贺知洲把她从上到下扫视一遍，语气更是不敢置信："仅凭你给我们亮出的那把剑，就能保你三生三世十里黄金，你还说自己没钱？"

陆晚星把嘴一撇，刚要出言反驳，却听到天边一声惊啸，好不容易散开的黑雾再度凝结，浓郁得模糊了视线。

"你们快看，沙丘上有人！"

一名沙匪骇然大叫："那、那是——"

贺知洲循声望去，在倏而大作的风沙里，见到两道修长的影子。

其中一人以黑布掩面，看不清模样，而另一个……

猫瞳黝黑，面目白净，虽是他从未见过的面孔，却莫名透出几分熟悉之感。

他感到身旁的小姑娘在剧烈颤抖。

"那是……"

陆晚星死死盯着沙丘上的人，整个声音都在颤，嘴唇苍白得失了血色："那是我哥。"

她早在多年前，就已经死去的哥哥。

第二章 揭秘系统真相

风声在一点点加大。

最初像是远在天边的呢喃絮语,继而变得密密匝匝,如同春蚕一口口啃食桑叶,磨得耳根发痒。

到后来越来越大,越来越响,好似万千魑魅魍魉一齐放声号哭,惹人惊惧非常。

大漠之中狂风呜咽不止,沙丘之下的众人却被沉重死寂全然笼罩,只能听见几个沙匪颤抖着的剧烈喘息。

良久,有人哆嗦着道了句:"右边那个,是陆朝吧?"

"不、不可能!"

钱三握紧手中染血的长刀,咬着牙道:"陆朝早就死了,整个镇子的人都见过他的尸体……这是个什么鬼东西!"

陆朝,应该就是陆晚星兄长的名姓。

"当心。"

温鹤眠轻咳一声:"右侧那个毫无气息,并非人类。"

"不愧是温长老,好眼光。"

左侧以黑纱遮面的男人桀桀怪笑,嗓子像是被火焰灼烧过一般,声线喑哑不堪:"只可惜长老如今已成了废人,竟需要小弟子护在旁侧,可怜哪。"

温鹤眠眸光微黯,并未做出回应。

"温、温长老?"

钱三的声调一下子拔得老高:"你、您莫非就是玄虚剑派的温鹤眠老前辈?!我记得您与决明道长乃莫逆之交——"

老前辈。

贺知洲听得嘴角一抽。

这人是个五大三粗的中年壮汉,温鹤眠则面容清俊瘦弱,以外表来看,顶多称得上"青年",这会儿却被钱三诚惶诚恐叫着"老前辈",无论怎么看都有些滑稽。

陆晚星同样听闻过温鹤眠的大名，仍然保持着手捧罗盘的姿势，双眼浑圆地抬头看他。

"魔气缠身，又携有仙门独有的灵气。"

温鹤眠黑眸幽寂，敛去了平日里的温和笑意，与对方粗哑古怪的嗓音相比，声音有如甘泉回响："不知阁下是何人？"

什么灵气？

贺知洲茫然凝神，却只在那人身上感受到巨浪般层层叠叠的魔息。

男人显然也没料到，那样微弱的气息竟会被他察觉，闻言先是一愣，随即爆发出一声大笑："哈哈哈！不愧是你，看来你虽然成了废物，却也好歹有那么点用处。"

他说着一顿，语气里讽刺的意味更浓："毕竟是享誉整个修真界的天才啊！"

贺知洲听得恶心，反唇相讥："是是是，不像你，一辈子都闯不出个名堂，到头来人家在玄虚派享福，你却可怜巴巴蜗居在魔域外头，连小脸蛋都露不了。说起这个，我还真要感谢你脸上那层黑布，要是没有它，整个大漠的市容市貌都得因为你下跌好大一截。"

林浔听得一愣一愣，好在性格比贺知洲靠谱许多，一本正经地扭头问温鹤眠："师伯，您的意思是……他原本是正道人士，后来入了魔道？"

陆晚星许是想到什么，神色一愣。

她原本是所有人中最不起眼的那一个，瘦瘦小小、修为低微，此时却面色惨白地上前一步，站在所有人前头。

一阵疾风呼啸而过，黑雾遮掩了日光。

她仰头看向沙丘之上的男人，用颤抖不已的声音一字一顿开口："你是不是……"

贺知洲望着她的背影，不知怎的，心口居然也开始疯狂跳动。

他总有种感觉，似乎某个被埋藏了多年的秘辛，终于要因为陆晚星的这一声问询，缓缓揭开其中一角。

女孩单薄的脊背瑟瑟发抖，陆晚星攥紧衣袖，深深吸入一口气，念出那个无比陌生却也无数次出现在思绪里的名字："刘……修远？"

"刘修远？你说当年那场变故里唯一的幸存者？"

贺知洲一个愣神，满目尽是困惑："他不是早就死了吗？"

"修真界里假死脱身的事情还少吗？都说他重伤死在家里，可有多少人见过他的尸体？"

陆晚星语气匆忙，说到后来，已带了几分抑制不住的哭腔，抬手指向沙丘上与她兄长一模一样的男人。

"看见那个东西了吗？既然他们能在如今造出那样的假人，仙魔大战的时候……怎么就不可以？！"

陡然听闻这段话的瞬间，有股力道重重撞击在胸口。

不只贺知洲，林浔亦是面色一变："你的意思是——"

对啊。

无论沙丘上形如傀儡的假人究竟是何物，既然他被做成了陆晚星哥哥的模样，那是不是就能说明……

当她哥哥还活着的时候，魔族就已经造出了这种玩意儿？

……不会吧。

如果是这样的话，那岂不是——

"你、你们看！"

陆晚星显出前所未有的激动，浑身战栗着递来手中一直握着的罗盘，声音抖得快要听不清："这是我和哥哥的罗盘，临走前两人各拿一个，指针所指的方向，就是另一个罗盘所在的地方。"

罗盘的指针和她的手臂一起剧烈晃动。

贺知洲明明白白地见到，那根指针，指向着大漠的更深处。

更为凶险，也更为遥远的深处。

"另一个罗盘……在大漠里面。"

一滴眼泪从她脸颊仓促滑落，陆晚星咬了咬牙，哑声说："那天晚上从大漠里逃回来的人，他身上压根儿没有罗盘。你们能明白吗？当我面对他的时候……指针一直指在相反的方向。"

"所以你，"林浔茫然看着她，脑海中万千思绪堆积成山，在此刻轰地爆开，"所以你才会在这么多年里，一直不顾安危地往大漠深处走？"

原来是这样。

他一直都在纳闷，既然陆晚星能看出他们一行人修为不低，为何还要那样毫不掩饰地抢走钱袋，在那之后也并未躲藏，仿佛是刻意让他们找到一样。

如果她就是刻意的呢？

她修为低微，仅凭一人之力绝对无法深入大漠，只能与强大修士结伴同行。

陆晚星以为他们是前来寻宝的盗物者，便以这个拙劣的方法作为契机，提出能以向导的身份为众人领路，不承想遭到拒绝，竹篮打水一场空。

所以她储物袋里有那么多价值连城的宝贝，却执意要一遍又一遍地以身涉险，闯进大漠。

打从一开始，陆晚星的目的就不是盗物。

她心里悄悄藏着一个念头。

一个天马行空，说出来只会被旁人嘲笑和戏弄的念头。

为了它，陆晚星坚持了十几年。

"当年战事混乱，我听闻刘修远身受重伤，声称要在临死之际见一见故乡。"

温鹤眠向来平稳的气息罕见地纷乱不堪，声线越来越沉："没过多久，就自他家乡传来死讯。"

言下之意，几乎所有人都没见过他的尸体。

那段时日正值最终决战，无数修士献身死去，区区一个刘修远的死亡，似乎成了被淹没于大海里的浪花一朵，毫不稀奇。

站立于沙丘上的男人哈哈大笑，怪异的嗓音像拿刀锯石头那么难听。

他仿佛比之前更加得意，略一停顿之后，抬手一把扯下面上蒙着的黑布。

"你们知不知道，当你成功欺骗了所有人，可兴奋和狂喜只有自己知道，什么人都不能告诉，这种感觉有多痛苦？"

黑布之下，是一张极其怪异的脸。

面庞的一半白净，另一边则布满了大火灼烧过的痕迹，条条疤痕像是攀爬而上的虫，看上去尤为可怖。

温鹤眠眼底终于涌起怒意，沉声念出他的名字："刘修远。"

"这么多年了，我真的好想亲眼看看，当你们知道被我耍得团团转，究竟会露出怎样的表情。"

他说话时咯咯笑个不停："对对对，就是要这种表情！再生气一点！我可是害死你好友的凶手啊！决明得知被背叛的表情精彩得不得了，那些领路的镇民也是，明明全都葬身在大漠里，却不得不背负永远的骂名，当真好惨好可怜啊！"

贺知洲听见自己拳头捏紧时，骨头传来的咔嚓响声。

"先向诸位介绍一下，我身旁这位，是魔界的传统手艺作品，名叫'人偶'。"

刘修远看上去毫无紧迫感，大大咧咧地解释："看上去和真人一模一样，对不对？当年我与魔族达成合作，他们为帮我洗清嫌疑，便动用了这个玩意儿，把罪名全部嫁祸在那几个镇民身上。说老实话，挺好用，我很满意。"

"你个狗东西！不是人！"

钱三早就听不下去，抢起手里的刀就往沙丘甩，被刘修远一个侧身悠悠躲过，嬉皮笑脸："不要这么激动嘛。"

"但魔族并未善待你，不是吗？"

多年旧友殒命于此，温鹤眠本应暴怒。

但他只是神情淡漠地与刘修远对视，身形笔直，白衣破开四周浓郁的暗色。

只有他自己知道，藏于衣袖下的右手，已在不知不觉中用力攥紧，指尖陷进肉里，溢出滚烫血水。

"魔气如毒，入体之后无异于折磨。"

温鹤眠道："至于你的脸与声音，应是中了某种邪毒。以阁下的水平，不至于自己喂自己吃毒药吧？让我猜猜，你以为魔族会赠予金银法宝作为报酬，没想到只得来一剂剧毒，不得已之下，成了为他们所用的奴仆？"

许是心事被彻底戳穿，之前得意扬扬的神采陡然消退，刘修远瞬间变了脸色。

"你这张嘴有够讨厌。"

站在沙丘顶端的男人狞笑："待我将它撕下来，好好瞧瞧。"

他话刚说完，四周便有数道人影攒动。

贺知洲凝神看去，竟从黑暗里冲出数十个人形傀儡，包括之前沙丘上的那个，同时手握小刀朝这边猛冲。

沙匪们纷纷提刀应战，刘修远则催动符咒，引来灼灼天火，放声笑道："对付你们，我一人便够了。一个废人、一个胆小鬼、一个傻子，我已是元婴三重，你们怎——"

剩下的字句还没来得及出口，就被仓皇吞入腹中。

贺知洲拔了剑就冲上前来，根本不留给他一丁点儿念完台词的时间。一时间剑气与火光交叠，照亮昏黑大漠。

陆晚星望向身旁的林浔，喃喃低语："我们都会死在这里吗？"

她甫一问完，看见后者脸上犹豫的神色，心里便已知晓了答案。

手里的罗盘用力一晃。

女孩迅速抬头瞥一眼刘修远，握紧罗盘，毫无预兆地向大漠深处狂奔。

反正横竖都是死，不如在死掉之前，见一见脑海里根深蒂固的执念。

更何况……指针摇晃得越来越剧烈，另一个罗盘就在不远处。

"陆姑娘！"

眼下贺知洲与刘修远的缠斗，显然才是更为要紧的那一方。

林浔匆匆叫一声她的名姓，两相权衡之下，还是选择了跃向贺知洲身侧，拔剑相助。

刘修远说得不错，他们两人不是他的对手。

金丹对元婴，本就是越级抗衡，更何况刘修远被魔修渡了魔气，黑压压的气息混合着火焰打来，能有千钧力道。

四周全是雷电火光，林浔躲闪不及，被重重击中胸口，在威压之下跌落在地。

贺知洲比他稍好一些，状态却也十分糟糕，想必无法支撑太久。

温鹤眠经过多日疗养，再辅以宁宁带回的仙草蕴养神识，已恢复了为数不多的部分修为，然而应对成群的傀儡，还是有些吃力。

至于陆晚星——

林浔疼得骨头都在阵阵发酸，嘴里全是血的味道。脑海里浮现这个名字的刹那，竟听见一道势如排山倒海的巨响。

这是什么声音？

他凭借恍惚的意识，躺在地上扭过头，然后在下一刻，瞳孔骤然紧缩。

在视线可及的远方，那处连绵起伏的沙丘堆里，一座小丘被轰然推倒，黄沙飞舞，看不清其间具体模样。

他凝了神识，在渐渐清晰的视野里，见到小姑娘瘦弱的背影。

陆晚星正挥动拳头，一下又一下地，用尽全身力气打在那座沙丘上。她的双手尽是血迹，却一直没停下。

于是丘体开始震颤，自上层起依次崩塌。等只剩下十分之一的高度时，她终于不再挥舞拳头，而是伸出手去，把黄沙一点点往外扒。

林浔咳出一口血，听见贺知洲倒地的声音，以及刘修远的一声笑。

沙丘犹如退潮的海面，在很远很远的地方缓缓下落，他强撑着身体看去，在无穷尽的黄沙里，赫然见到一抹白。

林浔本以为那是错觉。

可陆晚星同样一怔，继而加快了速度，把沙土拼命扒开。

首先露出来的，是一具匍匐的骨架。

然后是第二具、第三具。

十分奇怪的是，这些早就没了气息的人，于临死之前竟是牢牢聚作一团，身体一具紧贴着一具，几乎没有间隙。

就好像……是想护住什么似的。

陆晚星的动作还在继续。

当沙土快要被尽数扒开，某具骨架之上，似乎有什么掉落在地。

林浔看见她低下头，双肩止不住地颤抖。

而在那具骨架之后，被所有人紧紧围住的，是个同样已经死去多时的人。

他跪倒在地，腿骨断裂，身前的骨骼亦是一片狼藉，然而脊背却挺得笔直，双手环在胸前，死死护着某样东西。

林浔看清了。

那是一把通体莹白、在黑暗中隐隐生光的剑。

尘封多年的秘密在此刻终于被全部揭开。

他见到决明与他的诛邪剑。

"这是我哥哥。"

陆晚星凝视决明身侧的那具骨架许久，忽然转过身来看向他们，一遍又一遍地，不知道是在对他们，还是在哭着对自己说："你们看见了吗？这是……我哥哥。"

她已经凭借一个虚无缥缈、毫无根据的念头，苦苦支撑了太多太多年。

每当想要放弃的时候，陆晚星都会无端想起，与兄长分别的那个深夜。

由于父亲早逝、娘亲体弱多病，早早扛下家中重担的哥哥，是陆晚星心里最伟大的英雄。

那天她总觉得心头发慌，扯着哥哥袖子一动不动，陆朝看着她半晌，忽然轻声问："晚星，还记得爹爹说过什么吗？"

她爹是个说话特酸的书生，与大漠里的剽悍气质格格不入，经常对两个孩子讲一些文绉绉的话，叫人怎么也听不懂。

陆晚星从小就不爱听，后来爹爹为救人过世，便再也没听到过。

她那时年纪尚小，早就记不清那一大堆拗口的长句，脑袋里稀里糊涂转了一圈，最终仰起脑袋，用稚嫩的嗓音应他："爹爹说，要做个好人！"

哥哥当时似乎笑了。

他笑起来很好看，两只眼睛温温柔柔地弯成月牙形状，俯身摸摸她脑袋。

"对。千万别忘了。"

在临别之际，陆朝对她说："晚星，要做个好人。"

然后夜色浸润少年挺拔的影子，她看着自己心中的英雄逐渐被黑暗吞噬，最终消失不见。

在很久以后，陆晚星才恍然地想，也许早在离开的时候，他就知道自己大概率不会回来。

可他还是坚定不移地一步步往前，直至临死的时候，也没有忘记向她承诺过的那句话。

——当初魔神临世、决明重伤，以骨架之间的姿势来看，正是他头一个拖着濒死的身体一点点向前，用身体护住诛邪剑。

紧接着向前的人越来越多，用脆弱的血肉之躯筑成道道壁垒，让那把可斩万魔的长剑，得以留存于世。

他们知道自己必死无疑，只能通过如此方式，为修士们拼死护下斩杀邪魔的希望。

只可惜天意作弄，这群慷慨赴死的勇士尽数成了遭人唾弃的罪人，诛邪剑蒙了尘，再未出现于战场之上。

"决明和诛邪剑，哦嚯。"

刘修远咧了嘴，笑得更欢："我还纳闷他们怎么不见了踪影，原来是被埋在这种地方——多谢这位姑娘，若能以他们交差，我往后的日子就有着落了！"

许是望见陆晚星通红的双眼，他啧啧叹了口气，身侧雷火阵阵，一步步往她身旁走。

"我知道你很伤心，哥哥做了那么多事，却被当作十恶不赦的叛徒。我也很难过,只不过……秘密就应该是秘密,今日一过,谁也不会知道,对吧?"

"我去你的!"

钱三双眼血红,面上青筋暴起,抡起拳头朝刘修远猛砸:"这算哪门子秘密,老子在这儿呢!"

刘修远哪会在意此等寻常百姓,冷笑间魔气外溢,无须多余动作,便将钱三击飞甚远。

他本欲继续往前。

然而当钱三倒地之时,却又有另一道身影向前一步,挡住去路:"我也看到了。"

"老子也是!装什么装?阴阳怪气不讲人话,有病!"

"我也知道!对小姑娘下手算什么?恶心!"

两个,三个,四个。

提着刀的沙匪们一个接一个走上前,挡在骨堆与刘修远之间,隔断后者去路,如同一道坚不可摧的城墙。

"就凭你们?"

刘修远嗤笑:"以卵击石,不自量力。不只你们,连那群修士也是我的囊中之物——他们这回一共来了多少人?六个还是七个?入了埋伏,全都得死。"

他开口时指尖一动,幽白雷光形如虚影向前飞蹿,眼看即将击中一人胸膛,猝不及防间,有一道白影即刻袭来。

两股力道相撞,皆作烟云散去。

那是一道剑光。

刘修远不耐烦地皱眉,向剑气的源头望去。

他以为发起这一击的,会是性子急躁、修为更高一些的贺知洲。

然而烟尘滚滚,在狂风中站起身来的,却是那个看上去总是畏畏缩缩的妖修少年。

他右手握着滴血的剑,左手用力握紧,从指缝里溢出几缕白光。

那是一颗圆润的夜明珠。

林浔抬手站直,在浑身难忍的剧痛里,抬手拭去唇边血迹。

他害怕吗?

当然害怕。

他胆小怯懦,被许多人暗地里嘲笑,说是龙宫里最没用的废物。

但即便是这样的他,也有想要守护的人和事。

那些被埋藏在大漠深处的往事,他都见证了。

那些被曲解和遗忘的牺牲,他都知晓了。

他想堂堂正正地告诉他们,一切都在被见证。

那些未曾出口的信念，也绝不会成为秘密。

哪怕死亡又如何，他……不想再逃避。

林浔握紧手中长剑，剑鸣嗡响，引得远处的诛邪剑现出微光。

剑气上涌，有如不断生长的藤蔓途经他全身，龙族少年仿佛听见自己血液流淌的声音，几乎是下意识地，左手用力握紧。

与那些葬身于沙土中的前辈相比，他身旁并不是一片漆黑。

无论如何，都有这道光陪着他。

至于现在，是时候轮到他，去救下为他带来这束光的人了。

林浔屏息，垂眸，感受体内剑意涌动，充斥每一寸血肉。

他出剑的速度从未像今天这般快，雪白剑气将一方天地映得恍如白昼，当长剑挥起、落下，流转的莹辉徐徐勾勒。

白光一点点描绘，昏黑无际的半空中，陡然现出一道鸣啸而起的影子。

行如疾电，势如烈风，四散的威压引出巨浪排空——

须臾之间，所有声息都为之一静。

那道遥远的身形渐渐清晰。

有沙匪睁大双眼，声音止不住地颤抖："这是、是龙——！"

被烈火灼烧过的伤口阵阵发痛，一缕血自手臂缓缓滑落，留下蜿蜒前行的细长红痕。

血滴在指尖凝固聚集，冷风倏至，垂坠的鲜红圆珠陡然滑落，滴在泛着白光的剑身。

天边剑气凝结，虚虚实实的剑芒被风吹散，好似劈落而下的纷然电光。

白光不断聚合，于黑暗中聚作一道傲然身影，细细看去，竟是条腾飞咆哮的长龙。

那是属于龙宫的力量。

较之人修，妖在修炼之事上独有天赋，自出生起便蕴养了可供操纵的妖气与灵力。各大妖族之间血脉不同，力量也不尽相似。

而今林浔神识涌动，龙族妖力被尽数引出，辅以龙血入剑，战意已抵达顶峰。

刘修远没把区区金丹弟子放在眼里，本是不甚在意地挥出雷火诀，不承想剑光汹汹，竟将咒术一举斩断，朝他迅速反噬而来。

啧，难缠。

青年心底暗骂一句，急忙撤回手中力道，向后腾空一跃。

恼人的剑气似万千银蛇狂舞，他被刺目白光晃了眼，来不及做出反击，只能身形敏捷地侧身躲闪。

不过转瞬之间，忽有一阵疾风掠过，脸颊与手臂像是被利齿猛地一咬，火辣辣发痛。他抬手一拂，才发觉皮肤被剑气划破，已经渗出道道鲜血。

该死，这小子的妖气怎会如此之浓？

刘修远忍不住地心烦意乱，再抬眼注视林浔时，眼瞳里满是入骨的杀意："你以为……这样就能赢过我？"

随着话音落毕，四下雷光更盛，汇聚出绵延如绸带的浩荡电流。

他笑得大声，被剧毒侵蚀的半侧脸颊极怪异地扭曲起来，右手一挥，电光便袭上林浔跟前："不过是个小小妖修，就你这模样，还真以为自己有什么能耐？要想胜过我，去西海把龙宫皇族搬过来吧！"

他本是用了调侃的语气在说，也用了势在必得的架势在打。

没想到立在黄沙中的少年剑修挥剑而起，势不可当的电光与剑气相撞，伴随一声震耳欲聋的炸裂声响——

他的进攻竟全部散去，与剑气层层抵消。

这是什么情况？那小子……不应该被轰成肉渣吗？

"不好意思啊！"

贺知洲像块摊在地上的大饼，一边疼得倒抽冷气，一边张嘴笑嘻嘻地喊："他就是龙宫皇族欸！"

刘修远："……"

刘修远默默骂了句脏话。

据他观察，那个妖修少年向来沉默寡言，很少说上几句话，与那帮沙匪谈话时，甚至会紧张到满脸通红。

就这——这居然是龙宫皇族？！

林浔的妖脉被全然激发，整颗心里只有"战"，没有多余的停留或废话，握紧长剑便朝沙丘发起袭击。

天边龙鸣阵阵，凡龙影所过之处，皆是风沙狂作。

刀光剑影之间，两人交手的速度越来越快，几乎能把滚滚袭来的狂风甩在脑后。

陆晚星看得眼花缭乱、头皮发麻，到了后来眼睛跟不上节奏，只能望见四下闪动的凌厉白光。

那条长龙的影子，正随着林浔的动作不断变得更加清晰，由最初半透明的幽光逐渐加深，缓缓现出轮廓。

就在长剑与法符相撞的瞬间，陆晚星屏住呼吸，听见自己心脏疯狂跳动的声音。

在密密麻麻、如天罗地网般散开的雷电之间，成形的巨龙咆哮着高高昂头。

旋即剑光如雨，每道白芒皆凝成长剑模样，以破风之势，深深刺入电网之中！

嗡——！

第一道剑光刺破天网，为昏黑大漠带来灼目光亮。

嗡嗡——！

越来越多的白光穿过电流，长龙身形剧颤，发出一道刺耳尖啸。

林浔咬牙，拼命忍下喉咙里狂涌的滚烫液体，黑眸中显出前所未有的决意。

就是这一击——！

四面八方尽是铺天盖地的罗网，被禁锢的长龙狂啸阵阵，原本坚不可摧的电网如同陡然碎裂的镜面，出现一道不断蔓延的裂痕。

裂痕越来越大、越来越多。

倏然之间，巨龙扬起由剑光凝成的幽白长尾，向着电网所在之处，用力一扫——

"刘修远的阵……"

贺知洲咧嘴咳出一口血，止不住语气里的笑意："破了！"

阵破如镜碎，电光如四散的镜片轰然裂开，刘修远被剑气震飞，从沙丘狼狈摔下。

林浔几乎是玩命在拼，如今同样受了重创，手里的长剑无法承受如此强烈的灵力，顷刻粉碎。

"你怎么样！"

陆晚星心惊胆战，也顾不上刘修远随时可能再度攻来，匆匆跑向林浔身边，被少年的满身鲜血吓了一跳："你你你别着急！我储物袋里装了伤药，我——"

她话没说完，身体忽然僵住。

陆晚星自行修炼多年，能感受到自身后传来的强烈杀气。

她本欲转身反击，手臂上却突然多出一股陌生的力道。

原来是林浔拧眉将她拉到身后，接而上前一步，以残存的灵气挡下一道火攻。

"直到现在还要逞强？"

刘修远不知何时从地上爬起来，满面血污，虚弱得连站立都站不稳："你体内也没剩下多少力气了吧？虽说咱们半斤八两……可剑修没了剑，还能有多少反抗之力？"

林浔没说话，瞳孔中乌黑一片，看不出情绪。

他说得不错，失去了佩剑的自己，绝不可能在刘修远手里撑过五个回合。

"龙宫血脉又如何！到头来不也得像温鹤眠那样，变成被我随意碾轧的废物！"

男人越说越兴奋："温鹤眠许多年没用过剑，你那位师兄又在远处动弹不得，我倒要看看，今日你还能怎——"

他的笑容，凝固在"怎"字还没完全出口的时候。

喉咙里的声音将出未出，突然之间被卡住的时候，变成了一道气泡音。

就非常尴尬。

谁能告诉他，为什么那个看上去穷酸巴巴的女孩……会从储物袋里拿出一把泛了白光的剑。

陆晚星睁圆了双眼，握着手里的长剑，有些懵懂地看他："剑？你是说这个吗？"

刘修远："……"

他觉得很诡异，很离谱。

这还不是最离谱的。

但见她储物袋金光闪过，居然又掉出了一把剑。

然后像停不下来的水流一样长剑哗啦啦落下，掉出一座鼓鼓的小山堆，放眼望去，把把价值不凡、成色极佳。

刘修远："……"

刘修远被气昏了头，一时间恼羞成怒得忘记了自己的反派身份，以及现下剑拔弩张的局势，颤抖着声音开了口："我需要一个解释。"

"就是，那个，我不是为了找我哥，一直往大漠里跑吗？"

陆晚星挠挠头："大漠里经常能见到遗落的法器啊，我就把它们全部收集起来，想着等找到哥哥离开平川镇，再把这些遗物交还给各大仙门。"

所以她才没有卖掉那把价值连城的剑，一直都过得紧巴巴的。

刘修远气得眼眶通红，表情管理彻底失控。

钱三瘫软在地上，闻言一个鲤鱼打挺，一双眼睛瞪得像铜钱："没卖？全没卖？那你经常和陌生人鬼鬼祟祟交易什么？"

"不是经常有家属来找寻遗物和尸骨吗？"

陆晚星瞥他："我若是找到了，就全部还给他们喽。"

"那那那，"有沙匪急了，"你怎么都不告诉我们？"

"我这样说，会有人相信吗？"

陆晚星朝他们扬了扬下巴，表情有些傲，也有些酷："我明白自己在做什么就够了，难道还需要千方百计来讨你们的认同？"

在更小的时候，她尝试过想要解释。

但人们心中的成见难以改变，没有人相信她的哥哥当真死在大漠，没有人相信叛徒的家人心存善念，也没有人相信，面对那样多的珍贵遗物，会有谁不动心。

明明是他们心存成见，却非要让她承担一切后果，每每想要陈述事实，都只会得到无情嘲笑与讽刺。

到后来的时候，陆晚星已经不屑于解释，有时候嬉皮笑脸地敷衍，要比煞费苦心地解释轻松许多。

她记得爹爹与兄长说过的话，一辈子做个好人，这就足够了。

"你干吗用这种表情看我？不要觉得我很可怜——镇子里那些人讲话的时候，我都当作青蛙在呱呱呱不停叫。"

陆晚星不再去看林浔欲言又止的表情，双手叉着腰，瞥了眼地上的一堆长剑，豪情万丈："来吧！要哪把，随便挑！"

刘修远："呵呵。"

刘修远："大哥大姐，轻点，别打脸。"

刘修远之前表现得威风凛凛，其实身上也没了太多存货。

身为一个很会审时度势的墙头草，他乖乖束手就擒，声称定会知无不言，将知道的消息和盘托出。

"啥？你们想知道那群魔修的计划？我也不清楚啊！"

他疼得直打哆嗦，被沙匪兄弟们团团围住，在肌肉的海洋里瑟瑟发抖："他们只告诉我，在此将你们全部解决掉——哦哦哦！对了，我之前无意间听到他们的谈话，一直在说某个人的名字，叫什么……'佩吉'！"

——裴寂。

林浔想不通："既然他们的目标是裴师弟，为何会掳走小师姐？"

"……或许正因为要针对他，所以才特意带走宁宁。"

温鹤眠按了按眉心，指尖拂过，仍是未能消去眉宇间的愁色："两仪微尘阵由正派修士的灵力与血肉凝成，既然魔族有了动作，说明阵法已经出现纰漏。若想扩大这个纰漏，破坏大阵——"

他说着一顿，语气微沉："需要极其强烈的魔气。"

"魔气？"林浔皱眉，"魔域里那么多魔气，难道还不够吗？"

"要想破阵，只能从阵法之外。"

温鹤眠摇头："如今魔族尚未掀起风浪，说明阵法虽然出了问题，但好在并不严重，得以脱出的魔修数量并不多——以他们的实力，恐怕难以破坏大阵。"

贺知洲惊讶得忘了疼："难道他们盯上了裴寂？可他分明能好端端地抑制魔息，要论魔气，应该也没魔域里那些家伙强啊！"

"魔族很看重血统，血统越是尊贵，蕴含的魔气便也越重。我们之所以感受不到裴寂的魔气，全因他在极力克制，尚未入魔。"

温鹤眠道："当年战况惨烈，各大魔君魔尊尽数覆灭，只能将希望寄托于下一代子嗣。而绝大多数魔君……并没有子嗣。"

也就是说，裴寂很可能是魔族突破阵法的唯一希望。

"诱他丧失理智，引他神识大乱，让他入魔后，再使他万箭穿心、经脉尽断，以此献祭给大阵……说不定能冲破两仪微尘阵。"

林浔一怔。

他心脏突突跳个不停,愣了好一会儿开口时,声音前所未有地沙哑不堪:"所以他们抓走小师姐——"

温鹤眠敛了神色:"为扰乱裴寂神识,他们恐怕是想当着他的面……杀了她。"

白雾所言不假,当宁宁从紫薇境里出来,果然置身于一条极长极暗的裂缝之中,仰头向上看,能见到遥远的崖顶。

想来她被藤妖拖入地下,因为一番挣扎被它甩开,恰巧就落进了紫薇境里。

所以再出来时,便置身于紫薇境所在的这片幽深裂谷之中。

她对大漠里的地形一无所知,好在未雨绸缪带了地图。这会儿借由剑光细细搜寻一番,很快就在图上找到了裂谷的出口。

宁宁一边看地图,一边忍不住想,这地方偏僻得不得了,紫薇境里的剑灵能来到这儿,一定是受了极为猛烈、常人难以想象的冲击。

至于它的主人,大概率已在多年前就过世了。

那把剑的本体会在哪儿呢?

当务之急是尽快与其他人会合,来不及思考太多。

她确定方位后匆匆合上地图,刚打算顺着裂谷离开,却在漫无止境的黑暗里,听见几道脚步声。

宁宁身形微滞。

裂谷并不宽,由于少有阳光落下,前后皆是漫长无边的黑暗。

两侧沙石沉默着投下无比沉重的阴影,哪怕仅仅置身于此,都会感到难以忍受的窒息。

更何况那几道脚步声来得毫无预兆,轻飘飘踩在她耳膜上,如同悄然而至的鬼魅,叫人后背发凉。

未知的恐惧最为可怕。

宁宁握紧手中剑柄,做好了转身拔剑的准备,然而在下一瞬间,却不由得皱了眉头。

空气里不知何时飘来一道暗香,香气透骨,仿佛能毫不费力地渗入每一滴血液,让她整具身体都为之一酥。

在玄虚剑派的日子里,她早就习惯了拔剑就打,万万没想到,对方居然会直接用毒。

脑海里的意识在逐渐涣散,变成不断翻涌的海浪,胡乱拍打在岸边。

她听见一道少年音,与四周弥散的魔气格格不入,语气温柔得过分:"将她带走吧,别太粗鲁。"

凭借最后一丝残存的神志,宁宁回过头。

身后不远的地方，有五六个魔族向她走来。

为首的竟是个少年，看上去与她差不多大的年纪，因为光线昏暗看不清相貌，只能望见一道修长身形。

很熟悉，似曾相识。

糨糊一样的思绪慢慢聚拢，宁宁惊诧地眨了眨眼睛。

哇。

这是出现在她梦里的那道影子。

在坠入紫薇境时，宁宁曾做过一个梦。

梦里一片空白，只出现了极其模糊的少年影子，她看不清那人面孔，只记得若隐若现的身形轮廓。

而当魔修们自幽深裂谷中一步步向她走来，站在最前方的那个人，竟与梦中所见渐渐重合。

宁宁不记得自己曾见过他，但可以确定的是，这个人一定在她潜意识中留下过难以磨灭的印象。

——因为现在，她又梦见了他。

放眼望去是黄沙滚滚的大漠，魔气勾连着袅袅白烟，她与那人并肩坐在沙丘上，仰头望去，能见到天边一轮幽远的孤月。

一缕风匆匆袭来，那人侧过头来看她，面孔仍是模糊不清。

宁宁听见他说："你看，这是……的月亮，每每见到它，我都会想……"

风声和无数杂音充斥耳畔，将他所说的话尽数遮盖，宁宁听得云里雾里，只想很破坏气氛地大喊一句："风太大，没听清，你在说什么？"

然而话还没出口，她才惊觉，浑身一凉，猛然睁开眼睛。

她之前在裂谷中遭遇魔修，这会儿应该被带进了他们的老巢。

宁宁尝试着动弹身体，却发觉双手被绳索绑住，看材质应该是大名鼎鼎的缚仙绳，让她用不出分毫灵力。

这伙人煞费苦心地抓她干吗？

想不通。

作为一个打小在古装剧滋养下的新青年，宁宁虽然不会以一首《水调歌头》引得各大青年才俊纷纷倾倒，也称不上什么宫斗十级玩家，但总归还是学到了一个十分浅显实用的经验——

在袖子里藏上一把小刀，以备不时之需。

比如现在，那把金属制品就成了她心中的神。

宁宁从地上歪歪扭扭地坐起来，摆了个老僧入定状，张望四周景象。

她似乎应该收回之前那句关于"魔族老巢"的话。

因为这地方，实在是太太太寒酸了。

这里甚至称不上"房屋"，不过是一座由沙砾建成的洞穴，内里七零八落摆放着床铺与其他各种家具，看上去质地不错，却也难掩此地的寒窑本质。

……她想象中布灵布灵金光闪闪的大宫殿呢？这里怎么跟二十世纪八十年代乡土剧片场似的？

宁宁有点脑袋发蒙，连拿刀割绳子的动作都下意识一缓，一片寂静里，忽然听见门外传来几声脚步声。

那群魔修应该回来了。

脚步声越来越近，她收敛了动作抬眸望去，首先见到一张白净面庞。

走在最前面的，仍然是那个与她梦中身影一模一样的少年。

这回洞穴里点了灯，透过摇曳不定的昏黄光线，宁宁终于看清他的模样。

与想象中或张狂或冷若冰霜的邪道修士截然不同，这人居然长了张十分乖巧的娃娃脸，乌黑圆润的眼瞳里柔和得像盈满了水，瞧不出丝毫攻击性。

宁宁："……"

也许，大概，可能，这是朵白切黑的黑莲花，看似人畜无害，实则心狠手辣？

那少年察觉她直白的目光，先是微微一愣，继而居然红了脸，匆忙眨眨眼睛，带了六分慌乱三分做贼心虚一分羞涩地出声："你、你醒了？"

宁宁："……"

眼前这个小哥应该的确是个可爱又迷人的反派角色吧？说好的狂傲冷漠轻蔑不屑呢？同样是做扇形统计图，你怎么就跟别的反派相差这么多？

"主君。"

他身侧一个高高壮壮的男人沉声开口："对待敌手，不应当使用此等态度。"

主君。

宁宁脑袋里又轰地炸了一下。

不会吧，这个看上去文文弱弱、白白净净的害羞小男生，居然是魔域新任的君主？

她的确听闻过魔族人才凋敝，魔君与魔尊均在大战中落败，但这这这、这也太"人才凋敝"了一点吧？

她似乎有点明白，为什么自己见不到金碧辉煌、富丽堂皇的大宫殿了。

"她毕竟是个女孩子。"

那少年温声带了笑，扭头望向她时，还是有些愧疚般的不好意思："宁宁姑娘，我名为霍峤。"

这剧情走向，跟她想的不太一样。

准确来说，很不一样。

宁宁点头"嗯"了声，尝试与他进行正常交流："可不可以问一下，你们把我带到这儿来，是想做什么？"

霍峤垂眸看她，闻言默了半晌，仍是温声道："是为杀你。"

好，很好，面不改色地讲出这四个字，终于有了点魔族的派头。

他顿了顿，似是在斟酌言语，迟疑补充："你大可以恨我们，我们也绝不会放你离开——若是有求饶的话，不必多费口舌。"

这人好奇怪。

说他心狠手辣吧，看上去却又温温柔柔，她看过那么多小说电视剧，没见过这样好说话的魔族君主。

可说他心慈手软吧，方才的一番话又完全不留后路，摆明要置她于死地。

他仿佛只是站在与她彼此对立却又彼此平等的位置，既给了她足够的尊重，又毫不拖泥带水地告诉她："我会杀你。"

这个年轻的魔族君主态度如此，宁宁心里的紧张感便也无端消退许多，闻言往墙边靠了靠，好奇道："你们为何特意想除掉我？"

她算是聪明，隐约能猜出点猫腻，用了探究的语气："因为裴寂？"

霍峤答非所问，不置可否："杀你之时，我们不会特意折磨，姑娘不必害怕。"

——单单是"杀你"这两个字，就已经足够叫人害怕了好吗！

"主君何必同她说这么多废话？"

有人不屑道："就凭她身上被下的那道恶咒，本就活不了多久，我们若能给她个痛快，也算行善积德。"

宁宁听不太懂："恶咒？什么恶咒？"

"咒术种类繁多，我们只能察觉些许气息，并不知晓具体——"

霍峤本欲解释，说话时却有人从门外进来，凑到前者身旁耳语一番。

宁宁听不清内容，只见少年听罢抿唇一笑，末了低头瞧她一眼："我该走了。青衡，你留在此地看守吧。"

一个高高大大的男人安静点头。

"等等等等！我还有最后一个问题！"

宁宁见他转身，迅速提高音量："我们两个，以前见过面吗？"

霍峤扭头，一双狗狗眼被烛光映得盈盈发亮，像湖中漾开的水波。

"就是，"她总觉得这句话像在刻意搭讪，声音小了许多，"说起'今晚的月亮'……什么的。"

霍峤静静看着她，忽然扬唇笑了笑。

"我们未曾见过面。"

少年声线清澈，笑意在灯光里缓缓溢开："不过今夜恰是十四，姑娘待会儿可仰头看看天上……十四的月亮，很美。"

霍峤走得匆忙，只留下宁宁与名为"青衡"的壮年男子面面相觑。

她对魔族阵营的实力尚不明晰，万事皆以小心为上。

双手上绑缚的绳索被逐渐切断，宁宁本想以神识试探一番青衡修为，脑海里却嗡的一响。

竟然是系统的声音。

"青衡修为元婴三重，释放神识定会被察觉。此人擅使长刀，弱点在下腹，不擅快攻。"

这声音来得毫无征兆，对于宁宁来说，无异于亲眼见到一具死人突然诈尸，还手舞足蹈来了段全国第三套广播体操。

没等她有所反应，便又听见它的嗓音：

"趁他松懈，即刻以金蛇剑法突袭，不要犹豫。"

这是它头一回突然出声。

宁宁凝神屏息，收敛神识，很快明白它的用意。

魔族巢穴杀机四伏，系统不想让她葬身此地。

只是……它为何会对这个魔修如此了解？

这并非如今所要思考的问题。

由于缚仙绳的存在，青衡对她并未存有太多防心。宁宁听循系统指示，在须臾之间拔剑而起。

她速度极快，男人还没来得及拔出长刀，便被道道剑气震得失去意识。

在下一瞬间，脑海里再度出现干涩冷然的系统音：

"出门前行，第一个转角右拐。"

它似乎很急，用了近乎催促的语气。

宁宁所在的洞穴竟是位于地下，待从洞口离开，便见得条条错综复杂的深邃甬道。

当下情况紧急，她来不及细想太多，按照接连不断响起的提示音迅速疾行。

"右拐，出现敌袭。

"音修，擅琴，攻其右手。

"凝神敛息，自左侧沙阵进入密道，此地守有元婴高手，切记隐匿行迹。"

"你怎么对这儿了解得一清二楚？"

此地凶机阵阵，不但候在各地的魔修实力不凡，条条岔路更是晃得人眼花，倘若仅凭她一人，定然连一半的路程都逃不到。

然而系统对沙穴中的魔修与地形如数家珍，堪称史上最强金手指。

宁宁一面狂奔，一面在心底开玩笑似的问它："你到底是所谓的天道化身，还是曾经生活在这儿的魔？"

没有得到任何回应。

或是说，得到了一句牛头不对马嘴的回应。

"前方剑修，弱点在后背，使用太一剑诀对付他。"

系统所说的"密道"就在不远处，旁侧守着个抱着剑的魔修。

宁宁仍是用了出其不意的急攻，那人反应很快，抬手试图反击，被击得节节败退。

星痕剑不消多时便直指对方命门，宁宁却并未发力。

她形貌有些狼狈，漆黑瞳孔中晦暗不明，压下体内外溢的剑气，做了个噤声的手势。

"安静。"

宁宁道："我有两个问题想问你。"

系统的指令仍在继续。

它从未一次性讲过这么多话，加之火急火燎，刺耳的机械音惹得宁宁大脑发蒙。

她通过密道逃出错综复杂的地下沙穴，本以为提示音即将消散，却在入夜后狂啸的风声里，陡然听见无比熟悉的叮咚响声。

这是只有在系统发布任务时，才会响起的声音。

宁宁的第一反应是：不对吧，按照原著里的剧情，她有在这里作过妖吗？

答案铁定是"没有"。

在那本由系统给出的小说里，这群魔修自始至终没有出现过，他们一行人之所以前往大漠，是为了历练除妖。

而"宁宁"出场的镜头少得可怜，全篇几乎只出现在几句话里头。

脑海里的字体渐渐成形，宁宁看清系统给出的语句。

如今已入深夜，沙魅群起而攻之，一时间遮天蔽月、阴风怒号。

众人皆是竭力相抗，宁宁惊惧非常，骇然奔逃之时，不承想被妖气一卷，径直落入身侧深不见底的谷缝！

"叮咚！

"你知道怎么做。"

"你是不是越来越放飞自我了?"

宁宁因最后那六个字冷嗤着笑出声,抬眼望去,果然在不远处的地面见到一条幽邃裂缝。

想来系统之所以那样急切地帮她,不但是为了指示逃离沙穴的路径,也在把她特意引来此地。

坠下谷缝这件事,实在与恶毒女配的作妖行为毫不相干,然而它却显出了前所未有的急切,说明此事的意义非比寻常。

脑海里交缠的思绪徐徐一转。

宁宁已经明白了,在谷缝之下藏着什么东西。

立即前往谷缝底端。

大脑里传来逐渐加重的阵痛,系统语气极冷:"马上。"

"这是最关键的一步,对不对?"

宁宁一边往前走,一边嗤了笑地开口:"你别急,我自然会照做。"

对方很是冷淡,没有回应。

她对此倒也并不在意,行至谷缝旁拔剑出鞘,在迈下右脚的瞬间,以剑气驱动阵阵疾风。

剑气横生,极大程度缓冲了下落速度,白光映亮少女苍白的面颊,宁宁下意识握紧长剑。

距离谷底已经越来越近。

她感受着周遭带了血腥气的疾风,深深吸了口气。

宁宁原本的猜测很简单,也很直白。

没有所谓的"穿书",她就是这个世界里的"宁宁"本人,在一次又一次的轮回中一遍遍转生,妄图改变必死的结局。

她问那名魔修的第一个问题,是为何要特意杀她。

那人发着抖告诉宁宁,魔族欲要引裴寂入魔,从而破开两仪微尘阵,她的死亡无疑是最好的引子。

按照这个解释,似乎可以理解为,系统或许正如白雾所说的那样,是她为避免死局,在自己脑袋里特意设下的指引。

只要一直作妖作死,不让裴寂对她产生任何感情,就能杜绝这场惊变。

但这个逻辑说不通。

其一,倘若她当真轮回多次,每次都拥有记忆,怎么会唯独在这一轮丢掉所有对于过往的印象,什么都记不得。

记忆越多，经验越多，生还的概率也就越大。像她如今这样稀里糊涂地乱闯，指不定什么时候就会被自己送进鬼门关。

更何况之前发生了那么多九死一生的危机，系统都未曾提醒，反而含糊其词，掩盖所有与魔修相关的信息。

这样看来，比起正道修士，它似乎更倾向于站在魔修那一边。

其二，若要阻止这场阴谋，可以利用的方法其实再简单不过，只要提前告知长老们魔界异变，让仙门大宗处理此事，并将裴寂安置于玄虚剑派，以那群魔族的实力，绝不可能掀起任何风浪。

其三，当初在炼妖塔秘境里，她舍弃裴寂奔向灵枢仙草的时候，无比清晰听见了系统发出的一声冷笑。

那笑声里显而易见地带了不屑与轻蔑，倘若系统当真是她自己的意识，绝不会做出那样的反应。

其四，最为重要的一点。

她身为穿越者的身份，绝不可能有假。

贺知洲也来自二十一世纪，如果她一直在修真界土生土长，怎么可能编造出与他所在的一模一样的世界。

电脑、电视、冰箱、空调，摆明了绝非古人能想象出来的物件。

这样想来，摒弃掉这条思路，可行的解释便只剩下唯一一个。

她与之前那个"宁宁"，根本就是截然不同的两个人。

谷缝幽深，白光如火星四处迸射，宁宁收敛了剑气，足尖落地。

她闻见浓郁的灰尘味道，在剑光下缓缓前行。

当时在紫薇境里，化作白雾的剑灵告诉她，她身体里突然多出了某个东西，或许可以助她度过死劫。

宁宁当时理所当然地以为，对方是在指她脑海里的系统。

可她忽略了一个很重要的因素。

剑灵自然无法感应到所谓"系统"，它能察觉到的，唯有每个人的神识。

既然"多出了一个"，那么在她的身体里，就藏有两个人的神识。

宁宁扬起星痕剑，在沉沉暗色中，见到一具四散的骨架。

"突然在她身体里多出的东西"，哪里是说系统。

分明是……她这个来自异世界的魂魄。

宁宁想起询问魔修的第二个问题。

关于她身上的恶咒。

那人对此了解不多，支支吾吾地告诉她，这种恶咒失传多年，只知道是种窃命的法术。

不知出于什么原因，她年纪轻轻，却承担了难以想象的死气与因果报应，恐怕过不了多久，便会不久于人世。

因果报应。

当初在鸾城的那家邪术小店里，店主曾无意间透露，魔族有种替命的法术。

宁宁当时并未深究，如今想来，无非是转接因果，以命换命。

为什么系统从来都只让她犯下恶事，却不在乎后果。

因为只要心存害人的念头，并做出相应行径，她就自然承担了那一份因果。

为什么她脑海里的"原著"剧情残缺不全，时常与事实有所出入。

因为那个人轮回数次，对于最初一世的记忆已经无比模糊。而要想利用替命之术，恐怕必须以最初的因果作为基础。

为什么她和贺知洲都身怀系统，功能却彼此冲突。

因为她的"恶毒女配系统"根本就是假货，或许灵感来源，正是贺知洲的由天道所造的"磨刀石"。

原本的"宁宁"在大漠中不明缘由地死去，为挣脱死局一遍遍尝试，却事与愿违，逃不开既定的命运。

终于在某次，或许就是上一次的轮回中，得知了替命之法——让另一道魂魄承受她必死的命运与因果，待得前者死去，再占据这具身体。

轮回数次的是那个人。

与白雾一遍遍交谈的是那个人。

这场局最终想要救下的，也是那个人。

至于她，不过是让那个人活下来的一块挡箭牌。

什么"假死脱身"，全是谎话，一旦承受了必死的命运，她就必然不可能活下来。

宁宁继续往前，在骨架身侧，见到一本泛黄的旧书。

封页上没有字迹，她却明白那是什么。

当年真正的"宁宁"因妖物袭击坠落此地，万幸并未身死，阴错阳差之下，还发觉了一具陨落多年的魔族大能遗体，以及一本写有回溯之法的秘籍。

如今"宁宁"已经找到回溯之法，因果循环迎来闭合之处，至此终结。

等待她的，唯有死局。

"你轮回了多少遍？"

宁宁俯身将它拾起，垂下眼睫："你曾经在轮回里入了魔，所以才那样熟悉魔域地形和他们每一个人，也才会与霍峤那般亲近，对不对？"

一阵风横穿而过，如同凄厉鬼哭。

"我该叫你什么，系统吗？"

她本想低低笑一声，却没了发出声音的力气，只能在心里继续道："还是说……

'宁宁'？"

没有回音。

宁宁并不在意，轻轻扯了扯嘴角。

或许是早就有了心理准备，当终于知晓全部真相的时候，她并没有预料之中的难过与绝望，停顿了好一会儿，再度用极轻极淡的语气问："继承你的命数之后，我一定会死掉，对不对？"

回应她的，依旧是悠久寂静的沉默。

忽然心口有什么东西微微一动，一阵风掠过她耳畔，吹得耳垂发痒。

宁宁听见一道声音。

不再是干瘪冷漠的机械音，而是同她一样，柔和的少女声线。

"……对。"

心里有什么东西恍然落地，意料之外地，她没有哭泣或恼怒。

宁宁只是沉默片刻，仿佛压在心口许久的巨石兀地崩塌，碎裂满地。而她居然松了口气，用更为寻常的语气开口："那些梦呢？关于霍峤……你喜欢他？"

那声音答非所问："我以为你猜出一切，不会进入谷缝。"

宁宁翻开手里的书页，被扑面而来的灰尘迷得眯起眼睛。

回溯之法，阴年阴月阴日阴时所生之魂，于濒死之际，以执念方可驱动。

真可惜，这道限制如此苛刻，原主恰好符合，她的生辰却与之相去甚远，无法让时空倒流。

"那样的话，我不是会因为违背系统指令，被你当场处死吗？我死之后，你没有用来替命的挡箭牌，大概率也会死掉——你以为我会选择同归于尽？"

宁宁的语气平静得不可思议。

她沉默好一会儿，抬手抹去眼角涌出的水滴。

"裴寂还在魔族的局里呢。"

在一眼望不到头的黑暗里，女孩握紧手里的剑，终于轻轻笑了一声："就算我活不了……总得让他好好活下来呀。"

"逃走了？"

霍峤看着洞穴内的满地狼藉，听青衡自责道："不知她怎的挣脱了缚仙绳，剑法快得难以招架，我、我一时半会儿没反应过来，就——"

"无碍。"

年轻的魔族君主却只是笑："她虽不见踪迹……我们不还有人偶可用吗？"

天已入夜，残阳西沉。

天堑少有明朗之时，今夜的风沙却格外沉寂，当魔气渐渐下沉，能遥遥望见远处落日血色的余晖。

如同血渗进雾里，放眼望去尽是蔓延的红。

"主君！"

沙穴之中，有人急急来报："裴寂顺着魔息，已经寻来此地。必须尽快开启迷魂阵法……他快要杀疯了！"

霍峤点头，朝身旁的魔修望上一眼。

后者知晓他用意，垂首低声道："人偶已制成。"

"那便去找他吧。"

他面上没有太多表情，蒙了层与娃娃脸格格不入的凝重，声音亦是压得极低："我泱泱族人能否破出枷锁……成败在此一举。"

他们的计划并没有多么惊天动地。

以魔族如今虚弱的状态，也不可能做出任何惊天动地的大事。

魔域所有强者皆在大战之际陨落，留下的百姓多数修为低微，不堪大用。

虽然同为魔君之子，霍峤与裴寂的人生轨迹却是截然不同。

他父母皆为魔族，称得上情投意合，后来双双战死于战场，只留下尚在襁褓里的霍峤。

紧接着便是魔族节节败退，修真界设下两仪微尘阵法。当他长大到足够明白事理的时候，魔域已处于全面封锁状态，与外界遥遥相隔。

说是"魔域"，其实更像个无法逃脱的囚笼。

每天都是日复一日的景色，天色昏暗阴沉，随处可见飘扬的黄沙。而族人们毫无生机地活，寻不到任何奔头和希望。

大战中的幸存者告诉他，魔域之外的世界并非如此。

一旦置身于外界，他能见到蓝色的天和白色的云，幢幢高阁拔地而起，掩映远处的青山与炊烟。

霍峤自出生起就在魔域，他一向都不怎么聪明，很难想象出那人话里的景象，只能一日日站在结界尽头，眺望天堑里飞扬的黄沙。

好在现如今，他们终于有了离开的希望。

魔域深处沉睡着诸多魔神，某日其中三位同时苏醒，冲天魔气竟破阵而出，在两仪微尘大阵上造出一条裂痕。

裂痕不大，却足够供人脱出。

由于阵法具有强烈灵压，唯有金丹期之上的魔族能勉强穿行。这样一来，如何将这道裂痕扩大，进一步削弱阵法，就成了需要思考的首要难题。

要想破坏阵法，唯一已知的方法，是利用爆发而出的强烈魔气。

而身怀这般血统的人，除了他，便只剩下裴寂。

他们最开始的时候没想过宁宁，毕竟裴寂向来独来独往，几乎与外界所有人都切断了联系。

他们要做的，就是将这种联系彻底切断，让他成为被万人唾弃、与世隔离的孤岛，在自厌与厌世里步步沉沦，最终堕为邪魔，以身献祭。

第一步，是将魔气植入人偶，冒充仙门弟子进入小重山秘境，接而引魔气进入古树，待得裴寂接近，再将其一并捆住。

如此一来，古木林海魔气暴动，各大宗门弟子必定死伤惨重，而一切灾祸的源头，定会被归结于裴寂身上。

毕竟只有他身怀魔气，也只有他，能引得古树入魔，残害众多无辜弟子。

然而计划失败了。

一个名叫"宁宁"的剑修深入林海，不顾性命之危，与古树展开一番缠斗。本应昏迷的裴寂竟然中途惊醒，拔剑斩杀魔树，反倒成了解决林海危机的功臣。

此计不成，他们只得再设一计，将裴寂疗伤所用的仙泉换成剧毒。

只要他用上一点，魔息便会随着剧毒浸入血液。届时等裴寂进入炼妖塔，被万千妖魔群起而攻之，在那样浓郁的魔气里，他必然会被心魔所困，走火入魔，沦为正派之敌。

结果还是失败。

扰乱整个计划的，居然还是宁宁。

她就像突然多出来的一根刺，将原本一气呵成的计划搅得天翻地覆。

此番玄虚剑派一行人察觉猫腻，来到天罄大漠，是引裴寂入魔的最佳时机。

按照他们原本的计划，理应驱动引魔香，首先引得裴寂体内魔气大乱，接而将人偶化作他的模样，杀掉其中某位弟子。

这样一来，便有了裴寂邪气入体、残害同门的假象。

但这个方法成功率并不高。

还是因为宁宁，如今的裴寂早已不似最初那样，孑然一身地游离于师门所有人之外。对于他，天羡子一行人必然会有意偏袒、心存信任。

于是他们想到了更好的办法。

一个绝对能引裴寂入魔的办法。

宁宁虽然逃离此地，却并未与裴寂会合。

只要在那之前，当着他的面，诛杀与那女孩长相相同的人偶——

白衣少年发出一道无声喟叹，仰头望向沙穴中明灭不定的火光，眼底是从未有过的决意。

霍峤道："走吧。"

裴寂循着魔气，已快到了沙穴入口。

过往之处若有妖魅魔族，无一例外皆被一剑枭首，叫他生生杀出一条血路，黑衣之上尽是血渍。

"这小子……莫不是疯了吧？"

夜色里烟沙混杂着血花，看得青衡脊背发凉，稍作停顿后，侧头对身旁的霍峤道："迷魂阵已成，人偶亦已备好。"

谈话间，从沙丘下的阴影里走出一道影子。

逐渐现身的姑娘与宁宁如同从一个模子里刻出来的，为显逼真，脸颊上甚至有几道被袭击后形成的血痕。

只可惜人偶不具备自我意识，一举一动全靠操纵，因而整个显得双目无神，面庞没有太多表情。

"尽快解决。"

霍峤说得毫不犹豫："不要让他察觉丝毫猫腻。"

他一面开口，一面迎着风沙眺望远处少年染血的身影。

那个人像一把出鞘的刀。

裴寂极瘦极高，黑衣在夜色里并不十分明晰。他周身皆笼罩着凛冽杀意与剑气，在层层血雾里，哪里像个正派修士，倒不如说是自炼狱而来的修罗。

应是感应到身后突然涌现的魔气，裴寂拔剑转身，眼底杀气凝结成化不开的漆黑色泽，在见到身后景象时，却微微一怔。

在远方沙丘之下，赫然立着几道影子。

最前面站着的，是个高高壮壮的陌生男人，以及被他用长刀抵住脖子的宁宁。

……宁宁。

心跳前所未有地剧烈加速，黑衣少年瞳孔骤缩，体内溢出浓郁魔气。

不可以。

"时机到了。"

霍峤眸色渐深，指尖一动："开始吧。"

这句话如同一个开关，不过转瞬之间，大漠中陡然邪风大作，自四面八方涌现出诸多妖物与魔修。

它们不知在暗处静静埋伏了多久，如今得了指令，一拥而上朝裴寂猛攻。

"居然凭借一人之力走到这里，真是了不得。"

那高壮男人笑着大声开口，手中刀刃渐渐下压，触碰到少女白嫩皮肤时，渗出粒粒血珠："让我猜猜……你是来找这姑娘的，对不对？"

在无数妖魔的嘶吼声里，这道嗓音如同大漠中一粒不甚起眼的沙砾，被埋没于隐蔽一隅，很难会被注意。

然而裴寂双目猩红地盯着男人眼睛，拔剑斩去周身邪魔的同时，也在拼尽全力往沙丘旁靠拢。

妖魔汹涌如潮，仿佛没有穷尽的时候。

而他的动作仓促且狼狈，在如此浩荡的强袭下，身上早就伤痕累累，倘若没有一股意念支撑，恐怕已没了意识。

沙丘下的男人还在继续说："你杀了那么多魔，我是不是……应该做出点回报？"

不可以。

不要。

裴寂想要张口，嘴里却涌出殷红血水。

想要上前，周遭却杀气重重，魔族剑修、符修、体修、音修与重重叠叠的妖邪一拥而上，他只能徒劳挥剑，双手剧烈颤抖。

"裴小寂！"

承影惊惶大叫："你的身体已经支撑不住，马上就要到极限了！你——"

它话没说完，便见到沙丘下刀光一闪。

那幅场景像在做梦。

向来大大咧咧的剑灵呆立当场，再也发不出声音。

此时夜色已深，夕阳遗落的血光尽数消散，天地之间皆是涌动的黑潮。

忽有冷风袭来，寒气透骨，吹落天边一朵垂坠的云彩，光影聚散间，自无尽黑暗里露出一抹莹黄轮廓。

那是十四的月亮。

从不圆满的、残缺的月亮。

冷冷幽光倾泻如水，降落在沙丘之下，照亮女孩苍白的脸庞。

身边妖影重重，裴寂却在此刻停下反击的动作。

因着此番停顿，一把长刀穿胸而过，他感觉不到疼痛，只听见自己剧烈的心跳，扑通扑通。

四周都安静得可怕，没有任何声音。

月光将沙丘下的刀光映得雪白。

轻轻一晃，便是触目惊心的红。

少年手里始终紧握的长剑，倏然落地。

"人偶已死。"

阴影之下的霍峤轻合眼睑，缓声道："迷魂阵起。"

第三章 裴寂帮挡天道

他一直都是一个人，没有谁愿意接近他。

裴寂恍惚睁开眼睛，竟见到一片血红色的密林，林中魔息四溢，血光映衬着黑气。

一具早已冰冷的尸体从树上跌落，他认出那人身上的门服，是来自流明山的修士。

不知是谁厉声斥道："是他，都是他！正是他出现在古木林海，才引出这场暴动……他是杀死那些人的凶手！邪魔其罪当诛！"

他茫然低头，这才发现自己亦是浑身伤痕，痛得难以忍受。

"你这个杀人凶手！"

又有人带了哭腔喊，一字一句，每道声音都好似要将他生吞活剥："滚出玄虚剑派！真叫人恶心！"

裴寂想告诉他们，事实不是这样。

他与妖树缠斗多时，拼了命地想要除掉它，他不是邪魔，也不想伤人。

可没有人相信他。

他们只是冷眼站在侧旁，瞳孔里盛满冰碴，恍然望去，尽是鄙夷、排斥与恐惧的神色。

而他孤零零地站在所有人的目光里，像个令人恐惧的笑话。

从小到大都是如此，活得狼狈不堪。

裴寂在心底默默告诉自己，他并不在乎。

那些刻意的排斥、欺辱和冷待，他早就习惯，因而向来不去在意。

就算没有一个人愿意站在他身边，他也……

他也不会感到难过。

心脏突然重重跳动了一下。

有道模糊的影子自脑海深处缓缓浮现，如同水中破碎的明月，雾里摇曳不定的海棠花，他试图伸手触碰，却只见到遥不可及的泡沫。

浑身血液因着那道影子，重新开始淌动。

不对。

不是这样。

有个人一直陪在他身边。

他生在污泥里，她却愿意温柔地对他笑。

也只有她，会愿意一步步走近他，将他带离暗无天日的污泥，温柔地对他笑。

他怎能忘记。

他绝不会忘记。

那个人的名字是——

"魔气已经四散开了。"

青衡握紧手中长刀，目露喜色："这小子的魔气竟如此之浓，铁定能冲破阵法——他动了！"

霍峤垂目而视，一言不发。

月光映着像是发着光的缕缕灰尘，四散在染血的长剑上。

而剑的主人半跪于地，脊背半匐，弓起的样子犹如战栗的野兽。

裴寂在颤抖。

少年的发带不知何时掉落，散下的黑发纤长如瀑，因浸染了血迹，无比凌乱地拂过面庞时，留下道道暗红色细痕。

突然他抬起头。

原本漆黑的眼瞳充斥着诡异猩红，血丝如藤蔓攀爬而上，迅速占据整个眼珠的同时，也沉甸甸地向外不断溢出，染红眼眶、眼底与上挑的眼尾。

大漠风声骤起，状若鬼怪号哭，一时间妖兽惊惧，纷纷四散。

漆黑雾气不知何时变为血红，腾风扶摇而起，汇作重重咆哮不止的旋涡，而裴寂，置身于旋涡中心。

"好像……不太对劲。"

有人迟疑道："这股杀气和威压……我们当真能制住吗？"

他话音刚落，突然听得旋涡之中狂风怒号，风浪裹挟着血气轰然溢开——

顿时寒光乍起，有如万箭齐发，向四周兀地散去！

"护阵，护阵！这小子——！"

青衡被这股杀气惊得大骇，催动魔气护体："其余人，一齐攻他！"

诸多魔修被剑气击得节节后退，闻言勉强稳住身形聚气凝神。

他们毕竟人多势众，不过须臾之间，汹涌魔潮便汇作包围之势，将裴寂困于其中。

他今夜，定然走不出这大阵。

霍峤颔首敛眉："攻。"

魔潮狂涌，于半空中凝成数把通体漆黑的长剑，在风声的呜咽里，同时发出尖厉长啸。

剑尖朝下，皆指向中央半跪的人影，长啸渐重，黑气愈沉，俄顷风云变色，数剑齐发——径直刺向少年脊骨。

正是此刻。

恰至此刻。

刹那莹光大作，浩然剑气织成倾泻而下的浩瀚星河，将裴寂笼罩其中。

刺目白光与浓郁黑气彼此相抵，于半空中呈现僵持之势。剑气嗡鸣间，霍峤略微一怔。

他在铺天盖地的血光里，见到笔直站立着的纤细身影。

那姑娘眼眶红肿，似是在不久前狠狠哭过一场，浑身上下皆染了风沙，长发飘散，眼尾与唇角尽是血迹。

然而她虽看上去狼狈不堪，一双莹亮的黑眸却澄澈得有如湖水，倒映出天边皎洁月色，美得惊心动魄。

正是那个逃走的女孩。

她居然……在如此九死一生的间隙，选择了回来。

浩繁的魔气与剑气相持于半空，宁宁抬手抹去嘴角血渍，不受控制地轻咳一声。

她对自己的实力一清二楚，仅凭她一人，绝对无法在此等攻势下坚持太久。

在赶来此地的路上，系统偶尔会向她提起"天命"。

正因有了天命，所以这个世界的宁宁纵使一遍遍回溯时间，都唯有死路一条；而如今裴寂堕入魔道，被天道所弃，浑身笼罩着无比沉郁的死气，同她一样，也逃不开必死的结局。

命运，当真是种很神奇的东西。

系统告诉她，在以往的数次轮回里，她曾尝试过让裴寂爱上自己。然而少年看出她的施舍之意与刻意接近，从来都冷得像块冰。

与之对应，曾经的裴寂足够无懈可击，哪怕被诬陷残害同门、勾结魔域，都未曾失去理智堕入魔道。

唯有这次不同。

宁宁的到来如同落入死水的石块，掀起层层叠叠荡漾不休的涟漪。

一只蝴蝶扇动翅膀，牵引出彼此勾连的阵阵风暴，变动的命运一环套着一环，她刻意作恶的"因"阴错阳差，种下了裴寂因她入魔的"果"。

因果循环，命中注定。

去他的命中注定。

——曾经无法更改的命运，不是已经出现了分歧吗？

宁宁从不信命，更不愿将未来尽数交给所谓"天命"。他们是活生生的人，而非天道操控之下的傀儡。

既然她这块石块已经激起阵阵涟漪，引出命运动荡——

那不如把死水里的风浪扬得大些。

再大些。

哪怕裴寂被天道所弃，还有她护在他身边。

老实说，宁宁并不知晓此时此刻破局的方法。

她与裴寂势单力薄，周围全是层层包围的魔修，更何况……

宁宁咬牙稳住气息，仍保持着与天边巨剑对峙的姿势，回头看他一眼。

裴寂如今的状态，很不对劲。

比起上回在炼妖塔里被心魔所困，此时的他显然更加暴躁易怒，周身的杀气再明显不过，双眼红得仿佛要滴血。

哪怕与她四目相对，那双猩红的眼瞳也没做出任何反应，像是在看从未见过的陌生人，眼神里除了执拗的癫狂，不含任何情绪。

这让她想起发狂的野兽。

正当这个念头浮上脑海的瞬间，仿佛是为了回应她的想法，裴寂忽然抬头，身形一动。

他的身体正源源不断向外散发着魔气。

而魔气翻涌，竟一股脑向前袭来——

尽数朝着她所在的方向！

"我说过，你无法逃离必死的命运，不是吗？"

脑海里的声音语气沉沉，似是用了有些惋惜的口吻再度开口："谁都破不开的。"

"那小子入魔已深，恐怕被杀气占据了全部意识。"

青衡喃喃道："那女孩光是应付我们，就已经有够吃力。这一击……她定然挡不下来。"

他凝神望着两人所在的方向，眼看狂涌的魔气吞噬剑光，凝作吞天之势，在千钧一发时，忽然紧紧皱了眉。

系统的声音亦是一顿。

——剑气毫无征兆地陡然暴涨，有如海潮狂啸，银浪排空，一道执剑的人影出现在宁宁身旁，抬手挽了个剑花，空出的左手将她顺势向身后一拉。

来势汹汹的魔气，竟被他这一击逼得节节后退。

"好险好险。"

清越的嗓音噙了淡淡的笑，宁宁尚未抚平剧烈心跳，便听得一道无比熟悉的声线："为师还是得有点作用才好，你说是吧？"

宁宁呼吸一滞，恍然抬头："师尊！"

天羡子的笑里颇有几分无可奈何，抬眸望一眼裴寂，低声道："这孩子恐怕是被魔气蒙了心智，见人便杀。若不尽快加以阻止，等魔气侵占他的整具身体，一切就都无可挽回了。"

"那是玄虚剑派天羡子。"

魔修中有人咬牙切齿："他怎会忽然找上来！"

"不只师叔，还有我们！"

又是一道嗓音传来，贺知洲浑身染血的身影出现在月光与阴影的交界处，摆了个剪刀手的姿势："最终大决战，怎么少得了我啊！"

他说着拿胳膊碰了碰身旁的龙族少年，小声催促："你快说点什么啊林师弟！"

林浔支支吾吾，哪敢在这么多人面前大声讲话，像濒死的鱼一样嘴唇一张一合，最终也不过装凶般正色道了句："不许伤害我师姐！"

天羡子老眼一瞪："那他们就能随意伤害我了是吗？"

逆徒啊！

候在大漠里的魔修哪会留给他们打嘴炮的时间，顷刻之间尽数出动。

霍峤心知不妙，勉强稳住气息："全力攻向裴寂，他既已入魔，只需杀了他献祭大阵，就能破开两仪微尘阵。"

在那之后……只要请出那三尊刚苏醒不久的大佛，必然能解决这帮剑修。

"他们欲杀裴寂。"

站立在贺知洲身侧的温鹤眠亦是沉声："必须护他周全。"

四下黑影骤起，魔修数量众多，且个个是修为不低的高手，仅凭林浔与贺知洲，难以招架，渐渐显出吃力的疲态。

几名魔修看准时机，奇袭而上，眼看即将伤到二人要害，却猝不及防瞥见一束刀光，还有一只铁拳。

巨力顷刻而至，将他们逼退数丈之远，定睛看去，竟是一帮不知从哪儿来的沙匪，和一个身形瘦弱的小姑娘。

"老子一生最为不平之事，便是生得晚了几年，没能在仙魔大战中出一份力。"

钱三哈哈大笑："今夜得到机会，终于能圆了这场梦！"

砍刀在手天下他有，管他妖魔邪祟，皆以一刀屠之。

这，就是他们大漠！

"宁宁！"

天羡子顾不得其他，击散天边几把巨剑后，专心对付裴寂。

裴寂已然没了清明的意识，魔气浑然爆发之时，连他都有些难以招架，只得以剑缚神，暂时制约少年的行动。

宁宁闻声扭头，听见他大声喊："催动你的神识，去裴寂的识海深处找他——切记万事小心，倘若你在识海中被他所杀，就再也回不来了！"

一旦她无法归来，她和裴寂便都只有死路一条。

就像系统曾在她耳边冷嘲热讽的那样，无论做出过多大的牺牲与努力，最终还是不得不败在因果的命数之下。

满盘皆输。

宁宁不是头一回进入裴寂识海。

上次眼前所见尽是伸手不见五指的漆黑，此番却截然不同，弥散在整个空间里的，是散不开的血红色浓雾。

四下空旷，没有任何明亮的光源，一切都是模模糊糊的，宛如地狱一般的景象，独自行走在其中时，难以抑制地发慌。

她没费多大工夫就找到了裴寂。

识海中血雾阵阵，唯有他身旁凝聚着魔气，氤氲的纯黑格外抓人眼球。

他似乎在发呆，挺拔的脊背笔直，许是察觉到旁人的气息，神色郁郁地扭头。

仍然是野兽一样阴郁且满含杀气的目光。

不过转瞬须臾，围绕在他身旁的魔气便凝成浓郁实体，好似疯长的千百藤蔓，径直向宁宁袭来。

他的动作很快，完全不留给猎物反应时间。宁宁没料到对方的杀意竟会如此之强，来不及避开，被几缕魔气缚住手腕。

裴寂冷眼看着她，一步步靠近。

她已经许久没见裴寂露出这样的眼神。

乌黑瞳仁里一片死寂，像是生机全无、死物遍地的寒冷雪原，朔风裹挟着挥之不去的血气，长夜将至，看不见分毫希冀。

这是由裴寂掌控的识海，宁宁挣脱不了手上魔气，只能尝试开口："裴寂，我——"

然而对方并不留给她解释的机会。

裴寂声线冷冽得可怕，满目尽是毫不掩饰的嫌恶："冒牌货。"

话音刚落，魔气便再度凝结，自她的脚踝迅速往上，逐渐绑缚全身，力道骤然加大。

宁宁疼得闷哼一声，用力咬了牙。

眼前少年的眼底多了几分烦躁与不耐烦，魔息如潮水将她吞没，每一缕都紧

· 211 ·

紧向内聚拢，攀爬游弋，已然来到脖颈处。

女孩纤细的脖子脆弱不堪，他却毫不在意地伸出手，指腹冰凉，一点点笼上她苍白的皮肤，旋即慢慢用力。

只有在目睹死亡的时候，裴寂幽暗的眼底才终于浮起一丝饶有兴致的亮色。

他看着她渐渐拧起的眉，如同望着一只垂死挣扎的小虫，面上仍是没有太多神色，唯有指尖不断用力下压。

魔气将她身体的绝大部分吞没，筋骨剧痛。

宁宁没办法呼吸，也没办法反抗。

"他是个疯子。"

脑海里的系统如此告诉她，用了看戏般的语气："真可怕，我轮回那么多次，从没见过他这般模样……若非天羡子突然出现，不只你，恐怕连那帮魔族都会死在他手中。"

宁宁并不理会，竭力凝聚逐渐涣散的意识，将全身力气暗暗汇集。

裴寂面无表情，手掌能感受到她侧颈剧烈跳动的脉搏。他心觉有趣，朝那处地方稍一用力，引得跟前的女孩眼尾泛红。

她是如此脆弱易碎，皮肤只有薄薄一层，能有千万种方式将其破开。

就像在那座沙丘之下，刀尖不过轻轻一晃，就有无比刺目的血溅射出来。

那幅场景历历在目，裴寂眸光更黯。

"……你骗我。"

他的眼中是浓浓戾气，语气里却携了被压制的颤抖与委屈："你说喜欢我……要对我好。"

这是对他心里真正的"宁宁"说的话。

五指本欲更加用力，魔气四合之际，忽然有什么东西，轻轻戳了戳他垂落的左臂。

——她居然挣脱了魔气束缚，虽然只有短短的一截手指。

他颇为不耐，冷眼垂了头，却在视线下坠的瞬间呆住。

女孩的手苍白得毫无血色，手背血痕处处，沾染了薄薄风沙。

而在她手中，赫然握着个小小的玩具。

……那是一只用草木编成的兔子。

他曾在浮屠塔里，送给宁宁的兔子。

脖颈之上，细长的五指陡然顿住。

那时他孤僻寡言，不懂得如何与他人相处，浑身上下也没有任何值钱的礼物，即便想要讨宁宁欢喜，也只能无比笨拙地，将自己编的小玩意儿送给她。

明明是这样毫无价值、不值一提的东西，她却认认真真将它好好留了下来。

除了她，还有谁会将它留下来。

心脏用力跳了一下，传来生生绞痛。

张牙舞爪的魔气陡然滞住，如同冬日被寒风侵袭的树枝，慌乱垂下枝头。

裴寂大脑一片空白。

他的眼瞳里原本是没有尽头的漆黑。

不过转瞬，眼眶突然染了层薄红，好似桃花在水中悄然晕开，将水波也映作浅粉。鸦羽样的长睫一闪，便水面微漾，自眸底荡出桃花色涟漪。

他近乎慌乱无措，却又狂喜地，用破碎且低哑的嗓音问她："宁——宁？"

捏在她脖颈上的右手僵硬又不知所措。

裴寂心乱如麻，呆呆与她四目相对。

"你听我说。"

他手上的力道终于减小些许，宁宁轻咳几声，努力吸一口气："你见到的景象，不过是魔修为引你入魔，特意布下的局——我就在这里，没有死掉。"

她说着，对方手指又是一动，趁魔气退散的间隙抬起右手，指尖几乎触碰到他干涩的唇瓣。

在那只手里，捏着颗圆润的糖果。

"当初在迦兰，我看你最喜欢这种糖，便又在集市里买了许多。"

她的心脏咚咚直跳，目光始终凝视着少年被水汽笼罩的眼眸。

宁宁眨眨眼睛，声音带了些许喑哑，将糖一点点塞进他口中："还记得它的味道吗？"

是甜的。

水果清甜混杂着茉莉花香，弥散在他唇齿之间，裴寂怔怔看着她，眼眶殷红渐浓。

像是马上就会落下眼泪，叫人看了难受。

"别难过。"

宁宁抬手抚上他后脑勺，将其轻轻向下压，自己则抬头踮起脚："我就在这儿呢。"

这是个融了血腥气的吻。

唇瓣相触的刹那，魔潮像是害羞般轰然四散，裴寂眼底猩红退去，映出绵绵水色。

蜜糖在余温下渐渐融化，清甜随交缠的水汽悠然荡开。

脊背与心尖皆在战栗。

这是宁宁。

宁宁在亲吻他。

这个念头在胸口一晃而过，他仿佛坠入永无止境的水潭，一点点下坠，一点点沉溺，意乱情迷，心甘情愿溺毙其中。

"……宁宁。"

沾满血污的手自她脖颈缓缓向下，撩过丝丝缕缕的黑发，拥上女孩柔软的后腰。

他动作稚拙，用身体无比贴近地感受着她的存在，手掌所经之处温温热热，有时被抚摸得发痒，会不受控制地轻轻一颤。

裴寂渐渐掌控所有主动权。

唇齿相触的地方柔软得像棉花，他不满于如此浅尝辄止的触碰，完全凭借本能，笨拙地向内探去，品尝到四溢的清甜，也有弥漫的铁锈气息。

宁宁呼吸一乱，耳根通红。

舌尖相触的感觉尤为奇妙，绵软得不可思议，携了令人战栗的热气，每一次触碰都撩动心弦。

明明是滚烫的，却引来道道密密麻麻的电流，在神经末梢接连炸开。

好甜。

他分不清那究竟是糖果的味道，还是那股时常弥漫在她身侧、曾在他梦里出现过的香气。

这个吻逐渐加深，轻缓且小心翼翼，仿佛怀里的女孩成了稍纵即逝的水中泡影，稍稍一触便会碎落满地。

旋即薄唇下移，轻轻滑过她的每一寸肌肤，裴寂一次次地喃喃唤她："宁宁。"

残存的魔气贪恋她的气息，恍若腾涌的云烟，悄悄缠上脚踝与手腕，带来不甚清晰的痒。

连他的魔气都如此贪婪地渴求于她。

少年炽热的吐息氤氲在耳边，宁宁感受到他身体的微颤。

有滚烫液体坠落在她颈窝，一滴又一滴，伴随着裴寂越发沉重的呼吸，在皮肤上晕开。

"……对不起，很疼对不对？"

他的声音很闷，好似走投无路的困兽，发出最为卑怯的乞求："你打我骂我，砍掉那只手，怎样报复都好……别丢下我。"

这是任何人都无法拒绝的言语。

宁宁听得心口一揪，摸摸他的头："不会的，我最最喜欢你了。"

"你不要……"

裴寂缓声顿住，细细亲吻被他右手掐出的红痕："你不要骗我。"

这句话，她却无法毫不犹豫地应答。

宁宁想起由她背负着的，必死的命运。

她沉默半晌，终究只是轻声告诉他："嗯。"

大漠中心，魔踪处处。

弥漫的血雾铺天盖地，视野所及之处布满迷离暗红，抬眼望去，连天边挂着的一轮孤月仿佛也被染成血色，无端涌起几分凛然杀机。

沙匪和陆晚星修为不高，只能勉强牵制住些许魔修；贺知洲与林浔协力击退阵阵魔潮；天羡子则全神贯注压制着裴寂体内涌出的气息，始终皱着眉。

"不好，那小子身上的魔气在逐渐消散。"

远处的沙丘下，青衡握紧手中长刀，向霍峤急促道："那群人护在他身边……我们压根儿攻不进去！"

霍峤"嗯"了声。

青衡所说不假，以他们的实力，连靠近裴寂身边都难。

想来可笑，曾经叱咤风云、与修真界分庭抗礼的魔域，现如今只剩下一群修为低下的杂鱼。大漠上的这群金丹、元婴修士，便已是魔族最拿得出手的战力。

裴寂既已入魔，明明只差最后一步，他们就能从大阵中脱身离开。

不知自何时起，由裴寂掀起的滔天旋涡竟逐渐消退。

滚滚风沙趋于平静，如同潮水般退去，慢慢显出被淹没在水下的影子——本应失去意识的黑衣少年从地面拾起长剑，夜色如墨，勾勒出一道瘦长身形。

裴寂醒了。

他们的计划……失败了。

一切本不该如此。

他们设计好了玄虚剑派一行人四散分离，再派出刘修远对贺知洲、林浔与温鹤眠进行剿杀，至于天羡子，派些魔修阻拦去路，不让他寻来此地就好。

届时宁宁身死，裴寂入魔祭阵，三尊魔神破阵而出，以修真界同样人才凋敝的现状，必然无法抵抗。

本应该是这样的。

到那时，所有族人都能从荒芜偏僻的魔域离开，走出这片蔓延着死气的大漠，去往远处无穷尽的城邦、河流、山川，以及传说中银装素裹、遍地莹白的雪原。

被束缚在囚笼里的滋味，当真很难挨。

"主君！"

青衡急道："裴寂入魔失败，天羡子又护在近旁，破除两仪微尘阵已没了指望……我们还是快些逃回魔域吧！"

然而年轻的魔族君主却只是沉默，许久，再扭头望向他时，面色平淡如水。

霍峤用再寻常不过的语气说:"除了他,还有另一个人能破开阵法,不是吗?"

青衡倏然怔住。

"若能带着大家离开,想必又是一场血雨腥风,切记保重。"

他开口时抬起头,望向天边那轮孤零零的月亮,似是想起什么,忽然扭了头,与身旁的高壮男人四目相对。

一阵风起。

霍峤嘴角噙着丝笑,挺直后背,整理好因风沙而略显凌乱的衣衫:"这样看起来……我这个君主还不至于那么狼狈吧,青衡?"

另一边,混战中央。

宁宁从识海中成功脱出,经过一番考量,已经捋清了目前的大致情况。

魔族欲使裴寂入魔祭阵,如今魔气尽散,他们的计划也就毫无疑问打了水漂,理应再无回天之力,最好的解决办法就是乖乖投降。

至于被安置在她脑海里的"系统",亦即这具身体原本的主人"宁宁"。

按理说自她找到那本记录时空回溯的秘籍时,因果的圆环就已经合拢,形成必死之局。

然而从那时过去了这么久,原主都没有选择杀她,恐怕并非出于仁慈,而是必须先留着她的性命。

对方想把必死的因果全部转嫁在她身上,为的就是让宁宁替其承担命中注定的死劫,如今死劫未至,便不可能向她出手。

也就是说,系统之前曾信誓旦旦地恐吓她,倘若不完成任务就会被当场处死,其实必然不会如此。

一旦她这个替死鬼提前死掉,"宁宁"就会在死劫来临之前占据这具身体,到时候没了挡箭牌,同样逃不开必死的命运。

所以暂时,对方会选择留下她的性命。

——可她能在如此短暂的间隙内做些什么?

宁宁不知道,也想不出来。

她当时之所以没有与系统同归于尽,全因知晓魔修计划——欲要以她的死亡诱导裴寂入魔,为阻止这出阴谋,才火急火燎地寻来此地。

至于现在……

原主试了千百次都没打破死局,她又如何能从这样的命运里活下来。

或许用自我了断终止这场轮回,是她如今最好的选择。

这个念头在脑海中恍然划过,宁宁下意识握紧星痕剑。

一阵恍惚,忽然察觉不远处刀风如雷,混杂着重重爆开的轰响,径直朝她所在的方向袭来。

——正是那名为"青衡"的魔族男子。

青衡实力不弱,若非之前被她偷袭,断然不会那样轻易倒下。

一把长刀被他挥砍得凌厉生威,斩断如水月色与连绵黄沙,四下疾风大作,杀气暴涨。

随着他的动作,其余残存的魔修也尽数出动,呈现四面八方而来的包围之势,将众人团团围住。

不像进攻,更像是为了拦住他们向前的去路。

宁宁躲闪不及,正要拔剑,却见裴寂欺身而上,于瞬息之间替她接下这力拔千钧的一击。

长剑与长刀碰撞的刹那,发出极其刺耳的悠长嗡鸣。

"不对……不对劲。"

沉寂许久的系统居然在此刻出了声,同宁宁一样的嗓音在剧烈颤抖,几乎是歇斯底里咆哮般地告诉她:"快突破围剿!这群魔修只是想拖住你们,霍峤他——"

可惜这句话没能说完。

魔修不要命似的来了一个又一个,裴寂将她护在身后,身上仍带了残余魔气,双眼与敌人溢出的鲜血都是猩红的。

耳边是刀剑相撞的清洌声响,纷纷扬扬,仿佛没有停下来的时候。

毫无防备地,在大漠更深处的位置,突然袭来震耳欲聋的巨大爆响。

宁宁闻见浓郁到无法挥散的血腥气,瞬息扩大的风声好似尖厉的哀嚎,将她脑海里的声音全然遮盖。

——旋即魔气似井喷,不过顷刻,便形如张开巨口的深渊恶兽,将整个大漠尽数吞没。

饱受折磨,万箭穿心,以身祭阵。

有人这样做了。

系统停了口,再没发出任何声音。

"这是怎么回事?"

天羡子挡下一击剑诀,迅速回头,望向沙丘之下的温鹤眠:"师兄!这股魔气,两仪微尘——"

温鹤眠自然猜出发生何事,以传音道:"有人试图破开阵法,魔域里的气息已从裂痕中渗出……我们必须立刻前往魔气来源。"

除了裴寂,还有谁能有如此强烈的魔气?按照魔族如今倾颓的态势,莫非族中主君?

真是疯了!

天羡子暗自咬牙，击退跟前一名魔修，高声道："贺知洲，助我！"

贺知洲眼见魔气如潮，心知情况不对，很快明白了师叔的用意，迅速迈步上前，为他挡下身侧的袭击。

两仪微尘阵由无数正派修士的灵力筑成，单凭一人的魔气，虽然无法全盘破开，但只要那道缝隙足够大，说不定会从魔域里引出十足可怕的怪物。

天羡子连苦笑的心思都不剩下，抿唇皱了眉。

而他已经嗅到了那些怪物的气息。

……属于魔神的气息。

天羡子与温鹤眠即刻赶往两仪微尘阵，林浔护在温鹤眠身侧，亦随之向大漠深处挺进，贺知洲则为三人断后，不让魔修尾随其身侧。

余留的魔族修士已剩下不多，然而随着魔气越汹，他们体内的魔气便越发暴涨，实力较之最初，纷纷提升了将近两个境界。

"那二位是你们师尊？一切都晚了，就算他们如今赶去，结局也不会有任何改变。"

青衡不敌裴寂，在长剑下遍体鳞伤，被一道剑气击退几步之远。

他对此并不在意，仿佛感受不到疼痛，再度与另外几名魔修一并向前袭来。

他们这群从魔域出来的人，在撞上正道修士的那一刹那，就已经做好了赴死的准备。

今夜这场鏖战，注定只能存活一方。

这是为了更多族人的自由，必须做出的牺牲。

"话虽如此……不过主君离开前，让我给你们带个口信。"

青衡说着一顿，沾满血污的脸上露出一抹笑意，目光竟跳过裴寂，到了宁宁身上："关于姑娘身上的恶咒，他看出了些许端倪。主君称你们是可敬的对手，倘若你们赢下这一战，或许能用上他提供的法子。"

宁宁身形一顿。

"恶咒？"

贺知洲蒙了："什么恶咒？"

青衡并不理他："这道咒术应是传闻中失传已久的'替命'，恶因结出恶果，你既是承受他人的恶因，要想改变那个必死的果，就必须寻得足够扭转因果的福报。"

身旁仍有魔修袭来，宁宁挥动手里的星痕剑，认真听他继续讲："福祸相抵，方能逃出死局。"

福祸相抵。

可她死期将至，哪里能得到如此之多的福报。宁宁颔首，手里还击的动作没停："多谢。"

"谢我做什么？我才不想跟你们扯上任何关系。"

那男人不知为何笑了一声："你应当谢我们主君，他一个怪人，整天不知道在想什么东西，没经历过战争的烂好人，总叫人操心。"

他说着一顿，手中长刀对上贺知洲的剑，神色稍狞："可你们哪能活得下去？大阵一破，魔神出世，世上只可能是魔族的地盘。"

贺知洲听得快疯了："什么死局？宁宁你给我说清楚，这到底怎么回事！"

越往里走，月光就被遮掩得越暗，等临近阵法屏障的时候，四周已经伸手不见五指，昏暗得瞧不见丝毫光亮。

林浔闻到一股极其强烈的血腥味，凭借修道之人超乎寻常的感官与天羡子的剑映出的莹白光，于视野之中，瞥见一摊暗红血肉。

天羡子抬手遮住他双眼："别看。"

他话音刚落，便听见温鹤眠的一道低呼："屏息，当心西北方向。"

林浔抬眼望去，在剑光之下，两仪微尘阵法的屏障被映出盈盈白光，如同拔地而起的拱形虹桥。

一道肉眼可见的裂痕恍如镜面碎裂，正在颤抖着向四周蔓延，而从裂痕中探出来的——

林浔屏住呼吸，一时间惊骇得睁大双眼。

那是一只由熔浆与岩石聚成的巨大手臂，顺着手臂向后望去，在阵法之后，能见到那巨物庞大如山的身躯。

它仅仅伸出一只手臂，散发出的威压与魔气就强烈得令人窒息，周遭的空气皆滚烫如烈焰灼烧。

这是远远超乎他想象的力量，林浔抑制不住地浑身颤抖。

"此地魔息深重，醒来的魔神恐怕不止这一个。"

天羡子传音入密："我们必须趁它尚未挣脱阵法，尽快将其解决，然后重新封印两仪微尘阵。否则等裂痕越来越大，另外几个也跟着冲出来……一切就彻底没救了。"

林浔不敢置信地看他。

他们现在总共三人。

他，金丹菜鸟，超没存在感的小弟子，看一眼魔神都要打哆嗦。

温长老，识海被毁，虽然经过调养，恢复了一些灵力，但说实话，实力恐怕还不如他这个金丹菜鸟。

更何况温长老已多年没碰过剑，之前虽然也加入打斗，却都是用的法诀。

唯一能打的，只有天羡子一个。

"可您，我……"

林浔支支吾吾，天羡子大笑一声，拍拍他肩膀："看见那条缝隙没？待会儿我给你几颗极品聚灵丹，等我打败那个丑家伙，你就用尽所有灵力，把那条裂缝补上。"

他整个人更呆："师尊您、您去对付它？"

林浔没忘记决明长老那件事。

那位长老的修为不比天羡子低，面对魔神却是以命换命，被他们发现的时候，只留下一具苍白骨骼。

遇上那般可怕的力量，无论是谁，都注定无法存活。

"我谁啊？天下第一剑修，绝不是吹的。"

眼见那怪物探出的身体越来越多，天羡子挥剑挡下一击火攻，把聚灵丹递到林浔手上，咧嘴一笑："你不是一直想要看看，为师是如何斩杀邪魔的吗？"

他说着一顿，眼底张扬的笑意消退些许，语气称得上"温柔"。

天羡长老向来吊儿郎当，从未展露过这样的温柔。

"林浔。"

他低声说："无论发生什么……你都足够勇敢，对吧？"

林浔没反应过来这句话的意思。

不过稍作愣神，便望见跟前白影一闪。青年的身形已然消失不见，唯有一道噙了笑的嗓音被狂风携来："你且看好了！"

第一尊魔神已然入世，只留下少许躯体在魔域里头。

必须趁它挣脱阵法之前，尽快将其解决。

林浔不会看到，白衣剑修转身而过的刹那，自眸底涌起的凛冽剑息。

更不会看到，那个始终笑着的青年冷嗤一声，强撑的笑意终于缓缓退去，取而代之的，是嘴角平直如刀锋的弧度。

天羡子并非不清楚自己的实力。

决明在大战中身死殒命，他遇上魔神，哪有占得上风的道理。

由烈焰聚成的巨人察觉剑气，发出惊天动地的狂啸，手臂裹着重重烈焰挥过，转瞬之间，四下便火星狂舞，亮如白昼。

烈焰聚散，周遭飞沙走石、沙丘剧颤，数道魔息蜂拥而至，天羡子默念剑诀，将其一一斩去。

"师伯，我们怎么办？"

林浔看出天羡子的被动，奈何修为薄弱，帮不了师尊分毫，只能徒劳握紧手中聚灵丹。

温鹤眠喉头微动，却并未发出声音。

又是一道邪火猛攻而至，天羡子被击退几丈之远，咽下口中浓郁的血气。

决明是个一根筋的家伙。

那时他、天羡子、真霄与温鹤眠常在一起切磋剑术，有时被问起为何修习剑道，决明一本正经地应答："自是一剑斩邪魔，庇佑天下苍生。"

天羡子想，喊，老古董。

他的志向可与那个人大不相同。

剑光纷然，立于烈火中的白衣青年凝神屏息，眼瞳被火光照亮。

魔神又如何。

战意兀地腾起，天羡子汇聚全身之力跃空直上，长剑挥动之际，引得疾光骤倾，将邪火层层逼退。

白衣一往无前，径直冲向熔岩滚滚的魔物。

"那你呢？"

决明不服气，板着脸正色问他："你为何要修习剑道？"

当日的少年抱剑于怀中，哈哈大笑："我既然取名叫'天羡子'，那便要成为天下第一剑修！"

管他什么魔神，管他什么天命难违。

他这天下第一——

可不是白当的！

剑气纵横，火光狂涌。

两股沛然巨力浑然相撞，魔神火屑狂坠，发出声声哀嚎；天羡子面色苍白，手中剑气逐渐加重。

灵力超过负荷。

他感受到经脉即将断裂的剧痛。

这是他最后的、竭尽全力的一击，也是能教授给弟子的最后一道课业。

真可惜，想来还真有些舍不得。

他喜欢自己在玄虚剑派那幢破落空荡的小房子，当年他穷得差点卖房，门派里的长老们哭天抢地，攒了许多灵石一起给他。

他也喜欢追求已久的剑道，真霄、何效臣那两个战斗狂总爱拉着他打架，报酬是闪闪发亮的灵石。

他是那种为了钱财出卖身体的人吗？

他是。

直到这时，他才恍恍惚惚地想，原来比起剑道，他更加舍不得的，是门下那一群鸡飞狗跳的小菜鸟。

真想教他们一辈子剑术啊。

221

世上有那么多不舍的人和事，决明那一根筋的老古董，当年究竟是以怎样的心情，挥出那一剑的呢？

两道力量彼此僵持之间，握剑的手已然渗出止不住的鲜血。

天羡子将手中力道一点点沉沉下压，在越发模糊的神志里，忽然察觉一股不期而至的风。

那并非大漠里刺骨的烈风，亦非魔神引出的滚烫腥风，而是另一道，更为纯净温和的……

剑气。

竟是温鹤眠的剑气。

他已自暴自弃颓废多年，发誓不再涉足剑道，此番前来大漠，并未随身携带佩剑。

天羡子恍然垂首，见到身侧青年被风扬起的白衣，以及一缕雪白剑光。

他一眼就认出，那是失落已久、属于决明的名剑。

诛邪。

"我服下聚灵丹，强开识海，顶多助你两击。"

温鹤眠轻轻拂去长剑旧尘，毫不在意嘴角溢出的血："多年未曾并肩作战了……老朋友。"

最后那三个字，对着眼前这位师弟，又或在对那个逝去多年的人。

天羡子，温鹤眠，决明。

时隔数年，曾经惊才绝艳的三大剑修，终于在此刻重新聚首。

物是人非，剑气犹在。

与此同时，遥远的紫薇境里，独自等候的剑灵倏然抬首，浑浊双眼闪过一丝清明之色。

那股出鞘的剑息，它记得。

尘封多年的记忆翻涌而起，在那一瞬间，它想起自己的名字，以及曾经与它并肩作战的那个人。

它的名字是——

诛……邪。

杀掉刘修远后，温鹤眠曾走近过那堆埋在沙丘下的尸骸。

旧友音容不再，只留下那样一架森然白骨，直至生命的最后一瞬间，都将脊背挺得笔直，死死护住手中长剑。

天羡子曾经最爱管决明叫"老古董"，笑他总是一本正经、严肃过头，然而待得大战结束，便再没这般叫过。

温鹤眠一直都明白，其实他并非迂腐守旧，只是恪守自己心中的"道"。当年他们执剑畅谈，决明口中的"庇佑天下苍生"绝非假话。

　　他一生都在贯彻这个誓言，直到死去的时候。

　　温鹤眠与那双空洞无物的眼眶对视许久，最终以残损的灵力将所有骨骸先行护住，确保它们短时间内不受风沙侵扰。

　　一瞬停顿之后，伸手握住了满是灰尘的诛邪剑。

　　魔修计策不明，大漠之中危机四伏，若是突遇危机，这把剑说不定能帮上忙。

　　让后来的修士用它诛杀更多邪魔，也是决明将其护住的最大用意。

　　当看见天羡子义无反顾地冲向魔神时，他并非没有过动摇。

　　虽然多年未曾执剑，可他曾经是个剑修。

　　……如今，也应当是。

　　"师伯，我们怎么办？"

　　来自龙宫的小皇子曾这样问他。

　　他不知道。

　　不知从什么时候起，温鹤眠开始害怕执剑。

　　也许是一遍遍拿起本命剑，却无法感知到丝毫剑气的时候，又或许是当他拿着剑，无意间瞥见旁人同情与惋惜的眼神的时候。

　　曾经的挚爱成了深深堵在心口的一根刺，无时无刻不在告诉他，温鹤眠灵气尽失，已成了连御剑都无法做到的废人。

　　于是他把自己关进密闭的壳，断绝与剑道的所有往来，可如今——

　　毫无疑问，仅凭天羡子一人之力，绝对会落得与魔神同归于尽的下场，如同当年的决明一样。

　　温鹤眠想上前帮忙，却无可奈何。

　　他连剑都许久没拿过，对那些肆意变幻的剑法更是记忆模糊，更何况此时此刻，能为他所用的剑，唯有决明的诛邪。

　　诛邪乃天下名剑，削铁如泥不在话下，其中蕴藏的剑灵力量极其雄厚，若能得其相助，他说不定还能起到丁点儿作用。

　　然而剑灵并不在剑中。

　　想来当年魔神自爆而死，在那般巨大的冲击之下，饶是剑灵也难以支撑，已烟消云散。

　　于是诛邪成了把普普通通的剑，在如此千钧一发的时候，并不能带给他丝毫希望。

　　天羡子已快支撑不住了。

　　身为同门师兄，他却只能无能为力站在一旁。

苍白的指尖触碰到储物袋，温鹤眠耳边嗡嗡作响。

不知怎的，他想起临行前，在清虚谷里收到的那封信。

当时玄虚剑派诸位长老一起来找他，询问可否离开谷中，前往大漠探寻魔族踪迹。

温鹤眠何其慌乱紧张，本能地排斥外界，虽然云淡风轻道了句"让我想想"，心里却是一团乱麻，不知如何是好。

他没有太多亲近的朋友，寻不到旁人倾诉，鬼使神差之下，给宁宁写了封信。

她尚不知晓自己早就被察觉了真实身份，仍在用陌生小弟子的口吻同他交谈。

那夜的信来得比平日里晚上许多，当温鹤眠拆开信封，见到被她刻意写得歪歪扭扭的字迹。

她应是认真想了许久，洋洋洒洒写了很多，在信封末尾，那个小姑娘一笔一画地写：

虽然战斗时的剑光剑气都很帅气，但最吸引我的，其实是拔剑出鞘那一瞬间的决意。

剑和剑术都是冷的，正因有了执剑的人，才让它们染上温度，成为万人敬仰的"道"。

怎么说呢，听起来可能有些肉麻，可我觉得，一往无前的信念，要比那些缭乱的剑法更加强大。

在我心里，将星长老永远是个强大的人。

又及：时已入秋，玄虚派的山全都变成红色和黄色啦。

我在采兰峰找到一条隐蔽的小溪，等您痊愈出谷，一起去溪边捉鱼吧。

烤鱼超香的！

他才不强大。

只会一味逃避，永远都生活在旧日的阴影里，愧对师长，也愧对曾经的自己。

孱弱的青年轻咳一声，眸色愈深。

可他绝不能在这种时候……愧对曾经并肩作战的好友。

"林浔。"

储物袋中白光一晃，出现在他手中的，赫然是把蒙尘的旧剑。

温鹤眠不甚熟练地将它握紧，五指上皆是冰凉坚硬的触感，他的动作生涩且僵硬，伴随着轻微颤抖。

突地，青年手上用力，止了轻颤牢牢将它握紧，似是终于下了某个决定，望向身旁的龙族少年："给我一颗聚灵丹。"

自挥剑而起之时，温鹤眠便已经知晓了自己的结局。

他的识海尚未完全修复，如同被缝缝补补的破布。若想助天羡子一臂之力，唯有强行破开识海，在短时间内迅速提升修为，将自己最后的几分灵力和生命燃烧殆尽。

这是温鹤眠的决意。

他的"道"。

他一往无前的信念。

那只习惯了抚琴与泡茶的手，时隔多年，再一次握上剑柄。

属于将星长老的内敛剑气绵绵如水，一道修长身影欺身而起，立于天羡子身旁。

两道剑气交织融合，刹那龙吟剑啸，将魔神巨大的身躯陡然逼退。

这是第一击。

以他如今油尽灯枯的状态，还能用尽全身气力，使出最后一击。

温鹤眠深深吸了口气。

右手在不断发抖。

——不对。

发颤的，并不是他的手。

青年兀地一怔，指节用力下压，垂眸望向手中长剑。

不知自何时起，剑尖竟蔓延开一股浩荡灵力，灵力生光，有如月色坠落，丝丝缕缕，将剑身浑然包裹。

原本黯淡沉寂的诛邪——

于刹那白光大作，剑鸣悠长，沛然剑息澎湃似海浪，将周遭黑暗倏忽驱散。

一个女人的影子，出现在他即将崩塌的识海之间。

白雾上涌，硬生生护住岌岌可危的经脉，温鹤眠瞥见那女人由雾气凝成的眼眸。

"诛邪剑灵——"

天羡子亦是愣住，旋即发出释然大笑："决明那家伙……不愧是他啊。"

命运的天平，在此刻倾斜。

如果镇民们没有以身护剑。

如果决明没有以身死为代价，将诛邪剑灵纳入紫薇境。

如果在许多年前，那个在深夜告别家人的少年，没有交给妹妹一块罗盘。

一切都会变得截然不同。

好在环环相扣的命运，终于在此刻迎来了交会的终点。

已知天羡子的实力，约等于那尊即将破阵的魔神。

已知温鹤眠拼尽全力的最后一击，能保证天羡子不至于灵力全无，勉强留住性命。

已知原本的"宁宁"轮回一遍又一遍，遇到的诛邪剑灵在紫薇境静候多年，累积了多年的浩荡灵力，必然能护得温鹤眠识海无恙。

大漠中孤零零作战的影子，终于成了如曾经那样，并肩执剑的三个人。

天羡子抹去嘴角血迹，带了些好奇地沉声道："奇怪，那剑灵为何会有如此强烈的灵力？"

不过……那并不是他现在需要思考的问题。

"等这件事结束，咱们去天下最好的酒楼大吃一顿吧。"

他笑得肆意，眸光在剑气中璀璨如星："总待在那谷里算什么事啊，你看你，人都快长毛了。"

温鹤眠久久凝视着手里的长剑，唇角扬出一道极浅弧度。

"好。"

另一边，天壑沙丘之下。

魔修已被尽数屠灭，贺知洲死死地盯着青衡的尸体，听宁宁大致讲完来龙去脉。

她说得模糊，只道中了替命之术，即将代替另一个人死去。既定的死亡迟迟没来，就算是宁宁本人，也不清楚自己会在何时丢掉性命。

"所以，"他脑袋里一团糨糊，连身上的血痕都来不及去管，"打从一开始，'系统'就是个让你承担所有恶因的局？"

宁宁点头，不敢抬眼去看裴寂。

气氛凝滞至此，贺知洲更不敢看他。

"喂，你给我出来！"

他心里又烦又乱，气得差点跳脚，在脑海中疯狂敲击："你这家伙是不是也想要我的身体？"

同为穿越者，贺知洲脑子里也有个系统。

系统名为"磨刀石"，声称自己乃天道所遣，之所以找上他，是想要人为制造各种磨砺，从而达到锤炼裴寂的目的。

什么天道，什么磨刀石，他信它个鬼！

夜里的风声像哭又像笑。

心口忽然轻轻一动，贺知洲听见扑哧一声笑："想什么呢？如果我是这具身体原本的主人，能是这种嗓音吗？"

那是道噙了笑的娇柔女声。

它停顿片刻，用了有些遗憾的语气："她的系统有问题，在一开始就露出过端倪不是吗？倘若那也是由天道所制的产物，绝不可能与你的任务产生冲突。"

这是在说他与宁宁相识之前，二人同时雇了人围堵裴寂，结果两帮打手互相看不上眼，在裴寂院子前打了个天昏地暗。

贺知洲勉强稳住心神，咬了牙问它："那、那现在该怎么办，宁宁还有救吗？"

那魔修临死前曾说，要想破除恶咒，必须寻得丰厚的福报作为抵消。

可他们哪能得来那么多福报？福祉的获取难于登天，他们这群人都不是什么天命之子，唯一被天道重视的裴寂，还被虐得没过过几天好日子，惨到不行——

等等。

贺知洲眼皮一跳，心脏不受控制地怦怦跳。

谁说他们这儿没有天命之子。

天道所成的系统⋯⋯不就躺在他脑子里吗？

"你之前说过，只要配合天道行事，就能得到功德作为奖赏——"

贺知洲按捺住剧烈的心跳，双拳渐渐握紧："所以现在的我有福报在身，对不对？"

那道女声沉默片刻，继而低声应了句："对。"

"我身上从小到大的功德，如今积累了多少？"

始终悬着的心脏终于落下一些。

贺知洲少有的正经，一字一句，无比清晰地告诉它："我要把它们全部转移到宁宁身上⋯⋯你能做到吗？"

"你疯了？"

磨刀石语气困惑："那些功德由你多年积累而成，只要有它们在，来日登仙便能轻易许多。"

它这句话，本是带了点制止的意味。

哪知贺知洲闻言更是兴奋，当场两眼发亮地咧了嘴："你这样说，就是'可以'的意思对不对！快快快！别犹豫快来！"

磨刀石："⋯⋯"

磨刀石："你当真不再考虑一下？凭借你身上的福报，恐怕很难抵消那女孩承受的因果。"

它说着一顿，似是在组织言语，继而缓声解释："这具身体原本的主人轮回一次又一次，因果无数次累积叠加，早就远远超出了你的想象。哪怕耗尽你所有的功德⋯⋯要想救下她，很悬。"

"我不管！不去试一试，怎么就认定了铁定会失败！"

贺知洲急到五官狰狞，猛捶自己脑袋："统姐姐，统仙女，求求你帮帮忙吧！功德全送给她就好，我一滴都不要！"

陆晚星神色复杂，看着身旁的贺知洲又哭又笑，表情恐怖地突然开口："宁宁你别慌，我这里有办法！"

她不知道的是，在那个向来不怎么靠谱的小道长脑子里，响起一声属于女人的笑。

磨刀石懒洋洋地打了个哈欠，语气里听不出情绪："行吧。"

这是一笔极不划算的交易。

它这位宿主还是一如既往脑子有坑，恐怕也只有他，会提出这样的请求。

好在它早就习惯了如何适应笨蛋的思维。

功德无形，哪怕尽数转移，也不会出现太大变化。唯有贺知洲与宁宁本人，能隐约感受到身体中缓缓淌动的能量。

像是身体里的力气被一点点抽空。

贺知洲用力深呼吸，背靠在身后的沙丘上，身体慢慢往下坐。

他说不出话，为了让宁宁与裴寂了解情况，只能对二人开启传音入密。与此同时，在脑海里吃力出声："现在……她身体里的因果如何了？"

"逆天改命，乃天道大忌。"

磨刀石应道："你与我，都尽力了。"

裴寂一定是听见这道声音，周身本就凛冽的杀意越发浓郁。

贺知洲心口一跳："这是什么意思？"

"你的功德将死劫抵消些许，但比起那具身体承受的因果，还远远不够。"

它沉默须臾，轻声补充："天道化无形死劫为有形，想必过不了多久，便会引来六重天雷。"

"天雷？"

贺知洲一喜："如果死劫有了实体，不就可以避开了吗？这是好事啊！"

磨刀石却只是极轻地笑笑："你当真以为，逆天改命、生死之劫的天雷很容易挺过？"

见他一个愣神，女声笑意渐消："六重天雷，代表清除罪孽的六道轮回。道道入骨，每一道的威力，都会比之前那道更为剧烈——而最终的地狱道，没有人能挺过。"

它说罢静了一会儿，强调般加重语气："没有任何人。"

这句话落下的瞬间，黑沉如幕布的天际上，毫无征兆地掠过一道疾光。

死期将至，天雷袭来。

自从霍峤死去，宁宁脑子里的系统就再没发出过声音。

她将方才这段对话听得一清二楚，或许是之前已经做过心理准备，当劫数真正来临的时候，并没有感到多么紧张。

……没有任何人能活下去啊。

这仍然是个破不了的死局。

· 228 ·

她本想说些什么，身旁突然人影一晃，然后是裴寂喑哑的嗓音："张嘴。"

这一切发生得太过突然。

当贺知洲反应过来，已经见到裴师弟往宁宁口中塞了什么东西，旋即后者似是没了气力般倏然一晃，被他伸手抱在怀里。

裴寂的神色很冷。

他的目光向来都是冰冷无物的，如今却沉淀了许多看不透的情绪，与贺知洲四目相对时，沉声道了句"多谢"。

仅凭那一个眼神，贺知洲就明白了他接下来的打算。

宁宁亦是如此。

她想挣脱，浑身却因为那颗猝不及防入口的药丸全然无力。想来裴寂早就猜出她不会乖乖配合，因此打从一开始便做了准备。

但是不可以。

裴寂……会死掉。

昏黄月光下，黑衣少年将她抱在怀中，在骤起的滚滚闷雷里一步步前行，离开人群。

裴寂没有低头，宁宁看不见他的表情，只能望见细长染血的脖颈，条条青筋恍若攀爬的细藤。

忽然他开口，喉头轻轻往下一落，嗓音和风一起穿过耳朵："别怕。"

这个声线沙哑如修罗的声线，语气却温柔得不可思议。

一道震耳欲聋的闷响袭来。

裴寂半跪在地，让宁宁靠坐在另一处沙丘之下。少年漆黑的影子将她全然笼罩，在最后的视野里，裴寂朝她笑了笑。

既不刻意，也不僵硬，他在生死关头，仅仅看着她的脸，就打从心底里露出了微笑。

宁宁动弹不得，也说不出话，在见到第一道天雷坠落的刹那，被他伸手蒙住眼睛。

第一劫，天道。

她听见拔剑出鞘的声音，剑气与雷鸣电闪彼此交缠，激起风沙滚滚，空气里四起爆裂之势。

捂在眼睛上的手掌稍稍用力，耳边再度响起裴寂的嗓音："别怕。"

宁宁的眼泪倏地就落下来。

明明最应该害怕的那个人是他。

第二劫，人道。

又是一声惊雷，沙丘下躬身的少年手握长剑，以剑气与雷光相抗。

"这、这也太——"

幽蓝色的疾电狰狞如鬼爪，陆晚星被电光刺得眯了眼，骇然颤声道："他当真能挺过去吗？"

贺知洲浑身无力，只能在识海里抓狂："裴寂不是你们锤炼的对象吗？天道对他没有一丝一毫怜悯之情？"

"生死有命。裴寂上一世身份特殊，积攒过常人难以想象的功德，为了那份功德，天道虽会出于答谢锤炼他，却绝不会干涉因果轮回，特意救他。"

脑海中的声音淡淡答道："若他当真身死殒命，那也与天道无关。"

他气到翻白眼。

这群无良资本家！

第三劫，阿修罗道。

宁宁看不见跟前景象，只能听到比之前更为汹涌可怖的雷声，以及长剑仓皇落地的响音。

随着裴寂一声轻咳，空气里弥漫开浓郁血气。

"娘亲过世后，我去过许多地方。"

后背上是深入骨髓的剧痛，锥心刺骨，仿佛将每一寸皮肉尽数撕裂，连血液也随之沸腾灼烧。

他用指腹笨拙地抹去女孩脸上的泪，语气前所未有温柔："南城的水乡常会落雨，我最爱站在房檐下，看雨水一滴滴落下来。每当那时去往池塘，都能见到成排的鹅和鸭。"

裴寂说到这里，居然很轻地笑了："很可爱的，又圆又胖，你若是见了，也一定会喜欢。"

继而又是雷鸣阵阵。

第四劫，畜生道。

瘦削的少年拾起长剑，以剑尖触地，勉强支撑住身形，心中默念剑诀，剑气纷涌而起，再度聚成莹白屏障。

"沿着南城往北，便是彩蝶谷。"

他的气息显而易见变得凌乱破碎，几乎是用了所有气力开口："说是彩蝶谷，其实住满了兔子。你想想，整个山谷都是雪白的团子，也是很胖的模样，像在下雪。"

他不会讨人欢心，只能用这样笨拙的方式安慰着宁宁，让她不那么害怕。

屏障破碎，阵阵惊雷势如破竹，有如万千刀光剑影，撕裂条条深可见骨的血痕。

裴寂咬破嘴唇，以尖锐的疼痛让自己稍加清醒，不至于昏死过去。

第五劫，饿鬼道。

宁宁的意识在逐渐涣散，快要听不清那道近在咫尺的声音。

"书房左侧的抽屉里,有我做好的桂花糕和桂花饼。有些甜,就没送给你。"

他说话时垂了眼睫,定定望着跟前少女的模样,仿佛要将她每一处轮廓深深烙进心底。

乌黑的发,小巧的鼻尖,薄薄的冷白色皮肤。

裴寂想,像月亮。

"没有什么能为你留下……对不起。"

药效已经发作。

在最后模糊的意识里,宁宁听见裴寂说:"晚安。"

这是她曾告诉他的话。

晚安。

第六劫,地狱道。

六道轮回,善恶报趣,因果昭彰,尽在一念之间。

风沙狂涌之际,黑衣少年执剑起身,眉眼被黑发模糊,温情退去,隐约显出几分冷然血光。

他浑身布满狰狞血痕,脊背却挺得笔直,煞气如刀。

早在最开始,裴寂就下了决定。

无论死劫是何物,他都会竭尽全力让她活下去。

若是人,便杀之。

若是邪魔,便尽数屠之。

若是天道——

那他便执了剑,哪怕身死,也要斩断这天道。

"裴寂他……"

贺知洲后背发麻,止不住战栗:"拔剑了!"

最后一重天雷如期而至。

雷光密集如网,少年扬起毫无血色的苍白面庞,长睫微颤,自额角坠下一滴圆润的血。

他右手拿着剑,左手自胸前的口袋里,掏出一根纤长发带。

宁宁在鸢城送给他的发带。

裴寂来不及告诉她,收到这份礼物的时候,他有多开心。

开心到每天夜里见到它,都会忍不住把嘴角扬起来。

散落的黑发被粗略扎好,露出少年漆黑如夜的瞳仁,内里杀气腾涌,却也有空明如镜的静谧。

电光霎时袭来。

裴寂用尽体内残存的所有气力,握紧长剑。

231

地狱道，必死之劫。

没有人能逃开。

两仪微尘大阵上，年轻的魔族君主已然悄无声息，再不见身影。一滴血自结界滑落，血珠凝成垂坠的圆滴，倒映出一抹昏黄模糊的影子。

那是在风沙中与它遥遥相望的，属于十四的月亮。

大阵裂痕之处，剑光万顷、火星喷涌，巨人由烈焰构成的躯体皲裂处处，化作千万条映了火光的长痕，好似蛛网四散。

一块岩土落地，紧接着是第二块、第三块，庞然巨物有如山倒，龙族少年趁此时机握剑前行，灵力涌动，渐渐填补道道裂痕。

他怀里，始终揣着那颗夜明珠。

那是在地狱般的暗红里，整个世界唯一的亮色。

雷光映亮大漠里的每一处角落。

沙匪们震颤的眼瞳、魔族血液汇成的殷红小河、四散的妖兽、纷扬的风沙，以及被柔和灵气笼罩着的森白骨架。

功德，罪孽，天命，恩仇。

无数交错的命运，在此刻汇集。

无数纷乱的因果，在此处叠加抵消。

长剑阻隔雷电去路，源源不断的鲜血自少年指尖滑落。

裴寂咽下喉间涌动的腥气，长剑一挥，释放出最后一道剑意。

此劫乃无间炼狱，无人能逃开。

在穿云裂石的雷声里，自识海深处，突然响起一道中年人嗓音。

它笑得狂妄，携了股不可遏制的怒意，声音响起的瞬间，四下剑光陡然大涨，白芒铺天盖地，径直对上最为剧烈的雷光。

"不过是天命——"

承影放声道："裴寂他……照样能斩开！"

第四章　宁宁替命之术

横亘整个天幕的雷电撕裂黑暗，道道光痕翻涌咆哮，恍如猛兽张开的深渊巨口，自天边震颤着急急驰过，欲将万事万物吞入腹中。

千万道白光汹涌而来，汇成一道巨剑般的汹涌电流，轰隆声响好似刀刃相击。不过转瞬，天雷便兀地倾泻而下，直攻大漠中屹立的漆黑影子。

电光噬咬长剑，一道裂痕自剑尖生长蔓延。狂风掀起少年衣摆，黑眸中戾气陡现，眼神最是凶戾，也最为决绝。

"他、他能挺过吗？"

眼看雷光几乎将裴寂的身影吞没，陆晚星打了个寒战，被震慑得动弹不得。

若是寻常之人，哪怕看一眼铺天盖地重重坠落的天雷，都会打心底感到恐惧与绝望。那少年看上去年龄与她相仿，究竟是以怎样的决意迎上前去，陆晚星无法想象。

贺知洲握紧双拳，强撑着要起身帮他："天道是个什么睁眼瞎！难道看不出宁宁只是个挡箭牌吗？我——"

他话没说完，就因短时间内福祉流失殆尽，浑身无力地再度瘫坐在地。

"你如今就算上前，也只会白白送命。"

磨刀石懒懒道："那小子是铁了心要替她挡下死劫，最终结局如何，他一定心知肚明。这世上凡俗之人，怎能与天命——"

它本是在极为笃定地说。

可这道嗓音不知为何戛然而止，仿佛察觉到某种异变，贺知洲听见脑海里的女音迟疑出声："这是——"

一瞬间的凝滞，连风都隐匿了行踪。

惊变来得毫无预兆。

巨大嗡鸣自雷阵中央轰然四散，白光刺目，好似一场毁天灭地的爆炸，从少年被雷光吞噬的长剑上，一簇接一簇地爆开。

那道快要消失不见的人影，忽地现出漆黑轮廓。

一把由白光凝成的巨剑出现在裴寂身侧，一往无前地刺破幽蓝闪电。

接而便是疾光层叠，围绕在他身旁的剑影越来越多，竟呈现四面八方涌现的大阵之势，势不可当。

恍如突破禁锢的笼中之鸟，以羽翼挣脱层层束缚，剑气在刹那展开反扑，原本占据绝对优势的雷光——

贺知洲被震撼得说不出话。

那自天穹而来的第六重天雷……竟被数把巨剑依次刺破，不可逆转地开始步步后退！

"千光剑阵。"

磨刀石冷哼一声："看来那老家伙醒了。"

六重天雷，无人能挡。

可若是被尘封数年、蕴含无穷剑气与灵力的上古剑灵。

结局就不得不另当别论。

剑阵之中，裴寂以颤抖的手指紧紧握住剑柄。

一道陌生的身影自识海浮现，携了源源不绝的凛冽剑气。与此同时，他听见再熟悉不过的嗓音。

"裴寂。"

承影正色开口，雄浑声线恍若洪钟："就是现在！"

就是现在！

千光阵起，剑气腾涌如潮，化作欲要吞噬一切的莹白长龙。

四下气流震颤、沙石狂摇，前所未有的剑意势如飞雪，仅凭一把裂开的剑，便在天雷之上……

破开一道狰狞豁口。

白光刺得所有人都睁不开眼睛。

饶是磨刀石，也在山摇地晃中愣怔半晌，末了带了讶然地沉声开口。

"天雷……破了。"

宁宁独自行走在雪白空间里。

和上次的梦一样，此时眼前所见仍是一望无际的白，她一步步前行，像是投影般，身旁浮现起越来越多的影像。

与她长相一模一样的女孩浑身是血，气息全无地躺在大漠中央。纷乱错杂的剑影下，大漠魔潮阵阵，难以阻挡，少女浑身散发着浓郁魔气，双目猩红，立于众多魔修之间。

她终于明白这是什么地方。

这是被埋藏在这具身体识海深处的、属于原主的记忆。

宁宁四下张望,在这条幽深无尽的长廊里,见到一根从顶上垂落的细白长绳。

而长绳尾端,赫然系着张字条。

她心有所感,指尖将字条轻轻下按,见到上面的字迹:

我死了。

难以接受我已经死掉的事实。

魔修欲引裴寂入魔,用了最为低劣的嫁祸手段,伪装出他残害同门的假象。

我就是那个被残害的同门。

气死我了气死我了!明明都是裴寂的错!那个血统不纯的臭小子!我要杀了他,还有那帮令人作呕的魔修!

他们绝对料想不到,我在大漠深渊里找到了一样宝贝。

重活一次,我定要一雪前耻,让那群浑蛋付出代价。

这是我的第一次回溯。

为了防止忘记曾经的事情,将它好好记录在识海吧。

第一次回溯。

变本加厉地打压裴寂。

看见他那张死人脸就烦,反正除了师尊,也没人愿意站在他那边。

一切轨迹都与上一个轮回相差不大。

裴寂在古木林海引得古树入魔,成了各大宗门弟子间口诛笔伐的对象,被所有人冷落笑话。

师尊调查多日,察觉到小重山入口处极其细微的魔气,于是带领几位弟子前往两仪微尘阵法,一探魔族究竟。

大漠中危机四伏,我吸取上回教训,自始至终未曾单独行动,万般谨慎地留在师尊旁侧。

结果还是死在与魔修的乱斗里。

不服气不服气不服气。

凭什么每次死掉的都是我?

因为笔者太过用力,最后那几行字潦草不堪,墨汁晕成了模模糊糊的一团。

宁宁继续向前走,很快见到第二张纸片:

· 235 ·

第二次回溯。

稀里糊涂过完了之前的日子，来到师尊带领弟子前往天壑的时候。

我称病并未前去。

本不应该死掉的。

都这样了，怎么还能死掉？

然而一支毒箭穿过窗户，直直刺进我的心脏。

魔修想要一个嫁祸裴寂的借口，我独自待在玄虚，自然成了他们的靶子。

啧。

然后是接下来的无数张纸片。

薄薄的白纸随着长绳垂坠于半空，彼此间的距离越来越短，乍一看去，像是稀稀疏疏聚在一起的蝴蝶。

第三次回溯。

秘籍中严令禁止，不允许告诉旁人时间回溯之事。

我不能将此告知师尊，只能用猜测的口吻，隐约向他透露魔修的诡计。

他听从我的建议，决定延缓前往大漠的行程，先行与其余门派好好商议。

于是我再度被魔修所杀。

理由是搅乱了他们的局。

第四次回溯。

我好像明白了。

死局是我注定的命运，来自曾经亲手种下的恶因。无论以怎样的方式逃避，都会在十四的那天夜里死去。

天道会想尽一切办法，千方百计置我于死地。

我怎么可能服气，莫非我的竭尽全力，还赢不过简简单单的一句"命运"？

我决定和它死磕到底。

……

这次是死于练剑时的走火入魔。

天道老儿去死啊！

然后是一连串不堪入目的怒骂，以及越发潦草的字迹和千奇百怪的死因。

第四十四次。

已经死掉了四十四次。

我快要疯了。

轮回一遍又一遍，结果总是失败，天命——天命到底是个什么鬼东西？

每天做梦都会梦见曾经死掉的瞬间，醒来满头满身全是冷汗。

这种恐惧找不到任何人倾诉，过去一片黑暗，前路亦是茫然。

对于裴寂，我已经不剩下任何情绪。

当初的我为什么非要和他过不去？那些幼稚的把戏，如今想来只觉得可笑。

在他眼里，我一定很可怜。

每天都在作妖作恶，没有亲近的人，不被谁喜欢，想要得到更多关注，却总是恶行败露，事与愿违。

……的确挺可怜。

既然正道走不通，那就试着走向另一条路。

一次次地重复死亡实在难熬，如果这次仍然失败，干脆放弃好了。

我故意坑害裴寂，并刻意留下线索，果不其然被其他弟子找到。

同门相残乃大忌。

我在执法堂不顾礼节地大肆吵闹，一步步深化矛盾，最终狠下心来，与师门彻底决裂。

师尊很难过。

对不起。

心性歹毒、叛出师门，这是个十分合理的借口，我入魔之后，投靠了魔域。

魔域君主名叫霍峤，只比我大上几岁。

他是个非常奇怪的人，长了张人畜无害的娃娃脸，看上去天真又幼稚，魔族应该有的邪气与霸气一点都不具备。

霍峤自有记忆起，便一直生活在被封锁的魔域。

由于血统的关系，他年纪轻轻便成为主君。霍峤对那场大战了解甚少，每天面对的，唯有漫天黄沙与修为低微的子民。

他很认真地告诉我，想带着大家离开魔域，去更多更远的地方看看。

我那时想，喊。

虽然每次我都比他先行死掉，但回溯之法需要凝结周遭灵力，因而会产生短时间的延迟。

当我的魂魄在半空飘来飘去，绝大部分时候都能看见他的尸体。

小魔君没有成功过的时候。

他也是个和我一样的倒霉蛋。

可我当然不会告诉他这个结局。

我唯一能做的，只有拿着纸和笔，为他粗略勾勒天下各地的景色。霍峤听得一本正经，用右手托着腮，时常会露出笑。

他笑起来的时候，还挺好看。

然后又到了十四。

与曾经的无数次轮回一样，魔族设了迷魂阵作为陷阱，等着裴寂往里边跳。

在大战之前，霍峤神秘兮兮地将我带出营地，来到一座视野开阔的沙丘。

我从没发现，原来在这一天的晚上，风沙尽数没了踪影，月亮是那么那么亮。

"你看，那是十四的月亮。"

霍峤坐在沙丘上对我说："每当见到它，我都会想，待得明日便是满月——只要再坚持一天，就能见到圆满的希望。"

月亮那么漂亮，可不知道为什么，我总觉得喉咙和眼眶发酸。

"多好啊。"

霍峤仰着脑袋，停了半晌，忽然扭过头来望向我。

我永远也忘不了，他腼腆又温柔地笑着告诉我："我们还有明天的希望。"

明天的希望。

我当时的表情一定很傻，不知道为什么就掉了眼泪。

霍峤笨拙地安慰我，不小心碰到我的脸，耳朵通红。

然而魔族还是失败了。

师尊见我堕入魔道，欲执剑杀之。剑光倏然而至的时候，有人挡在我前头。

霍峤让我快跑。

他告诉我，沙穴之下有条密道，可直通大漠另一边。

轮回第四十四次，命运出现了分歧。

霍峤死在了我前头。

我活下来了。

……

……

我应该笑的吧。

可是为什么……会有眼泪流下来。

第四十五次回溯。

又在玄虚剑派的卧房里睁开眼。

如果曾经的我知晓自己竟会自尽，一定会怒不可遏。

生生死死这么多回，好像死亡已经成了种习惯。

那些求生的执念和因嫉妒而起的爱恨，早就被时间磨得一丝不剩，或许我想的并非活下去，而是向天命争一口气。

可现在不一样了。

天道也好，生死也罢，那些都不重要。

我想救他。

我和霍峤都会死掉，而我死在他之前。

只有活下来，才能在最终关头助他一臂之力。

——可我要怎样才能活下去？

之后的笔记越发混乱，有的甚至忘了标明轮回的次数。

试图阻止魔族破阵，失败。

刺杀裴寂，失败。

强行迷晕霍峤，失败。

……

想死，好痛苦，活着是折磨，睡着后总在做噩梦。

干脆就这样放弃吧。

可是还没救下他。

远远见到了霍峤。

刻意与他擦肩而过，没有说一句话。

他已经完全认不出我了。

……毕竟在这一次的轮回里，我们是从没见过面的陌生人嘛。

恐怕再也没办法让他喜欢上我了吧。

如今的我阴沉又敏感多疑，变得越来越讨厌。

连自己都喜欢不起来。

第一百九十次回溯。

在鸢城的某家杂货店，得知了替命之术。

若是让旁人代替我承担必死的命运，那我是不是就能活下来？

第一百九十八次回溯。

寻找了这么多轮回，终于在魔域里找到替命术的残页。

接下来要做的，便是细细研读，以及……

找到一个合适的理由，让那人沿着我曾经的因果，一步一步，偷天换日，替换命运。

第二百零一次回溯。

与贺知洲聊天时，无意间得知了系统的存在。

系统——何为系统？

系统两个字下，被着重画了记号。

原来是这样。

所以在她脑海里，原本的"宁宁"才会以系统的方式存在。

宁宁心跳陡然加速，脑海里纷乱的碎片缓缓聚拢，串联成越来越清晰的线索。

第二百零二次，开始接近贺知洲。

了解到"磨刀石系统"，与所谓"穿越"。

或许可以尝试利用"系统"，制造看似合理的假象？

那就以话本子的形式吧。

先将故事植入这具身体的识海，影响那个人的记忆，让她以为自己曾看过与之相关的书籍。

然后告诉那个人，未来发生的一切都是话本子里的剧情，她需要扮演其中一个角色，让故事顺利进行。

主角……

主角是裴寂。

出身低微，饱经苦难，性格阴沉，没有朋友和亲近的人，好像随时随地都在受伤。

不对，不能这样写，一点都不像话本子里的故事。

嗯，总是会在不经意间寻得天灵地宝，身边无数红颜知己环绕，他却一概没有动心，一路降妖除魔，引得诸多长老纷纷惊叹……

就改成这样的故事吧。

至于代替我的那个角色——

哈。

恶毒女配，再合适不过了。

宁宁曾经无数次疑惑，她对一路打怪升级、顺风顺水的爽文丝毫不感兴趣，怎么会耐着性子看完那样一本大部头的作品。

原来打从一开始，那本小说就是个彻彻底底的谎言。

没有什么一路开挂的剧情，裴寂因为血统饱受争议与排挤，从来都是孤零零一个人，每到危难之际，都是在拿命去拼。

这才是真正的，在无数个轮回里，属于他的故事。

宁宁总觉得心里难受。

第二百零三次。

计划成形了。

利用回溯之法扭转时空，辅以替命之术，于三千世界召来最为合适的游魂。

让她代替我，承担必死的命运。

拜托，这次一定要成功。

让我活下来。

一定要救他。

一定要。

可霍峤还是死了。

在这一次，他甚至死在了"宁宁"之前。

字条到这里便戛然而止。

在一切的尽头，宁宁见到一道模糊的影子。

浅浅白雾柔和勾勒，现出与她相差无几的身形，那人定定望着她，看不出神情与喜怒。

那个人的形体在逐渐消散。

"然后呢？"

宁宁生不出别的什么情绪，站在与对方相对的角落，语气是连她自己都感到诧异的平静："若是死劫被逃开……我会怎么办？"

对方没有回答，在空茫浩荡的识海里，掠过一阵清风。

被风吹落到她手边的，同样是张白色字条。

那上面被人一笔一画，极其用力地写着：

替命之术，一死一生。

若替命者抵消因果、勘破死劫，施术之人将受天道严惩，堕入无间地狱，承受恶因之果。

这是她的最后一次机会。

无论成功与否，这数百次的因果与轮回，都会在今日落幕之际迎来终结。

"原来你想救他。"宁宁看着那张字条，轻声道，"可现在的霍峤，其实与当初那个并不相同，不是吗？"

正与邪，修士与魔族，两段轮回里，分明是两个截然不同的故事。

那个霍峤绝不会用陌生人的目光看她，不会以生涩的语调念出她的名字，更不会将她的死亡作为砝码，引裴寂入魔。

她为他做了那么多，忍受着日复一日痛苦的轮回与死亡，可霍峤从来不知道。

对于他来说，"宁宁"只是个可有可无的陌生人，无论从前还是以后，彼此之间都不可能存在交集。

想来也是可悲，她轮回一次又一次，见到一个又一个霍峤，可那个陪着她坐在梢头看月亮的人，其实早就死在了开头。

无论哪一次重逢，霍峤都不会知晓，那轮早在几百年前，就已经悬挂在女孩心里的遥远月亮。

属于十四的月亮，以及她不断追寻着的"明日的希望"。

"好可惜，没让你死掉。"

白影笑了笑，逐渐消散的身形已然模糊不清，宁宁听见与自己一模一样的声音："你可别指望我会道歉什么的……看见你的脸，我就觉得生气。真是好不甘心，差一点就能成功了。"

"你让裴寂受那样重的伤，也别指望我会原谅。"

宁宁把字条攥在手心，语气里携了冷意："你快离开了？"

白影幽幽望着她。

"里面不都写了？无间炼狱之苦嘛，霍峤曾说成王败寇，愿赌服输，总该如此的。"

她似是又笑了："走了。"

在漫无边际、深沉如汪洋的识海里，随着最后一声话语落地，最后一抹影子也消散殆尽。

宁宁说不清心里的情绪，应得很轻："嗯。"

晚风轻轻过。

第一缕朝阳的光辉划破天际，在无尽风沙里，属于十四的月亮，无声落下了。

秋风吹过敞开的窗户，惹来一声吱呀轻响。

落叶好似漂荡的小舟，打着旋儿闯进房屋，即将落上床头少年的鼻尖时，被一只纤细的手轻轻握住。

房屋里幽谧宁静，在经历过无数恍惚的梦境之后，裴寂是被疼醒的。

后背被天雷劈出的条条血痕仍在发疼，他的意识与神识皆虚弱不堪，他想要动一动，却发觉浑身上下都用不上力气。

眼睛像是被蒙了层布，他睁不开双眼，也无法用神识感知周遭景象，四周都是黑漆漆的，伴随着撕裂般的阵阵疼痛。

最为古怪的是，那道自小便存在于他脑海里的声音……

如今再也听不到了。

承影消失了。

他几乎要以为自己仍在做梦。

忽然有什么软软的东西，戳了戳他脸颊。

裴寂认出那是某个人的指尖。

一旦视觉消失，其余感官就显得格外敏锐。

那根指尖冰冰凉凉，像沁开的一汪春水，自他的脸颊向上移，来到眼尾泪痣上，又戳了戳。

有人靠近了，将脑袋趴在床头，把床褥压得微微下沉，他闻见熟悉的栀子花香气。

"裴寂，温长老都醒了，你怎么还不睁眼啊？"

宁宁说话很小声："虽然你就算睁了眼，我也看不出来。"

裴寂这才意识到，他被布蒙了双眼，哪怕此时此刻恢复意识，也不会立即被发现。

宁宁用空出的左手撑着腮帮子，右手慢慢往下覆，将整只手掌都盖在他脸上。

她不敢用太大力气。如今的裴寂面色比纸白，好像稍微用力一碰，就会哗啦碎掉。

想到这里，宁宁又忍不住鼻尖一酸。

当初死劫来临的时候，她被裴寂喂了迷药、蒙上眼睛，虽然目不能视，却能无比清晰感受到蔓延的血气，以及他身体剧烈的颤抖。

他之前一句话也没说，其实早就规划好了一切，想用自己的身死殒命，来成全她。

……真是一根筋的笨蛋。

可世上没有谁，能比裴寂待她更好的了。

他们的大漠之行可谓损失惨重，一伙人好端端地去，回来时要么重伤昏迷，要么灵力干涸殆尽。

好在有那帮沙匪相助，一番曲折之后，总算把所有人送回平川镇疗伤。

至于现在，距离那日已过了七天七夜，他们一行人回了玄虚剑派，除开受伤最重的裴寂，其余人都已醒来。

"还不睁眼的话，"宁宁一眨不眨看着他的侧脸，指腹擦过眼尾深红的泪痣，"就变成最后一名了哦。"

当日天雷大作，哪怕晃眼一望都会觉得无比刺痛，裴寂硬生生迎上道道雷光，双眼理所当然受了重伤。

为防止醒来后被强光刺激，疗伤的长老特意在他眼睛蒙了层白布。

因着那块纱布，裴寂眉宇间的深黑色戾气要少上许多，宁宁看不见他的双眼，只能瞧见高挺的鼻梁，以及习惯性紧抿着的薄薄唇瓣。

那嘴唇苍白得过分，微微向下压，因久病的干涩，裂出几道白色浅痕。

她突然很想抱抱他，想问裴寂是不是很疼，无论答案如何，都要告诉他，有她陪在他身边。

比之前所有时候都更想，他已经一个人太久太久了。

"我昨晚做梦，居然梦见你了。"

反正他睡着没了意识，宁宁干脆放飞自我胡言乱语，把心里的话一股脑地说了出来。

"你之前不是说兔子鸭子吗？我梦到很久以后，我们俩住在一个种满花的院子里——那里只有我们两个，是属于我们的家。"

她说到这里，总觉得不太好意思，被自己的话弄得红了耳朵，一边说，一边又捏了捏裴寂脸上的薄肉："我们养了好多好多宠物，有天我回到家，发现兔子鸭子多到聚成了浪，你被夹在中间冲来冲去，也像个白色的球。"

没有人回应。

"嗳。"

宁宁把脑袋垂得更低，几乎是贴在他耳边出声："你说，这个梦会不会变成真的？我们的家——"

最后几个字哽在喉咙里，没说出来。

——原本一动不动平躺在床上的裴寂倏地转了脑袋，白玉般的面庞正好对上她鼻尖。

如果没有那条纱布，她必然会对上少年乌黑的眼瞳。

裴寂的嘴唇似是张了张，欲言又止。

宁宁的心脏一个猛顿，继而疯狂跳动，重如擂鼓。

他是……什么时候醒过来的？

那些话一定都被听见了。

她的手也仍然放在裴寂脸上，没有移开。

"属于我们的家"，这样的话显而易见地比"喜欢你"更叫人害羞，无异于最最直球的表白。

而她居然如此正大光明地说了出来。

宁宁浑身发热，只想哐哐撞大墙。

"然后呢？"

裴寂毫无征兆地开口，忍着疼向上伸了手，指腹按压在她的骨节。

他声音哑得厉害，停顿好一阵子，才以生涩却无比珍惜的语气轻轻念："我们的家。"

难以言明当他听见那段话时的感受。

"家"是他从来不敢奢求的东西。

儿时的辱骂殴打不算家，后来遇见亲生父亲，那样畸形扭曲的关系，更配不上这个字。

裴寂早就做好了孤身一人的打算，未曾想象过会在某一天，因为一个简简单单的汉字而眼眶发红。

那时他静静躺在床上，被女孩柔和的力道抚摸得有些痒，宁宁的话仿佛带了温度，顺着耳朵淌进他心里，带来前所未有的安心。

因为那句话，后背每道深可见骨的伤痕都渐渐没了痛楚，温暖的气息席卷全身血脉，将他的心脏浑然包裹，温柔得令人想要落泪。

他无法继续忍受这样近在咫尺的距离，前所未有地，想要紧紧抓住她。

房屋里的气氛在这一瞬凝滞下来。

"裴寂。"

裴寂听见宁宁的声音，在很近很近的地方响起。她答非所问，噙了淡淡笑意，吐出的词句一点点落在他心口上："你的耳朵好红。"

心脏慌乱无措地颤了一下。

他眼前一片漆黑，识海亦是浑浊，宁宁却居高临下看着他，将所有举动尽收眼底。

这是一个被动至极的状态。

关于她接下来的动作，裴寂一无所知。

他听见衣物摩擦的窸窣声响。

耳边掠过一道轻盈的风。

少女柔软的唇瓣悄悄落在他耳垂，抿了抿那处几乎要滴出血的红。

她的呼吸顺着耳垂，一直蔓延到脖子上，像是一点点炸开的火花，肆无忌惮途经他身体每一处角落。

裴寂眼前尽是漆黑，唯有屏住呼吸，听她继续说："也好烫哦。"

在漫无止境的黑暗里，他快要承受不住这样明丽的色彩。

而宁宁并未停下，贴着他的耳朵，极低极轻地出声："我们要是有了家，大概每天都会这样相处吧。"

心口上的颤动倏地蔓延。

仿佛有无数野草在胡乱疯长，撩得胸腔止不住地发痒。汹涌的情感难以抑制，即将冲破桎梏，破心而出。

这是他最喜欢的小姑娘。

宁宁多好啊。

脸上从来都带着笑，优秀到能让他从心底里为她感到骄傲，她只需要站在那儿，就是一片光芒万丈。

喜欢上那样一个遥不可及的人，他的心思稚拙且卑怯，从来都只敢站在寂静的阴暗角落，一言不发注视她的影子，如同遥遥望着天边莹白的月亮。

当宁宁对他笑或触碰他，那便是月华洒了莹辉，柔柔几缕，温和落在他身上。

他感到开心，可一旦想到这便是自己所能得到的全部，喜悦就哗啦啦碎成锐利的片，片片都刺在胸口上。

裴寂是个自卑怯懦、把自己缩在壳里的胆小鬼，月亮太远，他有时徒劳伸出手去，却总是够不着。

得不到也触不着，思之如狂，却也习惯了压抑本能，佯装出不甚在意的模样。

可忽然有一天，那轮明晃晃的月亮悠悠一晃，白芒如水倾落，照拂在这片昏暗角落。

无比温柔地，像是梦里才会发生的事情那样，宁宁一步步靠近，来到他身旁。

只需要她简简单单一个微笑，就能将他这么多年来强撑出的冷漠全然击碎，连心脏也软绵绵化作一摊水，被风一吹，慌乱得难以适从。

她的轻笑犹然回荡在耳边，裴寂喉头艰涩滚动。

他突然开口，嗓音喑哑得像是被火焰灼烧过，沉声道："宁宁。"

宁宁不明白他的用意，轻轻应了声："嗯？"

在安静的房间里，响起女孩细微的抽气声。

一只手不由分说罩在她脊背，顺势一按，便让她落进裴寂胸膛。

被白布蒙住双眼的少年深呼吸，把脑袋埋进她颈窝。

眼睛看不见，那就用其他感官去感受。

手掌用力往下按压，指尖摩挲在凸起的蝴蝶骨，极尽柔和地，一点点勾勒出骨骼的轮廓。

鼻尖萦绕着属于她的栀子花香气，并不浓郁，裹挟着逐渐升温的热气，如同一把纤细的小钩，毫不费力便套在他身上。

……还有耳朵。

裴寂听见宁宁的呼吸声，有时被他触碰得发痒，她会不自觉发出一道低低的气音。

那声音像火，将他耳根灼得滚烫。

在这一刻，宁宁完完全全属于他。

一想到这个念头，他就情不自禁心脏狂跳。

只要对象是她,哪怕仅仅是个纯粹的拥抱,也如此令人着迷。

"你说说话。"

裴寂说:"我想多听听你的声音。"

宁宁的呼吸渐渐变得平稳。

她动了动脑袋,声音闷在他单薄的衣衫中:"等以后,我们去八方游历,然后选个漂亮地方住下来。你做饭那样好吃,我可以教给你我家乡的菜式……虽然我不太会做。"

他忍不住扬起唇角,情不自禁地低下头去,用嘴唇触碰女孩柔软细腻的颈窝:"嗯。"

"对了……贺知洲说,那日天雷来临,你展开了上古剑阵。"

原本趋于平缓的呼吸因为他的动作,再度变得零碎紊乱:"雷劫之后,你身旁出现了一把剑,长老说……长老说那是名剑承影,里面住着一位剑灵。它以往居于你的识海,此番承受天雷,被巨力逼了出来。"

直至此刻,笼罩在心头的困惑与忧虑终于消散,裴寂蹭蹭她下巴:"嗯。"

他听见又一道陡然加重的呼吸声。

"裴寂。"

他的呼吸和吻细细密密,尽数落在最为敏感的位置,宁宁浅浅吸了口气,竭力绷直脊背:"痒。"

这三个字被她不经任何思考地说完,话音落地,宁宁就觉得有些不对劲。

她说得很快,因为轻微的颤抖,整句话都变成零碎字词,尾音缱绻,柔和绵软得过分。

撒娇一样的语气,听上去实在有些,过于暧昧。

暧昧到惹人脸红心跳。

裴寂动作兀地停下,耳朵红得更厉害。

宁宁只想把自己缩成一个球,再也不出声。

可她总不能让气氛更加凝滞,只得稍稍把头埋得更低,继续开口:"你的伤势最是严重,近日来绝对不能起床乱动,知道吗?"

裴寂乖了很多,一动不动抱着她,很认真地应声:"嗯。"

被她那样一说,他如今的动作近乎小心翼翼了。

乖巧得让她心里发涩。

"你要是想继续……没关系的。"

宁宁的声音越来越小,最后几个字几乎低不可闻。

可裴寂还是听清她所说的话。

她的身体在那一瞬间迅速发烫,强忍着怯意告诉他:"我不讨厌……像那样。"

心口沉甸甸一跳，在那片荒芜寂静的荒漠里，忽然开出一朵小小的花。

他听见宁宁继续说："以后不要再独自做那么危险的事情，好不好？我看见那道雷劈下来的时候……"

她说到这里，便哽咽得吐不出任何字句。

裴寂抬起手，顺着她脸颊向上抚去，触碰到带了热度的水珠。

宁宁在因为他哭。

少年看不见她的模样，只能笨拙吻去簌簌下落的泪滴："我知道。"

"你总是这样。"

她像是有些气恼，加重了语气："什么事情都想要一个人担，明明我和大家也能帮上忙啊。如果你出了事，我——"

宁宁说着一顿，咬了牙深吸一口气："我该怎么办啊？"

如今和以前全然不同了。

裴寂想，他至少还有她。

哪怕是为了宁宁，他也要好好活。唯有变得同她那样熠熠生辉，才有资格站在她身旁。

"……我知道。"

他用无比认真的语气再度重复，嗓音喑哑，却也有止不住的柔情。

这具残损的身体，已经不单单为他所有。

裴寂愿将一切赠予她，同样的，替她悉心保存。

骨节分明的右手无声下落，轻轻握住女孩纤细手腕。

裴寂带着她逐渐上移，指尖掠过柔软单薄的衣物，最终来到他胸前。

在宁宁掌心上，那道剧烈的力道不断变沉。

咚咚咚跳个不停，那是他的心跳。

"听到了吗？"

裴寂耳郭通红，想必是用尽了毕生所有的柔情，才终于说出这最后一句："这是你的。"

"玫瑰奶糕可以出炉了吧？"

宁宁掐准时间，嗅一嗅空气里弥漫的浓郁甜香，抬眸看向立在身旁的人："超——香的！"

裴寂抿唇笑笑，似是被她催促得有些无奈，伸手揭开锅炉上层的木盖。

热气升腾之间，又听见小姑娘铃铛花一样的清脆笑声。

不知不觉，如今已入了凛冬。

冬日严寒，玄虚剑派的座座大山皆蒙了层厚重莹白。蓬松雪球茸茸地挂在枝头树梢，被风轻轻一吹，漫天雪花便如同飞絮般飘然散开。

寒气无处不在，凝在窗头结了霜，当宁宁凑近他开口说话，亦会吐出团团白雾。

裴寂想，那团雾气应是热的。

自他们从天壑归来，已过了一月有余。

裴寂受伤最重，卧床静养许久，终于恢复了大半。

林浔与天羡子当日耗尽全身所有灵力，回来时几乎成了两条濒死的咸鱼，好在经过一日日调养，也早就恢复得与寻常无异。

最值得一提的，当属温鹤眠。

裴寂与他并不熟识，只知将星长老识海受损，此番与魔神一战，是抱了必死的决心，拼尽全身气力的。

没想到千钧一发之际，失落多年的诛邪剑灵竟陡然现身，以难以想象的浩荡灵力为其护住识海，助他逃过死劫。

魔族大败、两仪微尘阵被重新封印，修真界各大门派皆被惊动，于第二日前往天壑，共商魔族事宜。

所有阴谋都水落石出，当年葬身于大漠里的镇民们终得沉冤昭雪。

尤为巧合的是，当众人为他们收殓骸骨时，在不远处某个角落，竟见到一株孤月莲。

这么多年来的沧桑变化，唯有它一直屹立于此地，将当年发生的故事一一见证，并恒久陪伴着那些被掩埋在沙尘之下的人。

纵使过程惊心动魄，这场突如其来的惊变，终于有惊无险地落幕了。

于是光阴流转，来到今天。

隆冬正是团圆的时候，天羡子门下弟子们好不容易聚在一起，经过穷苦大众的认真商议，决定自力更生做一桌大餐。

已知林浔会做炒西瓜，天羡子会做炒南瓜，贺知洲会作死，只有裴寂会做饭。

几双老奸巨猾的眼，同时落在沉默不语的黑衣少年身上。

鼎鼎大名的玄虚剑派，用心险恶如斯。

其余人对做饭一窍不通，在接连打碎五个盘子四个玉碗三个大瓜两个鸡蛋和天羡子一颗负债累累的心后，被裴寂毫不犹豫逐出厨房。

只留下一个看起来最靠谱的宁宁。

外面那群人吵着饿了，宁宁很有主人风范地大手一挥，决定先教裴寂做一份家乡的小甜点——玫瑰奶糕。

说是"教"，其实她向来都只擅长吃，对烹饪一窍不通，只能告诉他大致原料和味道。

裴寂细细听完，只"嗯"了一声，没想到一顿捣鼓，居然当真把它给做了出来。

宁宁最喜欢看他低头捏团子的模样。

裴寂做任何事情都很认真，练剑也是，做甜点也是。

他执剑时眉眼里尽是冷冽的戾气，瞳孔黝黑，一眼望不到底，好像世上所有东西于他而言都无关紧要，浑身溢满决绝的杀机。

可一旦置身于厨房，这股戾气便无声无息地消散了。

那只握剑的手细长漂亮，用力按压在淀粉上，指节会微微泛起白色，映着浅粉的指甲，看上去无端显出几分乖巧可爱。

鸦羽样的长睫安静向下垂，在眸底覆下一层暗影，嘴唇则是温柔的桃花色，终于不似重病时那般苍白。

不管是怎样的裴寂，都让宁宁喜欢得不得了。

玫瑰奶糕出笼时，奶香味热气迅速散开，伴随着玫瑰花甜浆的浓香，仿佛将她的整颗心脏都层层裹住，无法抑制地雀跃不已。

这道甜点做法并不难，淀粉里裹了白糖、牛奶和玫瑰花酱，看上去圆圆滚滚的一个个小团，顶上则被裴寂淋了层蜂蜜和玫瑰汁，在阳光照射下，映出几缕亮莹莹的光。

这本就是令人食欲大开的卖相，更不用提刚刚出笼的扑鼻奶香。

裴寂见她两眼放光，夹了其中一个稍加冷却，递到身旁小姑娘嘴边。

宁宁"啊呜"一口，咬了一半。

蜂蜜甜香得到了最大程度的发挥，被牙齿一咬，丝丝缕缕浸入奶糕里头，与牛奶混在一起，美妙得难以言喻。

糕体则是热腾腾的，有些烫却并不叫人难受，恰到好处的热量回旋于舌尖，仿佛也带了股清幽玫瑰花香。绵绵软软的口感堪称一绝，舌头好像踩在云朵上。

超幸福。

下雪的冬天，温热的甜点，还有世界上最好的男朋友。

宁宁惬意地眯了眼，一把从侧面将裴寂熊抱住，拿脑袋蹭他胳膊："特别特别特别好吃！这道甜点有资格成为修真界一级保护美食！你快尝尝！"

裴寂拿不准味道究竟如何，本来是有些紧张的。

这会儿被她这样一夸……

这一个月来，他多数时候都在卧床静养，很少能与她有多么亲密的接触。

此时被大大咧咧抱住，整个身体都不自觉一僵，耳根微微发热，反倒更加紧张。

宁宁仰起头，看他把剩下半块糕点送入口中，很是期待地问："怎么样？"

裴寂："……嗯。"

"我还知道更多花样，以后慢慢告诉你。"

她说着抬了手，为他拂去唇边一抹深红的玫瑰花酱，眼角眉梢都是笑意："你还是小朋友吗？吃东西能沾到嘴角上。"

　　裴寂没动，只是安静看着她。

　　唇瓣因为玫瑰花酱，显出比平日里更为醒目的幽红，女孩白皙的指尖落在其上，轻轻一滑。

　　宁宁微微张了口，唇色嫣红，瞳孔里倒映着独属于他的影子。

　　也只有他的影子。

　　身侧白气迷蒙，窗外的树枝被风拂动，漱漱落下一团雪花。

　　还没等擦拭干净，右手便被不由分说地按住。

　　视线所及之处是他深黑色的眼瞳，不明缘由地，宁宁陡然心跳加速。

　　这是个有些危险的眼神。

　　她听见裴寂出声："我——"

　　他本想说些什么，类似于解释，抑或情话。

　　然而整句话在第一个字出口时，就宣告了终结。

　　少年把多余的言语尽数咽回喉咙，俯身，低头。

　　宁宁的心悬上半空。

　　他们并非没有过亲吻的时候。

　　头一回浅尝辄止，只轻轻伸了舌尖触碰嘴唇，第二次正值裴寂入魔，所有举动都源自本能，毫无章法，现在回忆起来，像是场遥远的梦。

　　至于此时。

　　此时与之前的情况都不相同。

　　他们都清醒得不得了，窗户大开，有冬风顺着发丝经过脸颊，冰冰凉凉，刺激每一处昏昏欲睡的感官。

　　窗外慢悠悠下着雪，阳光则是暖融融的，连裴寂纤长的眼睫都被染了层淡光，太阳把他的轮廓勾勒得无比清晰，只要宁宁一睁眼，就能看见少年人深邃的瞳仁。

　　裴寂的动作依旧生涩。

　　舌尖裹着淡淡奶香，如同林间的鹿舔舐溪水，在唇瓣相触、略微张开的刹那袭上前来，落在她的唇边。

　　"宁宁。"

　　他把声音压得很低，带了浓浓磁性地响起来，惹得她耳朵发麻："张嘴。"

　　心口有什么东西轰隆隆炸开。

　　宁宁的双眼不知应该往哪儿看，大脑一片空白，乖乖按他的话把双唇张开。

　　于是那道绵软长驱直入，甜腻的花香与奶香四下蔓延，逐渐填满口腔的每个角落。

他吻得毫无章法，近乎小心翼翼的试探，舌尖辗转，每次的触碰都格外轻。

身侧的玫瑰奶糕还在汩汩冒着热气。

白烟滚滚，悄无声息弥漫在两人之间，隔着一层迷蒙的雾，宁宁看见他近在咫尺的双眸。

那双眼睛里的冷意与杀气全然退去，浓郁情意如同晕开的墨汁，自他眼底不断生长，荡漾出撩人心弦的水色。

她还瞥见裴寂眼尾的红。

对于这种事情，他从前一无所知，如今理应比她更加生涩懵懂。

宁宁被甜得发蒙，稚拙地探出舌尖，给予回应。

他没料到这个动作，与之相触碰时，浑身的温度兀地升高。

要是突然有谁推门进来……那就完蛋了。

她的心怦怦直跳，被吻得没了力气，连主动停下都做不到。

绵热的呼吸如丝线般紧密交缠。

裴寂力道逐渐加重，仿佛掌握到了规律，不甚熟练地拂掠与下压，所过之处又甜又痒，尽是奶香。

有时她被那双眸子看得害羞，匆匆移开视线，他的手便挑起宁宁下巴，让她的整道视线被迫往上，对上他的目光。

太过分了。

她迷迷糊糊地想，现在就成了这副模样，那以后——

以后岂不是变本加厉。

这个吻来得毫无征兆，结束得也猝不及防。

到后来宁宁脑袋晕晕乎乎的，只记得他移开了唇瓣，脸庞仍然停留在很近的地方，垂眸看着她，眼神认真又无辜。

明明不久之前还像狼一样。

然后裴寂轻轻喘着气，声音都变成低哑的气音，像是有些紧张地问她："这样……可以吗？"

宁宁试图恶狠狠地瞪他。

技术一塌糊涂！差点把她亲到缺氧！居然还强行抬她下巴，她害羞看看别的地方怎么了嘛！

上述台词，她一句也没说出来。

宁宁厌到不行，低头摸摸鼻尖："还、还成——我们继续做饭吧。"

可恶，她好没出息。

宁宁咬着牙想，权当保护裴寂小同学的自尊心，她大人有大量，不做计较。

总有一天，她会打败裴寂，得到主动权的。

· 252 ·

裴寂的手艺好到超乎想象,半个时辰之后,琳琅满目一桌大餐就尽数被盛上。

宁宁同他刚离开厨房,就见桌前的众人团团围坐,一边叽里呱啦地满嘴跑马,一边打量着桌上的某样东西。

见到两人身影,那道被围住的黑影倏然一晃,自所有人识海中,响起一道呜咽的中年男音。

"裴小寂!你终于出来了!知道我等得有多辛苦吗呜呜呜!这群人都在欺负我,我被摸来摸去,已经不清白了!"

承影拼命抖动身体:"他们还用神识逗我玩,一戳一戳,我脏了我脏了!"

裴寂无奈应声:"是你说不愿在厨房里闻油烟味。"

他说着伸手将其拿起,阳光勾勒出它的模样,赫然是把通体漆黑、尚未出鞘的长剑。

承影心里苦巴巴。

当初天雷来临,它本以为自己小命不保,大不了跟那什么地狱道同归于尽,不承想非但没死掉,还被巨力推出裴寂识海,变回它原本的模样。

不是想象中风流倜傥的风月俏公子,而是一把黑漆漆的剑。

托那道电光的福,它还想起了一点儿丢失的记忆,那应该是许多许多年前,它和曾经的主人一路打怪升级,跩得不行。

行吧,就算是剑,它也是把狂霸炫酷跩的剑,剑生值了。

——所以你们这帮臭小子臭丫头,不要拿神识在它身上戳戳戳啊!就算是剑也会害羞的好不好!

承影化身委屈小媳妇样,不停向裴寂诉苦。

戳得最凶的罪魁祸首郑薇绮看着满桌菜式,感动得神志不清,好似地里黄的小白菜:"还记得曾经几年,我们几个穷到煮雪水的时候,往锅里加了几个地瓜和野菜……"

孟诀噙了浅笑应和她:"我在山下特意买了鸡鸭鱼。"

"买是买来了。"

天羡子呵呵一笑:"结果谁都不会做饭,鸡鸭鱼的内脏全没挖,那味道,简直不敢相信。"

郑薇绮义正词严:"明明是师尊你直接把整只鸡丢进锅里,毛都没拔!最后还逼迫我用万剑诀刮鱼鳞、拿爱剑串烤鸡,剑气和鸡毛乱飞,差点把厨房炸了!"

林浔听得瑟瑟发抖,不敢想象曾经的师门究竟是番怎样的景象。

贺知洲迫不及待地搓手嘿嘿笑,盯着距离自己最近的叫花鸡:"好香好香!嘿嘿嘿,小鸡是我们最好吃的朋友!"

这位师兄也不正常!

小白龙面带惊恐，喝了口热茶压惊，唯恐哪天贺知洲拿了小刀靠近他，来一句"小龙是我们最好吃的师弟"。

太恐怖了！他觉得贺师兄做得出来！

"人间美味啊裴寂！"

天羡子吞下一口羊肉萝卜汤，浓郁肉香里带了点辣，把沉睡已久的味蕾轰地炸开："这香气，这味道，我乖徒的这双手，就应该被好好珍藏起来！"

"的确不错。"

孟诀仍是微笑，用最平和的语气说出最炸裂的台词："师尊，不如将裴师弟囚禁起来，我们便一辈子不愁吃喝。"

说出了非常吓人的话！

林浔拿着筷子的手，开始微微颤抖。

"对了宁宁，我听孟师兄说，你向他打听过神识入体之事？"

郑薇绮心满意足咬了一大口叫花鸡，被软糯入味的绝妙口感取悦得勾了唇，待她将一块鸡肉吞入腹中，又愤愤道："孟诀也真是，什么东西都给你教……那种事千万别随便对人做，知道吗？"

宁宁正在扒饭，闻言一愣，呆呆望着郑师姐。

"神识入体？就是将自己的神识探入他人的经脉和识海，从而提升修为、修复创口？"

贺知洲做出一副"哦哦哦我都懂"的模样，哼哼笑了几声："这不就是传说中的'神交'吗？"

宁宁："……"

宁宁一口饭噎在喉咙里，感觉有股热气从后背涌上来。

好在郑薇绮迅速接话，瞥了他一眼："什么神不神的？不正经。"

心情大起大落好像在坐过山车，宁宁这才悄悄松了一口气。

对啊！就是啊！那绝对只是很正常的疗伤手段，也只有贺知洲会胡乱给它下定义。

她和裴寂到目前为止特别特别清白，嗯没错，就是这样。

她心安理得地自我安慰，不承想在下一刻，就听郑薇绮正气凛然地高声道："那分明就是双修入门嘛！"

宁宁："……"

宁宁大脑宕机，呆立当场。

双——修——

双修不都是，男男女女，不着寸缕，这样那样，不可描述吗？！这个词还不如"神交"呢！

"这有什么差别？"

贺知洲同她有来有回地搭腔："反正都是一个意思——欸，宁宁，你没把这招用在别人身上吧？"

宁宁大脑快要爆炸。

整具身体仿佛盛满了沸腾的热水，咕嘟嘟冒着小泡泡，她一时间慌乱不堪，只想找个什么东西把自己裹起来。

她用过吗？她没用过吗？不对不对，这个稀奇古怪的法子，似乎是裴寂先行用在她身上的吧？

视线悄悄往身旁挪，无声无息落在裴寂脸上。

他也在看她，微张了唇欲言又止，像是要解释，却又碍于其他人的存在无法开口。

哦，他的耳朵也红得厉害，一直蔓延到白玉般的颈间。

宁宁收回视线，努力挤出一个干笑："当然没有啊。"

"那就好。"

贺知洲来了兴趣，滔滔不绝地科普："我听说那是非常亲密的两人才会做的事，话本子里，男女主就是靠这样来——喀，就，大家都懂的，稍不留神就擦枪走火了，好刺激的。"

不，她不想懂。

宁宁握着筷子的手越来越紧，脑子里也越来越蒙，千言万语汇成一句话：贺知洲住口！

她说不出话，抿了唇低着脑袋，猝不及防间，忽然察觉手指上覆了软绵绵的力道。

低头看去，才发现原来是裴寂把手伸到桌下，悄悄勾了勾她的指尖。

这虽然是个安慰的动作，可一旦出现在此时此刻的情景下……

果然更叫人害羞了。

宁宁觉得自己脸像在被火烧。

偏偏天羡子还在呵呵傻笑："哎哟，当着这么多人的面，就不要讲这个话题了，听得我怪害羞的。"

这是个爱剑如爱老婆的正统剑修，一辈子估计连女人的手都没碰过。

不过最害羞的并不是他。

"那个，"宁宁在这地方坐不下去，不想让其他人见到自己脸上可疑的红晕，匆匆站起身来，"我去看看，厨房里还有没有遗漏的糕点。"

她走得匆忙，来到厨房时，浑身的热气仍没有退下，于是盛了一捧凉水，拍在脸上。

裴寂究竟是从哪儿学来的这种法子？她还以为是什么正经的疗伤手段，从那么早的时候，就稀里糊涂用在他身上，还问他……

还问他舒不舒服。

现在想来，简直暧昧得过分了。

——那不就是胡乱撩拨还不负责任的渣女吗！

宁宁正拼命拍脸，抬眼一晃，在门口望见熟悉的影子。

裴寂脸上看不出太多情绪，薄唇抿成平平一条线，由于肤色极白，衬得耳郭红得厉害。

"那个法子，是承影教给我的，我不知道——"

他说得艰涩，却也真诚，始终注视着宁宁的双眼："我不知道它是那种意思，多有冒犯，对不起。"

承影。

她和裴寂，一个来自对修真一无所知的异世界，一个从小到大没接受过这方面的任何教育，被承影一诓，直接就诓了进去。

宁宁忍不住头疼，这位赫赫有名的上古剑灵，它到底是个什么脾性？

虽然这法子的确挺有用，为他俩修复识海起了不小作用，但……

她一边按压太阳穴，一边抬眼看向裴寂。

裴寂整个身子绷成一条直线，黑瞳里晦暗不明："你生气了？"

他在紧张，因为手里没有拿剑，右手紧紧攥在外衫上。

有被可爱到。

"这有什么好生气的。"

裴寂极少展露出如此示弱的模样，宁宁脑子里那些纷乱的思绪因他这道眼神烟消云散，没经过思考地安慰："反正我们以后总会那样，就当提前适应——"

啊不对。

不对不对！她到底在说些什么猪话！裴寂的表情很明显僵住了啊！

宁宁变成一个不会动也不想进行任何思考的木头人。

她很认真地思考，关于时空回溯的可能性。

"我还不太懂……那些事。"

气氛凝滞须臾，裴寂接着她的话开口。

他红着脸，面上带了一贯的认真："郑师姐送过我一些书册，我会好好学。"

裴寂说着一顿，加重语气："我学东西很快。"

宁宁睁圆了双眼看着他。

郑师姐！师姐你都做了些什么啊师姐！郑师姐和承影剑灵究竟是些什么不靠谱的狠角色啊！

裴寂怎么能用如此正经的口吻讲出这种话？这人都不害羞的吗？剑修的脑子是怎么长的？

还有什么叫"学东西很快"，她她她、她又不着急，虽然——

宁宁没办法继续往下想。

"你你你别说了。"

面色绯红的小姑娘抬手捂住他嘴唇，似是极为羞恼地蹙了眉，忽地松了手，踮脚在他唇瓣落下蜻蜓点水的一个吻。

宁宁亲完就走，一边走一边拿手搓脸，试图让醒目的红晕消退一些："走啦，吃饭吃饭。"

少年剑修怔怔望着她的背影，用指尖轻轻触碰被亲吻过的地方。

那些话于他而言，同样难以启齿，如同糜丽幽邃的洞穴，从来只在外边遥遥相望，不敢走近探寻。

因而直至此刻，他的耳根仍在滚滚发烫。

不过，若是同她——

裴寂微微低了头，眼尾嫣红愈深，自唇角溢出一抹浅笑。

不久前的那个深吻历历在目，他食髓知味般抿了唇，轻轻应了声："嗯。"

南城近日来不太平。

麒山山巅盘旋的蛇妖为非作歹，接连残害男女老幼十余人。

满城百姓惶惶不可终日，向来抠门的城主狠下心来一咬牙，斥巨资广发悬赏令，引得不少修士前来除妖。

陆晚星就是其中之一。

自天壑一战后，不少门派看中她的天赋，纷纷抛来橄榄枝，欲要将其收入门下。

可她是谁啊，根正苗红的大漠人，从小到大习惯了四处撒野，哪会愿意被门派里的条条框框困住。

于是乎，在将储物袋里的遗物一一归还给各大门派后，陆小姑娘成了个自由自在的散修。

因为爹爹和兄长的遭遇，她娘亲在早年患了心病，身体一直不太好。

等到一切水落石出、沉冤昭雪，娘亲心病除去，又得了不少门派送来的灵丹妙药，一番调养后，如今身体倍儿棒，吃嘛嘛香，搬来南城居住不久，还遇见了爱情第二春。

其实各大仙门送上的那些补贴，已经够她母女俩躺着享受富贵荣华、衣食无忧，但陆晚星是个闲不下来的性子，几乎是毫不犹豫地，决定去会会蛇妖。

虽然大概率打不过，打不过就跑嘛。

因有食人巨蟒，麒山之上荒无人烟。

她虽然选了正午上山，可遮天蔽日的繁茂枝叶一股脑盖下来，把太阳光吞吃得只余下零星几点。那几点微光可怜巴巴地散开，非但不能叫她安心，反而为四周笼了层诡谲的幽谧。

陆晚星胆子大得很，一鼓作气往山上冲。

不知走了多久，周遭空气里突然多了血腥味，她敏锐察觉到一阵波动的灵力。

然后毫无预兆地，耳边响起一声震耳欲聋的嘶嚎。

——救、救救救命啊！那条眼睛比她整个人都大的蟒蛇……

它突然冲破层层树木围成的屏障，朝她在的方向扑过来了啊！

陆晚星被这双幽冷的竖瞳吓到浑身发麻，好在多年的大漠探险经验使她积攒了足够多的逃生秘诀，等迅速把心中惊骇压下，立刻侧身一闪，掌间暗聚力道。

她本欲出手还击，却在下一瞬间，听见婉转悠扬的女音："它往那边去了……那儿有个姑娘！"

陆晚星这才意识到，原来巨蟒之所以往她这边冲，并非为了捕获猎物，而是慌不择路之下的落荒而逃。

有人在追击它。

这个念头匆匆划过脑海，于刹那，之前感受到的那股灵力陡然靠近。

陆晚星望见一道窈窕清瘦的女子身影，充盈在鼻尖的，全是清新灵草香气。

那人护在她跟前，顺手捏了个诀，灵力重重击打在巨蟒七寸，引得妖物发出一道撕心裂肺的哀嚎。

"你没事吧？"

女子回头看她一眼，继而扬声对同伴道："我打中了！"

"知道啦。"

这是陆晚星最初听见的婉转嗓音，带了点慵懒之意，噙着淡笑："交给我吧。"

话音刚落，便是符光大作，纷然如雨落，每一击都如刀如刃，刺入巨蟒血肉。伴随着磨得耳朵发疼的凄厉惨叫，一时间血花纷飞，那令全城百姓噤若寒蝉的凶兽猛然一顿，重重倒在地上。

"你没事吧？"

在巨响的余音里，护在她面前的女子轻咳一声，声线十足温柔，与方才捏诀进攻的狠决之势截然不同："姑娘也是前来除妖的修士？"

陆晚星这才发现，这是个过分漂亮的姐姐。

她似乎身体不太好，面色呈现出雪一样的冷白，眉黛春山，秋水剪瞳，朝陆晚星微微一笑，像是蒙了雾气的远山，美得叫人心惊。

陆晚星就是个小菜鸟，哪会厚着脸皮承认自己是来降妖除魔的，碍于美色愣了好一会儿，才怔怔应道："我就是，来看看，没想别的。"

"你没听过这条巨蟒的事？"

另一位年轻的符修从不远处走来，闻言轻笑："可得留神啊，小妹妹。"

方才开口的这位同样好看。

她是与另一个姐姐是完全不同的漂亮，身着红裙，五官明艳又张扬，哪怕不施粉黛、一言不发站在原地，也能像熠熠生辉的太阳，毫不费力吸引所有人的目光。

更何况她们还很强。

有谁不爱美人姐姐。

陆晚星在心里悄悄"哇"了一声。

"站在树梢的那位，"红衣女子挑起眉头，嗓音一贯懒洋洋，"可以下来了吧？"

……站在树梢的那位？

莫非这林子里还有别人？

陆晚星修为不高，难以察觉丛林间暗涌的气息，只知道这声话语落下的瞬间，耳边突然掠过一阵凉气。

——那是股被刻意收敛的剑息，清冽如流风，携了冷冷的寒意。

"既是二位抢先发现，我便没有出手争抢的道理。"

白影自林间跃下，嗓音极淡。

然而与陆晚星想象中相貌清冷的冰山美人不同，这名剑修竟生了张称得上"柔美"的脸，从五官看不出丝毫攻击性，颇有几分弱柳扶风的错觉。

"前辈修为高深，想必不会与我们抢夺此等小妖的。"

红衣女子又笑道："之前那道救我于危难之中的剑气，多谢。"

剑修摇头。

陆晚星大概捋了一下这三人之间的关系，两名符修姐姐是一同前来的伙伴，剑修实力最强，在之前暗暗出手帮过那两人。

看来被那张悬赏令吸引过来的人挺多。

多到没过多久，她便又听见一道似曾相识的少女声线："这边血腥味好重……咦，那不是巨蟒的尸体吗？"

陆晚星心下一动，循声望去，果然见到那张熟悉的脸。

"宁宁姑娘！"

"宁宁姑娘。"

其中一句话是她说的。

那另一个开口的人——

陆晚星诧异地扭过脑袋，撞上红衣女子同样好奇的目光。

这不是最匪夷所思的发展。

· 259 ·

她怎么也不会想到，那名不苟言笑的剑修竟皱了皱眉，有些困惑地出声："你们……都认识她？"

这是什么奇妙的运气和缘分。

宁宁本人最是吃惊，视线依次扫过在场几位的面庞，忍不住扑哧笑出声："陆姑娘、孟小姐、宋小姐——还有静和长老，你们怎么都在这儿啊？"

静和，传闻中万剑宗最为年轻的长老，左手用剑的剑道天才，是陆晚星崇拜的偶像。

陆晚星按捺住怦怦直跳的心脏，佯装矜持地抬头望对方一眼，只觉得有把箭候地射在她心口上，激动到快要晕厥。

"我与纤凝游历八方，正巧路过南城，听闻蛇妖作祟之事，便决定上山试一试除妖。"

孟听舟道："可巧，正好与身旁这两位碰上。"

静和甫一望见宁宁，眼底寒意退去，蒙了层温温和和的笑："我亦是如此。"

她说着顿了顿，眼神往后平移，掠过小姑娘，来到她身后黑衣少年顾长的身影上："你们二人，一同下山历练吗？"

宁宁点头："是啊！"

她与裴寂说是下山历练，倒不如讲拿着公费四处游山玩水，路见不平便拔剑相助，一路上看看风景除除妖，惬意得不得了。

这回好不容易来一趟南城，没想到运气爆发，一下子遇见四个故人。

鸾城的孟听舟与宋纤凝，平川的陆晚星，以及万剑宗的静和——

或是说，舍弃了原本名字的、炼妖塔浮屠境中的周倚眉。

这位长老绝大多数时候都在山下游历，哪怕是万剑宗的本门弟子，也很难在一年中见到她的影子。

宁宁之所以能认识她，全因某日随长老们去万剑宗做客，真霄剑尊听闻静和回了宗门，像只好斗的野鸡，气势汹汹在人家门前喊了半个时辰的比剑。

然后静和长老不耐烦地推门而出，宁宁有幸与她一起吃了顿饭。

"多日未见了。"

左手持剑的剑修温声笑笑："相逢便是缘，既然各位都与宁宁认识，不如下山一起聚聚吧。"

静和长老居然这么温柔！还邀请她待在一块儿！

陆晚星激动到打鸣："好耶！"

裴寂独自走在幽寂昏暗的小道上。

静和长老发起的那场邀约，更像是闺中好友之间的聚会，他前去只会徒增尴尬，因而并未前往。

这会儿已经入了夜，他刚从南城市集出来，手里握着张纸。

那是一份房契。

他同宁宁有个习惯，在各地游览之时，若是遇上心仪的景色，便在那地方买下一幢房屋，等往后来了兴趣，就去屋子里舒舒服服住上几日。

——与花钱大手大脚的其他同门不一样，裴寂这几年间积攒了极为可观的一大笔灵石，绝对不差钱。

他们在南城买下的院子位于郊外，一处碧绿澄澈的池塘旁边。宁宁说住在这里，一定能看见成群结队、又肥又圆的大黄鸭。

她一直都好好记得他说过的话。

……也不知此时此刻，她的闺中聚会有没有结束。

今夜格外安静，聚拢的乌云如同漫天飘絮，遮掩住大半个残缺的月亮。

裴寂微微仰起头，放眼望去四周一片漆黑，映在瞳仁里，成了化不开的浓墨。

他的眸子里有些冷。

被埋藏在心底深处的记忆一点点浮现，这是裴寂曾经走过的道路。

当年他无依无靠、身无分文，又顶着个魔族怪物的称号，无论走到哪个角落，都会碰到肆意的羞辱与谩骂。

那时他已经长大，懂得抡起拳头反抗，因而很少能过上一天安稳日子，在接连的打斗中遍体鳞伤。

裴寂离开南城的时候，就是走的这条小路。

他带着满身伤疤，以及对黑暗无穷无尽的恐惧，每走一步都提心吊胆。

他想到这里，不由得自嘲一笑。

那已是很久之前的事情，实在不应该如此耿耿于怀。

裴寂继续向前，市集里的灯火渐渐消散，眼前墨色渐浓，张开怀抱，将他全然抱拢。

几乎是条件反射地，他感到心烦意乱，有了一瞬踌躇。

裴寂厌烦黑暗。

可他必须穿过重重黑暗，为了某个人，去往另一边。

所以他脚步一直没停。

突然之间，没有任何征兆地，身着黑衣的修长身影微微一愣。

前路本应见不到光亮，此时却有白光一晃，如同倾泻而落的一缕星河，明丽绵长，悠悠荡荡，穿过恒久静谧，来到他身旁。

这是一道剑气。

裴寂瞬间辨出它的主人。

属于宁宁的剑气被刻意压得很柔，几乎没有力道，恍若夜风流淌在他身旁。

白光并不刺眼，像是连缀成片的萤火虫，点亮周遭深沉夜色，触碰到他皮肤时，会得意扬扬、撒娇似的缓缓一蹭。

如同被棉花撞上心口的感觉。

……剑气那样冷硬的东西，哪里是像她这样用的。

心里虽是这样想，身体却很诚实地释放出更为浓郁的剑息，将宁宁的剑气认真压住，好似逗弄一般，与之发自本能地交叠勾缠。

如此一来，本是伤人的剑气，不自觉竟有了几分缠绵悱恻的意味，悄无声息，最是勾人。

师尊若是知晓，大概能气到变成鼓鼓的河豚。

念及此处，裴寂眼底浮了层无可奈何的笑意，似是心有所感，顺着白光抬眸望去。

在不远处高高的树梢上，坐着他心心念念的女孩。

剑气自她的指尖蔓延，牵引出比穹顶更为璀璨的星河，为他指引前行道路。白光映亮杏眼，浸出静谧澄净的浅浅银灰，像极了被秋月洗净的湖山，澄澈且迷人。

宁宁置身于莹白光晕里，与他四目相对的刹那，眉眼弯弯扬唇一笑。

无人不为这样的景象心动。

裴寂看见她轻盈跃下，朝他奔来的时候，像阵轻快的风。

"欢迎回家。"

温温热热的一团柔软闯进怀中，宁宁用脑袋蹭蹭他脖颈，嗓音带了点倦意："我等你好久了。"

她说着轻笑一声，贴着他的胸膛继续道："好困哦。"

这笑里带了点狡黠的意味，像是别有深意。

"嗯。"

剑气尚未消退，裴寂抬手摸上她后脑勺，指尖引出一道纤长绵软的光。

裴寂抱住她，如同抱着闪闪发光的月亮："回家，睡觉。"

他已经能无比顺畅地念出那个字。

少年时难以启齿的艰难苦涩、迷茫胆怯，全因着这道白芒倏然退散，如今已与曾经截然不同。

有人愿意为他遥遥点亮一束光，驱散无尽黑暗，然后如同今夜这般，义无反顾地奔向他。

对于他而言，"家"并非一座房屋、一些家具，或是一隅天地。

宁宁才是他的家。

因为有了她的存在，曾经难以忍受的夜色也变得那般美好，黑夜不再是一切的终结，而是黎明到来的前兆。

他是那么那么深爱她。

幽林疏疏，暗夜勾勒出两道并肩而行的影子。

宁宁打了个哈欠，耳边传来远处模糊的犬吠，恍惚之间，闻见野花自梢头洒落的香气。

命运啊，她想。

在数百个轮回变幻的时空里，在亿万个彼此交错的灵魂中，明明相隔了那样遥远的距离，她却以几近于零的概率，最终遇见裴寂。

而她甘之如饴，握着这趋近于零的概率，一点点靠近他。

然后变成百分之百的，属于宁宁与裴寂的未来。

想想就叫人开心。

裴寂一定是瞥见她嘴角的笑，垂了眸低声问："在想什么？"

"我在想——"

指尖轻轻一勾，引得剑气微晃，顺着他释放出的冷冽气息直入识海。

像是软绵绵的猫爪在转瞬间抚遍全身，惹来战栗处处。

浑身上下的血液与经脉，都不受控制地为之一颤。

少年的呼吸兀地乱作一团，指腹却被她伸手勾住，无法逃离温柔的桎梏。两道剑息悄然相融，神识缓缓触碰。

宁宁捏捏他指尖，瞥见裴寂耳郭的薄红，笑音和风声同时响起来："最喜欢你啦。"

番外

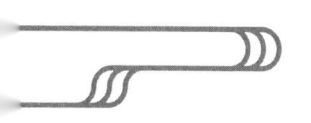

番外一　万剑宗快乐大饭堂

作为修真界数一数二的剑道大宗，万剑宗与玄虚剑派的恩怨情仇三天三夜也说不完。

两个门派之间虽然时常暗地里较劲，但出于剑修之间的惺惺相惜，还是顺理成章地成为互帮互助的兄弟宗门。

按照惯例，在每年年末，两大门派都会派遣一些弟子去对面来趟三日游，美其名曰"友好交流"，其实就是为了拔剑切磋，方便年轻的剑修们打个天昏地暗、你死我活。

裴寂被天雷所伤，需要留在玄虚剑派好好静养；郑薇绮别出心裁，曾经给江肆投资过一笔钱，支持迦兰城发展旅游大业，如今年关将至，去了迦兰拿分红。

因此从天壑大漠回来后，被天羡子带去万剑宗的，只有宁宁、孟诀、林浔与贺知洲。

等下了飞舟，第一眼见到的景象，便是屹立于山门前的两把石制巨剑。

长剑极高，细长挺拔，携了与天穹相争的浩然之势，直指天边朗朗白日。

冬日雪花纷落，将剑身也蒙了层凛然冷白，凝结的薄冰遍布于石剑之上，皲裂出蛛网般蜿蜒的细痕，被阳光悠地一照，生出绵绵不绝的冷意。

有够气派。

孟诀修为高深，属于年青一辈剑修里赫赫有名的风云人物，听闻他此番会来，已有十几名弟子抱着剑候在山门前，只等一较高下。

大师兄此人虽然心里蔫儿坏，但归根结底是个满脑子剑道、不折不扣的剑修，对于挑战少有拒绝的时候，欣然同他们去了比武场。

宁宁知道他是个抢手的热门角色，万万没想到，居然也有不少人特意在等她。

"正常，万剑宗多的是整天喊打喊杀的疯子，一点儿怜香惜玉的自觉都没有。"

贺知洲给她科普："而且宁宁啊，你真不知道自己现在多有名？小重山破了古木林海的局，水镜秘境又活捉了魔君，最后还一跃变成十方法会金丹期第一名——有超多人想和你较量的！"

一想到超多人的兴趣爱好会变成"吃饭睡觉打宁宁"，宁宁就不由得打了个哆嗦。

"那日十方法会结束，小师姐拿了魁首，却并未参加最后的大宴。"

林浔接话道："各大门派的不少弟子纷纷前来询问你的去向，想要在城主府内比试一番，全被郑师姐给堵回去了。"

感谢郑师姐，她爱郑师姐。

对于自己当日昏迷不醒之事，宁宁竟莫名感到了几分庆幸。

"放心，你们身体尚未恢复，不必参与比试。"

天羡子笑道："今日为师带你们到万剑宗来，就是为了散散心养养神，看看这边的新风景，至于打打杀杀的事，咱们大可不必去理会。"

——师尊万岁！

于是三个沉迷于吃喝玩乐的小废物成功逃开比试，开始在万剑宗闲逛。

比起玄虚剑派，万剑宗的建筑风格显得更为庄严肃穆，白墙黑瓦、楼宇成群，四处可见上古名剑的巨大雕塑，被漫天飞雪一盖，有如云雾生烟，剑气蒸腾。

"话说回来，万剑宗的苏清寒也入了元婴。"

贺知洲一边欣赏白雪皑皑，一边饶有兴致地开口："就是许曳心心念念的那位苏师姐——那日法会结束，听闻你昏迷不醒，她还去病床前探望了一阵子。这事你知不知道？"

宁宁点头，这件事裴寂曾告诉过她。

她同苏师姐的缘分始于小重山的古木林海，自那时起，苏清寒就一直想同她比试。

结果不巧，宁宁总能遇到各式各样的倒霉事，不是在受伤，就是在即将受伤的路上。苏清寒不屑于趁她虚弱时占便宜，比剑的计划也就不断搁置，直到今天仍没有实现。

"有不少人探望过小师姐。"

林浔不知想到什么，有些局促地摸摸鼻尖："师姐可能不知道，云端月道友……也来过。"

贺知洲"嚯"了声："不得了啊林师弟，从你口中居然能蹦出其他门派的人名，我还是头一回听到。"

他说着摸摸下巴，嘿嘿笑道："还是个女孩子。"

林浔的脸瞬间红成一片。

他生得白净，又穿了蓬蓬的白衣，在整个世界的银装素裹之下，那抹潮红显眼得厉害，像在脑袋上挂了颗圆滚滚的桃子。

"你别打趣他。"

宁宁看一眼贺知洲，继而望向林浔笑道："我知道。她还给我送了份安神香，裴寂都跟我讲过——我听说，你好像和云姑娘关系不错？"

最后这句话说完，整个世界都仿佛沉寂了一瞬。

小白龙身体僵成一根冰棍，支支吾吾好一会儿，才低声应了句："并、并未，只是偶有……书信往来。"

哦——

宁宁与贺知洲对视一瞬，嘴角不约而同浮起贼笑。

"我与许曳也一直在通信。他听闻我们会来还挺开心的，只可惜方才有急事走不开，约了我们等会儿在饭堂见面。"

贺知洲面露喜色，猛地一拍掌："他约我们在那地方见面说明什么？说明许曳良心发现，终于决定请客吃饭了啊！我听说万剑宗的伙食超不错的！"

宁宁和林浔满目期待，拼命点头。

他们三人走得漫无目的，加之四下皆是毫无明显特征的一片白茫茫，很快脱离了最为显眼的大路，找不见东南西北。

继续向前走了一阵，居然来到一处果园前。

在飘了鹅毛大雪的深冬，管它果树松树还是别的什么树，清一色都罩了层被褥般的雪白，按照惯例，其实并不能看出彼此间的不同。

但宁宁还是一眼就辨认出，这是个果园。

——四野八方都在下雪，唯有此地被一股温暖的灵力覆盖，如同笼了层保护罩，阻绝周边冰冷刺骨的寒流。

林间绿意盎然，每棵果树都生得枝繁叶茂，悬挂着与雪景格格不入的果子，放眼望去，和保护罩之外仿佛是浑然不同的两个世界，看不见一丝雪花。

"好热。"

林浔茫然四顾："此地灵气如此浓郁，我们是不是闯进了哪位前辈的居所？"

"这你就不懂了。"

贺知洲咧了嘴笑："许曳跟我说过，万剑宗有片特别大的果园，对全部弟子开放，所有人都能进去摘果子吃——可不就是这儿吗！走走走，我刚好饿了，咱们去摘上一两个填肚子！"

"可是……"

林浔总觉得不对劲，想要叫住他，却见贺知洲已经往林中更深的地方探去，万般无奈，只好与宁宁一同跟在他身后。

等跟上贺师兄，这人已经在摇晃树干，试图让枝头的苹果落下来。

"可是，如果所有弟子都能进来，为何树上的果子都像从没被动过一样？又不是什么碰不得的珍稀物种。"

宁宁冷静分析："而且这里的灵气太过浓郁，恐怕有人在……"

她话音未落，猝不及防，瞥见不远处人影一晃。

一个看上去是万剑宗弟子的少年站在果园外，与她四目相对的刹那，明显露出了震惊之色。

宁宁看见那少年面色惊愕地愣怔半晌。

然后他眼角一抽，以颤颤巍巍的语调，指着他们身后大喊："别、别摇了！青云长老——青云长老在那儿！"

什么青云长老？

对方的表情如此慌乱，让宁宁下意识有了种做贼心虚的感觉，迅速偏了脑袋往林子深处看，却只望到密密匝匝的树叶，没见丝毫人影。

"哪儿有人？那小子准在唬我们。"

贺知洲飞快往前一瞥，迅速收回视线，全神贯注地摇果子："树枝动了动了！苹果马上就掉下——"

他笑得那样放肆，那样欢快，饶是贺知洲本人也不会想到，如此幸福的笑容，将会永远僵在他脸上。

头顶的枝叶光影缭乱，一抹身影自枝头砰地落下来。

然而那并非圆圆润润的苹果。

而是一具直挺挺躺着，也直挺挺往下落的，男人的身体。

像坨硬邦邦的水泥，"啪"地摔在地上。

一颗迟来的苹果砸中那人脸颊。

四目相对间，贺知洲见到这人同死人一样面无表情的臭脸，也听见身后惊恐的少年音："青云长老——！"

天羡子觉得有些饿。

修真之人以天地灵气为根基，尤其像他这种修为极深的大能，并不会感到肚子饥饿。

可他嘴饿了。

如果嘴巴不能品尝到世间美味，留着它还有何用呢。

万剑宗里弟子众多，他很少在此露面，因而绝大多数人并不知道，这位看上去吊儿郎当的俊美青年，正是玄虚大名鼎鼎的天羡长老。

他对万剑宗的建筑布局有些了解，闲逛了好一会儿，本打算前去饭堂看看，没想到刚行至半路，竟望见一个免费发放点心的人。

点心应该是白玉糕，那人站在凉亭里，身旁几个弟子排了队，一一上前从他手中接下。

划重点,不用付钱。

天下竟还有这等好事!

天羡子没做多想地上前,乖乖排在队伍末端。许是运气,发到他的时候,刚好是最后一块糕点。

白玉糕甜而不腻、软糯细腻,他吃得不亦乐乎,本欲离开,忽然瞧见打凉亭外来了个壮汉。

那汉子背着把黑色巨剑,模样有点凶,二话不说堵在凉亭正门,挡下所有离开的去路,来得气势汹汹。

"快快快,吃完这一份,就要继续上工了。"

在丈二和尚摸不着头脑的状态下,天羡子听见他说:"还剩下大殿和落月楼没有清扫,快拿上抹布和扫帚——你们别想偷懒或中途跑掉!那边那个白衣服的,你刚刚想从凉亭离开是不是?"

天羡子一脸疑惑。

"那个白衣服的",这人是在说他?

还没等他反应过来究竟发生了什么事,手里就被人塞了把扫帚。

"怎么还在发愣?完不成任务,今晚你就得被关进幽思室。现在觉着累了,早知如此何必当初,如果你不犯事,也不至于被抓进刑审堂来当劳工——等等。"

汉子皱着眉看他:"这位师弟,你叫什么名字?新来的?我似乎没什么印象。"

天羡子年久失修的大脑迅速转动。

所以这群人不是在领免费点心,而是被关进刑审堂里的弟子们受罚做苦力,这会儿中途休息,发放小食品补充体力。

这种时候,他能承认自己是天羡长老吗?

这事要是被传出去,他作为剑道之光的一世英名就彻底毁了。

天羡子含着泪吃完最后一口白玉糕,无比羞辱,却也无比决绝地开口:"师兄,我……我叫许曳。"

"薛师兄,这儿又有三人被抓进了刑审堂!"

他话音刚落,不远处就响起一道清澈少年音。

天羡子循声望去,见到走在最前面的年轻万剑宗弟子,以及灰头土脸跟在他身后的三道影子。

那三人也怔怔看着手握扫帚的他。

"这三人,竟闯进青云长老休憩的百果林,不但妄图偷果子,还对我的警告置之不理,把在树上睡觉的青云长老给摇了下来!"

少年说得激昂慷慨,全然没有注意到另外四道彼此交错的视线。

天羡子看着他的小弟子。

宁宁三人呆呆望着他们的师尊。

当初的玄虚剑派何等荣耀辉煌，没想到山门匆匆一别，再相见之时，竟是如此物是人非。

三名弟子高唱《铁窗泪》，师尊成了流水线男工，相顾无言，唯有泪千行。

天羡子觉得有必要维护一下自己身为师尊的威严，梗着脖子义正词严："你们怎么回事，怎么能把青云道长从树上晃下来呢？"

三人面红耳赤，无言以对，纷纷低下头。

他们做了错事，当然不敢承认自己是玄虚剑派弟子，于是伪装成新来的万剑宗小徒弟，被带来刑审堂做苦工。

结果却好不巧撞上门派长辈，被天羡子当场戳穿，一张脸都不知道应该往哪儿搁。

——场面如此尴尬，三人都没有时间去细细思索为什么天羡子手里会握着扫把。

"哦，认识啊。"

壮汉恍然大悟地一撇嘴："那等会儿你们打扫同一片场地吧。"

他顿了顿，临走前又拍拍天羡子肩头："他们刚来不懂事，你多带带这群新人，让他们听听咱刑审堂的规矩。明白了吗，许曳？"

局势陡然逆转！

宁宁一脸疑惑。

林浔："师、师尊你？"

贺知洲："许曳？"

天羡子"呵呵"一声。

天羡子："虽然你们不会相信，但我真是被冤枉的。"

许曳在饭堂已经等候多时了。

这会儿并不是饭点，加之绝大多数弟子辟谷不入杂食，剩下那么一点吃饭的，也都去了比武场围观对决，饭堂中除了他外再无旁人，僻静得很。

许曳哼哼一笑。

这样的情况，正好让他的计划顺利进行。

他与贺知洲通信已久，得知后者会来万剑宗，决定准备个小惊喜，思忖许久，终于想到一条整人的妙计。

贺知洲对万剑宗的饭堂很感兴趣，许曳便拜托元婴期的苏清寒师姐，在菜单上特意施了层障眼法，想吓唬吓唬他。

万剑宗饭堂里的菜单由剑气刻在木板上，苏师姐只用了极少数的灵力，模糊其中某些笔画。这既能混淆视听，又不至于灵力太重，被他们发现。

贺知洲果然如约而至，身边跟着宁宁与玄虚派的小龙人，都构不成大问题——等等。

为什么他们旁侧还有好几个长老？

许曳心下一顿，迅速自我安慰。

不碍事不碍事，长老修为高深，同弟子们完全不在一个水平，就算菜单被用了障眼法，也不会对他们产生任何影响。

像在玩过山车，他的心好不容易下去了一些，然而视线一晃，瞥见长老们中间的某道影子时，当即愣在原地。

不会吧，那道身影是——

谁能告诉他，为什么将星长老也会来万剑宗？他不是闭门不出很久了吗？

许曳曾经听闻过，将星长老虽然得了几味珍稀药材修复识海，但由于旧疾已深，要想完全恢复，大概得用上一年半载的时间。

更何况玄虚剑派一行人刚从大漠里出来不久，皆是神识受损、灵力枯竭，按照他如今的状态……

必定会受到障眼法影响。

现如今最好的法子，便是立马消去法术，可那道灵力并非他所有，而是苏清寒。

许曳感觉，自己的结局不会太好。

宁宁双目沧桑地走进饭堂，同许曳打了个招呼，心里百感交集。

原来他们前去的"百果林"乃青云长老居所，与许曳信中提到的果园压根儿就是两个地方。

离开凉亭后，他们一行人拿着扫帚抹布去了落月楼，几经蹉跎，最终是靠天羡子打晕看守弟子跑出来的。

结果还没离开几步，便在半途撞见了温鹤眠、真霄剑尊与传闻中的静和长老。

被问起为何会在落月楼，四人很有默契地哈哈干笑，只道肚子饿，随他们一起来饭堂蹭饭了。

"大家看，这木板之上，便是万剑宗的菜谱。"

天羡子对这地方很熟，已经把方才的惨状抛在脑后，颇有几分主人风范地介绍："每个字都是剑宗掌门以剑气所写，虽然字是丑了点，但你们应该能看懂吧？"

静和淡声道："我还在这里，请不要嚼掌门舌根，天羡长老。"

天羡子试图用嘿嘿傻笑糊弄过去，末了一瞥身边几人，迅速转移话题："你们想吃什么？"

没有人回答他。

不明缘由地，现场出现了一阵诡异的沉默。

贺知洲沉默着注视木牌上的菜名，差点以为自己眼睛出了问题，但环视身边的宁宁与林浔，都是清一色的目露震惊。

不愧是万剑宗，连食堂供应的菜色都如此不走寻常路。

比如现在，正对着他视线的那道菜，叫作"醋熘大叔"。

天羡子注意到他凝重的目光，顺着贺知洲的眼神看去，露出了心领神会的笑。

哦，醋熘尖椒，听起来的确不错。

"根据我来万剑宗蹭饭的经验，这道菜味道很好。"

小弟子们一言不发，大概率是有些害羞。

天羡子心中荡起几丝身为师长的柔情，手指掠过红烧荷包蛋与香菜皮蛋，指着菜谱上的红烧小笼肉道："这道菜肉质肥美细腻，不可多得。上次我和你们真霄师伯来，总共吃了二十多个。"

林浔表情管理彻底失控，眼球如同风雨里漂荡的小舟，颤颤巍巍震颤个不停。

简直恐怖，被刻在师尊指尖前面的那行字……赫然是"红烧小龙人"！

他当真变成玄虚剑派最好吃的师弟了！

宁宁心情复杂，跟着天羡子晃晃悠悠的手指头，满心忐忑地打量着菜单。

最初晃眼看去，菜单内容虽然古怪，但也勉强算得上"能吃"，比如什么"红烧荷包虫""香菜皮虫"。

但只要定睛一看，就能在众多叫人眼花缭乱的菜品里，寻觅到几分诡异的气息。

起先是一个炸裂全场的"酥炸人腿"。

继而菜名越来越惊悚，越来越匪夷所思，什么"爆炒人头""青椒人肉丝"，层出不穷，最后干脆彻底放飞自我，直接来了个"炒人"！

这让她忍不住很认真地开始思考，万剑宗究竟是不是个套了正派壳子的魔教组织，表面光风霁月，实则做尽了杀人放火的勾当，毕竟话本子里经常这样写。

天羡子见她眉头拧得越来越深，也跟着宁宁在菜谱上细细地看。

酥炸火腿、爆炒大头菜、青椒炒肉丝、炒大虾，没问题啊。

宁宁的表情怎么跟见鬼似的？

"我记得这道菜也不错。"

真霄拿指尖点了点角落里的猪肝炒芦荟："似乎是万剑宗的独门菜式，在玄虚剑派吃不到。"

宁宁听闻此言，顺势看去。

好家伙，这玩意儿要是能在玄虚派吃到，那就有鬼了。

但见来自万剑宗掌门的剑气凛然，那菜单上赫然写了三个大字——"人尸荟"。

不愧是冷心冷情的真霄剑尊，连吃东西都如此重口味。

这已经不需要从字缝里看出字了。

万剑宗菜谱的每一页上，都歪歪扭扭、清清楚楚写着"吃人"啊！

不对不对。

宁宁试图理性分析，万剑宗作为老牌的正道之光，铁定不可能干出这种人神共愤的事。

这份诡异的菜谱或许只有唯一一种解释：剑修的情调。

剑修以剑入道，必然免不了厮杀见血，接触到颇为血腥的各种器官。

所以那些人头人腿并不是真正的头和腿，而是剑宗掌门煞费苦心想出的一种代称，目的就是锻炼弟子们的心理承受能力，为以后的杀伐打好基础。

就跟高考的时候，有些学校会把菜名改成"金榜题名""步步高升"之类的。

没错，一定是这样。

"温长老好不容易来一趟我万剑宗，不知可有心仪的菜式？"

静和知晓温鹤眠情况，尤为体恤地缓声道："不如先行选上一道吧。"

兜兜转转，终于来到了这一刻。

许曳像个精神病患者自我拉扯，心底里发出撕心裂肺的呼喊——

不！温长老！不要回答，不要回答，不要回答！

场面安静得过分。

在无数道汇集的视线里，温鹤眠垂眼，抿唇，做深思状。

温鹤眠："那就……劳烦来一份'爆炒人头'吧。"

番外二　细吻

裴寂沐浴完毕，回到卧房时，见到宁宁坐在床上，一本正经在想些什么。

她想得皱了眉，很少露出过这样严肃又苦恼的神色，在见到他的身影时眸光一亮。

裴寂下意识觉得，导致她如此苦恼的罪魁祸首，可能与他有关。

他与宁宁结为道侣尚未多久，时常离开玄虚，在四海之内漫无目的地游玩。

宁宁是个闲不下来的性子，一处地方还没待上多久，便急不可耐地想要去别处转转。

偏生她又颇为念旧，时常舍不得独具一格的景色，一来二去之下，两人干脆在心仪之地都购置了房屋，等来日心血来潮，再御剑前去住上一宿。

比如南城里这间竹树环合的院落。

宁宁今日在麒山遇见故友，同陆晚星等人小聚半日后，这会儿已没了多少气力，软绵绵靠在床榻上。

她比裴寂早些沐浴，长发被一根玉簪轻轻绾住，垂落几缕零散的青丝，被窗外晚风一吹，轻飘飘拂过脸庞。

"裴寂。"

宁宁正色望着他，语气前所未有凝重："我有件事，想跟你讨论一下。"

她说着一顿，似是有些难以启齿，朝他勾勾手指："你过来。"

于是裴寂乖乖上前，坐在床边。

离得近了，就能闻见她身上清幽的栀子花香。

宁宁之前说得毫不犹豫，心里的话临近出口，反倒露出了略显局促的神色，耳郭渐渐涌上粉红。

好在他极有耐心，垂了眸挑起少女耳边长发，将其别在耳后："什么？"

"就是……"

宁宁抬眼迅速瞧他，又很快垂下眼睫，说着抿唇顿了顿，在经过片刻停滞后，似是破釜沉舟般开口:"就是,你难道不觉得,每次晚上的时候……你都太凶了吗?"

裴寂一怔。

他总算明白宁宁为什么会脸红,乍一听见这句话的时候,他的耳朵也忍不住地发烫。

他有"太凶"的时候吗?

他们刚结为道侣,对于这方面都没有太多经验。在夜里的时候,往往是两人神识交缠,彼此试探,然后他顺势探寻得越来越深,灵力激荡,而宁宁——

宁宁似乎……时常会喘着气,精疲力竭般叫他停下。

虽然他很少会照做,就算照做了,她也会咬着牙拉住他手臂,哑着嗓子说继续。

而且每到第二日,无论前夜如何,宁宁都会把这茬忘得一干二净,从来没表现过不满。

于是裴寂红着耳朵,很认真地问她:"我让你……难受了?"

"倒也不是难受,我很满意——啊不对!"

宁宁越说气息越乱,本想用强势一些的语气,嗓音却始终保持着近乎仓皇的艰涩:"我的意思是,今天晚上,我、我要当主导的那一个!"

终于说出来了!

宁宁心底默默落泪,为自己的勇气疯狂点赞。她今天就要农奴翻身做主人,推翻裴寂的无良统治!

裴寂愣愣看着她。

宁宁强装镇定与他对视,由于不知道对方将作何反应,紧张得心半悬在胸口。

然后她看见裴寂微微一动。

刚沐浴完毕的少年爬上床铺,一把拉过她右手,按在他单薄睡袍上,然后往旁侧轻轻一扒。

"……像这样?"

暴击。

致命暴击。

他做了这样的动作,胸口处衣衫半遮,露出内里莹白肌肤,表情却是一向的认真,带了点探寻与困惑的意味。

又纯又欲。

宁宁的脸很没出息地发烫,而裴寂见她没有反驳,保持着握住小姑娘右手的动作,向床铺内里靠了靠,躺坐在床头。

一副"我已经躺好了你随意"的姿势。

他如此直接，作为口口声声说要主导的那一方，宁宁反倒感到了慌乱。

好在他们之间的经验虽然很少，却好歹聊胜于无，她努力做好思想准备，顺着裴寂的动作，捏紧少年向下滑落的前襟。

像是缓缓剥开一颗被珍藏许久的果实，属于裴寂的那一部分，逐渐毫无遮掩地闯入视线中。

剑修的身体经过常年锻炼，处处都能见到明显的肌肉。

他属于偏瘦的类型，上身曲线流畅且柔和，薄衫一点点脱落，途经腰腹之时，现出陡然收紧、向内合拢的线条。

宁宁跨坐在他着了长裤的腿上，晃眼一瞥，望见裴寂紧紧按在被子上、因太过用力而微微泛白的右手。

这是一种只有在他紧张时，才会不自觉出现的微动作。

他总是死鸭子嘴硬，无论心里作何想法，都会努力表现得云淡风轻。

房内烛火未歇，为整个空间笼上一层朦胧的暗红色，连带着少年人白净的侧脸和黑眸。

这本应是极为赏心悦目的画面，如果忽略掉他身上纵横的伤疤。

裴寂从小到大受过不少伤，早先是因为寻不到伤药，无法及时治疗；后来长大入了玄虚，又对于伤痕习以为常、不甚在意，少有特意疗伤的时候。

因而如今掀开衣物，肌肤上旧疤处处，在胸口、臂膀与腹部，皆凝成深褐与浅红色长痕。

像是被撕咬过，又或是源于鞭子和藤条。

裴寂感受到她的目光，眸色一黯。

他知晓自己这具身体疤痕遍布，看上去狰狞丑陋。宁宁从来都小心翼翼地不去触碰，如今——

浅浅的羞怯与耻辱涌上心头，裴寂没来由地感到心慌，低声唤了句："别看，宁……"

话音未落，近在咫尺的小姑娘忽地低下头。

在温暖的火光里，宁宁吻在他锁骨下方的刀痕上。

长睫无措颤抖，裴寂喉头轻动，发不出声音。

那些疤痕象征着他最为落魄的过往，每一条都难看又可怖，如同盘旋在身体各处的蜈蚣，连他自己都心生厌恶。

可宁宁却吻在那里，用了十足温柔的力度。

"宁宁。"

他心里既羞又躁，喑哑出声："那里……不好，别碰。"

宁宁抬头，与他四目相对。

· 277 ·

不知从什么时候起,裴寂脸色通红。

他生了双极为漂亮的眼睛,眼尾向上勾起,晕开一片桃花般的浅粉色。黑瞳里蒙了层雾,看上去迷迷蒙蒙,将平日里拒人于千里之外的冷意尽数遮去,有如远山落雨,携了股胆怯的柔色。

裴寂害羞起来……原来是这种模样吗?

像冰冰冷冷的冬雪慢慢融化,淌开一摊柔软得过分的春水。

宁宁坐在他身上,将一切情绪尽收眼底,恍惚中,觉得自己的血条快要被清空。

她看着眼前的疤痕,想起裴寂的种种过往,总觉得心里难受。

他一直厌恶这些伤疤,因而把与它们相关的记忆全部埋在心底,不向任何人诉说,静静等待腐烂。

裴寂的这些心思,她都知道。

他总是一个人在悄悄难受。

宁宁的动作没停,与他对视一眼后,重新低了头。

那些伤痕其实已经不痛了,唯有在阴雨天气的时候,骨头里会传来隐隐的闷疼。

可她唇瓣轻软,贴上道道硬质长痕时,被他所厌弃的死肉竟有了知觉,酥意横生。

有热气自心口向全身涌动。

裴寂压下喉咙里的气音,深吸一口气,用右臂挡住双眼,不让喜欢的姑娘见到自己狼狈的模样。

那道陌生的触感停在胸口某处地方。

他听见宁宁的声音:"这里……是不是很疼?"

她说话时移开嘴唇伸出手,指尖停留在一道深褐色疤痕上,不敢用太大力道,轻轻一抚,有如掠影浮光,引来稍纵即逝的电流。

裴寂心乱如麻,不经思索地应她:"已经……不疼了。"

"是吗?"

宁宁的指尖转了个圈,视线没从它上面挪走:"看上去伤得好重。"

"这是我尚未拜入玄虚的时候,途经骆洲,于山野之间……"

裴寂哑声开口,甫一抬眸,对上女孩清亮的眼瞳。

那双杏眼漂亮得不像话,好似深夜微漾的幽潭,当宁宁垂了眼睫注视他,瞳仁里盛满跃动的烛光,恍如水中明月。

她在看着他。

看见他身体上每一处不堪的地方。

这个念头携了浅浅热度，让裴寂心口一烫。

此时此刻，仿佛连最简单的注视都成了种不可言喻的暧昧，少年喉头微动，调整气息："于山野之间遇见入了魔的妖修，他以剑入道，剑气正中此处。"

"然后呢？"

被深埋在心底的记忆重新涌上脑海，裴寂沉声应道："我那时没有剑，只会用小刀，趁他神志混乱，顶着剑气上前去——"

他说罢眸色愈深："宁宁，这不是什么好故事。"

裴寂不愿告诉她更多。

他的过去阴暗无光，没有任何值得称道的地方，如同寥落脏乱的阴沟，听了只会叫人心烦。

可宁宁不同。

她自小生长在无忧无虑的温柔乡，从不知晓那些脏污与疾苦，裴寂也不想让她知道。

月亮就应该高高远远地挂在天空，享受世间所有的美好，清明澄澈，怎能让她染上阴沟里的暗色。

裴寂不愿叫宁宁为他感到难过。

她从他这里得到的，理应只有温情和快活。

覆在胸口的触感悠悠一旋，途经他肋骨上尚且完好的皮肤时，加重力道轻轻一咬。

那处位置靠近腰。

她的气息像团滚烫的雾，裴寂屏住呼吸，右手攥紧单薄床单。

"这里呢？"

宁宁的视线一点点下滑，来到他小腹。

裴寂很瘦，并非纤细多病的孱弱，而是肌理匀称、精壮漂亮的挺拔，从她的视角看去，能见到块块结实的腹肌，以及肌肉上的一条凌厉长痕。

理智被无数错杂的情绪尽数吞噬，感官上的刺激似有若无，被她随心所欲地牵引。

凝结的视线有如实体，他从未被如此认真地注视过。

裴寂快疯了。

"这是我娘她……"

最后的字被吞咽回喉咙里。

宁宁低低"嗯"了声，继续向下。

一个接一个的吻轻轻柔柔，如同春日里的第一场细雨，水滴细密，落在沉寂许久的池塘里，涟漪圈圈漾开。

池水轻颤，风的呼吸亦在轻颤，涟漪渗进不为人知的池塘深处，惹来阵阵不由自主的战栗。

牙齿缓缓咬住细白的长带。

宁宁抬了眼睫，勾着嘴角望向他。

烛光微摇，映亮少女漆黑的眼瞳，与白玉般细腻的肌肤。

像只小狐狸或猫。

"裴寂。"

宁宁忽地笑了，声音被压得很低很低，尾音带了点狡黠地上扬，将他整颗心一并勾起来："继续吗？"

喉结蓦地一动。

心底被强压下的情思有如暗潮涌动，尖啸着冲破层层枷锁，迅速填满四肢百骸。克制、矜持与内敛被吞没得一丝不剩，那只沉睡在胸口的野兽，悄悄伸出了尖利的爪子。

毫无征兆地，宁宁左手手臂被猛然握住，径直一拉。

裴寂一直安安静静，她怎么也不会料想到这个动作，大脑一片空白之际，顺着他的力道向前跌倒。

束在黑发上的玉簪倏然一晃，掉落在地时，引来倾泻的如瀑青丝，以及"哐当"一声脆响。

接而便是整个人被不由分说地翻了个身，平躺在裴寂之前所在的地方。

两人的姿势彻底互换。

等、等一下。

手臂被死死按在床铺上，宁宁的身体陷进被褥，能清晰感受到他余留下来的温和热度。她因这个突兀的动作睁圆了双眼，张了嘴试图发出抗议。

明明说好了，今天他会由着她来——

裴寂这是犯规！

可惜这番话没有机会被说出来。

裴寂双眸幽深，俯身擒住唇瓣。

同他冷白肌肤上的处处红痕不同，宁宁被一袭雪白薄衫完完整整裹住，乍一看去并无异样，唯有双颊泛了红，衣襟因为方才那番动作凌乱地半遮，现出层层褶皱。

他探出骨节分明的手，薄衫之下，多出一道游走着的弧度。

裴寂的动作多了几分平日里罕见的急躁，却自始至终称得上"温柔"。宁宁感受到他掌心的热度，只觉浑身滚烫。

战栗感有如野兽的牙齿，肆无忌惮啃咬经脉与血液。即便之前有过尝试，每当被他触碰，她都会下意识感到害羞。

窗外不知何时下起了雨。

雨疏风骤，晚来寒流，树叶、梢头、烛光、人影，一切都在急促晃荡，宛如风浪里的小舟。

夜色渐深，雨势渐弱。

宁宁再睁开眼，只能望见少年人纤细的锁骨，与线条流畅的冷白肌体。

——说是冷白，其实早就浸了层柔和的浅粉色。

那抹薄薄的粉悄无声息晕开，自脖颈处渐变着趋向于粉白，穿过道道蜿蜒的深褐疤痕，蔓延至身体的每一寸肌肤。

或许是察觉到她微微仰头的动作，裴寂抱在宁宁后背的双手下意识一僵，颈上红晕更浓。

他这会儿知道不好意思了。

宁宁已快没了力气，将脑袋埋在他颈窝里，极尽轻柔地亲了亲。

她的声音也一并被禁锢在颈间，听上去闷闷的，带了笑："裴寂很好看。"

身旁的人呼吸明显顿住，宁宁得寸进尺，继续蹭蹭他下巴："只要是你，不管过去、现在还是未来，或是身体上的任何地方……我都喜欢。"

她这样喜欢他，无论他何等狼狈与不堪，宁宁都愿意毫无保留地接纳。

更何况，裴寂从来都没有过"不堪"的时候。无论生活怎样蹉跎，他都始终咬着牙，把脊背挺得笔直又漂亮。

空气里出现了极为短暂的停滞。

裴寂被她蹭得有些痒，再开口时，周身的气息不自觉乱成一团："不管什么地方……都喜欢？"

宁宁没做多想，点头应道："对呀。"

她听见一声很低的笑。

裴寂嗓音里蒙了层欲意，像蛛网盖在耳膜上，忽然冷不防叫她："宁宁。"

被他抱在怀里的小姑娘动了动脑袋，答得很乖："嗯。"

裴寂："……"

裴寂："我们继续。"

番外三 梵音寺悲伤小课业

梵音寺。

这三个字乍一听来平平无奇,组合在一起,便成了修真界赫赫有名的佛道领头羊。无论修士还是寻常百姓,闻得这一名号时,常会显出敬仰之色,道一声"正派大宗"。

在很久以前,宁宁也是这么想的。

直到她见识到明空的人体钟杵,以及永归小师父激情昂扬的佛经吟唱。

佛光满溢的梵音寺,它似乎有哪里不太正常。

而今天,宁宁终于得到机会,亲自来体验一把这地方究竟有多么不正常。

——自玄虚剑派与万剑宗的交流学习后不久,梵音寺举办了三年一度的佛法大会。

此会乃佛家盛事,除却八方佛修以外,各大仙道宗门也会纷纷派出弟子参加,沾一沾佛光。

玄虚剑派就是其中之一。

这次跟着天羡子到这儿来的,分别是宁宁、裴寂、郑薇绮、林浔与贺知洲。

"别看'佛法大会'这名字挺没意思,只要参加试一试,就会发现其实很有趣的。"

天羡子走在最前头,向身后的小弟子们传音入密:"在法会期间,梵音寺每位长老都会开一门小课,教授的内容各不相同,供各大宗门弟子研习佛法,体验一番梵音寺佛修的生活。"

宁宁一边听,一边抬了眼张望寺内景色。

隆冬未过,天地仍是一望无际的雪白。古老寺庙倚靠着层层叠叠的山峦奇峰,琉璃瓦金碧辉煌,庙身则是浓郁朱红,森森松柏苍劲幽深,皆染了无瑕莹润的白。

四下色泽纷然,然而当她环视着望去,只能见到来来往往的如织人潮。

梵音寺里的师父们来自五湖四海,无一例外地都顶着光头,聚在一起交错行走时，像油锅里沸腾的蛋，或是上下起伏不停、左右翻涌不息的海浪。

冬日寒风掠过，身旁的裴寂轻轻咳了一声。

他在师门中休养一段时间后，身体已经恢复些许，虽然能如常下地行走，但由于天雷造成的伤势极重，神识仍很虚弱。

宁宁瞧他一眼，温声开了口："觉得冷吗？"

裴寂摇头："无碍。"

他出声时垂了长睫看她，说罢下意识抿了唇，将喉咙里的不适感强行压下。

裴寂今日着了黑衣，被沉郁的深黑色泽一衬，整张脸就显得更加苍白，尤其薄唇毫无血色，看上去干涩得过分。

宁宁顺势向上一望，能见到随黑发垂落的一根玉白发带。

还是她在鸢城送给他的那根。

宁宁将它送给裴寂之后，一直没见他怎么用过。

她本以为他性喜深黑，觉得这样的颜色太过突兀张扬，后来从大漠回来才听贺知洲说，原来发带一直被裴寂藏在胸前的衣襟里，直至最后一道天雷落下，才用它绑了长发。

当时贺知洲半开玩笑地问她："我说宁宁，看裴师弟那副珍惜得要命的样子，发带不会是你送给他的吧？"

就因为那样一句话，宁宁当场面红耳赤。

说来也奇怪，裴寂曾经从未大大方方地用过它，自天壑回到玄虚后，却时常把这条带子绑在头发上。

第一次被她发现这个变化、目不转睛死死盯住的时候，他甚至别扭地红了耳根。

"我还是头一回来梵音寺。"

宁宁收回思绪，噙了笑地低下脑袋，指尖轻轻一勾，正好落在他小指上："说不定能见到明空和永归小师父，也不知道他们正在做什么。"

她一面说，一面将手指向上勾。

这股力道猝不及防，虽然仅仅用在小指上，却引得裴寂整只左手都顺势向上。旋即柔软温和的触感逐渐绵延，宁宁五指依次覆下，将他的手心整个裹住。

裴寂从未尝试过，同她在如此大庭广众的地方牵手——更何况是佛门清净之所。

被握紧的左手微微一僵。

"裴寂。"

宁宁的声音萦绕在耳边，很低，带了笑："你为什么之前从来不用这根发带，这几天突然戴上了？"

在她说话的间隙，温暖灵力自手心蔓延，如同潺潺而来的水流，途经他手上的每一条纹路，穿过血液，扩散至冰冷的全身各处，把令人不适的寒气驱散殆尽。

宁宁的手比他的小上许多，软绵绵压下来，像团没有骨头的棉花。

她慢悠悠传递着灵力，不着痕迹地、笨拙地调整牵手的动作，有时指腹蹭过他手里的茧或伤疤，在温暖之余，还惹来丝丝的痒。

裴寂："……"

裴寂眸色稍黯，忽地张开五指挣脱束缚，反手一握，将宁宁的整只右手包在手中。

"就是，"他感受着手心里淌动的暖流，又咳了声，"突然想用而已。"

宁宁："咦——"

她说着又朝他靠近一步，带来一股令人心安的热度，一眨不眨望向裴寂眼睛，几乎是凑到他耳边笑道："真的？"

身旁黑衣少年的气息很明显乱了一阵。

他能在众目睽睽之下斩妖除魔，也习惯了狼狈得满身伤痕与血污，可偏偏是这样温柔的、近乎暧昧的举动，会让他感到耳根燥热。

裴寂没有立刻应声，加重了手上的力度，尝试像宁宁一样，用指腹抚摸她手背。

"还有。"

他们两人走在玄虚剑派队伍的最后，其他人鲜少回头来看，他生涩地触碰她，喉头微动："现在和以前……不一样。"

曾经他从未抱过希望，只敢远远注视她的身影，那根发带或许是唯一能从宁宁手里得来的东西。

更何况，以他们两人之前的关系，若是用了，总觉得是种僭越。

可如今不同了。

这是……他喜欢的姑娘送来的礼物。

她也心仪于他。

裴寂生出了从未有过的念头，想让更多人知道，宁宁将它赠予了他。

类似于某种宣示主权，或是青涩的、悄咪咪的炫耀。

好幼稚哦。

宁宁轻轻笑了笑。

许是听见笑声，裴寂用拇指按了按她掌心，发出无声又微弱的抗议。

一行人跟着天羡子穿过重重人海，不消多时，就到了梵音寺中央的论法台。

"开小课的长老们都在论法台这边，你们可以自行瞧上一瞧，若有感兴趣的，便去试试吧。"

天羡子介绍完毕，匆匆笑了笑："为师与梵音寺住持有场比试，先行告辞，各位莫要挂念。"

师尊是个不折不扣的剑痴，每到一处新地方，都要同当地高手比上一场。

——结局往往是两败俱伤,天羡子没钱疗伤治病,只能可怜巴巴蹭吃蹭喝,待在对方的宗门里当米虫。

虽然他本意并非如此,但宁宁有理由怀疑,这是一种新型的碰瓷手段。

她对此见惯不怪,朝天羡子挥挥手道了告别,俄顷转过脑袋,依次打量论法台上的大师们。

这小课招人跟社团迎新十分相似,每位长老皆坐于蒲团之上,身侧悬空浮着许多暗金色小字,皆是以灵力凝结而成,用来详细介绍小课内容。

"我以前参加过一次佛法大会。"

郑薇绮像是回忆起不太美好的旧事,五官渐渐变成一块扭曲的苦瓜:"总之……你们一定要谨慎选择,若是遇上不靠谱的师父,会被折磨得很惨。"

宁宁好奇道:"师姐,你上回选了哪门小课?"

郑薇绮神色稍凛:"乐理共赏。"

贺知洲乐了:"郑师姐,你不会被安排去敲钟了吧?"

他说罢轻嘿一声,给宁宁传了个音:"这不就是那个啥,咱们梵音寺有钟楼剑修郑薇绮!"

宁宁震惊地看了他一眼。

"那倒也不是,暮鼓晨钟皆有专人负责,我还够不上。"

郑薇绮双目空茫,陷入回忆:"我只不过是和几十个和尚一同入了大殿,坐在一间黑布隆冬的小房子里,敲了整整三天三夜的木鱼,一边敲一边念经——你们想听吗?揭谛揭谛,波罗揭谛,波罗僧揭谛……"

——完全不想听!

师姐两眼无神,语气越来越像复读机器人了!那段佛经简直是被牢牢刻在了她 DNA 里,超恐怖!

"大家快看那边。"

一直默默没作声的林浔突然开了口。他仍然不太习惯人多的场所,说话时往贺知洲身旁靠了一步:"那是不是永归小师父?他为何会像长老们一样坐在蒲团上?"

宁宁循着他的视线看去,果然见到一抹似曾相识的身影。永归显然也望见他们,点点头,露出一个极为和善的微笑。

"佛门长老精力有限,一些修为有成的亲传弟子,也能得到开小课的机会。"

郑薇绮耐心解释,说罢皱了皱眉:"不过这位……看上去不太靠谱。"

宁宁颇有同感:"师姐自信点,把'看上去'去掉吧。"

永归的佛修虽然奇葩,但乐音只是种外在的修道方式,要论本人习性,他其实算不上多么古怪。

因此,浮现在小和尚身边的暗金小字规规矩矩写着——"悟禅"。

285

"人生有如行云流水,五蕴皆空方能无悔。贪嗔痴当下悟破,禅意里立地成佛。"

永归缓声道:"超脱五行,以本心看待事物,便是佛门中的'禅'。诸位生活中若有不顺之处,大可同小僧说上一说,说不定我能勘破一二。"

"当真?"

郑薇绮生了几分兴趣:"小师父,我既想挣钱,又想练剑法,还想下山降妖,然而现如今时间太少,根本无法事事兼顾,我该怎么办?"

永归笑道:"这有何难?"

他言罢低下脑袋,在储物袋中翻找片刻,半晌之后,拿出几颗小石子和一个木杯。

不出宁宁所料,小和尚果然把石子放进了木杯里,抬眼望向郑薇绮:"施主,杯子里满了吗?"

郑薇绮为了顾全小师父的颜面,口中仍然很是配合:"满了。"

"其实并没有。"

永归毕竟年纪小,见她乖乖入了自己的道,乐得满面春风,强行把唇角往下一压,又从储物袋里拿出一把细碎的沙石,将石头间的缝隙逐渐填满:"你看,这才是满了。"

他的声音和动作一气呵成,郑薇绮佯装恍然大悟地鼓掌,不承想,突然听见身旁一道一本正经的嗓音:"不,不对,它还没满!"

是贺知洲。

"沙石的基本成分是二氧化硅,而氢氟酸正好可以溶解二氧化硅!"

贺知洲思考得两眼放光,越说越激动:"至于杯子里的石头属于石灰石,主要成分是碳酸钙,只要加入适量稀盐酸,也能发生溶解反应。这样一来,杯子里就能空出很大一片空间了——只要化学反应还在,杯子就永远不可能变满,真是太神奇了!"

永归尽量用了委婉的语气:"这位施主……莫非在念什么上古的咒语?"

永归小师父得了郑薇绮的赞扬,心里几乎要乐开花。

郑师姐虽然偶尔不靠谱,但总归是个尊老爱幼的修真好青年,眼见他单纯至此,仗义之心顿起,顺势在小和尚这里报了名。

宁宁对小课兴趣不大,比起在大殿里关上几天几夜,她更倾向于自由自在地逛一逛梵音寺,恰好裴寂也懒于参加,两人一拍即合,在论法台上瞎转悠。

贺知洲与林浔爱凑热闹,把各个课业看了个遍。等后来被宁宁问起究竟定下哪一门,贺知洲嘿嘿一笑,抬手指向不远处的一个老师父。

宁宁抬眸,晃眼看向那人身侧的暗金小字,只匆匆一瞥,就不由得悚然一惊。

好家伙,上书两个大字:"制服"。

梵音寺虽然名为"寺"，其实占地面积极大，远远不止一座寺庙大小。四面八方的崇山峻岭尽数归于其中，仅凭一天时间，远远无法将其一一游遍。

宁宁顾及裴寂伤势，并未前往更为寒冷的高山，只在寺庙附近转了转。等回到庙里，天色已入黄昏。

意料之外的是，两人刚顺着庙门上前没几步，居然在不远处的小院里见到了贺知洲与林浔。

宁宁对他们的小课很感兴趣，好奇地拉着裴寂上前，见到院落里的情景时，不由得微微愣住。

参加这门小课的人挺多，几乎清一色是佛修，要说俗家之人，只有贺知洲和林浔两个。

院子里很冷，然而每个人都脱去了外衣，手里捧着本经书。

佛修们个个凝神敛眉，有些人的上身甚至不着寸缕，丹田聚气，从喉咙里发出中气十足的念经声，振聋发聩。

同他们相比，贺知洲与林浔好似两只瘦弱的小鸡崽。

两人并肩蜷缩在冰冰凉凉的角落里，眼角眉梢尽是茫然，因为寒冷不停打哆嗦。在发抖的同时，还要可怜巴巴打开手里的佛经，念出似曾相识的语句："揭谛揭谛，波罗揭谛，波罗僧揭谛……"

他俩的景象惨不忍睹，而在院落中央，赫然坐着个面带微笑的老和尚，以及同样满脸幸福的明空。

这两个和尚的跟前，还摆了个热气腾腾的火炉。

"师父，不愧是蕴养了灵火的火炉，真是好舒适，好叫人安心。"

明空说着抬起手，往嘴里塞了块点心，自嘴角露出无比慈悲的微笑："点心入口即化，炉火暖入人心，冬天，真好。"

老和尚亦笑，温温和和抬头看向角落："有人想来吃一口吗？甜甜糯糯的，若是来了，还能感受感受炉火的温度，多好啊。"

宁宁惊呆了。

什么叫杀人诛心。

——原来那个所谓的"制服"不是名词，是个彻彻底底的动词！

再看贺知洲和林浔。

两人都是目眦欲裂，气到吭哧吭哧发出狗叫，却又对此无可奈何，形同两具被掏空的干尸，仰头与她四目相对时，眼里尽是泪光。

可怜，太可怜了。

尤其是小白龙对一切都毫无所知，是被贺知洲稀里糊涂拉来这节小课的。

宁宁看得心酸，与裴寂悄无声息退出院落。

这会儿临近傍晚，不少小课都结束了整日的教学，她有意在人群中寻找郑薇绮的身影，经过一番辗转，终于在大殿正门见到大师姐。

郑薇绮的悟禅已经结束，不知道为什么，郑师姐面无表情走在路上，不似剑修，像个无家可归的女鬼。

宁宁心感不妙，试探性叫了句："郑师姐？"

见对方怔然扭头，又补充道："你学得如何了？"

郑薇绮幽幽看着她，一对黑沉沉的瞳孔像是阴森森的无底洞，看得宁宁后背发凉。

场面静了一瞬。

须臾之间，师姐似笑非笑，嘴角抽搐着勾起一丝弧度。

宁宁见到她伸手探向储物袋，掏出一把细沙逆风往前砸，被沙土糊得满头满脸，迎风狞笑。

旋即郑薇绮扛起一面幡，左手拿壶右手拿杯子不停倒茶，任由热水浇在自己手上，最后掏出一只蝎子，在自己手臂狂蜇。

郑薇绮在狂笑："是幡动还是满了就要学会放手？如果想污染清净的东西，或者想陷害心无邪念的人，罪恶反而会伤了自己。蜇人是它的本性，慈悲是我的本性，我的本性不会因为它的本性而改变——呵呵呵哈哈哈！"

宁宁："……"

宁宁的眼神越来越犀利。

救命啊！郑师姐她疯啦！

这梵音寺是待不得了。

第二日还有小课，贺知洲、林浔与郑薇绮深受其害，回来之后悲伤得有如奔丧，经过一番讨论，决定立马前往论法台，把自个儿留在报名表上的名字销毁掉。

"他要我在一炷香时间里，背完整整一百个佛学哲理故事。"

郑薇绮走在前往论法台的路上，神色悲戚地诉苦："这是凡人能做出来的事吗？不是！最匪夷所思的是，好几个佛修居然当真背出来了！"

"怎么会这样呢？"

贺知洲双目无神。

林浔被冷风吹得瑟瑟发抖："呜呜呜……"

"所以，"眼看即将赶到论法台，宁宁问得小心翼翼，"你们真打算偷偷摸摸去销毁名字？"

郑薇绮信誓旦旦："一堂小课里有那么多人，就算其中一两个消失不见，也不会引人注意——咱们唯一要当心的，是今晚的行动绝不能被人察觉。"

于是为了确保安全，宁宁和裴寂就被分别安排在论法台的两个入口，一动不动站着把风。

寒冬的夜里，万物都显得格外寂寥又冷清。一轮月亮洒下莹莹白辉，像是在雪上淌动的水。

宁宁正全神贯注地四下张望，毫无征兆间，感受到一股倏然而至的灵力。

这道灵力柔和深沉，如同静静屹立的宏伟青山。她心觉不对，迅速用传音给里面的人提了个醒，没想到话音刚落，耳边就掠过一道匆匆的风。

"这么晚了，小施主待在这儿做什么？看你四下巡视，莫非在找人？"

温和的青年音澄澈如雪，宁宁抬头，见到一名剑眉星目的僧人。

他说着视线稍转，越过宁宁，径直望向呆立在论法台上的三道影子："或是说，在特意做别的什么……不好的事？"

这人来得无声无息，几乎是顷刻之间出现在她身旁，想必修为极深。

果不其然，在恍然的下一瞬，宁宁就听见他彬彬有礼的嗓音："贫僧寂如。"

原来是梵音寺的寂如长老。

做坏事被东道主当场抓包，场面一时间很是尴尬。

"我、我是在——"

若说散步，他们一行人分离四散，郑薇绮等人还鬼鬼祟祟地站在名单前面，倘若这般解释，只会徒增怀疑。

宁宁实在想不出来理由，只能支支吾吾拖延时间，绞尽脑汁编造借口，正值此刻，耳边突然响起裴寂的声音。

他低低道了声："我找到他们了。"

什么？找到谁？谁要被找到？

宁宁想不通这句话里蕴藏的逻辑，只能顺着他的意思茫然点头，又听裴寂继续道："你要做好心理准备，他们同平日里不大一样。"

他顿了顿，加重语气："毕竟是……在梦游。"

宁宁呆了。

裴寂居然一本正经说出了非常不得了的话！

这句话堪堪落下，不只寂如长老怔住，论法台上的另外三人也一个愣神，彼此匆匆交换目光。

贺知洲："梦游？"

林浔："可、可行吗？"

郑薇绮："他都那样说了，我们只能照做啊——等等，咱们谁知道梦游是个什么德行？"

贺知洲："看我的！"

新雪映着月光，四下出现了极为短暂的沉寂。在无边际的夜色里，寂如明明白白地看到，论法台上的某道身影缓缓一动。

站立着蠕动那种。

月光打湿那人的脸，他望见那名年轻剑修的模样。

面无血色，神情飘忽，一双眼睛半开半合，只露出一道小缝，透过那缝隙看去，能见到狂翻的白眼，以及癫狂的眼珠。

紧接着月光一暗，三具身体倏然而起，无一不是垂着脖子和手臂，无比僵硬地开始缓慢移动。场面一度十分诡异，鬼屋里的鬼见了都得直呼亲兄弟。

尤其那个翻白眼的年轻人状态越来越深，口眼㖞斜之余，已经开始了磨牙。

就贺知洲那模样，宁宁很不合时宜地想到了历史课本里的元谋人。

"这……"

寂如哑了一瞬："这是梦游？"

他最后一个字还闷在喉咙里，就眼见贺知洲离得越来越近，一边走着丧尸步，一边从口中喃喃念出恶魔般的低语："氢氦锂铍硼，碳氮氧氟氖，钠镁铝硅磷……"

这是再正常不过的元素周期表的内容，可寂如对此一无所知。

他只觉得好诡异好恐怖，这人说梦话讲出来的东西，竟像是上古时期遗落的咒语，让人根本听不懂！

"寂如长老。"

裴寂语气很淡："我宗弟子常会集体梦游，要我叫醒他们吗？"

寂如神色复杂。

寂如："还是不用了吧。我听说梦游不能中途醒来……要不，咱们还是悄悄的？"

他顿了顿，又迟疑道："想不到玄虚剑派弟子的压力竟会如此之大，怎么就把好端端的孩子养出这种病了呢？"

裴寂沉默不语，过了好一会儿，伸手指了指身旁的梅花。

寂如恍然大悟："哦！你是不是想说，梅花香自苦寒来，你们练剑求道多年，此等磨难是必然要承受的？"

裴寂摇头，指向不远处的贺知洲与林浔："剑修。"

然后他又望一眼跟前垂落的梅枝："没钱（梅前）。"

宁宁在心里"哇哦"一声。

裴寂，超会举一反三！

番外四 雪

"堆一个老和尚,弹他脑门;再堆一个小和尚,也弹他脑门;最后堆一个梵音寺,吃我天马流星拳!"

贺知洲穿得厚实,把自个儿裹成了一个白蓬蓬的球,一边蹲在雪地里堆雪人,一边龇牙咧嘴、面目狰狞地念念有词。

林浔看着他跟前两团畸形的椭圆雪球,小心翼翼安慰:"贺师兄别难过,虽然我们那几日过得苦,但也的的确确锤炼了品性,有失必有得。"

贺知洲瘪着嘴冷哼。

参加佛法大会后,他虽失去了身为一名咸鱼菜狗的快乐,却以此作为代价,得到了实打实的痛苦,好一个有失必有得。

宁宁在距离他们不远的地方兴高采烈堆着雪人,闻言抬头一望,继而噙了笑地对裴寂道:"幸好咱俩没去参加小课,不然得多惨哪。"

今日是佛法大会结束后的第二天。

他们一行人在昨日回了玄虚,经过整整一天的休憩与调养生息,宁宁已经恢复了绝大部分精力,然而其他几位的状态,就显得不那么如人意。

对小课名册做手脚的计划宣告破产,贺知洲与林浔被万恶的标题蒙骗,在寒风里瑟瑟发抖念了好几天佛经。

郑薇绮被迫苦读佛学经典小故事,很长一段时间里,只要同旁人讲话,就能从嘴里蹦出三个以上的佛道哲理。

都是可怜人,真真惨到不行。

她在心里默默表示一番同情,旋即低头打量自己面前的雪人,戳戳裴寂肩膀:"你的手是不是挺冷的?"

今天的雪下得格外大,恰好郑薇绮等人需要发泄满心郁闷的情绪,大家一拍即合,来到望月峰上堆雪人。

宁宁对这件事兴致勃勃,奈何生在南方,连雪都没见过几次,对于打雪仗堆雪人，就更是陌生。

她尝试像电视剧里那样将雪聚拢成圆球，结果每次都按不严实，刚把雪球拿起来，球体就不受控制哗啦啦碎开，化作满地白屑。

于是一来二去，做雪人的重任就落在了裴寂身上。

他的手大且细长，出乎意料地十分灵活，白玉般的手指将雪团捏成各种形状，稍稍用力时，骨节会泛起漂亮的白色。

宁宁看得满心惊讶，听他低低应了声："不冷。"

因为她一直在往裴寂身体里输送灵力，让他能暖和一些嘛。

宁宁抿唇笑笑，不着痕迹向他靠近一步："你是从哪儿学来的堆雪人？看这手法，不像是第一次。"

她还以为按照裴寂的性格，会对这种有些幼稚的消遣方式敬而远之。

裴寂"嗯"了声："我小时候常会堆着玩——脑袋做成什么形状，这样行吗？"

于是身侧的小姑娘兴致勃勃伸出手，捏了捏被他捧住的雪团，而那个关于"堆雪人"的话题，自然被她抛在脑后。

"堆雪人哦。"

裴寂随身带着剑，因而能听见承影的声音，那道大叔嗓说了一半忽然停下，好一会儿才唏嘘开口："当年的裴小寂多可爱啊，不像现在，只会对着宁宁可爱，叫我好伤心好伤心。"

其实对于裴寂来说，下雪称不上多么美好的事情。

与娘亲住在一起的时候，哪怕到了最为寒冷的隆冬，他也从来得不到御寒的衣物，往往只能在角落里蜷缩成一团，从而留住稀少的热气。

有时娘亲气急，甚至会将他带出地下的小房间，让裴寂置身于滴水成冰的雪夜里。雪花一片片落下，像床厚厚的棉被铺在地面上，可当他跌落在雪中，感受到的只有刺骨寒凉。

夜深的时候，大雪和暮色一起沉甸甸压下来。四面八方皆是他所畏惧的黑暗，在裴寂被冻得意识恍惚的时候，只有承影会陪他说说话。

后来他就开始堆雪人。

其他小孩不愿带着他玩，裴寂远远地看，多少学到一些技巧。

那时他手上满是红肿的冻疮，每当触碰到雪花，都会被冷得刺痛不已，好在裴寂早就习惯了疼痛，看着白花花的雪团逐渐添上脑袋与五官，心里总会浮起异样的感受。

——它静静立在原地，仿佛是个不会说话也不会动的人。

天地何其浩渺，只有它愿意陪在他身边。

"……裴寂？"

清澈的少女音将他拉回现实，裴寂循声垂眸，正好撞上宁宁含笑的眼瞳。

她的情绪向来不加遮掩，开心时就会下意识地咧开嘴笑，一面与他对视，一面伸出手，露出莹白手心里的几颗豆子和几根树枝："这些可以用来当眼睛和手臂，你觉得怎么样？"

过往的阴影在这一瞬间倏然消散。

裴寂无声笑笑，后退一步，示意她上前："你来。"

头一回和裴寂一起造小雪人，宁宁只觉身负重任，认真得不得了，不但仔仔细细放好了豆子与树枝，事成之后思考一番，还从储物袋里拿了个小斗篷披在它身上。

她刚停下动作，就听见身后传来喜出望外的熟悉嗓音："哇——宁宁和裴寂这个雪人，堆得堪称大师级别啊！"

天羡子与孟诀不知什么时候来到这儿凑热闹，白衣尽数落了雪，像两个行走的大雪团。

前者看得兴致勃勃，嘴里叭叭叭没停下："薇绮的这只小猪也不错，圆眼睛圆鼻子圆耳朵，挺可爱。"

"师尊。"

郑师姐幽幽盯着他："这是你。"

天羡子的微笑凝固在嘴角，孟诀习惯性解围："这个师尊其实挺可爱的，就是有点丑。"

……这算个啥解围啊！

天羡子咽下一口老血，再走到贺知洲与林浔跟前时，总算学乖了不做出头鸟，把第一个发话的机会让给自己乖徒："孟诀，你觉得这个……娃娃如何？"

他实在看不出那究竟是个什么玩意儿，想了半晌，也只能用"娃娃"来指代。

这两位堆出的雪人堪称面目模糊、手脚畸形，整个身子歪歪扭扭如同烂泥，偏生嘴巴上还涂了红色颜料，摆在地上，像是误入某个恐怖片片场。

孟诀颔首："丑陋中带着一丝变态的美丽，猥琐里藏了几分不可言喻的性感，很少能见到如此有动态感的雪人，仿佛随时都能大笑出声，在地上爬来爬去。"

"等等。"

这臭小子说得一气呵成，天羡子隐约察觉到一点不对劲："这个东西，该不会，也是我吧？"

林浔满脸通红，带了歉意地低下脑袋。

天羡子愤愤然瞪向自己的乖徒孟诀。

他觉得这人就是故意的！孽徒，这帮孽徒！

"今日师尊来了，不如为我们表演一手剑法吧。"

· 293 ·

郑薇绮两手一拍，突然就来了兴致："你们不知道，师尊不但剑术超群，做雪雕也很有一手的！"

天羡子笑得做作："其实称不上'很有一手'，略懂，略懂而已。"

他说罢化出本命剑，正色咳了声："今日心情不错，就让你们看看吧。"

哪怕是平日里再吊儿郎当的剑修，一旦长剑出鞘，那便是另外一种浑然不同的气场了。

天羡子剑势清绝，汹涌澎湃的灵力带起阵阵呼啸不止的疾风，漫天大雪肆意翻涌，于半空凝成龙腾之貌。

陡然长龙一惊，以迅雷不及掩耳之势飞速前行，所过之处白芒纷飞。

道道剑气如光似影，不过须臾，便将堆积的雪团削砍出栩栩如生的棱角与轮廓，原本空荡的天地间，突然多出几只不会动的兔子、猫和飞鸟。

剑芒无形亦无踪，如飞箭掠过裴寂耳边，毫无征兆地，忽然有道剑气悠悠停下，在他头顶打了个旋儿。

从树梢落下个圆滚滚的雪团，恰好砸在宁宁脑袋上。

小姑娘"哎哟"了一声。

这道下意识发出的嗓音又轻又细，听得他心口也随之一动。

裴寂抿了笑，低声道："别动。"

宁宁很听话地没有动弹，由于微微低着头，裴寂只需一垂眼，就能见到她头顶的雪花。

那个雪团并不大，落到她头顶时轰然碎开，变成了四分五裂的小球。他伸手将其一一拂下，听见宁宁小声道了句："好冰哦。"

她时刻关注着裴寂的举动，因而能十分明显地察觉到，对方手上的动作忽然停了下来。

他有些迟疑地开口："这个雪团里……有张字条。"

"字条？"

宁宁兀地抬起脑袋，引得雪屑哗啦啦往下落："上面写了什么？"

"它写——"

裴寂敛眉低头，视线扫过字条上的俊秀小字，即将要出口的字句全被堵在喉咙里头。

那张藏在雪团里的字条，白纸黑字、一笔一画地认真写着：祝裴寂生辰快乐。

四下纷乱飘飞的雪花陡然安静了。

原本清明的思绪变成一片空白，整个世界里，只有他心脏怦怦跳动的声音。

裴寂茫然抬头，见到宁宁晶亮的眼睛。

阳光坠落在她长睫上，如同破碎的浮光掠影，在那双漆黑瞳仁里，笑意几乎要满满溢出来。

"裴寂。"

她扬起唇角，脸颊现出小小的梨窝："想起来今天是什么日子了吗？"

从没有人为他庆贺过生辰。

裴寂近乎慌乱无措了。

"我的天，终于不用装了！来来来，看看我给你准备的礼物！"

贺知洲爆发出惊天狂笑，伸出右手，毫不留情地把自己堆的雪人肚子剖开大洞。在洞口之内，赫然装着他与林浔准备的一个深黑色长箱。

郑薇绮一剑把雪人劈成两半，里面也藏了个颇为精致的小盒。

天羡子嘴角狂抽，看着自己两具无端惨死的尸体，心头剧痛。

"我还是觉得，我想的那个法子最好。"

郑薇绮轻哼一声："试想一下，当裴师弟早上起床出门，一抬眼，就能看见我们每个人抱着礼物——多震撼啊！"

"林师弟的策略也挺不错啊！"

贺知洲拍拍小白龙肩头："用雪堆出祝福语，浪漫死了。"

"你们不懂，这才是咱们剑修的情调。"

天羡子道："这祝福吧，就应该用剑气传达——来来来，裴寂乖徒，快看看为师给你准备的礼物，千年结成的蕴神花，对修行绝对大有裨益。"

"还有我我我这个！"

贺知洲咧嘴傻笑："我和林浔师弟没什么钱，凑灵石买了件冰蚕衣，你穿上肯定不错。"

前面这三位都是为剑痴狂的穷光蛋，掏空了私房钱，才终于凑出几件礼物来。

孟诀笑得温和，充分展现了有钱人的基本素养："裴师弟，听闻你得了承影剑，我已向锻剑堂报备，今年你去锻剑，灵石都算在我头上。"

郑薇绮嘿嘿两声："小师弟，独家孤本，你懂的吧。"

"什么独家孤本？"

天羡子义正词严："郑薇绮，你作为师姐，绝对不能带坏师弟！今日情况特殊，以后若是再让我见到这种东西，可就全部没收了！"

孟诀点头："师尊至今没有道侣，的确是时候被带坏一下了。"

郑薇绮若有所思："师尊，你看到雪潇被真霄剑尊剜去心头血了吗？"

"什么？！"

天羡子讶然惊呼，条件反射地应声："想要她心头血的，不是迦兰少城主江肆吗？"

啊哦，暴露了。

这是《修真风月录》里的情节，当初郑薇绮在学宫上课时悄悄翻阅，被他收缴过一本。

最后当然是天羡子不舍昼夜地把它看完了。

——这丫头就是想要套他的话！孽徒，这帮孽徒！

他们这边你一言我一语地吵来吵去，而那阵由天羡子掀起的风雪，已经不知何时静下来了。

耳边响起的声音都格外模糊，裴寂怔怔站在原地，不知应该作何表示。

道谢？收礼？抑或是用更加珍贵的礼物作为回赠？

对于这种毫无经验的事情，他全然不知晓下一个步骤。

"裴小寂。"

腰间的承影悄声开口："你没事吧？"

要说它不担心，自然是假的。

"生辰"这两个字对于裴寂而言，无异于一种恶毒的诅咒。

承影陪着他长大，亲眼见过那个女人怒火焚身、状若癫狂的模样，每到裴寂生辰之日，她的疯劲都会猛然暴增，愤怒到顶点。

打骂时，那些令人恶心的、满含羞辱性的言语，饶是承影也不愿去回想。

也出于这个原因，往日每到这个时候，裴寂都会消沉许多。

同样，出于那个女人的缘故，他在很长一段时间里都固执地认为，自己的降生是个令人厌烦的、不可挽回的错误。

此时此刻它提心吊胆，好在这份担心似乎有些多余。

在静谧的大雪里，宁宁一言不发地伸出手去，轻轻攥住他衣袖，安慰似的晃了晃。

她的触碰像是钥匙，将裴寂从混沌的记忆里一把拉出，终于回到现实。

他的神色仍旧很淡，如同深冬里每一处寒冷的角落，然而在长袖之下，裴寂却反手一握，用指尖勾住她的指头。

用了叫人无法抗拒的力度。

天羡子作为师尊，在今日总算大方了一回，声称要在夜里带大家去山下最好的酒楼胡吃海喝，庆祝小徒弟生辰。

这会儿距离晚上还有一段时间，众人先行回了院落歇息，宁宁帮裴寂抱着两个礼物盒，来到他房屋里。

她心情不错，一路上哼着小曲，把盒子放在书桌后眉梢一扬："裴寂，你不想知道我准备了什么礼物吗？"

话音落下，宁宁却没得到应有的回答，在转身面向他的刹那，落入一个带了寒气的拥抱。

裴寂体寒，近乎渴求地索取着她周身的热量，手心冷得像铁，覆在脊背上暗暗用力。

他的声音很哑："你告诉他们的？"

在清冽的木植香气里，宁宁能感受到他胸膛随着呼吸的起伏。

她喜欢这股气息，用脸蹭蹭裴寂胸口："嗯。你不喜欢？"

他应答得艰涩："……喜欢。"

怎么会不喜欢。

只是那样的情感太过炽热，身为容器的他狭小又破损不堪，几乎无法承受如此浓烈的情愫，一时间惶恐到手足无措，不知如何是好。

这是他曾经万万不敢奢求的一切。

宁宁却将它们带来他身边。

从屋外带来的冷气渐渐消退，裴寂能感受到自己的身体在不断升温。

忽然耳边传来属于她的声音："裴寂。"

裴寂应声后退一步，保持着双手仍然搂在她后腰的动作，与宁宁四目相对。

他有一双十分漂亮的眼睛。

深邃瞳孔好似漆黑的墨，眼尾向上微挑，勾出一抹夺人心魄的清浅弧度。

宁宁仰头看了须臾，踮起脚尖，吻上他的薄唇。

她的吻细密缠绵，在冬日寒冷的空气里，哪怕是如此浅尝辄止的触碰，也显得格外温暖且撩人。

身体四处皆是冰凉的，属于女孩的唇瓣带来令他着迷的热量，如同一个小小的钩，毫不费力，就能牵引所有杂乱思绪。

宁宁一边越发娴熟地亲吻，一边向前迈开脚步。

这是个类似于引导的动作，裴寂不明所以，只能顺着她的力道步步后退。

然后小腿撞上了硬质的物件，身体被宁宁轻轻一推。

他顺势坐在书桌前的木椅上。

而宁宁的动作稍稍一顿，顺势坐上他大腿。

裴寂呼吸陡然凝固。

这是与拥抱截然不同的感受，更为暧昧，也更为炽热。隔着一层衣物，裴寂能感受到她身体的温度。

明明是在冬天，周围却四散着火一般滚烫的热气，熏得他头脑发蒙。

在这样的情况下，宁宁成了稍微高出一些的那一方。

"站在那里太累了。"

她脸色通红，尾音里是紧张的颤抖："想看看我的礼物吗？"

· 297 ·

以这种姿势坐在他身上,就已经是宁宁耗尽勇气所能抵达的极限。

她不敢胡乱动弹,只得低头寻找礼物,不消多时,储物袋中微光一现。

那是一把纯黑色剑鞘,檀香环绕、灵气四溢,只需瞧上一眼,就能明白并非凡俗之物。

"这是送给你,还有承影的。"

她说着笑了笑:"它陪了你这么多年,可不能再穿之前那把旧剑的衣服啦。"

若不是承影在进屋时就被他放在客房里,此时裴寂耳边一定会响起疯狂的鹅叫。

宁宁勾了唇,尾音炫耀般上扬:"而且啊,像我们裴寂这样厉害的剑修,佩剑和剑鞘也一定要是最好的。"

他才不厉害,也并不好。

一些被埋在记忆深处的往事浅浅浮现,裴寂眸光一黯,恍惚之际,忽然察觉近在咫尺的女孩低了头,毫无征兆地欺身向前。

黑发倾泻在他侧颈与肩头,宁宁的薄唇轻轻贴着他耳郭,如同情难自禁,启唇一抿。

那耳垂看上去红得几欲滴血,触碰到了,果然也带着滚烫的热度。

热气像是散开的火星,自他耳边径直蔓延到宁宁唇瓣,再经由薄唇侵入血液,席卷全身。

就连她绵软的嗓音,也携了惹人心焦的热意。

他听见宁宁靠在耳边说:"生辰快乐。"

她说着一停,把唇从他耳垂移开,换了个姿势,兀地抬起双手,将少年的面颊捧在其中。

而她的鼻尖,正正好贴在裴寂鼻尖。

这是个极尽亲昵的动作,彼此间间距为零,更何况宁宁还跨坐在他大腿上,两只脚稍一动弹,就能引出说不清道不明的燥热电流。

宁宁对他说:"裴寂能降生在这个世界里,对于我来说,是最好的礼物。"

女孩的手掌缓缓抚过他苍白的皮肤,逐步勾勒出棱角分明的面部轮廓。

裴寂无法动弹,浑身上下都像没了力气,只能呆呆睁着眼睛,注视着眼前人含笑的黑瞳。

漫无尽头的深黑色旋涡,在顷刻之间将他俘获。

"能遇见裴寂,我真的很开心。"

她动了动双腿,让身子向前更靠近一些:"谢谢你愿意到这儿来。因为有你,每年的今天对于我来说,都是令人高兴的日子。"

她一定是想起他的娘亲,才用这样的话来安慰他。

实在是温柔得过分。

正因遇见她，裴寂才不再是所谓"离群索居的怪物"或"连出生都是错误的怪胎"。

有人温柔地喜欢着他，对他这样好。

因为在距离极近的地方注视着裴寂，宁宁能将他的神情变化尽收眼底。

那双黑眸里染了薄薄浅粉，红晕荡开，浸透眼眶和眼尾的泪痣，像是动了情，随时都会掉下眼泪。

裴寂何曾在他人跟前露出过这般神色，只有面对她，才会收好周身尖利的刺，显出最为隐秘和脆弱的那一面。

宁宁继续向前挪，想亲一亲他眼尾的微红，然而还没来得及靠近，忽然察觉不太对劲。

奇怪的、异样的感觉。

逼仄空间里出现了一瞬的寂静。

裴寂已经不只是眼眶发红了。

宁宁情不自禁地想，他的脸简直是宇宙爆炸级别的超超超超级红。

虽然她也是这样。

"宁宁。"

他坐在木椅上，头一回羞到尾音颤抖："你先……起来。"

她也想起来啊！

宁宁又慌又窘："那、那也要你先把手松开啊。"

裴寂这才意识到，自己的双手还环在她腰上。

宁宁起身离开的时候，那阵彼此贴近的感觉缓缓散去，取而代之的，却是另一种更为隐秘、更加不可言说的浓郁暧昧。

她紧张得想要哐哐撞墙，在脑海里拼命组织语言，到了嘴边的时候，全变成零散的词句："那个，先，我走了，你可以慢慢来，不急，等晚上——"

——所以她到底在说些什么啊！

宁宁："那、那我先走了？"

裴寂坐在木椅上，手中紧紧握着她送的那把剑鞘。

潮水般的窘迫携来源源不断的滚烫，他低头抿了唇，勉强发出一声喑哑的"嗯"。

旋即耳边传来噔噔脚步声，宁宁在临走之前，吧唧亲在他脸上。

她说："生辰快乐。"

胸腔里的糖罐被这四个字撞翻，酸涩与羞怯霎时退去。

在他向来岑寂荒芜的心里，甜糖撒了满地。

番外五　凛冬众生相

[一]

　　江肆在等郑薇绮来。

　　她为迦兰重建投了钱，时至年底，理应来收取属于她的那一份分红。

　　上回他们在鸾城里，玄虚剑派一行人个个目睹了他出丑时的模样，江肆被气得心梗，回家躺在床上郁郁寡欢了三天三夜。

　　念及那段不可触碰的记忆，男人乌黑的凤眼里，兀地闪过一丝狠戾冷光。

　　这次相见，他定然要好好表现一番，让郑薇绮看看，什么叫作迦兰少城主的魄力！

　　迦兰城附近竹树环合，密密匝匝的林木阻隔天日，不适宜御剑飞行，因此郑薇绮来的时候，是在附近的城镇里租了辆马车。

　　这实在不像她的习惯，按照江肆对于郑薇绮的了解，她应该更乐于步行。

　　迦兰地势低陷，与丛林以一条长阶相连，马车下不了长阶，只能骨碌碌地停在远处。

　　江肆遥遥望去，首先看见郑薇绮跳下马车。她动作轻盈，带了剑修独有的飒爽惬意，落地后扬起下巴，回头一望。

　　她或许说了些什么，江肆听不清晰，只瞥见马车的门帘微微动了动，从中蹿出个低低矮矮、浑身尽是雪白皮毛的不明物种。

　　比猫大，比雪豹胖，他虽然看不清楚，心下却了然如明镜，勾唇一笑："呵，见我还特意带了条狗来？女人，不必刻意展现你的爱心，我对动物没兴趣。"

　　——不过话说回来，原来郑薇绮喜欢狗吗？那他或许可以考虑送她几只……该挑什么品种，才能显得低调奢华又不失内涵呢？

　　郑薇绮没说话，悚然盯着他。

　　那条狗也没出声，同样一动不动瞪着他瞧。

在极度尴尬的沉默里，江肆看见它越变越大，越变越高，最后居然慢慢地直挺挺地站了起来——

原来那并非狗子，而是个头发花白又穿了白色貂裘、正躬身从马车里出来的人！

难怪她今日坐了马车，原来是因为身边陪了个老人家。在郑薇绮爷爷面前如此不得体，江肆慌了，彻底慌了。

江肆把仅剩的那点儿霸总气势抛在脑后，匆忙道："原来是郑爷爷，这太远了，我眼神儿不好，失敬失敬！"

那白头发老汉还是没讲话。

饶是平日里最没心没肺的郑薇绮，此刻也不由得语带怜惜，认真解释："这不是我爷爷。"

江肆："……"

江肆恍然大悟："对不住啊奶奶！"

裘白霜怒不可遏，恶向胆边生："表妹，给我杀了他！"

裘白霜身为新上任的鸾城城主，气冲冲地去和江肆他爹商议双城合作的事宜了。

郑薇绮笑到肚子疼，一边同他走在城里闲逛，一边乐不可支地问："你怎么回事儿啊江肆？别人白发都是俊美无俦，怎么到你这儿，就成奶奶爷爷大狗子了？"

江肆报之以呵呵冷笑。

江肆："你和你表哥，关系挺好？"

郑薇绮吞下一颗糖葫芦，斜眼看他："哟，怎么，惹您不开心啦？"

"你不要试图挑衅我。"

江肆干巴巴地哈哈笑了两声："我怎么不开心！我开心得很，我还可以笑，哈哈哈！"

"不过，要是说起我表哥。"

郑薇绮似笑非笑盯着他，忽地敛了唇边的弧度，话语间渐添几分忧郁："真是难忘啊。我儿时家境贫苦，吃不起饭，偶尔能得到一个馒头，也全都被表哥抢走了。"

江肆哪曾听过这种事，当即义愤填膺，气到拧眉："那浑蛋！你竟仍与他有所往来，看我去把裘白霜丢出迦兰！"

郑薇绮眯了眼，慢条斯理继续道："——他总是抢走我的馒头，递给我一碗热腾腾的米饭，说女孩子不能吃得太少，他哪怕自己饿肚子，也要把我养大。"

江肆猛地一打哆嗦，瑟瑟发抖地试图挽回："把他丢出迦兰，再请他去修真界最好的酒楼，好好吃顿大餐，以后裘白霜就是我异父异母的亲兄弟。"

他话音刚落，郑薇绮就兀地变了脸色："没想到那饭里竟然下了迷药，我吃完后醒来，发现自己被卖进煤矿当劳工！"

江肆眼底发红，化身愤怒的野兽："裘白霜定然不会想到，我早就给他的大餐里全放了剧毒！呃啊！"

他说得情真意切，已经放弃了矜持，吭哧吭哧喘气，郑薇绮终于没忍住笑出声来："逗你玩的，我出生于修真世家，从小到大没受过苦，表哥人也很好，从没欺负过我。"

她可太喜欢逗江肆玩了。

他看上去一本正经、气势十足，实际上脑子不太好使，总能被她的三言两语唬得团团转，实在叫人开心。

她原以为江肆会同往常那样恼羞成怒。

——其实就算他生气了也没关系，一根糖葫芦便能哄好。

在一阵奇怪的沉默后，江肆居然只是轻轻叹了口气。

他眼窝很深，睫毛在眼瞳里覆下一层薄薄的影子，略带了无奈地看着她时，语气里多了几分类似于劫后余生的欣喜："那就好……你吓死我了。"

在她面前，江肆很少有这么认真的时候。

郑薇绮忽然笑不出来，觉得耳朵有点发烫。

"喂。"

郑薇绮拿出早就准备好的、用来安慰他的糖果，不由分说地塞到他手心里："给你的。"

江肆嘚瑟地哼哼，把糖毫不犹豫塞进口中："女人，装得那么不上心，身体倒是很诚实。"

"哦？"

郑薇绮双手环抱，好整以暇地抬头与他对视："你说说，我身体怎么诚实？"

什么"怎么诚实"？

她听到这种话，不应该"双颊绯红、目含水光"吗？哪有人会反问过来？这女人脑子怎么长的？

江肆哪里愿意被她压上一头，梗着脖子答："你给我买糖，对我好，对别人都是冷冰冰的，那不就是——不就是爱上我了吗？"

话一出口，反倒把他自己听蒙了。

习惯性讲出霸总语录是一回事，自己认认真真面对着她分析，那就是另外一回事了。

郑薇绮这算是"爱上他了"吗？那他呢？他们俩——

"哟，怎么回事，脸红啦。"

郑薇绮成功反将一军，啧啧冷笑，连连摇头："江肆少城主，装得那么冷漠，身体倒是很诚实嘛。"

——可恶！这女人又在耍他！

[二]

今年万剑宗的第一场雪，比以往时候来得都晚一些。

许曳仰头望向天边纷落的雪花，抑制不住心中酸涩，趴在桌子上长长叹了口气。

万剑宗与玄虚剑派的交流大会已经结束了好几天，他的悲惨噩梦却没有停下——

在将星长老当着所有人的面说出那句"爆炒人头"时，心破了，爱碎了，许曳的灵魂没有了，世上的一切声响都安静了。

"食谱上有障眼法。"

那时静和长老目光逐渐犀利，将神识凝聚于木板纵横的刀痕上，轻易辨出那道被小心翼翼藏匿起来的术法。

她说着一愣，略带了困惑地皱起眉头："这股灵力……竟是属于清寒？"

许曳修为不够，障眼法习得不深，因此食谱上的手脚，是他拜托苏清寒做的。

身为一个顶天立地的男子汉，他怎么可能让师姐替自己背黑锅！

这个想法气势汹汹涌上脑海，挤掉其他所有胆怯和恐惧的念头，许曳没做多想地上前一步，用视死如归的语气喊："这件事和苏师姐无关，她什么都不知道，全是我做的！"

结果他还是和苏师姐一起被师尊请去喝茶了。

与万剑宗里绝大多数长老一样，他俩的师尊性情古板，是个对凡事都一丝不苟的正统剑修。

这回许曳的小恶作剧殃及池鱼，虽然温鹤眠笑着表示并不在意，但还是把他们师尊气得不轻，一番批评教育之后，让两人去刑审堂受罚半月。

直到现在，许曳都还记得师尊当时说的那些话，什么"不懂尊师敬长"，什么"身为师姐却不以身作则，任由师弟瞎胡闹"。

他每听一句，都觉得像是有铁锤在狠狠击打耳膜，心里又苦又涩，为苏师姐感到无比委屈；然而苏清寒本人似乎对此并不在意，冷冷淡淡听完，冷冷淡淡地应声，从头到尾一本正经，神态没怎么变过。

同他一起去刑审堂做苦工的时候，也是冷冷淡淡的。

"怎么办啊？"

许曳用额头撞了撞木桌，整个人像条干瘪的死鱼，身心皆是疲惫不已，连带声音也颓然不堪："苏师姐会不会讨厌我？"

同门的谢师兄摇头晃脑唉声叹气："你给她道歉没？"

· 303 ·

"当然道了。"

许曳从双臂里抬起脑袋："她只简简单单回了句'没事'——但平白无故受了牵连，不管是谁都会觉得生气吧？"

"这你就不懂了，苏清寒她不是一般人，只要有剑，别的事她都不会在乎。"

常年在万花丛中过的王师兄嘿嘿一笑："而且吧，她平日对你不是好到偏心吗？铁定不会因为这种事生气的。"

许曳怔了一下，将这段话艰难地缓慢消化，被其中两个字灼得耳朵发热："偏、偏心？"

"你不会没察觉吧？"

谢师兄拿指节叩了叩桌面，唇边溢出一抹笑："除了对你，苏师妹给谁特意买过甜食，还心甘情愿把练剑的时间空出来，陪着他到山下玩？"

"我还记得有次下山除妖，许曳无故失踪。"

王师兄摸摸下巴，啧啧叹气地望向他："那时天色已晚，群妖出洞，本是不适合进山的，可苏师妹非不听劝，执意要去山林深处寻你——结果你这小子，居然只是无意间摔进了猎户做的陷阱里。"

许曳茫然眨眼睛。

那天他跌进一个人为挖出的大洞，再迷迷糊糊醒来时，已经回到了客栈里。

苏师姐守在他身旁，见状不过叹了口气，轻描淡写地道上一声："别再乱跑了。"

"不过吧，被送进刑审堂这事，仅仅一句道歉肯定是不够的。"

王师兄对此颇有经验，喝了口水润喉咙："你有没有拿出点实质性的表示？"

许曳拼命点头："我给她送了礼物！"

见两位师兄皆露出好奇之色，许曳乖巧补充："那个……有点翠云苏步摇、八宝流云簪、白玉镯……"

"停停停！"

王师兄一口水差点喷出来："你就给她送这些东西？就苏师妹那样，你觉得她会用吗？"

许曳蒙蒙地看着他。

"你想啊，苏师妹从来只穿白衣，脑袋上呢，也仅仅一根发带而已，何曾用过那些花里胡哨的东西？"

谢师兄接下话茬："依我看，比起'女人'这个定位，她首先是个不折不扣的剑痴，要想叫苏师妹开心，不如送她一些养剑的法器。"

"可是……"

许曳想说些什么，话到嘴边，却被他尽数咽进喉咙，半响才怯怯道："那我应该怎样做，才能挽回一点在她心里的形象啊？"

"要想让苏师妹注意你,第一个法子,是剑术突飞猛进,达到远远超出她的水平。"

王师兄说到这里,瘪嘴摇摇脑袋,继而又道:"至于第二个法子嘛……你们还记不记得,苏师妹很喜欢青云长老养的那只大狗?"

王师兄的办法很简单。

苏清寒平日里没什么兴趣,除开练剑以外,偶尔会去逗一逗青云长老的狗。

"既然苏师妹喜欢动物,那一定会对同样有爱心的人产生好感,这就到你表现的时候了!"

他原话是这样说的:"你先去和那只狗打好关系,然后带着它到山里闲遛。与此同时,我跟你谢师兄随便找个什么借口,把苏师妹引去那地方——嘿嘿,只要她一抬眼,就能见到你和那狗其乐融融的画面,绝对心动。"

听上去是个绝对万无一失的办法,不愧是王师兄!

许曳和苏清寒在刑审堂里做苦工的日子还不到半个月,每天有大半时间会被抽走,只在夜里才有空。

许曳踌躇满志,用了三个晚上的时间与狗狗搭上关系,第四日傍晚,终于能带着它外出遛弯。

"看我们的吧!"

谢师兄势在必得地笑:"保证把苏师妹给你带过来!"

于是许曳开始满怀期待地遛狗。

万剑宗同玄虚剑派一样,修筑于崇山峻岭之间,因而上下坡非常多,走起来很是累人。

许曳在刑审堂累了一天,早就不剩下多少精力,但只要想到苏师姐看到跟前活蹦乱跳的狗子,心里便有了无限动力。

一盏茶的工夫后。

许曳满面春风,追赶跟前的狗子时,笑得好似欢天喜地七仙女:"别跑啊,哈哈,等等我!"

一炷香的工夫后。

许曳隐约察觉到有点不对劲,苏师姐为何直到现在也没来?

半个时辰之后。

许曳累到翻白眼吐舌头,一边拖着疲乏不已的身体往前跑,一边气若游丝地冲着狗子喊:"别……别跑了,我跟不上了,跟不上了……"

两个时辰后。

许曳终于停下。

在他跟前，是同样翻着白眼吐着舌头，累到抽搐着瘫倒在地的狗子。

他把狗子给遛抽了。

今夜的雪下得好大，苏师姐还是没来。

许曳四十五度角仰望天空，无语凝噎。此时此刻，一个无比严峻的问题困扰着他——他应该怎样做，才能把这只半人高的大狗带回去？

今天的雪实在太大，谢师兄和王师兄在静候苏清寒悟剑的间隙，打了不知道多少个喷嚏。

领悟剑意，对于剑修而言是个极为重要的坎，其间最忌分神。他们俩虽然心急如焚，但碍于规矩，只能坐在一旁等她。

待得苏清寒收剑入鞘，已是一个多时辰之后。

她对所有人都是一副冷冰冰的模样，声线清冽如雪："何事？"

两人异口同声："我想同你去翠竹峰比剑！"

翠竹峰，正是许曳遛狗的那座山峰。

苏清寒很少拒绝比试，因此没做多想地答应下来，跟随二人到了目的地。

这座山道路崎岖多变、岩石嶙峋百怪，在冬日里景致格外清幽浪漫，正好借机培养感情。

王谢二人眼神乱瞟，试图寻找许曳的影子，没想到竟是苏清寒最先一愣，沉声道："我好像……见到了许师弟。"

她顿了顿，又补充一句："还有一只狗。"

"哪儿哪儿呢？"

王师兄心下一喜，没见到许曳身影，条件反射地接话："许曳嘛，经常和青云长老的狗一起玩，他们俩很亲的！"

苏清寒的语气有些迟疑："他……经常会这样做？"

"这是当然，锻炼身体——"

这句话开口的瞬间，两人顺着苏清寒目光望去，在丛林掩映、暗淡无光的角落里，看见一道似曾相识的身影。

原本兴冲冲的话，全哽在喉咙里。

许曳正低着头，神色狰狞地一步步往前走，并没有发现他们。

在他头顶上，赫然扛着一只狗。

若是小型犬倒也尚能接受，可那是一只足足有半人多高的巨型大犬，被顶在他脑袋上头，看上去便诡异许多。

一人一狗，皆是满面沧桑，翻着白眼不停吐舌头。

那狗子眼里尽是迷茫与困惑，四肢可怜巴巴地蜷在一起，眸底隐有泪光。细细看去，还能发现它正在口吐白沫，不时发出凄婉哭号。

至于许曳。

雪花飘飘北风萧萧，大雪染白了他的头发，搭配他久久佝偻的脊背、颤抖的双腿与皱巴巴的五官，在那一刻，许曳仿佛老了十万岁，像个被生活压得直不起腰的小老头。

王师兄与谢师兄假装四处看风景。

苏清寒："许师弟他，经常扛着狗……负重跑？"

许是听见动静，许曳面目狰狞地抬头，正对上苏清寒欲言又止的目光。

问世间情为何物，叫人难过到吐。

王师兄爆发出一声惊呼："救命啊，许师弟晕倒啦！"

总之，那个声称万无一失的计划彻底泡汤了。

万剑宗里开始流传一个传说，某位许姓师弟丧心病狂，最爱扛着青云长老的大狗漫山遍野乱奔。狗子被吓到口吐白沫，他却依旧甩着舌头到处窜来窜去，形同野人。

造谣，全都是造谣！

许曳委屈地吸了口冷空气，只觉得连肺部都被冻上了冰碴，又疼又涩。

此时此刻，他和苏师姐一起坐在刑审堂的静思室里抄剑经，彼此已经很久没开口说过话了。

她见到那幅景象，肯定会觉得他是个白痴。

许曳一边胡思乱想，一边把视线从经书上移开，悄悄去瞥苏清寒。

他们两人面对面坐在木桌两头，桌子中间摆着盆葱葱茏茏的灵植。虽是冬日，那灵植也仍然生得翠绿欲滴，枝叶向四方伸展，正好挡住他的目光。

好讨厌，烦死了，连叶子都欺负他。

苏师姐抄得全神贯注，想必不会抬头来看他，许曳紧张得厉害，悄悄摸摸伸出罪恶的右手，捏在其中一片叶子上，发力一扯。

叶子落了，便空出极为细小的一个缝隙，从他的角度望去，恰好能看到苏清寒眼睛。

其实苏师姐很漂亮。

许曳悄悄想，她之所以不爱打扮，一定另有原因。

他知道苏清寒的过往经历，出生于剑修世家，亲人尽在仙魔大战中丧生，被他们师尊早早收养。

她不善交际，一心问道，然而在鸢城里闲逛时，也会在街边的首饰小摊点前短暂地驻足停留，像所有普通的小姑娘那样。

在万剑宗这样的环境里长大，也许只是没有人告诉她，除了练剑以外，还可以怎样活。

隔着叶间的缝隙，许曳凝视着那双低垂的、如同染了冰冷霜雪的眼睛。

他很紧张，唯恐被发现，一颗心悬到了嗓子眼，连跳也不敢跳，哆哆嗦嗦停在角落。

忽然室内烛火一暗。

苏清寒长睫微动，不过转瞬，竟猝不及防地抬起头。

令人心跳加速的四目相对。

她的目光如同灼热烈火，将他所有的伪装烧得无所遁形。

许曳手足无措，大脑极速运转，无意识地从嘴里蹦出字句："苏、苏师姐，你看这盆灵植，生得好漂亮哈哈。"

然而苏清寒并未做出回应。

她一定发现，自己被偷看了。

藏在心里许久的秘密，于此刻被全无保留地展现在她面前。热气从侧脸一直蔓延到四肢百骸，许曳不知如何是好，紧张得攥紧衣摆。

"这株灵植是极为珍贵的蕴灵草。"

苏清寒说："不要随意扯它叶子。"

果然被教训了。

许曳既庆幸又失落，说不出来心里究竟是什么滋味，只能低低应她："嗯……对不起。"

然后谁也没有开口，狭窄幽暗的房间里，听不见一丝一毫的声音。

忽然之间，许曳见到苏清寒起身，伸手，把那盆灵植推到桌子另一边。

木桌中间空空荡荡，这样一来，他们之间便毫无障碍。

苏师姐的嗓音还是很冷，许曳恍恍惚惚听见她说："想看的话，大大方方看不就好了。"

许曳愣愣看着她。

灼热的血液在沸腾着冒泡泡，视线穿过桌面，落在她伸出的右手上，只见衣袖下坠，露出如冰似雪的一抹白。

在那只习惯了握剑的手上，戴着他送的白玉镯。

格格不入，却也契合至极。

她居然当真戴了。

好开心。

许曳差点没忍住咧嘴傻笑。

"苏师姐！"

如同有烟花情不自禁地炸开，许曳脑子里稀里糊涂，像在做梦，说话时不怎么经过思考："我、我当时见到这镯子，立马就想到你了。它很漂亮，苏师姐也——也很漂亮。"

要命，他到底在讲些什么。

苏师姐的脸显而易见开始发红。

苏清寒垂下视线，低低"嗯"了声。

许曳亦是低着头，半晌倏然道："过年的时候，苏师姐有约吗？"

不出所料，苏清寒应了句"没有"。

她朋友不多，唯一的家就在万剑宗，也没有需要拜访的亲戚。

"帝都的冬天，很好看的。"

他笨拙地开口，措辞不清，吞吞吐吐："就是……下雪啊，鞭炮啊，烟花啊，到处都很热闹。"

静思室里不见阳光，只有一束烛火在跳。

许曳摸摸滚烫的脸，小声问她："苏师姐，新年的时候，你想和我去帝都看看吗？"

等待是一段难熬的时光，每一须臾都像被拉得很长。

好在苏清寒并没有让他等待。

清冷的女音悠然响起，直到此时此刻，当四下寂静，房间里只剩下他们两人的时候，许曳才后知后觉地发现，原来苏师姐面对他讲话时，语气里藏匿着难以察觉的无奈与纵容。

只对他才会有的纵容。

像是冰雪消融，露出柔和的一缕新色，苏清寒应道："好啊。"

许曳没忍住，嘿嘿嘿开始傻笑。

[三]

等酒楼里的聚餐结束，玄虚剑派一行人回到宗门时，已经入了深夜。

宁宁不胜酒力，虽然喝得少，却已有些许微醺；裴寂替她挡去不少酒，送宁宁回到小院时，步伐同样不太稳。

"这颗糖……是蛇还是龙？"

宁宁手里攥了个在山下买来的糖人，酒气被冷风吹散，总算不再发晕。

"瑶山烛龙。"

裴寂拢了拢她身上属于他的外衫，特意走在夜风袭来的方向，挡去阴冷刺骨的寒气："传说它久居瑶山之上，目若火炬、鳞如玉石，唯有缘人能见到——你看它头顶断掉的角，就是瑶山烛龙的最大特征。"

裴寂总是什么都知道。因为常在看书，古往今来千百年，无论乡野趣闻或是正统史传，对他而言统统不在话下。

有时候听他说起天南地北的故事，宁宁觉得自己跟《一千零一夜》里那个爱听故事的国王似的，爱妃总有讲不完的传说，每天晚上都能让她开心。

宁宁听得一直笑，把糖人塞进他嘴里，双手抱住裴寂右臂："嗯嗯嗯，我们裴寂超棒的。"

他没想到宁宁会突然扑上来，有些局促地吸了口冷气，末了无奈地低声道："我身上冷。"

身侧的小姑娘在他手臂上蹭了蹭脑袋："没关系，我是热的嘛。"

那个糖人甜得裴寂酒醒了大半。

两人很快到了宁宁的院落，临近道别时，她忽然扯了扯他衣袖。

"今天是你生日。"

许是喝了酒，未散的酒气在她眼底凝成水光，莹润得不像话，尤其当宁宁笑起来，眼睛里像是在发光。

她说："一个人待在房间……你不是很怕黑吗？"

这是个再明显不过的暗示，裴寂还没傻到回答她"我不会把烛灯熄灭"的地步。

一番拉锯之后，他终于还是留了下来。

等裴寂洗漱完毕，宁宁已经躺在床铺上。

她的床很大，与他得过且过的简朴风格不同，被褥与棉花都用料极好，当身体陷进去，如同坠落在云朵里。

鼻尖尽是属于女孩的栀子花香，裴寂能清晰感觉到自己的心跳。

一个人躺在床上，与两个人是截然不同的感受。

可以翻来覆去的空间突然变得拥挤，另一个人的温度残留在床单，像是被她的气息全然包裹。

裴寂从未觉得，上床拉好被单的动作能做得如此生涩。

宁宁侧卧着盯着他瞧，将裴寂眼底的拘谨尽收眼底。

她眼角眉梢都是笑，伸手戳了戳他耳朵："你这里好红——别平躺着啊，这样不就看不见我了？"

曾经他们彼此并不熟络，相处多有拘谨之意，如今渐渐亲近，宁宁便时常逗他。

裴寂是她见过的男孩子里最容易害羞的一个，平日里冷得像冰，可一旦被逗弄，就会紧张到身体僵硬。

要论同床共枕，妈妈和好友都曾与她有过，宁宁对此并不陌生，裴寂却截然不同。

他连同旁人的身体接触都没过太多，今夜理应是头一回与谁睡在同一张床上。

他听了这话，沉默着侧过身子，伸手将她抱在怀中。

虽是冬夜，宁宁却只穿了件绵软白衫，身体被棉被焐出热气，透过那层布料，若即若离扩散在手心上。

和平日里普通的拥抱不同，同她躺在一起的时候，浓郁暧昧在沉甸甸地发酵，让他情难自抑、心跳加速。

烛火已然熄灭，冬夜里的月亮圆如玉盘，光晕团团簇簇，透过窗户落在脸上。

宁宁的声音好似耳语，带了笑："裴寂，你若是像现在这样，等我们成亲后该怎么办呀？"

成亲。

他已经了解到一些关于"成亲"的秘辛，也知晓藏匿在这两个字之下的暧昧，这是裴寂曾经不敢细想的词语，如今却经由她的嗓音，传到他耳朵里。

他会和宁宁成亲。

静谧夜色是最好的催化剂，心里的爱意满溢而出，裴寂后退一些，仍保持抱着她的姿势，垂眸看向宁宁眼睛。

"你的心跳好快。"

她手掌按在他胸前，说话时携了淡淡酒气，尾音像猫爪，挠在心口上。

床笫之中，空间实在过于狭小了。

小到连微弱的呢喃声都格外明晰，宁宁顿了会儿，笑音填满被褥里的每个角落："想不想……听听我的心跳？"

裴寂听出言外之意。

脑袋轰然炸开，燥热传遍整具身体。

他并非不想更多地触碰她，但从来都顾及宁宁的感受，彼此间止于最为基本的礼节。

亲吻便是最为亲昵的接触，哪怕伸手抚摸，手掌也只会落在她的后腰或脊背。

唯有这次不同。

空气凝滞了一瞬的时间，仿佛下定某种决意，裴寂指尖稍稍用力，自她脊椎滑过，稚拙向上。

他手心有些凉，掠过最为纤细的地方，引出难以抑制的战栗。

宁宁不自觉发出一声气音，这道声音娇柔得过分，与她平日里的相差迥异，她被惊得脸颊滚烫，咬了咬下唇。

裴寂听见那道声音，以为弄疼了她，动作骤然停下。

宁宁低着头，双手抓在他前襟，声如蚊蚋："我没事，没关系……只是有点痒。"

于是蜻蜓再度落在水面，飞掠而过，撩起层层涟漪。

少年呼吸和指尖都在颤，骨节分明的右手缓缓向上，经过肋骨，触碰到一轮柔软的圆月。

手上和耳朵都像着了火，裴寂的气息凌乱不堪，他竟然同她一样紧张。

这于他而言，无异于不可奢求的禁忌，哪怕无意间想到，都会暗骂自己无耻卑鄙。

他哪曾……想过触碰。

怀里的女孩瑟缩一下。

她说出那句话时仿佛天不怕地不怕，这会儿当真被他感受到心跳，反而羞到动弹不得了。

隔着单薄的距离，裴寂一点点勾勒出她的轮廓。直到那只手完全覆上，原本冰凉的手心已是无比炽热。

宁宁没想到会这么痒。

她轻轻发抖，看不见裴寂表情，在深沉黑夜里，只能感受到他渐渐柔缓、如同探索的抚摸。

还有一声很认真的疑问："这样……会让你难受吗？"

宁宁怎会愿意回答他，恨不得把整张脸都埋进枕头里。

或许是见她害羞得厉害，他很快将手掌移向别处，没头没脑道："以后我先洗漱上床。"

他松了手，宁宁终于能抬头看他。只见裴寂眸色极深，似是笑了下，用鼻尖碰碰她鼻尖："冬天的床铺……太冷了。"

得让他先把床褥暖热才行，怎能叫她受凉。

这句话余音未尽，旋即便是一个不由分说的吻。

唇与唇之间的触碰，起初是极为温和的。

夜色里少年的双眼又黑又沉，眼尾泪痣被月色映亮，漂亮且勾人。裴寂从不会冷淡地看她，然而此时盛满整个眼瞳的，是同样令人心慌的危险。

苍白的唇不知何时有了血色，辗转缠绵间水汽缭绕，在黑夜里，所有感官都格外敏感。

宁宁听见呼吸声，甚至是手掌撩动衣物的声音，窸窸窣窣，无比清晰地响彻耳边。

裴寂按着她的腰，强迫她更加靠近。

不知道什么时候，这个吻里多出了一些从未有过的、独属于深夜的欲意。舌尖长驱直入，带着醉人酒气、沐浴后清新的皂香，以及强烈到无法掩饰的占有欲。

他手上越发用力，轻轻捏在腰上的软肉，宁宁被吻得喘不过气，在窒息与遍布整具身体的痒里，大脑一片空白。

好热。

……冬天也会这样热吗?

不知过了多久,裴寂终于退开些许,躺在近在咫尺的地方凝视她的眼睛。

他的嗓音本是冷冽的,此时发出微微喘息声,却软得不像话。

宁宁听出他在极力克制,但正是这种克制,让气音显得更为绵软且撩人。

半晌,裴寂沉声开了口:"……你不要离开。"

这句话来得毫无缘由,宁宁心下困惑,听他继续道:"以后的生辰,想和你在一起过……不要离开,好不好?"

原来是这个意思。

"只是'生辰'想和我在一起吗?"

宁宁摸摸他颊边,感受到细腻滚烫的热度,说话时弯了眼睛:"我可是会特别特别经常地黏着你哦。"

这是个超出了想象的答案,宁宁愿意赠予他的,从来都比他想象中多得多。

眼前的少年眼尾稍扬,唇边勾起小小的弧度,闻言再度垂首,想继续吻下来,却被宁宁满脸通红地躲开。

她仍然在努力调整呼吸,因他眼底的失落轻笑出声:"还想来?"

这句话出口之后,宁宁才意识到,这样的言语不像拒绝,更像种挑逗。

可她是当真快要呼吸不过来,需要更多的歇息。

裴寂眸底漆黑地看她,分明是无辜的神色,身体却稍稍靠近一些,与她紧紧相贴。

少年的薄唇润了层水色,看上去格外柔软,没张口,只喉头微动,眨眨眼睛,低低应了声:"嗯。"

耳膜和心脏都遭受暴击。

这副模样实在可爱,宁宁总算明白了什么叫"萌得心尖痒",只想抱着被子满床打滚,但碍于矜持,只得抿唇忍下笑意,像往常一样逗他:"想要怎样?"

裴寂明显怔了一下。

"想要……"

他浅浅吸了口气,气音微弱,带着喘息。清冷的少年音不似往日澄净,吐出每一个字句时,都喑哑得近乎带着色气。

裴寂贴在她耳边说:"你亲亲我。"

沙哑的低音。

耳旁像是有烟花轰地炸开,奇异的酥痒好似电流,密密麻麻地交织着席卷全身,就连脊骨之上,都有惹人战栗的麻。

宁宁作茧自缚,当场来了出面红耳赤、心跳如擂鼓、浑身像团火,把自己蜷缩成一个圆团。

番外六　玄虚派梦幻带球跑

宁宁醒来的时候，首先闻到一阵清新干净的皂香。

这道气息带着温和热度，流转在鼻尖，叫她情不自禁想要靠近。宁宁半梦半醒，意识不甚清晰，出于本能地朝前蹭了蹭——

可是不对劲。

与往日不同，她的脸不知正与什么东西紧紧相贴。

那触感有些硬邦邦的，外边笼了层柔软布料，在四下无声的寂静里，宁宁能感受到一股力道，怦怦怦跳动着。

神志倏然聚拢，她想起昨天夜里冷白的月光。

裴寂的脸……也是冷白色。

她和裴寂正睡在同一张床上。

昨晚他们都喝了酒，虽然并未喝醉，但在酒精的作用下，胆量总归是比平日里大上一些。

宁宁蒙蒙地想，最初大大咧咧让他留下来的，好像是她。

还有那句"想不想听听我的心跳"……

那股自胸口散开、满溢在血液里的酥痒仿佛仍有残余，轻轻戳了戳她心头。宁宁有些脸红，但更多还是抑制不住的喜悦与开心。

她现在正和喜欢的人抱在一起，他身上暖和又舒适，紧紧贴着裴寂，就像靠着个乖巧的、暖乎乎的大型玩具熊。

超级超级叫人开心。

他从来都起得很早，今日日上三竿，想必已经到了正午，裴寂却仍躺在床上。

宁宁心下一动，把脑袋从他怀里挪开，仰头向上望。

然后意料之中地，对上一双漆黑眼瞳。

冬天的阳光透着股冷意，穿过窗户降落在他眉眼。

由于裴寂低垂了眼，宁宁能清晰见到他纤长的睫毛，黑漆漆的，像扇子那样乖顺垂落，衬得瞳孔幽暗深邃，有如旋涡。

他没料到怀里的人会陡然抬头，眸光悠悠一晃，手腕却下意识用力，把她抱得更紧。

"早上好。"

冬天的被窝暖和得让人不想动弹，裴寂怀中更是舒适柔软，宁宁喜欢这种感觉，也抬手抱在他腰上。

腰好细，线条流畅得像水一样，恰到好处地往下凹，再往下轻轻一按，能感受到坚硬的肌肉。

"你什么时候醒的？"

她的声音闷在裴寂胸口上，噙了笑："不会一直没动过吧？"

裴寂被乍一碰到腰，指尖轻轻颤动一下，许是觉得痒，呼吸有些凌乱："不久前。"

这当然是句谎话。

酒精的缘故，他虽是醒得比平日晚了许多，但那亦是极早的时候，距离正午，相差大概有一个多时辰。

从未有过这样的一天，当他从睡梦中醒来，面对的不再是冰冷床铺，而是心心念念、倾慕已久的女孩。

裴寂不愿叫醒或惊动她，只稍稍退后少许，低头凝视宁宁睡着的模样，然后一点点地，用目光与指尖勾勒出她的面庞。

她生得娇憨又漂亮，莹白如玉的皮肤染了薄薄浅粉色，哪怕是在睡梦里，唇角也翘着轻盈的弧度。

裴寂触碰她柔软的唇，悄悄吻她上扬的嘴角与颊边梨窝。

亲完了，便再度把小姑娘搂进怀里，在冬日和煦的微光里，用身体感受她的柔软与温度，让她完完全全属于他。

他曾经发疯一样练剑，向来觉得发呆无异于浪费时间，可如今与宁宁在一起，哪怕是抱着她一动不动这种事，也能令他感到难以言喻的满足。

裴寂心甘情愿为此着魔。

"时候不早了。"

宁宁打了个哈欠，隔着一层衣物，戳戳他凹陷的腰窝："你打算什么时候起床？"

裴寂："……"

裴寂右手向上，摸了摸她头发。他嗓音清洌，带着醒来后独有的沙哑，虽是用了笃定的、令人无法反驳的语气，却也像在撒娇："再抱一会儿。"

裴寂在床上黏人得厉害，下了床铺，便又成了个不苟言笑、冷然淡漠的剑修。

承影被他放在卧房之外，见二人出来，整团都开始发狂似的活蹦乱跳，一面发出激动不已的鹅叫，一面迫不及待问他："裴小寂！你们昨晚干了什么？是不是躺在同一张床上了？啊啊啊！"

自承影从他体内分离出来，宁宁也能听见这道中年大叔音，闻声抿唇一笑，摸摸承影剑纯黑的剑柄："你猜一猜。"

承影猜不出来。

承影疯了。

亲传弟子与外门弟子的待遇不同，不用住集体宿舍，每人都安置有一间独立小院落，很能保障彼此隐私。

宁宁本以为不会有谁发现裴寂在她这儿，没想到刚打算开门出去，就听见一道突如其来的敲门声。

宁宁做贼心虚，匆匆与裴寂对视一眼，见后者点点头，才佯装出若无其事的模样，把手放在门闩上。

房门应声而开，站在门外的，赫然是大师姐郑薇绮与贺知洲。

还有一男一女两个小孩。

"宁宁快出来玩！这是我——"

郑薇绮说得兴高采烈，晃眼一瞥，在望见裴寂时瞬间愣住："裴、裴师弟？"

宁宁像是做坏事被当场抓包，立马僵着声音解释："他是不久前来这儿，同我一起研习剑法的！"

她说话时没带丁点儿旖旎的念头，然而这番话落在裴寂耳边，竟成了一束幽幽暗暗的火，在耳郭燎开一片绯红。

研习剑法。

当初在迦兰，宁宁曾开玩笑地提起"雨打风吹剑法"，他彼时稀里糊涂，以为那真是什么剑术，很是认真地告诉她，以后可以一同研习。

如今想来，他只觉窘迫到脸红。

郑薇绮大脑一根筋，没做多想地笑着"哦"了声。

宁宁暗暗松下一口气，刚要转移话题，却听见大师姐身边的小女孩好奇道："大哥哥不久前到这里来，为什么门前没有脚印呢？"

宁宁被这道奶声奶气的嗓音问得当场一呆，很没骨气地，感觉有股热气从心口涌到了脸上。

"我清晨前来，此时新雪已经盖上。"

裴寂替她接下这个难题，抱着剑淡声道："郑师姐，这两位是何人？"

经过郑薇绮的一番介绍，宁宁才总算了解到，原来两个小朋友是她表哥裘白霜的孩子。

"我表哥表嫂来玄虚参加仙灵会——就是每年年末,修真界里的大能都会前来唠嗑的那个。"

郑薇绮耐心解释:"仙灵会傍晚才结束,总不能把这两个小家伙带进去凑热闹,恰好我在玄虚,表哥表嫂就把他俩交付给我了。"

她说着摸了摸小女孩的脑袋,朗声笑道:"这丫头叫裴述,小名'球球';她弟弟随母姓,叫古禄,我们都叫他'咕噜'。"

这爹娘的取名水平简直傲视群雄,宁宁怀疑如果还有第三个小孩,说不定会被取个单字"滚",连起来一句话——球球咕噜滚。

听起来多么相亲相爱一家人,唯一需要考虑的问题,是叫"古滚"还是"裴滚"——毕竟不管哪一种,听上去都不像个正常人。

玄虚剑派景致颇多,然而两个小朋友都不到十岁,对名山大川不感兴趣,冬天里最大的乐趣,就是堆雪人打雪仗。

贺知洲特喜欢小孩,兴致很高:"来,看哥哥给你们堆一座皇城!"

裴述身为姐姐,已经有七八岁大。这是个性情内向的小姑娘,鹅蛋脸大眼睛,粉扑扑的小脸被斗篷上的白绒毛半掩半遮,闻言两眼发亮,满怀期待地鼓掌。

弟弟古禄只有五岁,被厚重衣物裹成了个球,看上去像个圆滚滚的小豆芽。他性格要腼腆许多,一直寸步不离跟在郑薇绮身旁,带了些新奇地向四下张望。

"我听说贺师弟很擅长赋诗。"

郑薇绮道:"现下正值大雪纷飞,不如作一首诗吧。"

贺知洲闲来无事的时候,偶尔会与同门师兄弟吟诗作赋。当初宁宁之所以能确认他的身份,就是因为这人背了首耳熟能详的诗。

她本以为贺知洲会来一段"千树万树梨花开"或"雪却输梅一段香",没想到他哼笑一声,一甩头发,竟扬声开口:

"远看是白色,近看是白色。是水不能喝,是灰烬不热。"

宁宁:"什么?"

"宁宁裴寂手拉手,我像只狗身后走。"

贺知洲诗兴大发,越说越来劲:"来了两个小朋友,叫作小古和小裴。"

裴述在诗里听见自己的名字,一时间荣幸得不得了,伸出圆乎乎的手掌用力拍:"哥哥好厉害!"

"嘿嘿,过奖过奖!"

贺知洲笑道:"只要你勤学苦练,假以时日,也能变得和我一样。"

宁宁在心里替裴述疯狂摇头。

不不不,还是不要变得像你一样了贺师兄!

小孩的兴致来得尤其快,裴述听罢热血沸腾:"我不堆雪人了……我要去作诗!"

她兴奋又期待，软绵绵的尾音情不自禁往上扬："贺哥哥，你屋子里有诗书可读吗？"

答案当然是没有，只有一大堆稀奇古怪的剑谱。

贺知洲之前饱受古文古诗折磨，好不容易来一趟修真界，早就把那些文人墨客的风花雪月丢在脑后。

但他总不能扫了人家小姑娘的兴，一番思索后恍然地一拍手："走，哥哥带你去学诗！"

宁宁总觉得他不像个爱念书的人，闻言笑了声："你还真买了许多诗书啊？"

"哪儿能啊。"

他伸手一把将裘述抱起来，嘿嘿道："去林浔院子呗——他不是最爱诗情画意的那一套吗？"

贺知洲说着低了头，看向不远处怯怯的小男孩："咕噜想去不？"

古禄摇头。

他想堆雪人。

"那我就带她走喽。"

贺知洲性子像小孩，同小朋友们一向处得来，把怀里的裘述抱得更高一点儿，一边踏着雪往前小跑，一边拔高声音："抓稳——我们起飞，飞飞飞飞飞——"

"贺师弟，"看着他远去的背影，郑薇绮啧啧叹气，"不愧是年轻人，还真是有活力啊。"

她发完感慨，下意识地望了望身旁的古禄。

比起他姐姐，这位小朋友显然要内敛许多。古禄的性格不像他爹娘，温和腼腆得过分，很容易害羞，尤其害怕陌生人，连郑薇绮都没和他混熟。

他这会儿正在专心致志捏雪球，身侧的宁宁蹲在地上，用右手托着侧脸，在一旁笑盈盈地搭话："咕噜想堆什么样的雪人？姐姐来帮你。"

小朋友怯生生地望她一眼，黑眼睛像两颗圆润的葡萄。

他受了冻，带了婴儿肥的脸蛋被染上粉红，像是软绵绵的团子，让人忍不住想要揉一揉。

这也太太太可爱了。

宁宁忍下熊抱的冲动，情不自禁咧开嘴，她觉得自己此时此刻的模样，肯定像个不怀好意的怪阿姨。

古禄顿了顿，似是有些紧张地低着头，半晌右手一动，伸到宁宁眼前。

小朋友手里是团莹白的雪，被他揉成了奇怪的形状，宁宁正努力分辨这是什么东西，就听他小声道："花花，给姐姐。"

宁宁怔了一瞬。

这道嗓音绵软得过分，心脏好似倏地落在棉花上，宁宁觉得心肝都快被萌化了。

"裴寂，快过来。"

她道谢后接过小花，朝裴寂勾勾手指，继而又朝男孩笑着说："这个哥哥堆雪人很厉害的，可以让他教教你。"

于是看上去又冷又凶的大哥哥和漂亮温柔的姐姐一起和他开始堆雪人。

裴寂总是冷冰冰的模样，面对小孩时虽然也不爱讲话，目光却不自觉柔和许多。

郑薇绮本以为古禄会害怕他，没想到裴寂收敛剑气温温和和蹲下，直到他的清澈少年音响起，小朋友都没有表现出任何抗拒。

对了。

当初在鹅城里，那群小孩也唯独偏爱他。这人仿佛自带了讨小孩喜欢的魔力，明明看上去那么凶，连不少成年人都不敢接近他。

郑薇绮被宁宁拉着一起玩雪，在胡思乱想的间隙，听见宁宁轻声问了句："郑师姐，你在想什么？"

她被冻僵的脑子没反应过来，实话实说："哦，我在想……要是以后你们俩有了孩子，应该也就像现在这样。"

啊哦。

郑薇绮终于反应过来自个儿讲了什么话，仓促抬头，果然见到两张陡然爆红的脸。

宁宁抢先缓过神，抬眸将裴寂端详片刻，笑着应道："应该是吧。"

裴寂那小子居然还在脸红，这会儿怎么比宁宁还害羞，啧啧。

裴寂没应声，握着小朋友的手教他捏雪球。

他表情淡淡，心里早就开始毫无规律地剧烈跳动，若是他同宁宁有了孩子——

开心得像梦。

但听说生孩子很疼，他不愿让她受苦，宁愿找个什么法子，把那份疼痛尽数转移到自己身上。

四个人协力堆的雪人很快完工。

古禄年纪小身子弱，不能受太久的冻，宁宁见他打了哈欠，提议道："不如我们去厨房，给他做些热食或点心吧？"

小朋友听见吃的，黑眸像落了小星星，立马就亮起来。

"地上雪太厚了，"她摸摸男孩脑袋，"让裴寂哥哥抱着你走，好不好？"

古禄不喜欢被人触碰，十有八九会拒绝。

郑薇绮正要解释，却见她侄子张开两只手，乖乖巧巧地应声："抱抱。"

——可恶！明明之前她为了抱一下古禄，给他连续送了七天的小点心！裴寂这个万恶的家伙！

裴寂没抱过小孩，只能循着记忆，模仿之前贺知洲的姿势。

他动作笨拙，手掌落在男孩身上，像抱住一团热乎乎的云。

宁宁一边笑一边教他："应该这样抱——手放在这儿，好了，站起来。"

裴寂身上有股干净的皂香，不涩也不腻，尤其讨人喜欢。小朋友把白嫩嫩的脸蛋埋进他颈窝，似是喜欢极了，惬意地蹭了蹭。

"如果觉得无聊，可以试着讲故事给他。"

宁宁瞥见少年耳郭上细微的薄红，缓声笑道："你不是很擅长讲故事吗？"

"……嗯。"

裴寂生涩地调整姿势，右手顺着小朋友的背往上移，摸了摸他柔软的黑发："我们来讲故事，想听吗？"

古禄乖乖点头。

郑薇绮："……"

她想起贺知洲念过的那首诗。

宁宁裴寂并肩走，抱着小古在胸口，身后跟着一只狗。

这三人身边，她是待不得了。

贺知洲万万没有想到，林浔房里竟会有人。

小白龙生性内向，除了天羡子门下几个亲传徒弟，似乎和其他人都没有太多交集。然而当他和裴述走到门前，居然听见一道轻柔的女音。

女人啊！林浔啊！火星撞地球啦！关公大战外星人啦！

这幅场面实在匪夷所思，贺知洲敲了敲门，屋子里的对话戛然而止。

林浔的嗓音透出些许紧张的意思："进来。"

待一大一小两人推门而入，贺知洲终于看清屋子里的景象。

林浔坐在桌前，神色拘谨又局促；他对面坐着个似曾相识的姑娘，看上去温婉安静，与贺知洲四目相对时，红着脸道了声"你好"。

就那害羞的样子，跟女版林浔似的。

贺知洲总算想起她的身份，正是流明山云端月。

他一时诧异："云师妹怎会在此处？"

而且云端月极少开口与他人说话，居然同他道了句"你好"！

"她她她……她家里人参加仙灵会，便随着来了玄虚，恰好遇见我。"

林浔知晓云端月习性，赶忙替她接过话茬："云师姐给我们所有人都带了份小礼物，还没来得及送给大家。"

贺知洲了然点头，向他说明来意。

小白龙脾气一向很好："当然没问题！你直接带她去我书房吧——云师姐，你想去看看吗?"

最终四个人一起到了书房。

林浔出生于龙宫,自幼接受文韬武略的熏陶,吟诗作赋自然也是其中一种。加之他性喜安静,不爱在室外疯玩,独自居家的时候,常会拿书出来读。

"别着急,我来帮你瞧瞧哪些书适合孩子看。"

林浔说罢开始翻阅书目,裘述静不下来,也满屋子四处转。

她个头小,只能见到低处的书,正满心好奇地看,忽然见到一本长相古怪的大书。

那本书很厚,比她整张脸都要大,静悄悄蜷缩在角落里,看上去像个沉默的巨人。裘述觉得有趣,吃力将它抽出来。

不知怎的,当余光瞥见她在这边,房间另一头的林浔忽然转身,见到她手里的书册后更是慌乱:"等等裘述!这本书不能——"

可惜这句话没能说完。

女孩早就掀开了扉页,在他出声的刹那用力一拉。

映入眼中的,是片片雪白。

那竟然不是书,而是外表做成书籍形状、实则内里被掏空的小盒子。此时被骤然打开,有风从窗外闯进来,盒子里的白纸顷刻落了满地。

林浔张了张口说不出话,脸上兀地涌起汹涌红潮。

"这是什么?"

贺知洲的好奇不比裘述少,蹲身捡起其中一张,下意识念出来:"喀,云师姐——"

话一出口,就察觉不太对劲。

贺知洲略带尴尬地"哈哈"一声,把信纸放回原地,仰头瞧一眼不远处的两个人。

林浔的脸已经红得快要滴血,琥珀色瞳孔里晕开一层水色,连眼眶都是红的。

云端月虽然不知道那纸上的内容,可见他这副神色,心下明了大半,也兀地红了脸。

书房里蔓延开沉甸甸的、说不清道不明的气氛。

忽然清脆童音响起,裘述看着其中一张纸,一字一句地念:"云师姐,秋高气爽,玄虚林叶红了大半。诚邀你前来师门做客,我定然——后面怎么没有了?"

她看不懂大人之间的氛围,听见周围没了声音,还以为大哥哥大姐姐都在细细听她念读。

小姑娘受了鼓舞,拿出下面的另一张。

"云师姐,今日见到一只漂亮的狸花猫,很可爱,你定会喜欢。若有时间,不如来玄虚瞧上一瞧,我必尽地主之谊。"

321

裘述挠挠脑袋:"这个'云师姐'是谁?如果哥哥把信寄给了她,为什么又会回到这个书房里?"

林浔已经要羞死了。

他与云师姐性情相投,兴趣也十分相近,因而常有书信往来,从诗词歌赋谈到人生理想。

不知道从哪一天起,他忽然很想见见她,想得厉害了,有时在梦里都会见到。

于是林浔尝试着写信邀请,可写着写着,千方百计、花样百出,从夏天入了深冬,每回都没有勇气寄给她。

裘述想不明白那个问题,满目都是困惑,拿起下一张。

看清信纸内容的一刹那,饶是这个小朋友,嘴角都忍不住扬起了笑。

"云师姐,不知有空可否来趟玄虚?"

她抿了抿唇,继而笑意更深:"嘿嘿,我很想你。"

哇哦。

贺知洲想笑又不敢笑,只能强行压下嘴角,发出一声做作的轻咳。

"不、不是的。"

林浔语带哭腔,低头用力攥着衣衫,嗓音软得过分,不自觉地轻轻颤:"我……我没有,没有写那个'嘿嘿',我是很认真地……想告诉你。"

这两人像在比试人体脸红极限,云端月亦是不敢看他,低低应道:"……嗯。"

她顿了顿,音量小得如同蚊子嗡嗡:"我本来要随着娘亲回娘家,此番来玄虚,是求了爹爹好几个时辰……才被应允前来的。"

所以不是什么"顺理成章跟着家人来玩"。

这是云端月本人的意愿,想来这里,也想见某个人。

贺知洲觉得,林浔那小子的眼睛里,绝对绝对闪过了一抹无法抑制的笑。

可恶啊,这两人身边,他是待不得了。

裘白霜与夫人云裳仙子从玄虚正殿出来,已经将近傍晚。

为保证绝对安全,两个小孩身上都带着法器,能被他们确定具体位置。

女儿裘述正在湖心亭。

大雪之日的玄虚有如仙境,湖面冰封似明镜,四面云烟蒸腾,悠然缭绕,衬得湖心亭宛如天上琼宇。

裘述手里抱着本经书,身后站着贺知洲,这两人皆是背对着裘白霜,他看不见表情,只能听到些许交谈声。

"球球学会作诗了吗?"

贺知洲意气风发:"来,不如当下吟诗一首,让为师看看你学来的成果!"

"学会了！"

裴述同样春风得意，踌躇满志："那、那我就……我就说说我娘吧！"

云裳仙子身为修真界出了名的美人，得到的诗词多不胜数，其中多为阿谀奉承，但自己孩子亲自写出来的，还是头一遭。

"唉，球球果然更亲你。"

裴白霜传音入密，嗤了笑道："爹爹不高兴了，得娘亲补偿。"

云裳仙子嗔怒地睨他一眼，嘴角却扬起上挑的弧度。

那边的裴述已经开始作诗了："嗝——《咏娘》！"

裴白霜与夫人皆是面含微笑地细细去听，其间开玩笑道："这首诗应该被好好记录，装裱在咱们书房里头。"

旋即就听见女儿的高声吟诵：

"总逼我去学堂，做饭像下砒霜。"

云裳仙子的神色已经不太对劲了。

裴白霜从面含微笑变成瑟瑟发抖，不远处的乖宝则继续扬声道：

"吃了一碗羹汤，嗯，那个……我爹倒地死亡！"

孩子，就要从小打起。

这首诗如同一段咒语，等她念完了，爹死了，娘怒了，裴述今晚注定哭泣不眠了。

云裳仙子的面色青一阵白一阵，裴白霜一边安慰她消消气，一边暗自庆幸，幸亏这首诗不叫《咏爹》。

"我找到感觉了！我还可以来一首《与贺哥哥湖心亭看雪》！"

裴述押上了韵，兴奋得原地蹦蹦跳跳，绣口一吐，就是半个玄虚：

"天地白茫茫，素裹砌成妆。

"纷纷大雪降——"

"你看，我们女儿多棒啊！这首诗活泼轻快，叫人听来喜欢得打紧。"

裴白霜正好声好气安慰着身侧的道侣，听得那边的裴述一阵停顿，似乎是在斟酌接下来的词句。

他话音刚落，便听得稚嫩的童音响起："——恰似我娘做饭下砒霜！"

裴白霜："……"

什么"学会"，这是彻底学废了好吗！到底对你娘做的饭有多大执念啊丫头！

——虽然的确很难吃啦！

云裳仙子不想理会那两个湖心亭文人，一阵气恼揉头加跺脚后，决定去别处先找到古禄。

古禄和宁宁、郑薇绮一同待在茶室喝茶。

· 323 ·

瞧这孩子多乖啊!

云裳仙子道了谢,将古禄抱在怀中,裘白霜环顾四周,好奇道:"奇怪,怎么没见那位裴师弟?我记得他与宁道友关系很好。"

听见裴寂的名姓,小朋友从娘亲怀里抬头,带了笑地轻声应答:"裴寂哥哥说,时间到了,他要去做鸭了。"

云裳仙子一愣。

仙门弟子都会辟谷,应该不需要进食吧?

她试探性发问:"玄虚剑派弟子……也会亲自做这个?"

"是啊。"

宁宁笑道:"玄虚虽是仙门,但修习剑道十分费钱,没办法,只能靠他啦。"

修道之人虽然普遍辟谷,但新年就是图嘴上的快乐,他们一行人里多是穷鬼,没钱顿顿吃大餐,多亏裴寂会做饭,为他们省下一大笔钱。

没钱……所以靠他?

云裳仙子心头大骇:"你们师尊没意见?"

师尊能有什么意见?修真界莫非也有"君子不能下厨房"的老旧思想,觉得剑修做菜很跌份?

旧糟粕要不得,宁宁赶紧摇头:"师尊很赞同他这样做。若是没有裴寂,我们师门一群人恐怕就没饭吃了。"

——原来这一切悲剧的源头,都是裴寂受了天羡子的撺掇!玄虚剑派,这是个何等丧心病狂的门派啊!

云裳仙子震惊到只想以头抢地,紧紧攥住身旁夫君的手腕。

无辜少年背负众多,只为养活底下一群嗷嗷待哺的师尊师兄师弟。如今天羡子在她心里风光不再,甚至不能称得上完整的人,而是个孜孜不倦吸着血的大头巨婴!

几人谈话间,自室外走进一个落满了雪的修长身影。

裴寂从厨房到这儿来,浑身都是寒气。雪水将烟火气息消融殆尽,宁宁快步跑向他:"这么快就做完了?"

"嗯。"

他的语气有些无奈,黑眸里尽是柔和光晕:"别碰,脏。"

厨房里毕竟有油烟的味道。

云裳仙子的一颗心,完完全全碎掉了。

她多想告诉这个可怜的孩子:不!其实你一点也不脏!脏的是玄虚这个道貌岸然的门派,和你身边泥潭一样污浊的世界!你很干净,特别特别干净,尤其是那颗水晶一样透明的心!

"这有什么脏的？"

宁宁不理会他的躲闪，踮脚拂去少年头顶的落雪，见他白玉般的脸被冻得发红，用手心揉揉裴寂侧脸，散去他身上的寒气："这样有没有暖和一些？"

"嚯，这儿怎么这么多人？"

贺知洲带着裴述回来，乐得咧开了嘴："今日玄虚好热闹，茶室里面聚欢笑。古禄是我小棉袄，裴述也是好宝宝。"

这人疯了！打油打疯了！说话已经明显不正常了！

云裳仙子打了个哆嗦，见宁宁向他低声说了什么，而后贺知洲笑意更深，点头道："好啊！裴寂终于又去做鸭了！我可就指望着它活了！"

他说着一顿，大大咧咧继续出声："以后有时间，你可以教给我和林浔师弟一些经验。总不能靠你一个人养活咱们，大家一起做，定然容易许多。"

云裳仙子蒙了。

这这这，贫穷至此还能继续运转，玄虚剑派真是……真是身残志坚啊！

裴述见了娘亲，高高兴兴上前要抱抱。贺知洲循着她的动作望去，正好见到云裳仙子极度悚然的面孔。

虽然这个比喻不太恰当，但她望着裴寂的眼神，如同凝视着一位自强不息的英雄母亲。

贺知洲挠挠头："城主和城主夫人，二位想尝一尝裴寂做的烤鸭吗？他手艺很好的，我们都特别喜欢吃。"

云裳仙子牵过女儿小手，恍恍惚惚应道："哦……好。"

番外七　小裴寂

今天有些奇怪。

昨日送走裴述、古禄两个小朋友后，宁宁同裴寂约好第二天前往望月峰看雪。然而到了约定的时间，宁宁在门前静候许久，都没见到他的影子。

那日雷劫浩荡，她知晓裴寂旧伤未愈，一时难免心生忧虑，到他房前敲了敲门。

没有人应答，院落里只有雪花簌簌落下的声音，安静得近乎诡异。

宁宁下意识地察觉到不妙，从储物袋拿出钥匙，匆匆推门而入。

正堂与书房都不见人影，她四下张望，最终来到卧房之前。

裴寂的卧房干净整洁，没有任何花里胡哨的装饰物作为遮挡，宁宁一眼望去，就能把整个空空荡荡的空间尽收眼底。

不对，不是"空空荡荡"。

在角落里的那张木床上，米白色的厚重被褥中，藏匿着一团起伏的弧度。

像是有什么人躺在被子里，可那道身影实在太小，不似裴寂，倒像个小孩。

宁宁皱了眉，疾步朝床铺靠近，许是听见她的脚步声，棉被里的人微不可察地轻轻一颤。

旋即宁宁将被子掀开，他被日光晃得双眼刺痛，把身体蜷缩更紧，小小一团，像弓着的虾米。

这竟是个身形瘦弱的小男孩。

而且是个……穿着裴寂睡袍的小男孩。

披散的乌发漆黑如墨，像是许久没有经过修剪，凌乱地铺陈而下，如同崎岖蜿蜒的流水幽径。

一些长发搭在脸上，遮盖他大半面容，透过发丝间的缝隙，能见到毫无血色的苍白皮肤。

像是脆弱的瓷器，稍稍一碰就会碎开。

不知道为什么，虽然面目被遮掩大半，但这个孩子总带给宁宁一股异样的熟悉感。她俯了身子，尝试着温声开口："你还好吗？"

男孩垂着眼，没有出声。

裴寂身形修长，对于小孩而言，他的衣衫难免过于宽大。男孩纤细的脖颈像是只蒙了层薄薄皮肉，锁骨露在衣襟之外，嶙峋得过分。

哪怕极力抑制，他还是不可避免地微微发抖。

宁宁瞥见他身上结了痂的旧伤疤，每一道的位置都无比熟悉。

一个怪诞的念头涌上脑海，她鬼使神差地唤了声："裴寂？"

男孩又瑟缩一下，把脑袋埋得更低。

……不会吧。

"你还记得我是谁吗？"

她心跳很快，伸手拂去他侧脸上的乌发，当指尖触碰到男孩皮肤时，明显感觉到他颤抖得更加厉害。

黑发倏然被拂开，意料之中地，宁宁见到一张熟悉的脸庞。

小时候的裴寂瘦得厉害，脸上见不到一丝一毫多余的肉，差点被饿到脱了相。

他五官尚未长开，却已有了未来凌厉冷峻的轮廓，剑眉英挺、鼻梁高挑，神色则是怯怯的，紧紧闭着眼睛，薄唇绷成一道直线。

所以现在究竟是个什么情况？如果这是小时候的裴寂，可他身上的伤口分明已经结痂。宁宁蓦然一怔。

莫非裴寂和掌门一样，也因识海受损、灵力不畅，突然之间变成了小孩的模样？

可记忆受损又是怎么回事？看他的模样，显然已经不记得宁宁姓甚名谁了。

"……你别怕。"

宁宁见他畏惧触碰，知趣地收回右手："我不会伤害你，你叫'裴寂'对不对？"

侧躺在床上的男孩长睫一动。

他仍未弄清楚当下的情况，对于他来说，今日发生的一切都像在做梦。

昨夜娘亲例行惯例责骂鞭打他，整具身体又疼又冷，裴寂神志恍惚躺在地窖里，被冬天刺骨的凉气冻得直打哆嗦。

他迷迷糊糊地睡着，怎么也没想到，当第二天睁开眼睛，填满视线的并非昏黑地窖，而是一束久违的、属于冬日清晨的微光。

裴寂已经太久没见过阳光。

在那间幽暗的地窖里，他曾发疯般渴望能看到它，可如今当真置身于阳光下，男孩竟生出几分惶恐与慌乱——

像阴沟里的老鼠，只配偷偷摸摸在夜里横行，一旦见了光，便会明白自己有多么凄惨可悲。

他习惯黑暗，被阳光刺得闭了眼，只能闻见倏然靠近的一缕香。

那道声音并非来自娘亲，娘亲从不会像这样温温柔柔地对他讲话。

——她终于厌烦了他，将他丢给别人了吗？

承影的嗓音不复存在，眼前一片漆黑，环绕着他的唯有迷茫、慌乱、绝望与无尽恐惧，猝不及防地，那道香气朝他靠得更近了些。

有什么热乎乎的东西落在裴寂额头上。

"裴寂。"

那人的声音很轻，柔软得不像话，自他耳膜缓缓滑落，径直落在心口上："别怕，你睁睁眼。"

男孩用指尖攥了攥床单。

往日在地窖里，娘亲偶尔会命令他求饶或道歉，裴寂很少做出回应，绝大多数时候，都咬着牙硬生生挺过去。

可此时的这道声音有如蛊惑，带着难以言喻的熟悉感，让他情不自禁想要遵循。

裴寂慢慢睁开眼睛。

之前刺眼的阳光竟消散殆尽，取而代之的，是笼罩整个卧房的柔和微光。

窗户不知何时被紧紧关上，那人将拇指靠在他额头，手掌倾斜着向下，在他眼前覆下浓郁影子，挡住肆无忌惮的光线。

"我叫宁宁。"

宁宁朝他笑笑，因为背着光，黝黑杏眼如同夜里的一汪水，波光浅浅荡开，温柔得过分："你娘不在这儿，我不会伤害你。"

她说罢斟酌一番词句，低声问他："我可以碰碰你吗？"

裴寂抿着唇，还是没有回答。

床前的陌生人迟疑片刻，无声叹了口气，忽然将身体俯得更低，音量低得近乎呢喃："过来。"

眼看她伸出手，他本能地想要护住脑袋躲开，然而意料之外的，咒骂和耳光都没有落下来。

一只手揽住他后脑勺，另一只则轻轻搂在胳膊上，稍稍用力往上一带，男孩的整个身体便落入宁宁怀中。

裴寂紧张得不知所措，心跳前所未有地开始加速。

他仍在发抖，小小的身子瘦弱不堪，宁宁抱着他，像抱着一具单薄骷髅。

小时候的裴寂原来是这般模样，不受宠爱地长大，对一切都懵懂茫然，如同安静的、还未长出獠牙的小兽。

宁宁心里又闷又难受，左手覆上他凸起的蝴蝶骨，右手则摸摸裴寂脑袋。

被抚摸的触感十分奇妙，裴寂说不清那是舒适还是痒，这是头一回，有人对他做出这样的动作。

温暖的怀抱带着丝丝香气，渐渐把颤抖抚平。裴寂不敢动弹，听见她的声音："你今年几岁了？"

他咬了咬下唇。

男孩的嗓音稚嫩澄澈，携了与年龄不符的哑，怯怯地响彻耳边，低得快要听不清："七岁……或者八岁。"

"啧啧，裴寂小时候这么软这么可爱吗？"

贺知洲看着坐在凳子上的小豆丁，饶有兴致地勾起唇角："来，裴寂，叫哥哥。"

裴寂低着脑袋没看他。

"你别欺负他。"

宁宁护在裴寂跟前："当心他恢复记忆，朝你拔剑。"

发现裴寂变小后，她很快找到师尊求助。天羡子对此经验颇深，一番探查之后，只言并无大碍，休养一段时间就能复原。

然后因为裴寂实在太瘦，天羡子执意带着两人来到饭堂，正好碰见贺知洲与郑薇绮。

裴师弟平日里像个杀神，这会儿却乖巧又害羞，郑薇绮看得母爱泛滥，满脸怪阿姨的笑："小寂寂，不要理那个叔叔，来和我这个漂亮姐姐玩。"

贺知洲："不要以为我没发现你故意说岔了辈分啊！"

"裴寂识海尚未痊愈，他定是偷偷练了剑，致使灵力紊乱、全身经脉动荡，身体变成小时候的模样，记忆也回到那时候。"

天羡子摸着下巴打量他："这不是什么大事，只要让他好好休养，待得灵力重新步入正轨，就能恢复如常——来，裴寂乖徒，叫师尊！"

他越说越乐在其中，蹲在裴寂面前做鬼脸："跟我念，天下第一的，师——尊——"

宁宁站在裴寂身侧，没听见他跟着天羡子念什么"天下第一"，倒是衣袖像是被什么人突然抓住，力道很轻，几乎难以察觉。

她顺势低头，见到裴寂乌黑的眼眸。

他不习惯这样吵闹的环境，被这么多陌生人死死盯着，就更是觉得别扭。

小朋友双目澄澈，没有阴沉沉的杀气，像未经采撷的、沾了晨间露水的黑葡萄。他似是有些害怕，用拇指和食指捏住她袖口，在与宁宁对视的瞬间面色一红，仓促低下头。

超可爱暴击。

宁宁的心哗啦啦化成一摊水。

"可恶,即使变成小孩,这臭小子也只黏宁宁。"

贺知洲狂吃柠檬,酸得面目扭曲:"我们这群姐姐、叔叔和爷爷难道不好吗?"

天羡子爷爷闻言面目扭曲,不停捶他脑袋作为报复。

"是雏鸟情节吧,他人生地不熟,会特别依赖见到的第一个人。"

宁宁蹲下仰头看他:"饿了吗?粥很快就做好了。"

她话音刚落,就听得郑薇绮大呼一声:"快快快,粥好了!"

裴寂不喜欢油腻的食物,按照他如今的身体状况,也无法承受太过辛辣的味道,一群人思来想去,最终给他点了碗甜米粥。

"乖徒小心烫,来来来,师尊帮你吹一吹。"

天羡子很少照顾小孩,拿着勺子喂粥的动作十分不熟练,当瓷勺碰到男孩苍白的唇瓣时,裴寂长睫轻颤,似是犹豫般浑身一僵。

忽然右手被人轻轻握住,在令人安心的温度里,宁宁低声对他说:"没事的,别怕。"

于是裴寂张开嘴,吞下那口甜米粥。

天羡子高兴得像是得了本绝世剑谱,嘴角快要翘到天上,用传音入密狂笑道:"你们快看,他吃了他吃了!我喂的!"

甜粥有点烫,但并不令人觉得难受,反而恰到好处地扩散了热量。甜滋滋的白粥暖香四溢,让他再度露出茫然的目光。

好暖和。

温热的暖流自舌尖往下,依次途经口腔、食道与肠胃,满满当当地往外溢出,填充身体里每个寒冷干涩的角落。

疼痛、苦楚、艰涩与孤寂,全因为这道暖流,被浑然冲散了。

宁宁将他的小手放在手心,温声问道:"味道怎么样?喜欢吗?"

他一定是在做梦吧。

裴寂稀里糊涂地点头,舌尖悄悄上挑,舔过口腔里残余的甜香。

他哪敢奢望吃像这样又香又暖和的食物,在冬天里,只要能吃到一个馒头填饱肚子,对裴寂而言就已经足够。

更不用说……这里还围了好几个人,个个噙了笑,对他亲近得不可思议。

他分明是令人厌恶的、非人非魔的怪物,怎么会有人愿意朝着他笑,还对他这样好呢?

天羡子一勺一勺地喂,裴寂一口一口地吃。郑薇绮大概知道裴寂幼年的经历,悄悄传音道:"他娘也真是……裴师弟这般瘦,我之前想要摸他,他居然下意识后退要躲,这得是被虐待了多少回?"

贺知洲叹气:"他娘过世后,裴寂也挺不好过的。"

这两人都出身于修真世家，无异于含着金汤匙，一路顺风顺水地长大，从没吃过苦头。

宁宁一言不发地听，右手更加用力，把裴寂手心握紧。

全是骨头，遍布伤疤和茧，小说和影视剧中总说孩子们摸起来"柔柔糯糯"，可他哪有半点这样的影子。

裴寂不喜欢人多的地方，在大家面前拘谨得不敢说话，天羡子等人很是知趣，喂完了粥，便与小朋友温声道别。

郑薇绮最是心疼小孩，临走前千叮咛万嘱咐，不时望一眼裴师弟苍白的小脸："宁宁，你一定要照顾好他。天冷了，记得给他添衣服加被子，叫他多喝热水。"

宁宁自是笑着应"好"。

等他们走后，饭堂就只剩下她与裴寂两人。

男孩显得局促不安，悄悄抬了眸打量她，当宁宁转身面对他，又匆忙把脑袋低下。

他听见越来越近的脚步声，心脏随着这道声音悬在半空。

宁宁说："该走啦。你有什么想去的地方吗？嗯……看书喝茶睡觉之类的。"

裴寂不知道。

在往常，他几乎每天都在地窖里度过，要么疼得昏睡，要么发呆或者同承影说话。

"做什么……都可以。"

他笨拙地应答，懊恼于自己沙哑的声线，一边斟酌语句，一边试图跳下凳子："我——"

这个字被狠狠地卡在喉咙里。

还没等裴寂离开木凳，腰和后背就被突然按住。柔软的触感令他大脑空白，再反应过来，已经被宁宁抱了起来。

他周身僵硬，不敢动弹。

这是个十足贴近的拥抱。

更小一些的时候，裴寂曾经无比渴望这个动作。邻居家的小孩总能轻而易举得到，每每被爹娘抱在怀中，都会由衷露出微笑。

可娘亲从不屑于给他。

就连与他进行最为简单的触碰，都会让她感到恶心。

"让我想想，这个动作应该是……"

宁宁的吐息落在他侧颈上，伴随她含了笑意的嗓音："你得用手环住我脖子，否则就掉下去啦。"

于是裴寂怯怯地抬起手。

· 331 ·

瘦骨嶙峋的小手掠过衣衫,来到少女白皙纤长的脖颈,当手指碰到皮肤时,他紧张得屏住呼吸。

原来被人温柔抱起,是这样的感受。

身上坚硬的芒刺消散殆尽,什么都不愿去想,更不愿做出任何反抗,心甘情愿溺毙其中。

裴寂悄悄吸了口气。

好香。

"去哪儿好呢?"

宁宁想了好一会儿,最终笑着问他:"裴寂,想看看山和雪吗?"

宁宁带着裴寂来到望月峰。

他们约定好在此地看雪,今日陪在身边的虽是缩小版裴寂,但好歹算是双双赴了约。

望月峰地势高耸,气温极低。抵达目的地后,宁宁将裴寂从怀中放下,右手则紧紧握住他左手手心,源源不断传输暖和的灵力。

"跟我来。"

她对这地方很是熟悉,穿过一处枝叶交叠的竹林,带着裴寂步步向前,来到最为高峻陡峭的山巅。

凛冽冬风呜咽着匆匆袭来,在漫天飞雪里,男孩讶然地睁大双眼。

他久居于幽暗地下,除此之外唯一见过的地方,便是生活多年的山中村落。

而眼前之景雄浑浩大,千山万壑连绵不绝,有如震耳欲聋的暮鼓晨钟,将他狭小的世界敲得粉碎。

顺着山巅放眼望去,重峦叠嶂恍若腾龙,勾勒出一片吞天蔽日的恢宏之势,巨尾一摆,直入云霄。

山峦之间烟波浩渺,流水击石,白雾里挟着飞雪,如潮似海,翻涌不灭。遥遥望去,像极被狂风扬起的层层雪浪,天地之间尽是雪白,一望无际,没有尽头。

置身于这样的景致里,每个人都显得格外渺小。

宁宁同裴寂坐在一块磐石上,扭头望他:"你曾经到过山顶吗?"

他自是摇头。

"这样啊。"

她顿了顿,语气很淡:"喜欢吗?"

裴寂怔怔看着她。

山巅的狂风撩起裙摆与长发,宁宁笑着凝视他,仿佛随时都会随风消散。

那股不真实的、像梦一样的感觉又来了。

他气息凌乱，低低应了声"嗯"。

"喜欢就好。"

她笑意更深，突然对他说："裴寂，看见对面山头的那簇花了吗？"

裴寂不明白这个问题的用意，顺着宁宁的目光，向远处望去。

在鹅毛大雪之下，万物都被笼上一层月华般的莹白，唯有对面山顶上的一簇小花与众不同，呈现出淡淡粉色。

他正细细打量，忽然望见一缕白光骤然划过，自天边而来，斩去其中一片小小的花瓣。

更为匪夷所思的是，不过转瞬之间，白光便携着花瓣出现在他面前。

"接住。"

是宁宁在说话。

他依言伸出手，那道剑气不久前还冷冽锋利，靠近他时，却温和得像春天里的风。

花瓣回旋着飘然下落，坠入手心，还带了一些远山上的新雪。

"送你的小礼物。"

宁宁因他惊骇的神色扑哧笑出声："我厉害吧？"

真的很厉害。

裴寂想，明明隔着遥远的距离，明明她几乎没做出任何动作，遥远山川里的一切，仿佛被她尽数掌控在手中。

他正想应答，却听宁宁道："你以后，也会变得这么厉害哦。"

男孩一愣，茫然看向她的眼睛。

他想说不会的。

他从出生到现在，一直都在与世隔绝的小村庄里长大，什么都不懂，身上尽是病症和伤疤。

他一无是处，唯一拥有的，唯有低劣不堪、连自己都厌恶不已的血统。

可宁宁敛了笑，目光柔和又认真，抬手拂去落在他头顶的积雪，缓声对他说："玄虚的山川看起来高不可攀，但今后的你，能远远凌驾于这些山水之上，不会被任何距离或障碍阻挡——就像现在这样。"

裴寂怔怔愣在原地。

山峦间阴风怒号，他却只能听见自己越发沉重的呼吸声。

"你的血统并不卑劣，等你长大，会变成很好很好的人。"

她说着一笑，胡乱摸了摸他脑袋："不对，现在的裴寂，就已经是个很好很好的小朋友了——大家都很喜欢你。"

喜欢。

这个陌生的词语沉甸甸落在他心口上，裴寂茫然无措，开口出声的时候，没经过任何思考："那你呢？你也喜欢我吗？"

言语匆匆落下，男孩自知失言，毫无血色的脸颊陡然浮起一抹红，咬着唇低下脑袋。

头顶又被摸了一下，耳边很快响起清澈干净的少女声线："我是最最喜欢你的那一个哦。"

四下风声刺耳，却也万籁俱寂。

小小的、瘦弱的男孩握紧手中花瓣，自嘴角勾起不易察觉的一抹弧度。

那颗久久麻木的心，在此刻怦然跳动起来。

在寒冷的凛冬，宁宁送给他一捧远山的新雪、一朵柔软的花瓣，又或是一片绵延的山川、一处令人心安的小小世界。

以及一个未知朦胧，却饱含希望的未来。

裴寂独自站在浴桶里。

在蒸腾热气下，男孩苍白单薄的身体渐渐染上浅粉色泽，他不甚习惯地抬起手，碰一碰身侧温热的水。

娘亲厌恶脏污之物，每天都会命他洗澡。

洗漱需要用到不少水，她自然不愿浪费时间烧热，因而裴寂所能接触到的，多是直接从河道里打来的凉水。

比起伤痕而言，寒冷算不了什么。

裴寂从最初的瑟瑟发抖，逐渐变成日后的习以为常，他用惯了冷水，乍一置身于此处，反倒生出几分拘谨与不适应。

不再是冰冷刺骨的折磨，如今身体的每个角落都萦绕着热气，暖流席卷四肢百骸，惬意得不真实。

他的身体变得很奇怪。

血肉模糊的伤口不见踪影，却莫名其妙生出许多深褐色疤痕——无论哪一种模样，看上去都不讨人喜欢。

"是不是很久没碰过热水了？"

耳边响起承影的声音，裴寂闻言抬头，望向桌上摆放的漆黑长剑。

宁宁说他失去了部分记忆，在那段被遗忘的日子里，身为剑灵的承影已从他体内离开，化作最为本真的长剑形态。

她没有骗他，待他长大以后，当真能像宁宁那般用剑。

"唉，好久没见到你这副模样，我还有点——不，是十分想念。"

承影形态变了，嘴上还是不变地热衷于叭叭叭："来来来裴小寂，叫承影哥哥！"

昨晚裴寂与宁宁许下约定，自打回到家，就一直暗戳戳抿着嘴笑。

它一眼就看出这小子的心思，没忍住啧啧调侃，说得正欢，便被裴寂放进剑匣里。

要不是后来宁宁放它出来，让它陪裴寂说说话，承影还真见不到臭小子这么天真懵懂的时候。

它兴致正浓，本打算继续打趣几句，忽然听见屋外的宁宁唤了声："裴寂，洗完了吗？再待下去，水就快冷喽。"

正在发呆的男孩眨眨眼睛，尝试把音量放得更大一些，让她能够听到："……嗯。"

裴寂穿在身上的睡衣，是宁宁特意去山下为他买来的。

当时他的体形骤然缩小，总不可能让孩子去穿成年人的宽大长袍，因而在寻找师尊之前，宁宁先下山买了一些适合小孩用的必需品。

例如鞋子、小零食和各种衣物。

这件睡衣由天蚕丝与羽绒棉所制，自带保持热量的功效，摸起来轻柔绵软，能感受到一团团细腻的小绒球。

当肌肤与之相触，温暖得像是被云朵包裹起来。

宁宁在屋外等了许久，见裴寂推门而出，垂眸一瞥，被他的模样可爱到大脑空白。

比起后来的少年，男孩的五官不及他冷峻艳丽，面庞上更多的特质，是独属于孩童的懵懂稚嫩。

他身形孱弱，小脸瘦削，被裹在那团白花花软绵绵的睡衣里，莫名像只收起了爪子的猫。

白得过分的皮肤如同被雪灌洗过，长睫上残留着湿漉漉的水色，再往下，则是不含杂质的澄澈黑瞳，与紧张抿起的薄唇。

感知到她的注视，裴寂局促垂下头，散落的黑发里，隐约露出耳垂上的一抹红。

太太太可爱了吧！

宁宁差点就要伸手去揉他的脸，由于担心吓到小朋友，只得勉强克制住右手。

她忍不住逗弄的心思，向前几步靠近他，轻笑道："今日我陪你玩了一整天，裴寂是不是应该表示一下感谢？"

男孩愣怔片刻，迟疑应声："谢……谢谢。"

除了这句"谢谢"，他没有任何东西能给她了。

这个事实让他有些难过，心口涩涩地疼，果然在不久之后，便听见宁宁的回应："一句谢谢不够哦。"

令人心慌的失落于顷刻之间涌来，然而还没等这股情绪蔓延扩散，宁宁就伸出右手，替他拭去眼尾残留的一颗水滴。

她看着裴寂眼睛，笑起来的时候，瞳仁如同荡漾的清泉："你应该说，'谢谢姐姐'。"

真奇怪。

今日遇上的所有人，都争先恐后地想要他叫"哥哥""姐姐"。

承影终于忍不住大叫："宁宁！你这是占他便宜！裴小寂别叫，我不允许！不、允、许！"

男孩长睫颤了颤，被水汽染成浅粉的薄唇微张。

哪怕当真会被占便宜……可一旦对象是她，就似乎没有任何拒绝的理由。

或是说，"被宁宁占便宜"这件事本身，裴寂并不反感。

"谢谢——"

宁宁全神贯注地听，看着眼前的裴寂面上涌上绯红，用极轻极慢的嗓音叫她："姐姐。"

承影愤恨至极地呜呜呜，宁宁春风得意，摸摸小朋友湿漉漉的黑发。

啊。

宁生圆满，只希望裴寂恢复记忆以后，能把这件事当成从没发生过。

宁宁今天带着裴寂看山看雪，后来又陪他御剑去山下逛了一遭。吃吃喝喝之后，如今夜色已深，等他洗漱完毕，就到了上床睡觉的时间。

"记得不要踹被子，你怕黑，那根角落里的蜡烛就不吹灭了。"

宁宁看着小朋友乖乖上床，伸手细细为他压紧被褥："你一个人在这儿，会不会害怕？"

她本以为裴寂会摇头。

可床铺上的男孩安静地看着她，双眼在小小的面颊上显得又圆又大。他沉默半响，似是有些迟疑，竟无声点了点头。

他眼神里有淡淡的祈望。

裴寂没了记忆，对于他来说，眼前的小姑娘只是个刚认识一天不到的陌生姐姐。宁宁想，若是提出陪着他睡觉，恐怕只会让裴寂觉得不适应。

她懂得掌控分寸，低头道："那你在床上睡，我坐在桌边休息，好不好？"

裴寂静了一瞬，眸光暗暗地应了声"嗯"。

角落里的烛火被屏风遮挡，只透出单薄如纱的幽然微光。裴寂睡觉时很乖，安安静静躺在床铺上，没发出一丁点儿声音。

今日的变动实在太大，宁宁一时半会儿睡不着，趴在桌上发愣，毫无预兆地，突然察觉到一股极其微弱的魔气。

……对了。

出于血统的缘故，裴寂是会受到魔气侵扰的。

酝酿许久的睡意瞬间消散殆尽，宁宁抬头望向不远处的床铺："裴寂？"

没有人回答。

她心下焦急，走上前去，才发现裴寂整个人都缩进了被子里，像早上那样，将身体蜷成小小一团。

在烛火的映照下，有森然黑气缠着长发，幽幽从被褥里溢出来。

魔气上涌，全身经脉都会饱受折磨，饶是少年时期的裴寂都要咬着牙竭力挺过，更不用说如今这个连蕴气都不会的小孩。

宁宁伸手去掀棉被，却发现还有另一股力道抓着被子——

裴寂将棉被死死按住，不让她掀开。

"裴寂。"

她的语气里没有丝毫不耐烦，隔着一层棉被，在很近的地方轻轻哄他："乖，出来。"

这道声音犹如蛊惑，被剧痛折磨的男孩意识恍惚，差点儿就乖乖掀起被褥。

可他不想让宁宁见到自己这副模样。

当下人人憎恨魔族，只愿杀之而后快，更何况他如今的相貌狰狞不堪，若是被旁人所见，只会徒增厌烦。

裴寂不愿吓到她，更不想被她讨厌。

汹涌的魔气横冲直撞，席卷五脏六腑，所经之处尽是刀削般的刺痛，裴寂不知如何疏解，只能咬牙承受。

他明明……明明已经很努力地不发出声音，为什么还是会被她发现不对劲。

被褥里充斥着痛楚与黑暗，疼痛加剧，男孩已经开始止不住地颤抖。

忽然之间，有什么东西从身侧的被褥下悄然探进。

没有像娘亲那般羞辱打骂，宁宁的手在床铺上笨拙探索，自他的肩头向下，最终握住裴寂手心。

从未感受过的温度，被缓缓传入他身体。

她在触摸他。

灵力温顺清冽，于无声中拂去体内暴涨的魔气。裴寂怔怔感受着来自她的温度，一时间忘了颤抖。

待得疼痛消退一些，他听宁宁轻声道："出来吧。"

这是让人无法拒绝的口吻。

米色棉被微微一动，男孩暗自咬住下唇，低着头掀开被褥，将蜷缩的身体暴露在外。

裴寂不敢看她，可宁宁却在一点点靠近。

穿过令人生惧的层层黑雾，宁宁将他揽入怀中。

"对……对不起。"

裴寂浑身战栗，声线亦是止不住地颤抖："我是……"

他是魔族的子嗣。

他现在的模样一定很难看，双目血红，黑气缠身，条条青筋骤起，狰狞又可怖。

曾经在地窖里，魔气也会隔三岔五地发作。每到那时，娘亲都会怒不可遏，一面冷眼旁观他痛不欲生的丑态，一面从口中吐出毫不留情的讽刺与咒骂言语。

魔族、孽子、怪物，以及更多不堪入耳的词汇。

好不容易有人愿意对着他笑、小心翼翼地拥抱他。

他不愿宁宁像娘亲那样，连触碰他都觉得恶心。

那道将他环抱着的力道逐渐加重。

烛火摇曳，耳边是他狼狈的喘息与呜咽声，以及宁宁的一声叹息："道歉做什么？'对不起'可不是这么用的。

"不过是魔气，没什么大不了。"

她的手掌一遍遍抚过裴寂脊背，直到他的颤抖越来越轻："跟剑气、道气和其他所有乱七八糟的气息一样，魔气本身是无功无过的。要说真正应该被讨厌的，是利用它走上邪路的人——哪怕是剑气，一旦坏人运用，那也是惹人讨厌的东西。"

宁宁怎会不明白他的所思所想。

当初承影丧失了身为上古神剑的记忆，无异于普通中年大叔，对魔气一无所知。在魔气上涌之时，它除了费尽心思安慰裴寂，没提出任何有用的建议。

因此裴寂对于魔气的认知的唯一来源，只有他娘亲。

那女人哪能说出什么好话。

她心头又酸又涩，语气前所未有认真："你不是坏人……你的一切我都不讨厌。"

裴寂后背一僵。

源源不绝的灵力潺潺如流水，自脊椎升起，顺着经脉血管，逐渐流经全身。

宁宁对他说："我在这儿，不会有事的，别怕。"

柔暖的洪流席卷而上，将男孩浑然包裹。这时候的裴寂年纪尚小，却已经学会伪装出冷硬的外壳，它理应坚固不摧，此时却被轻而易举击得粉碎，露出瑟缩在角落里的心脏。

那些只会在梦里出现的、卑微怯懦的祈愿陡然成真，他眼眶滚烫，长睫倏地一眨，扫下一颗水珠。

裴寂经历过无数次的打骂与魔气缠身，早就对疼痛习以为常，无论多么难挨，他都能咬紧牙关硬挺过去，哪怕昏死也不会喊疼。

唯有这次，裴寂落了眼泪。

温柔永远比苦痛更有力量。

魔气退去的时候，裴寂已经精疲力竭，没剩下多少力气。

宁宁拂去他眼角泪珠："是不是困了？"

这回他没有摇头或点头。

孱弱苍白的男孩气息凌乱，额前是被痛出的冷汗，双眸湿漉漉凝视着她的眼睛，兀地伸出手，拉住宁宁衣袖。

裴寂还是害羞，没出声说话，宁宁却很快明白他的意思："你想让我留下……陪着你？"

他本想点头。

然而还没做出任何反应，瘦小的男孩就被再度搂入怀中，不过一眨眼，便已经躺在床铺上。

宁宁身上是沐浴后的淡雅清香，甜丝丝的，裴寂习惯了地窖里的血腥味，很少能闻到甜香。

真不可思议，她的身体居然比棉被更软。

裴寂下意识贴得更紧，听得宁宁的一声轻笑："睡吧。"

她说："裴寂，做个好梦。"

男孩合上双眼，与她紧紧相靠。

裴寂没有告诉她，他做过的所有梦，都不及今日的美妙。

宁宁睡得浅，在夜半的时候，被一阵轻微的动静兀地惊醒。

烛火不知何时熄灭了，透过月光，她见到裴寂的脸。

她更为熟悉的、属于少年人俊秀的面庞。

他把声音压得很低，带了歉意："吵醒你了？"

宁宁被他顺势抱住，睡意蒙眬："你什么时候醒来的？"

像她之前做过的那样，裴寂摸摸她脑袋："不久前。"

比起身体，裴寂的记忆要抢先恢复。

当时宁宁睡着了，失去记忆的他虽然闭着眼，却并没有入眠——

儿时的他从未被人抱着入睡，更何况她的余音残留在耳畔，每一刹那都弥足珍贵，裴寂哪里舍得睡着。

然后记忆恢复，他感应到体内灵力涌动，暗暗下床褪去衣物，换上了原本的睡袍。

今日的林林总总，无一不清晰留存于脑海。

他将那朵花瓣小心翼翼藏在柜中，忍不住抚摸良久，思考如若早些遇见她，人生会变成何等模样。

但也幸好,他是在少年时遇见宁宁。

小时候的他只拥有无尽苦难,无法赠予她分毫。裴寂不愿生活在庇佑之下,他想好好保护心上的姑娘。

在望月峰上,宁宁只说对了一半。

他哪怕拥有凌驾于山川湖海的力量,却永远会心甘情愿地,屈服于她的温柔。

"宁宁。"

他嗓音里残留着不久前暗哑的哭腔,原是清冽干净的声音,此时竟多了几分撒娇般的绵软:"好喜欢你。"

"早就知道了。"

裴寂说话时胸腔微震,哪怕是最为微小的颤动,也能被宁宁清晰感知。

她睡意渐浓,开玩笑地低语:"怎么,难道你今天才发现格外喜欢我?"

"不是。"

裴寂垂头,身子后退一些,让自己能看见宁宁的面庞。

恒久沉寂的夜色里,她的眸子像在发光。

"每天都喜欢你。"

他将唇贴在她额头,轻柔缓慢地下移。冬夜寒冷幽暗,薄唇上的温度途经她皮肤,那道触感便显得格外真实且浓烈。

热气最终覆上少女的唇。

裴寂力道很轻,有意地触碰再移开,如同春日缠绵的细雨,淅淅沥沥,惹人心痒。

他的语气里,不知何时多出几分不可言说的欲意:"今晚不同。"

春雨骤急,重重下落。

纷乱的呼吸彼此交缠,分不清来源于哪一方。裴寂听见夜里响起的绵长呼吸声,怀里的宁宁抓紧他衣襟。

他已经快要遏制不住那股汹涌的念头。

想要亲近她,想要亲吻她,想要将这份心悦告诉她,类似于这样的想法太多太多,快要从胸腔里满满地溢出来。

待一吻毕,宁宁已是面色绯红。

她渐渐习惯亲吻,虽然还是会心跳加速,但总归不会像曾经那样紧张到不敢动弹,正暗自调整呼吸,想问问他今夜有什么不一样,忽然听见裴寂微微喘着气,唤了声"宁宁"。

他很喜欢叫她的名字,简简单单的叠音,念起来总带着点儿温顺的鼻音。

裴寂一下一下亲在她的额头,许是觉得接下来的这句心里话直白到近乎轻浮,用了剑修特有的严肃且一本正经的口吻："今晚……情难自禁。"

他不知想起什么，动作突然一顿。

月色下，少年颊边浮起绮丽的红。

裴寂勾了嘴角，从喉咙里发出低低的、噙了笑的气音，薄唇擦着她的唇瓣，哑声开口。

似是低喃，又像调笑，他沉沉念出那两个字，尾音上扬："姐姐。"

这分明是一出小小的报复，也不晓得到底是谁在占谁的便宜。

耳朵和血液重重炸开，宁宁很没骨气地蜷起脚趾，快被自己脸上的热气烫到融化。

番外八　回到现代之后

　　突然之间回到现代大都市，宁宁是万万没想到的。
　　更匪夷所思的是，此时此刻呆呆愣愣、满脸茫然站在原地的人，不止她一个。
　　一切异变的起源，是贺知洲那个不怎么靠谱的磨刀石系统。
　　他为天道勤勤恳恳打了这么久苦工，没有功劳也有苦劳。或许是因为天道也在走正确的路，对手下员工颇为体恤，年末的时候，给了贺知洲一份神秘的年终奖励。
　　"我那系统大姐神神秘秘的，什么都不愿意说——奖励到底是什么，我也不清楚。"
　　趁玄虚剑派一行人吃早点的时候，贺知洲悄悄对宁宁传音："它以前坑我好多次，我没敢直接打开，要不试试？"
　　他说罢倒吸一口冷气，想必是因为"系统大姐"这四个字惹怒了某位姑奶奶，引出一顿脑内报复。
　　宁宁当时没做多想，坦然应道："肯定没事，开吧。"
　　然后饭桌上的所有人，都莫名其妙到这儿来了。
　　在平日里，玄虚剑派的弟子很少与家中往来，唯有在新年时能够破例。郑师姐早早归了家；孟诀师兄亦是有回乡祭拜的习惯，同样不在宗门中。
　　因此到这里的，只有她、贺知洲、天羡子、裴寂和林浔。
　　"所以，"天羡子嘴里还塞着个奶黄包，大大的眼睛里是大大的茫然，"我是不是吃太多噎死，看到了死前的幻象？"
　　"这这这、这是二十一世纪的大马路？"
　　贺知洲习惯了修真界里肃穆古朴的亭台楼榭，乍一望见柏油大道，一时半会儿竟然没反应过来，半晌才在脑袋里问磨刀石："我回来了？"
　　"你们只有半天时间。"
　　慵懒的女音冷哼一声，仍在对那声"大姐"耿耿于怀："等傍晚太阳落山，就会被送回修真界。"

现代社会象征着什么。

手机、网络、空调,还有数不清的甜点、奶茶、火锅。

别说半天,哪怕只有半个小时,他也会嗷嗷叫着说愿意啊!

贺知洲化身终极舔狗:"谢谢美人姐姐,美人姐姐真好!我一辈子都是天道的小粉丝!像我这样平庸的人,居然能遇上如此完美的搭档,高攀,绝对高攀!"

贺知洲嗷嗷乱叫,宁宁的兴奋感不比他少。

这条道路位于郊外,四下见不到车和人,抬眼望去,便能看见不远处恢宏浩荡的城市群,像是由钢筋水泥筑成的巨人,灰蒙蒙黑沉沉一片。

"这个地方我以前来过!这是个,呃,海外仙洲!"

贺知洲胡诌的本事一流,说罢朝宁宁挤眉弄眼:"宁宁对这儿应该也挺熟吧?"

宁宁点头:"……这是我故乡。"

在场几人都知晓替命一事,闻言大多露出恍然大悟之色。

她说话时正巧有辆卡车急急驶过,林浔胆子不大,被这个轰隆隆叫着的铁皮怪物吓了一跳,下意识往天羡子身边靠。

"这是一种法器,同飞舟差不多,里面坐着人。"

宁宁耐心解释,尽量全部使用他们能听懂的词汇:"我家乡灵力匮乏,严禁打打杀杀,待会儿无论见到多少奇怪的物件,都不会伤及性命——只不过遇上它们,切记要避开,不要发生冲撞。"

若是修真人士撞上大卡车,需要担心的恐怕绝非前者。

宁宁已经能想象到卡车被剑气掀翻,再被切成数块铁皮的场面,想想都能让她心梗。

"对了,这里的人们穿着打扮与修真界很是不同,若想进城,需得入乡随俗。"

"对对对!就像我这样!"

贺知洲不知何时给自己施了个障眼法,宁宁闻声看去,才发现这人已经穿上大衣牛仔裤,咧嘴一笑,还真有几分当红小生的既视感。

天羡子吓了一跳:"身体发肤受之父母,你这头发,这这这——这地方的人都是和尚?"

他话音刚落,便见宁宁也身形一晃。

这具身体与她原本的长相一模一样,宁宁便用了自己曾经最为熟悉的打扮,黑发披落肩头,身上则是绒绒的毛衣搭配长裙白袜,脖子上搭着条围巾。

她默念完法诀,笑着戳了戳身边人的胳膊:"裴寂,想不想试试?"

这副模样和曾经不大一样。

那条围巾很大,宁宁的下巴被整个遮住,一些黑发零散地裹在围巾里,有点乱，蓬蓬软软的。

毛衣同样宽大，呈现出令人舒适的米白色，衬得她像个白绒绒的绵球。

让他忍不住想要抱一抱。

裴寂垂下长睫，掩住眼底一丝欲意，不带犹豫地应道："嗯。"

宁宁对男装了解不多，思索少许，给裴寂同样换上一件毛衣。

与米白相反，裴寂身上是纯粹的黑。他眉目冷峻，带了点漫不经心的艳，这会儿黑发软绵绵伏在脑袋上，衬得面色冷白如玉，颇有少年意气，不似杀伐果决的剑修，倒像个矜贵冷淡的小少爷。

而且腿真的真的好长，被裤子勾勒出修长有力的弧度，腿形十足漂亮。

修真界惯穿长袍，他察觉到宁宁凝在腿上的视线，一时竟生了几分局促，握紧手里的承影剑。

"不是吧，这也能让你紧张？"

承影恨铁不成钢地不停啧啧："裴小寂，你迟早会被她看光，到时候可怎么办喽。"

天羡子和林浔都不是循规守旧的老古董，见裴寂一马当先，只好紧随其后，让贺知洲为他们施了障眼法。

"衣服是有了，现下还有个很严肃的问题。"

贺知洲摸摸下巴："咱们要想痛痛快快玩上半天，钱从哪儿来？"

结果是去了典当行。

天羡子储物袋里杂物众多，差点就随手掏出几个高阶法器，被宁宁和贺知洲拼命拦下。经过一番商议，最终被当掉的，是林浔过年从家里带来的几颗小珍珠。

龙宫里的珍珠品相绝佳，为众人换来不少钱。

有了钱，贺知洲连走路说话都带风，美滋滋道："咱们刚吃完饭，先找个地方好好玩会儿，等晚点再去美食城——怎么样？"

这是他工作生活的地方，宁宁并不在这座城市，饶有兴致地点头："我们去哪儿？"

贺知洲嘿嘿一勾唇，神色有几分阴险。

"我听说，游乐园里开了家鬼屋。"

他的贼笑止不住地从齿缝往外冒，最终变成极其标准的桀桀反派笑："超大超豪华，绝对适合欢迎新朋友。"

"五个人一起进去，对吗？"

鬼屋门口的姐姐抬头看他们一眼，垂眸登记时没忍住，又抬起眼皮匆匆望了一下。

"我怎么觉得,"天羡子用传音悄悄道,"这里的人都在盯着我们瞧——难道我们仙门之人的身份暴露了?"

"只要师尊不动用灵力,就绝不可能暴露。"

宁宁正在为裴寂整理围巾:"之所以盯着看……是因为察觉到我们是外乡人,比较热情好客。"

其实并不是。

修真之人皆得灵气涵养,颜值都是一等一的水平。她身旁这四人身形高挑挺拔,五官俊朗出众,加之携了剑修独有的凌厉气质,一动不动往原地一站,简直像个男模团。

爱美之心人皆有之,也不怪旁人会不时投来视线。

她说罢一顿,不动声色地问贺知洲:"虽然你想坑他们几个……但以你的胆子,真能挺过鬼屋?"

"以前可能不行,但我纵横驰骋修真界这么多年,难道还怕这些小小鬼怪?"

贺知洲得意地哼哼:"放心吧,等会儿就算有NPC来吓唬我,我也只会泰然自若地对他唱'we will we will rock you(我们要让你摇滚起来)'。"

这座鬼屋更贴近于恐怖向的密室逃脱,不但有真人NPC,还附带剧情解谜。蒙着眼睛进了大门,掀开眼罩一看,便是一间生满绿苔的破旧教室。

教室里昏暗幽冷,除了头顶一盏时亮时暗的旧灯,唯一光源只有每个人手里拿着的电控小蜡烛。

宁宁有点怕,抓住裴寂手臂,正四下打量,突然听见猝不及防响起的背景音。

"秋田高校,是全国赫赫有名的闹鬼圣地。你们身为探险博主,于今夜来此地取材,却不想——"

这句话戛然而止。

旋即在下一秒,玻璃窗外就响起一道撕心裂肺的吼叫,贺知洲爆发出同样狂放的尖啸,匆忙循声望去,差点被吓到眼珠子乱转。

窗外正贴着张七窍流血的惨白大脸,见他扭头,歪歪脖子,露出一个能让人心肌梗死的笑。

她笑了,贺知洲哭了。

不行了,这鬼屋是彻底玩不了了。

贺知洲哪敢拍着窗户和那张大脸对唱"we will we will rock you",当场奏响拿手乐器退堂鼓,哆哆嗦嗦、颤颤巍巍:"这跟我想的不太一样啊……要不咱们还是去玩旋转木马、碰碰车吧?"

"我们都进来了,剑修哪有半途而退的道理!"

天羡子见多了妖魔鬼怪,更何况宁宁曾经提醒过,这里面的一切鬼魂都是由

· 345 ·

工作人员扮演，纯粹为了吓唬人。

他没生出恐惧的念头，反而很感兴趣地催促："我们接下来应该怎么办？出门往前走？"

宁宁心有余悸，应了声"嗯"。

推开教室门，映入眼前的是条幽深长廊。

长廊左侧是扇紧紧锁住的铁门，右侧的尽头处，则是另一间教室模样的房屋，同样伸手不见五指，隐隐透出几分淡绿色幽光。

背景音适时响起："你们迷失在校园里，这里发生了太多诡异的事情……你们必须尽快出去！当务之急，是找到打开这层楼楼道的钥匙！"

"也就是说，我们要进入那间小房子，在里面寻找钥匙。"

天羡子无比愉悦地一拍掌："还等什么？咱们走啊！"

奈何鬼屋偏偏不让他如愿。

这类地方的工作人员都有点恶趣味，不会特意吓唬胆子大的玩家，只对胆小的顾客情有独钟。

他甫一说完，喇叭就再度响起："长廊里鬼魅横行，生人之气若是太重，会被很快察觉。要想穿过长廊，只能寄希望于你们中阴月阴日出生的两个人。"

宁宁正琢磨这段话的含义，突然就瞥见绿光悠悠一晃，正好落在她和贺知洲身上。

宁宁："……"

贺知洲："……"

"我觉得，"宁宁很认真地分析情况，"我还没走进那间房屋，就会被贺知洲吓个半死。"

贺知洲原地抽搐："呜呜呜不要啊不要啊，我呜呜呜错了，真的错了……"

鬼屋的规矩不能变更，他们总不能一直卡在第一关不动弹，宁宁深吸一口气，最终还是拽住贺知洲衣袖往前走。

裴寂放心不下，拉了拉她毛衣衣摆，得到小姑娘一个"问题不大"的眼神。

长廊幽暗，当两人踏入时，开始出现窃窃私语的诡异背景音。

宁宁表现得面色如常，实则心里发怵，等到了教室门口，恐惧感就更加强烈。

这间教室，它实在太黑了。

沉重的黑暗浓郁得有如实体，四散在空间里的各个角落，以她的经验，知道里面肯定藏着伺机而动的NPC，但由于四下昏暗，全然不晓得对方的位置。

同样让宁宁倍感恐怖的，还有她身旁的人。

贺知洲朝她递来英勇赴死般的眼神，缓缓蹲下，趴好，一点点往房间里爬。

这也太惜命了吧！不至于啊！

"大哥大姐行行好,别吓我别吓我……"

贺知洲一边爬一边念念有词,宁宁哆哆嗦嗦蹲下来跟在他身后,举着小蜡烛往前面探。

教室破旧非常,地面和墙壁都染了溅射状血污,四下幽暗的氛围最是吓人,她环视一番,在对面的墙壁角落见到一抹莹光。

"我、我看见了。"

宁宁不敢大声说话,颤着声对他说:"我们正前面,钥匙在发——"

她话没说完,忽然感到身侧袭来一阵微风。

宁宁不敢偏头,一动不动。

"怎么突然停了?我们——"

贺知洲尚未察觉到危机,扭过脑袋瞅她。

宁宁无比清晰地见到,他的脸由平面变成立体,再由立体变成一团烂布,以匪夷所思的角度扭在一起。

贺知洲:"啊——!"

贺知洲形态狰狞地拼命往前爬,宁宁怕得厉害,情急之下一把抱住他的腿,勉强寻求一点来自队友的安慰,蹲在地上随着他飞速移动。

贺知洲目眦欲裂、青筋暴起,像条濒死的鱼蹬来蹬去,全凭两只手在爬动:"呃啊——腿,我的腿!鬼抓住了我的腿!有鬼呃!在抓我的腿!"

宁宁被他蹬得呜呜呜叫,拼尽全力地喊:"钥匙,去拿钥匙!"

那NPC还是头一回见到这雪橇犬拉车般的动作,一边拼命憋笑,一边尽职尽责跟在两人后头。

好在贺知洲还存了点儿理智,死死盯着钥匙所在的那束亮光,往那里赶,然而等靠近之后,脸色更加苍白——

角落里赫然摆着个鲜血淋漓的尸体模型,而钥匙被卡在它大张着的嘴里!

贺知洲好绝望。

这招伤敌八百自损一亿,他还没整蛊到天羡子等人,就已经成了最先死掉的小白鼠,猪队友竟是他自己。

他双腿被腾空抓住,只能勉强伸出一只手去拿,扑腾好一阵子都没能够到。

宁宁心急如焚地跨步上前,手刚刚碰到那颗干瘪的脑袋,就又在身旁见到一张雪白大脸。

宁宁:"……"

教室里惨叫声响成一片,贺知洲四肢着地满屋子乱爬,比NPC更加恐怖。

宁宁大脑空白,来不及去拿出钥匙,抱着那颗脑袋拔腿就跑,在意识到自己正揣着一颗头后,叫得更厉害。

她抱着头一边号叫一边跑，等好不容易跑出教室来到长廊，终于见到大部队的影子，立马放声道："钥匙来了，快快快接住！"

小师姐居然当真把钥匙带来了！

一想到她如何用瘦弱的小身板冲出一条血路，林浔就感动到不行。腾腾热血轰然上涌，小白龙义不容辞地上前几步，伸出双手。

他习惯了师兄师姐们的保护，今日，也一定要鼓起勇气为师门做点事！

一道黢黑的影子自半空划过，林浔敛眉、屏息，抬起手去捕捉那抹稍纵即逝的轨迹。

当黑影蹿入怀抱，在那一刻，他就是万众瞩目、众望所归的王！

"师尊，我接住了！"

林浔被满腔热血激得泪眼汪汪，抱紧怀里的不明球状物，低头一望。

林浔笑意渐退，视线逐渐变得犀利。

在昏暗灯光下，他终于见到那东西的模样。

摇晃的黑发丝，嘴唇像染着鲜血，那不寻常的美，难赦免的罪。

林浔："……"

林浔："啊啊啊——"

林浔当场来了一出天女散花，当脑袋升天再落地，正正好途经他眼前时，小白龙尖叫着把它往前一拍。

于是脑袋保持着狂笑的表情，被一把拍在天羡子脸上。

接下来的大致经过，可以概括为三句话。

天羡子一边狂奔一边兴奋大笑："呵呵呵，哈哈哈！来追我啊！追我啊！"

裴寂面无表情，眉头紧锁，小心翼翼护在宁宁身边："……"

其余人："啊啊啊，呜呜呜！"

经过几轮密室逃脱和追逐战，一行人终于走到了鬼屋最后一关。

按照剧情，他们来到教学楼一层，已经被最终 BOSS 发现，四周 NPC 一个接着一个，随时都有可能找到他们。

这里同样有个单人任务，需要由林浔前往杂物间，找到开启大门的钥匙。

小白龙泪眼汪汪地去了。

"我说啊。"

贺知洲对定向任务心有余悸，藏在角落里传音："这地方这么暗，四处又藏了那么多妖魔鬼怪，咱们要是贸然靠近他，被误当成鬼魂，把林浔吓到了怎么办？"

"为师有个办法。"

天羡子粗略一想，灵机一动压低声音："我们不要靠近或碰他，一旦见到林浔，就传音叫他的名字，然后朝他挥手。这样一来，既不会惊动鬼怪，又不至于吓到他。"

师尊不愧是师尊!

宁宁用力点头:"我觉得行。"

林浔闭着眼睛走在长廊里,手里紧紧握着钥匙。

他目不能视,只能凭借神识一点点往前摸索,在无止境的黑暗里,忽然听见似曾相识的一道低喃:"林……浔……"

他恐惧得失了智,差点以为是怨鬼叫魂,好一会儿才辨认出来,这似乎是师尊的声音。

大家就在附近。

这个念头让他心下大喜,赶紧睁开眼睛,在抬头的刹那,望见一颗从角落墙壁探出来的人头。

在暗淡的幽绿色光线里,属于天羡子的脑袋稍稍一偏,朝他咧嘴笑了笑。

然后一只手紧随其后地伸出来,缓慢摇晃时,伴随着那道悄悄摸摸的声音:"林……浔……过……来……"

俄顷几缕影子闪过,他见到宁宁、贺知洲与裴寂。

——同他一起来的所有人都站在惨绿色幽光里,面色苍白如同死人,一边挥手,一边面无表情叫着他的名字!

好几声颤颤巍巍的"过来"响彻耳边,宁宁、贺知洲和天羡子的嗓音纷乱不堪,林浔看着那几张幽绿大脸,快要被吓吐。

他是谁?他在哪儿?他要干什么?

龙龙不知道,龙龙也不想知道。

他只在恍惚中明白一件事:师尊师兄师姐师弟全死在这里,变成鬼魂来索他的命了!

一片寂静里,突然响起一道属于女人的悠长叹息。

宁宁正疑惑着林浔为何不过来,听见这声音时恍然抬头,正对上一张藏在拐角、咧着嘴笑的大血脸。

林浔也听见了女人的声音。

玄虚另外几人都是男性,那嗓音的来源,只可能是小师姐。

这个念头匆匆掠过脑海,不过刹那之间,仿佛是为了验证他的猜想,宁宁果然神色一变,似愤怒又似扭曲,发出一声刺耳惊叫,突然朝他这边拼命狂奔!

她的动作堪称导火索,不过转瞬,玄虚几人便顶着绿光一齐向他跑来。

贺知洲最是恐怖,仿佛是被什么东西固定在原地,徒劳无功地晃动着双腿——

他被NPC抓着领口,一边盯着林浔伸出手,一边从嗓子里发出沙哑哀号:"呃呃呃——林浔——快来——!"

这是个求救的动作。

然而在林浔眼里，贺师兄神色狰狞得不像个人，白眼狂翻叫他名字的时候，眼珠子都快瞪出来了！

他久久踟蹰不定，不敢上前，一定是惹他们生气了！

须臾之间，宁宁的手抓住了他衣襟。

林浔："……"

林浔呼吸一滞，径直倒在地上。

由于林浔的晕倒，一行人不得不被工作人员提前送离鬼屋，据老板所说，这是第一个被队友吓到昏厥的可怜人，以后还是不要再来鬼屋了，旋转木马多好啊。

林浔醒得很快，睁开眼睛第一句话："这里是西方极乐世界吗？"

宁宁被贺知洲的馊主意折磨得身心俱疲，他本人亦像是突然老了八十岁，双目空茫，无喜也无悲。

为了安慰大家严重受创的心，贺知洲试图将功赎罪，带着一行人去玩旋转木马和碰碰车，其间还买了点奶茶和甜点，总算把气氛从阴间带回阳间。

天羡子爱上了碰碰车，赖在那儿跟一群小孩抢车位。

林浔左顾右盼，吞下嘴里的奶油泡芙。

咬开外层柔软的皮，内里浓香的奶油便轰然爆出来，小白龙被这种异样口感取悦得眉眼弯弯，指了指不远处最大最高的建筑："那是什么？"

"想去试试吗？"

宁宁给裴寂喂了口舒芙蕾："那是摩天轮。"

贺知洲很上道，特意与宁宁、裴寂分开，带着林浔去了另一厢。

然后摩天轮缓缓上升。

来到这里之后，裴寂虽然还是和往常一样没太多表情，目光却时常不动声色地流连游弋，带着茫然、新奇与浅浅的困惑，像小孩子。

比如现在，他就微微张了下唇，通过摩天轮的玻璃窗打量周遭景象。

"这座摩天轮很高，等会儿升到顶上，应该能看见整座城市的模样。"

他的这副样子实在可爱，宁宁一边解释，一边忍不住扬起嘴角："我家乡虽然灵力稀薄，但工艺很强——舒芙蕾好吃吗？"

裴寂闻声点头，忽然道："你……能不能过来一些？"

之前和其他人在一起，他顶多与宁宁牵着手，如今终于等到两人单独相处，她却坐在他对面——

宁宁听见这句话，果然悠悠笑了。

裴寂耳根一热，仓促眨眨眼睛。

她心情很好，乖乖走上前来，却并未坐在裴寂身旁，而是用双手环住他脖颈，站在少年双腿之间，轻轻俯了身子："怎么啦？"

这是从未有过的姿势，裴寂仰头凝视她的双眼。

胸膛里持续不断地传来闷响——咚咚，咚咚。

他开口，连嗓音仿佛也带了热度："什么叫……情侣装？"

情侣装？

宁宁偏头一想，当时他们从鬼屋出来的时候，有工作人员瞧他俩一眼，笑着说了声"情侣装挺好看"。

裴寂茫然看着她，平日里冷冽的剑气收敛大半，身上只留下奶油的味道。

"是只有在一起之后，两个人才会穿的衣服。"

她说着戳了戳裴寂侧脸，觉得手感不错，便顺势覆下指腹慢慢揉捏，看他眸光微动，喉结一滚。

"你看，我们的衣物是不是十分相似？"

宁宁说："这是为了告诉其他人，我们在一起啦。"

裴寂眼底浮起笑意。

他低声道："宁宁，低头。"

唇与唇相贴的时候，他的双手搂上少女腰间。

她身上的毛衣宽宽大大，衬得整个人都是圆滚滚的，只有亲手按下那层布料，一点点凹陷下压，才能触及被包裹着的柔软薄肉。

又细又软，如同温柔的水波，叫他流连忘返，舍不得离开。

唇间交织着奶油和草莓香气，这个吻并不深，宁宁想要直起身子，却被他一把按住后颈，动弹不得。

这是个不由分说的、有些霸道的动作，然而裴寂小心翼翼贴着她鼻尖，黑眸里的微光闪烁，几近于渴求地说："以后也继续穿，好不好？"

他喜欢这种感觉。

这种告诉所有人，宁宁喜欢他的感觉。

同样也是让所有人知道……他属于她的感觉。

无论哪一种感觉，都能让裴寂感到无比愉悦。

宁宁笑了："喜欢吗？"

他仰头，不甚熟练地把宁宁向下压，吻上她侧颈："因为是……盖章。"

这个位置十分敏感，宁宁能感到热气上涌，熏得耳朵燥热不堪。

她脊背颤了颤，声音小了许多，仍是用了开玩笑的语气："盖章？给我盖上你的章？"

"……不是。"

他怎么舍得。

裴寂抚上她后脑勺，用了一本正经的语气喃喃道："旁人都能知道……我是你的。"

宁宁的笑意陡然一僵。

被撩得招架不住。

宁宁倏地从他怀里溜出去，规规矩矩坐在对面长凳上，瞥见裴寂欲言又止的眼神，先下手为强："你不许说我脸很红！"

裴寂本是很认真地讲出那句话，这会儿见她不好意思，居然也感到些许局促，莫名其妙红了脸。

裴寂低下头，乖乖应道："……嗯。"

宁宁从小到大生活的城市距离这座城市不远，等一行人离开游乐园时，她提出想要回家看看，让其他人先行寻找晚餐地点，再用传讯符告诉她位置。

裴寂放心不下，同她一起御剑前往。

御剑速度极快，他不便打扰故人叙旧，没有和宁宁走进房屋，站在不远处一棵树下静静等她。

等她再出来，身侧跟着一女两男。

女人和宁宁长相有四分相似，眼眶红得厉害，轻声唤了句："裴寂？"

宁宁也刚哭过，朝他勾勾手指，示意裴寂过来："这是我爹娘和哥哥。"

"宁宁同我们说了你许多事情。"

女人端详他许久，终是露了笑，缓声道："今后她就拜托你了。既然你送了礼，不如叫我一声妈妈——不对，按照你们那边的习惯，应该叫'娘'对吧？"

裴寂听说过，成婚之前理应献上聘礼。

他此番来得匆忙，没带上太多珍贵之物，便在两人分开时，将储物袋里几颗价值连城的宝珠交给宁宁，让她带去屋中。

他从没想到，自己有生之年能再唤某人"娘"。

女人温和的视线落在他脸颊上。

少年长睫轻颤，下意识攥紧袖口，无比涩地开口："……妈妈。"

他口舌笨拙，说不出漂亮话，只能讷讷道："我会保护好她。"

对面的青年高呼一声，凑到他跟前："还有这里！大哥大哥！"

"臭小子，抢我顺序。"

中年男人红着眼眶瞪他一眼，上前握住裴寂双手："你好你好！我是宁宁她爹、爸，你怎么叫都行，嚯嚯哈哈。"

"宁宁不是说了，这孩子害羞嘛！"

女人狂拍他手臂:"别吓着人家啊孩子他爸!矜持点儿!"
青年"哎哟"一声:"爸,他真的脸红了。"
宁宁气得跺脚:"哥!闭嘴!"

宁宁回到游乐场大门,来到传讯符指定的位置,走进餐厅,只见到正在排队拿小零食的贺知洲。

这家店顾客众多,还有一段时间才能轮到他们,她心下好奇:"师尊和林浔师弟呢?"

宁宁说罢一顿,瞧见他脸上几道擦伤,眉头一挑:"你脸上的伤是怎么回事?"

"他们觉得店里太闷,在外边散步,派我来拿点零食——你说这个?"

贺知洲满不在意地一摸:"踩水摔了。"

其实不是的。

他们当时漫无目的地闲逛,在长阶上见到一块滑板,贺知洲心痒痒,本想表演一个踏着滑板飞下楼梯,没承想脚下打滑,直接摔了下去,在惯性下四肢并用爬下了阶梯。

天羡子与林浔都是满目震惊,好在他们对滑板一无所知,贺知洲呵呵干笑,急中生智编了谎话——

"这一招乃滑板绝活,虽然脱离滑板之体,却保存着滑板之气,哪怕不用滑板,也可以凭借四肢继续移动,名叫托马斯意大利炮全旋。"

万幸这俩是剑修,深谙"手上无剑,心中有剑"的道理,当场毫不怀疑地信了,贺知洲也得以保全脸面,成为林浔和天羡子眼里的滑板大神。

等贺知洲拿了小零食和水果,三人便走出餐厅来到街道上。

贺知洲一眼就望见林浔的身影,走上前递给小白龙一包妙脆角:"师叔呢?"

林浔笑得像个八岁的小傻子:"师尊碰见一群玩滑板的孩子,说要给他们表演一手滑板绝活。"

"滑板?"

宁宁想不明白了:"师尊怎么会玩这个?"

滑、板。

贺知洲脸色瞬间惨白。

不会吧,事情应该不会变成他想的那样吧。

面庞铁青的青年骇然抬头,果然在不远处叽叽喳喳的孩子群里,见到那抹熟悉的影子。

天羡子上板,滑行,一切都显得那么和谐,那么一气呵成。

忽然之间,那个纵横修真界的男人,他开始狂笑!

"不——！"

贺知洲意识到即将发生的惨剧，凄然大叫："师叔，不要——！"

回应他的，只有一声仰天长啸，以及在孩子们期待的眼神里，被朗然喊出的那句："看我的！"

围观群众全都惊了！

但见那男人突然狂笑不止、一跃而起，在空中旋转七百二十度后，以一个四肢着地的姿势离开滑板，稳稳当当落在地面上！

待得那狂徒落地，竟然手脚并用地咚咚咚往前爬，舌头都快被甩飞了，一边甩一边放肆大笑，径直冲向孩子们所在的地方："小朋友们，看叔叔的托马斯意大利炮全旋！"

有那么一瞬间，连风都停下来了。

小孩们哪曾见过这般景象，无一例外被吓得当场愣住，连哭都忘了。

天羡子像个进击中的巨人："呵呵呵哈哈哈——"

围观群众："……"

围观群众："110！120！快打120！救命啊！"

围观群众："孩子们！快——跑——啊——"

番外九　新婚

　　宁宁和裴寂的大婚，选定在第二年春天。

　　春日的玄虚花红柳绿、桃李争妍，被风一吹，便落下粉白相间的花雨。流水潺潺，携来碧波轻漾，水光里倒映出山林楼榭的影子，满园尽是风情。

　　宁宁本不想穿过于复杂的婚服，但郑师姐、曲妃卿和林浅一再坚持，跟玩《奇迹宁宁》似的，在大婚前一日，带着她试了整整六个时辰的首饰。

　　"成亲是大事，宁宁长得这般好看，必然要好好打扮一番。"

　　曲妃卿描好眉妆，点点跟前姑娘的鼻尖："你若是漂漂亮亮地出门，裴寂那小子也定会高兴。"

　　听见裴寂的名字，宁宁有些羞赧地抿唇笑笑。

　　她鲜少上妆，如今被精心打理一番，便显出平日里罕见的柔媚之意。

　　黑发绾起云髻，巍巍峨峨，飘然轻垂，花枝翠金步摇与金玉镂花簪相映，有如云雾生珠。

　　杏眼之上，柳眉被勾勒出云水般的弧度，颊边被施上丹朱，浅粉薄薄，面若桃花。唇色则是浓郁的嫣红，仿佛不知何人摘来一株蔻丹花，轻轻放在姑娘唇边。

　　此时宁宁一笑，薄唇勾出浅浅弧度，颊边绯红更甚，郑薇绮看得爱不释手，想抱她揉捏一番，却又担忧坏了妆容，只得一眨不眨盯着自家师妹瞧，啧啧叹气："宁宁才这么小，怎么就嫁人了呢？真是便宜了裴寂，师妹这副模样，我若是个男人，定要来抢婚的。"

　　曲妃卿为老不尊，悄悄跟她讲："宁宁莫怕，就算你成了婚，往后觉得无聊，大可来我霓光岛上。"

　　林浅早就摸透了这位岛主的性子，对此番言语见惯不怪，立马抢白道："你莫要听她俩讲话！裴寂那孩子多好啊，为你生为你死，你们两个就该成亲，就该百年好合！"

　　——接到婚礼请柬的时候，不只她疯了，曾在玄镜前的各位长老也疯了。

无论如何，他们站的年轻小道侣绝不能拆！谁要捣乱，林浅保准带着满门灵兽第一个跟他拼命！

"时候快到了。"

曲妃卿哼哼一声："出去吧。"

宁宁点头。

修真之人的成婚大典，向来不讲究繁文缛节。祭拜天地，宴请宾客再送入洞房，便是婚礼的所有流程步骤。

身上的暗红喜服宽大厚重，宁宁走得缓慢，甫一出门，见到一抹修长的影子。裴寂同样着了红衣，立在门前等她。

他生得凌厉俊美，头一回穿上暗红长袍，被衬得肤白唇红，无端显出几分平时绝不会有的艳色。

见到她的瞬间，少年身形一滞，眼底涌起遮掩不住的惊艳与柔色。

裴寂伸出手，宁宁把手心搭在他手背上。心里那些做梦般的狂喜与恍惚翻涌不息，直至此刻，他才终于有了活着的实感。

这里不是梦境。

宁宁当真嫁给了他。

携手穿过花雨大作的桃园与绿林，便来到设宴的正殿。

他们两人之前四处游历，早就买下好几幢房屋，但应天羡子与诸位长老的竭力要求，最终还是把婚礼办在玄虚。

参加大婚的宾客众多，各大宗门长老无一缺席，二人的众多好友亦纷纷到场，宁宁脸皮薄，被众人七嘴八舌地一起哄，很快耳郭通红。

握住手心的力道紧了紧。

裴寂声音很低："有我。"

就是因为有他在身边……所以才更加不好意思了啊。

宁宁抿着唇抬眸瞧他，果不其然，他嘴上说得云淡风轻，其实耳朵也在发红。

一个人尴尬害羞，无异于当众处刑；但如果脸红的人变成两个，无论如何总归有了个伴，叫她稍稍心安，甚至有点想笑。

"呜呜呜今天是真实存在的吗？裴小寂竟然真的嫁出去了？"

承影被他拿在另一只手上，灵体在剑身里横冲直撞，状若癫狂："好开心呜呜呜！我这辈子值了！"

裴寂敛了眉目，用力一按剑柄，示意它安静些。

席间觥筹交错，按照流程，理应是新郎领着小妻子——敬酒。

"乖徒裴寂宁宁，你们成婚，为师高兴得就跟自己大婚一样！"

天羡子如同喜出望外的老父亲，激动得合不拢嘴："往后我若是打一辈子光棍，那也没关系了！开心哪！我是成过婚的人了！"

真霄剑尊无比惊恐地看他一眼，把天羡子扒开："你们师尊太高兴，一人喝了四桶女儿红，如今该是醉了。"

何效臣在一旁哧哧笑个不停，一边打酒嗝一边拍手："成亲成亲。"

纪云开目露嫌弃，踮脚弹一弹大名鼎鼎的流明山掌门脑门："宁宁装寂别理他，这人喝了四桶半。"

他说罢又扬声喊："天羡子、何效臣醉了，有寻仇的快来！"

"这群仙门长老，怎么都没个正形。"

相貌艳美的女子轻笑着上前，正是曾在鸾城中遇见的孟听舟。

她身侧的宋纤凝扑哧一笑，面色比起与宁宁初次相见时，显得红润许多："仙门如此，倒是比世家大族欢快许多。"

"我们二人本在滁山游历，听闻你们成婚的消息，也来不及备上多贵重的厚礼。"

孟听舟道："只能将这一年来搜集的新奇物件赠予二位，还望不要嫌弃。"

他们这边说着话，不远处响起小丫头叫叫嚷嚷的交谈声。

同样被邀请至此的，还有他们在大漠里认识的陆晚星。陆晚星从小在天壑摸爬滚打，养成了肆意张扬的脾性，恰巧在这儿遇上灵狐族的乔颜。

两个女孩志趣相投、年纪相仿，在席间一见如故，没过一炷香的工夫，就一面闲聊，一面将宴席里的甜糕品尝了大半。

"大漠里没什么有趣的，要说漂亮，还得数南方的——"

陆晚星把嘴里的绿豆糕一口咽下："乔颜，跟在你后边的那条尾巴还没甩掉呢。"

乔颜闻声扭头，见到她身后踟蹰的少年。

"乔颜。"

他被望得一慌，长睫轻颤，很快正色道："你吃多了甜食，会长虫牙。"

乔颜双手环抱，仰头瞪他："所以呢？"

少年头顶的狐狸耳朵轻轻一动："虫牙会疼。"

"我疼我的，你管不着！"

乔颜快气死了。

晏清好不容易消除了体内魔气，变成与往常无异的模样，可她万万没想到，这家伙居然还和从前一样呆。

这也管那也管，就是绝口不提喜欢她，严严肃肃的，分明就是个笨蛋。

"晏清公子不喜欢甜糕啊？"

陆晚星喝着小酒，优哉出声："可惜喽，乔颜一路走，一路留了好几块最喜欢的点心忍着没吃，说是要让自己青梅竹马尝尝——唉，怕是尝不到啦，真叫人伤心。"

晏清的耳朵又是猛地一晃。

这是开心的象征，狐耳从来都掩盖不住情绪。他因为这个动作红了脸，低声应道："我……我喜欢，你给我便是。"

乔颜扬了下巴："怎么，你不怕甜食吃多了牙疼？"

"……我不怕疼。"

大病初愈的狐族少年声音很轻，携了淡淡羞赧之意，认真告诉她："我只是不想见到你疼。"

哇哦。

陆晚星苦着脸捂嘴，这两人还没得虫牙，她就已经感到了牙酸。

祝天下有情人终得蛀牙，诸神保佑。

灵狐一族经过悉心休养，如今已然恢复大半。乔颜娘亲暂时担任族长，协同诸位长老打开秘境、驱逐魔气，待魔气消退，便可重整家园。

"小颜已将来龙去脉尽数告知于我，多谢二位舍命相助。"

端庄柔雅的女人笑容娴静："救命之恩没齿难忘，灵狐所有族人都竭尽所能送了小礼，还望二位白头偕老、琴瑟和鸣。"

"大家能平安无事，我们就放心了。"

宁宁不知想到什么，瞥见不远处的两道身影，心下好奇："乔颜和晏清公子——"

"晏清那孩子性情内敛，想等病情痊愈，再向小颜表露心迹。"

琴娘笑道："待得那时，宁宁姑娘再来水镜秘境，定能见到与往日不同的景象。"

"收钱了啊收钱了！"

那边厢，仙门长老们围坐在一桌，林浅得意扬扬，脖子抻得老长："裴寂和宁宁的婚期，赌错的人都把灵石交上来！"

"可恶！"

纪云开满目耻辱，小胖手抓不住那么多灵石，握得颤颤巍巍："我怎会输！"

万剑宗长老幽幽看他："纪掌门，你和曲岛主押在法会结束第二天，这能不输？"

韭月韭日忆玄虚兄弟，在今天，他们俩都是赔得血本无归的韭菜。

曲妃卿抬眸仰望天空，眼底隐约有泪光闪过："这不是心有所念，情难自禁吗？"

"我觉得，咱们可以再来赌一把。"

郑薇绮嘿嘿笑："比如'裴寂宁宁孩子会叫什么名字'之类的。"

孟诀悠然喝了口小酒，身旁坐着裘白霜。

大师兄在鸢城被卖画奶奶收留，同那一大家子逐渐熟络，后来即便恢复意识，也时常往奶奶家里跑。

这人一向怕事，此番竟主动帮助鸢城重建贫民窟，给无家可归的孩子们修了所院堂。

孟诀头一个接话："裴歧安。"

"裴歧安裴歧安，念在一起，可不就是'赔钱'吗？"

苏清寒睨他一眼："还不如叫裴本儿，接地气。"

许曳听得瑟瑟发抖，唯恐师姐今后给他俩的小孩取名，叫作"许栩如生"或者"许个愿"。

"我我我、我想到了！"

贺知洲激动举手："'裴根'多好听啊！"

想起众人在二十一世纪吃到的培根、比萨，贺知洲和身旁的小白龙皆是满目向往，一起"哦呼"出声。

温鹤眠抿了口陈酿，因有些醉意，听不清他们的言语，见状长舒一口气，嘴角轻扬。

弟子们气氛如此融洽，不愧是下一代的后浪，修真界必然蒸蒸日上。

将星长老经过多日调养，总算识海复原，恢复了曾经的灵力。他不胜酒力，没过一会儿便起身离席，想去清静之处醒醒酒劲。

不承想没走多远，刚行至桃林旁的围墙，突然听见一道男音从高墙另一边传来。

是迦兰少城主的声音，被压得很沉，莫名带了委屈："你一直跟孟诀说话，都不理我。"

空气里凝滞片刻。

郑薇绮笑了下，语气调侃："怎么，少城主吃醋啦？"

"吃——我怎么可能吃醋！"

江少城主恶狠狠道："女人，你惹怒了我，我要惩罚你。"

温鹤眠觉得他好凶好恐怖，好像一头凶巴巴的野兽，然而郑薇绮只是沉默了片刻。

郑薇绮："哦。"

男人冷笑，嗓音暗哑到趋近于暧昧："你注定……被我吃掉。"

这句尬到令人两眼发黑的台词落下，很快便是一道闷响，有什么东西砰地被按在墙上。

旋即墙体摇坠，竟传来更为剧烈的声响——

自从话本子风靡，有太多弟子撑着那堵墙告白或亲吻，道道灵力凝结之下，被江肆这样一推，不可抑制地整个倒了下来！

墙做错了什么，温鹤眠又做错了什么。

他一抬眼，就望见少城主保持着撑墙而立的姿势，嘴里咬着郑薇绮面颊上白皙的肉，满脸不敢置信加羞愤欲死加伤心欲绝地，与莫名其妙出现在围墙另一边的将星长老四目相对。

温鹤眠施了个诀，原地溜掉。

郑薇绮："……"

郑薇绮："这就是你说的把我吃掉？"

江肆衔着她的脸，不敢咬也不敢动。

话本子里的男主角很爱讲这句话，每回说出来，女主人公都会羞得满脸通红。

他早就想效仿，奈何每回这句台词落毕，都会接个来到第二日的转场，弄得他摸不着头脑，不知道中间究竟略过了什么。

江肆前思后想，觉得应该是吃嘴唇，俗称"亲吻"。

他没做过这种事，心里不好意思，稀里糊涂地，不知怎的就一口咬在郑薇绮脸上，当真像是在吃白玉团。

近在咫尺的女修哼笑一声。

他还没反应过来，郑薇绮便兀地挣脱。但她并未退开，而是仰起头，抓住他衣襟往下拉。

她目光灼灼，江肆被看得心乱如麻，满心为她准备的台词一句也说不出来，支支吾吾间，只红着脸低声道："你要做什么？你得到我的人，也得不到我的心——我是个正经人！"

呸啊！他的台词不应该是这样！

"少城主，'吃掉'可不是这样。"

她挑眉勾唇，嘴唇殷红："……你可学好了，我来教你。"

被迫低头俯身的时候，江肆大脑一片空白。

鼻尖和唇上，尽是桃香与酒香。

入夜之后宾客散尽，宁宁便与裴寂回了房。

之前与众人一并相处还不觉得，如今只剩下他们，难免察觉出几分暧昧和难耐的尴尬。

他们虽然未经人事，但总归不是什么都不懂的孩童，对接下来应当发生的事情心知肚明。

"你……"

"我……"

一片沉寂里，两道声音同时响起，裴寂只望她一眼就红了耳郭："你说。"

"我们衣服——"

这种话被直接问出口，宁宁总觉得局促不安，音量渐小："直接……脱下来吗？"

不对不对，这是哪门子的白痴问题。

宁宁悔不当初，只想把这句话吞回肚子里，然后猛捶自己脑袋。

裴寂闻言一怔，身形顿住。

她眼神里的紧张再明显不过，他知晓宁宁慌乱无措，鬼使神差，沉声应道："我帮你。"

似是没想到这个回答，小姑娘惊讶得睁圆了眼睛，却乖顺地坐在床沿，褪下发间首饰，踢去鞋袜，抬眸与他四目相对。

这是一个静候的姿势。

裴寂一步步靠近的时候，脚步声仿佛沉甸甸撞在她心口上。

幽夜清冷，少年细长的手指落在礼衣前襟。

婚服暗红，祥云暗涌，他的肤色则是令人无法忽视的冷白，每一个动作都格外清晰。

净身诀念毕，眉目间的朱红粉白无声消去。

她在礼前悉心洗漱过，席间又尽是花香酒气，如今数道甜香彼此勾缠，和着屋内袅袅香薰，叫人目眩神迷。

裴寂动作生涩，好在足够耐心。

在初次相见的时候，宁宁怎么也不会想到，这个向来冷戾淡漠的少年剑修会于某日俯了身，用握剑的手为她一点点褪下婚服。

暗红层层下落，露出最内层的雪白里衣，因裴寂之前的动作，前襟稍稍下落。

一侧细骨暴露在烛光下，随着她悠长的呼吸悄然起伏。流畅纤细的线条自脖颈淌向肩头，再往下一些，能见到白衣之下的弧度。

他的目光像是触到了火，仓促低头。

"我——"

裴寂呼吸骤乱，兀地缩回手，胡乱把自己身上的衣物往下扒："我先来。"

宁宁心里的那些羞怯迟疑，全因他这个动作消散无踪，一时没忍住，扑哧笑出声。

"你坐过来。"

她生了点逗弄的心思，拍拍自己身侧的床铺，朝裴寂勾唇一笑："我帮你。"

简简单单几个字，有如悄然生长的藤蔓，于顷刻之间将他缚住，心甘情愿遵循她的意愿步步向前。

坐在床沿上的人，由一个变成两个。

婚服复杂烦冗，宁宁本就对男装了解不深，如今更是摸不着头脑，皱了眉。

裴寂低头瞧着她的动作，半响抬了手，覆在宁宁手背，引着她一步步将其解开："这样。"

· 361 ·

直到出声,他才察觉自己的嗓音已然哑得不像话。

衣物被层层褪去,宁宁的指尖触碰到最为单薄的里衣。

裴寂低垂着长睫,面上波澜不起,耳郭的红晕却越发浓郁,手上用力,继续引导她向下。

里衣褪下,露出纤长脖颈、宽阔的肩。

宁宁并非头一回见到他的上身。

属于剑修的身材高挑健硕,胸膛、腹部与小臂都分布有紧致的肌肉,而裴寂本身身形清瘦,两相对衬之下,恰恰好是属于少年与男人之间的体格,修长又漂亮。

烛光晃荡,照亮他深深浅浅、恍若沟壑的旧伤疤。

他从小到大,似乎总在受伤。

宁宁心下酸涩,用指尖轻轻抚过他胸前长痕,引得裴寂气息一乱,声音里多出几分黯然:"……不好看的。"

"怎么不好看?"

手指向上一滑,途经凸起的喉结,勾起他下巴。侧脸被她用拇指滑过,裴寂垂了眼,听她缓声道:"我夫君若是不好看,世上还有谁称得上'漂亮'?"

那声"夫君"像团火,落在他耳畔,惹得他灼灼发热。暖意自耳郭向下扩散至全身,叫他止不住地心焦。

而宁宁逐渐向下的右手,已距离热浪越来越近。

裴寂下意识按紧床单。

宁宁想用力又不敢用力,视线不知道应该落在哪儿,只得死死盯住自己的手腕:"那、那我继续——"

剩下的话被尽数哽在喉咙里头。

身体突然被人打横抱起,放在大红喜被之上,裴寂跨上床铺,欺身而下。

他的长发软绵绵垂下来,覆下大片浓郁阴影,宁宁听见他说:"我来。"

这种事,总不可能当真让女孩子主动。

剑修的手指骨节分明,带着常年练剑形成的厚茧与伤疤,指腹经过细腻皮肤,凭空生出酥麻的痒。

指腹蹭过,白衫便顺势滑落。

一颗荔枝被剥落外壳,露出内里白莹莹的果肉。映入视线的是仿佛镀了珍珠般的色泽,因为他毫无征兆的动作,多出几抹粉色。

右手逶迤游弋,裴寂不敢用力,轻贴着下移。

月光雪白,烛火橘红,两相交映,让一切秘辛都无处可藏。

宁宁感受到他的目光,脸颊滚烫,偏头移开视线。

忽有剑光闪过,剑风吹灭跃动的烛火,在陡然降临的黑暗里,裴寂俯身吻她。

他的手指很热，嘴唇同样滚烫。

薄唇极尽柔和地辗转，舌尖温热，一点点轻触她的嘴角、唇舌与口腔。

这个吻是为了让她分心。

"宁宁。"

他黑眸深邃，似是有些失神，在白茫茫的月华之下，裴寂脸庞红得几欲滴血。

可他仍在笨拙地引导，哑声对她说："会疼。"

宁宁说不出话，只能点头。

于是炽热的黑影逐渐下沉。

宁宁觉得有些热，也有些麻。

裴寂默然向前，生长在峡谷里的花瓣层层叠叠，被水雾浸得湿漉漉一片。那股外来的力道极其轻缓，悄然探入花丛之间，惹得枝叶轻颤。

一滴露水自花蕊坠落，接而风雨大作，淌下更多饱满的雨珠。

宁宁屏息凝神，不让自己发出低呼。

深夜的峡谷春潮带雨，风行水上，曲径通幽之处，一艘船荡漾其中。

峡谷极深极窄，两侧崖壁层叠千回、重重裹叠，现出幽暗的纹路，笼下浓郁暗色。

春水暗生，晚风骤急，船只在黑暗中缓缓前行，渐入渐深。

船舟之下暗流涌动，水声潺潺。

有风吹开窗，窗外月牙弯弯，姑娘莹白的足尖亦是弯弯。

宁宁连说话都没了力气，薄唇半张之间，只发出一道低低的气音。

恰是这样怯怯的音调，在幽谧春夜里如同散开的花粉，甜甜腻腻，悠然浸入四肢百骸，最能惹人心痒。

裴寂瞳仁幽暗，安静垂眸看她。

凌乱黑发贴着他瘦削苍白的面颊，好似蛰伏于暗处的水蛇。那双近在咫尺的眸子显出几分涣散之意，似是蒙了层水雾的沼泽，要把她彻底吞没。

他的眼神仿佛也带了热度，将宁宁看得心跳如擂鼓，只觉热气层层上涌，更何况他们还——

她想不下去，又被看得倒吸一口气。

"……裴寂。"

她吸气时抬了手，掩住羞恼的表情："你别……看我。"

他却并未听从这句话，仍是定定望着她，怔然道："你多叫叫我名字，好不好？"

这声音暗哑微弱，却也稚拙赤诚，带着眷念般的渴求，他像只祈愿主人拥抱的幼猫。

宁宁哪能拒绝，心下一软，颤着唤他："裴寂。"

363

裴寂似是笑了，吻上她颈间："嗯。"

脖颈上染了浅粉，隐约现出暗青血管，他的唇衔起白皙皮肉，依次勾勒青灰脉络与骨骼。

宁宁大脑一片空白。

风雨来势汹汹，漫天大雨几乎将船只吞没，挺立如剑的船身却势如破竹，迎风缓缓前行。

两岸莺声娇娇而起，藏匿在浓郁的夜色里，轻且急促，声声击在水面上，惹出道道涟漪。

语句被打成支离破碎的几段，宁宁间或咬了下唇，深吸一口气再唤他："裴……"

一波浪头打来，莺鹊被风雨击落，发出濒死般的哀鸣。

近在咫尺的少年身形顿住，听她携了哭腔，如小兽呜咽，细细弱弱念出他名姓："……裴寂。"

这一声声的，让他听得心都快化开。

"是不是很疼？"

他笨拙地吻她，语气里带着显而易见的怜惜与慌乱，欲要后退："我——"

然而还未来得及有所动作，后背便覆上一双柔软的手。

宁宁在黑暗里摸索着触碰他，手掌下意识按压，阻止他的退离。

裴寂身上很热，像块紧绷着的烙铁。

她快羞死了，却不得不面色绯红地摇头，颤声告诉他："……继续。"

静谧春夜里，裴寂身体的温度陡然升高。

滚烫得仿佛要将他的瞳孔融化。

窗外飘来几片零落的杏花，船只得了应允，继续前行。

浪潮越来越汹，峡谷越来越窄，舟楫间歇性地被风吹得后退，晃晃悠悠，漂漂荡荡，经过短暂停滞，再猛地破风前行。

四处尽是水流淌动的声响，春夜里弥漫着河水腥气，莺鸟承受不住如此剧烈的风浪，再度发出微弱呜啼。

春夜生烟，袅袅雾色间，人影绰绰。

"宁宁。"

裴寂又在叫她的名字，嗓音喑哑得不像话。

薄唇掠过脖颈，力道渐渐加重，似亲昵，也似掠夺。

宁宁听他喃喃说："喜欢你。"

在这件事上，裴寂从来都像个小孩，仿佛怎么也说不够，情愿每天都告诉她一遍。

如今听来，只叫她耳根酥软，浑身发烫。

"与你成亲，我……很开心。"

船只游弋，路过天边清月的倒影。舟客俯视那轮圆月，只见水波晃动，泛起淡淡涟漪。

裴寂抬眸看她，面上再明显不过地腾起红潮，喉头轻动："可以吗？"

宁宁侧过脑袋不去看他，极轻微地点头。

在短暂的停滞后，舟客俯身垂眸，亲吻了水中月亮的影子。

月影浑圆莹润，被轻轻一触，便同水流一道晃开。河水竟是温温热热的，柔软非常，似是藏匿了无穷无尽的漩涡，要将他吞噬于其中。

舟楫又是一动，潮水倏地后退，为其让出一条道路。

生于幽谷的水流向来舒缓，未曾见过这种场景，一时仓皇无措，被里里外外狂涌的浪潮击打得无路可躲。

"你……"

宁宁羞得厉害，声如蚊呐："你从哪里学来这种……"

她说到一半没了力气，兀地咬住下唇。

"话本子说——"

裴寂浅浅吸气，目光竟是出乎意料地柔和："话本子说，这样能让你不那么难受。"

宁宁见过裴寂许多种模样，冷淡的、凶戾的、抿唇微笑的、害羞脸红的，却从没见到过他这般模样。

双目里尽是水雾，像是含了蜜，眼尾的红晕蔓延到整个眼眶，连脊背都在发抖，紧张得不敢看她的眼睛。

他说罢抿了唇，继而迟疑着开口："我是不是做得不好？"

裴寂从未有过此类经验，在成婚前不久，几位师兄师姐曾给他看过一些话本图册。

他很认真地学，不愿因为自己让她受苦。

然而一见到宁宁，那些脑子里的文字图画便尽数没了踪迹，一切全凭本能。

胸口还残留着热气，宁宁连呼吸都不敢用力，只想敲他脑袋，说一句"笨啊"。

无论什么时候，裴寂总会一本正经问她令人脸红的问题。

难道她为了安慰他，还要大大咧咧回上一句，"你做得很好，我很喜欢"吗？

宁宁："……"

宁宁："还、还行，挺好的。"

亲口承认这种事情，她真的真的快羞愧至死了。

于是绵长的吻再度落下，圆月悠荡，被烙下点点红痕。

峡谷之中白浪纷飞，月影被打碎成颤抖着的几片莹白，不断的进退之间，船舟终于抵达。

裴寂浑身肌肉紧绷到战栗,只觉骨头像在被火烧。

这样的场景,曾经只会出现在他难以启齿的梦境里。

心心念念的姑娘愿意将他接纳,在四下浓郁的暗红中,宁宁因他的亲吻而感到愉悦,乌发凌乱,双瞳漆黑莹润,如同月夜里升起的潮。

她柔软得不可思议,让裴寂想起春日惬意徜徉的云,一摸就会软绵绵地化开,包容他所有炽热的、锋利的棱角。

月华幽寂,种种闷然声响彼此相融。

少女长发倾泻,被压在翻涌红浪之下,剑修宽阔的脊背覆下乌压压的影子,裴寂生涩唤她:"……夫人。"

他爱极这个称呼,自顾自地垂眸低笑,眼底映了幽光,在亲吻她的间隙不厌其烦地呢喃:"喜欢你。"

腾腾热浪不断袭来。陌生的、汹涌的感觉一遍遍侵袭而至,夜风吹拂过她身前,带来截然不同的冷冽之感。

一热一寒,两两相交,峡谷风声骤急,在莹亮月色里,终于涌起惊涛骇浪,水波大作。

舟楫被浪潮浑然吞没,裴寂脊背一僵,颊边艳红愈深。

他几乎是无措地开口:"宁宁,我……"

宁宁用手捂着脸。

莺鹊承受不了那般灼热滚烫的温度,连羽毛都在轻轻颤抖。

时至夜半,万物都消匿了声息。

峡谷中风雨初歇,舟楫离去,裴寂垂了眼,去看那片染了红渍的静谧幽林。

他羞赧不已,心中愧疚更是浓郁,魔怔般伸出手去,想要将污浊尽数抚净。

宁宁察觉他的动作,忍了酸痛避开:"……别。"

裴寂这才抬起长睫,望向气息凌乱的小姑娘。

床铺是郁郁的红,她却是毫无瑕疵的白。乌发垂落,细细看去,能在蜿蜒青丝下,见到触目惊心的殷殷红痕。

裴寂目光微晃,小心翼翼躺下,为她盖上喜被。

宁宁的脸比那些印记更红,稍稍一动,身体蹭进他怀中。

柔软的、温暖的触感,只需须臾,便能叫他溃不成军。

不可名状的火仍然滞留在心口,他满腔喜爱渴求着宣泄,却强忍着——

裴寂见到宁宁紧蹙的眉,不舍得让她受疼。

她一定感受到了那团炙热的火,抬起头询问般地看他。

分明是水一样的眼神,却让烈焰越烧越炽烈。

"……没关系。"

他的嗓音哑得过分:"你别怕——"

裴寂余下的话尚未出口,尽数化作一声闷哼。

宁宁突然吻上他喉结,与此同时膝盖向前,用腿探了探。

余潮未退,所有感官都敏锐得不像话。

她的触碰浅尝辄止,却也盘旋不退,裴寂止不住战栗,黑眸里水雾更浓,慌乱出声:"宁宁。"

"你不用顾及我。"

她的齿轻轻咬上那块骨头,像猫在呢喃:"我不怕,也……不难受。"

她总是这般迁就他。

这世上没有什么人,能比怀里的姑娘待他更好。

裴寂难以自制地深深爱她。

"今夜不了。"

粗糙细长的手抚上她脊背,裴寂贪婪攫取空气里甜腻温热的栀子花香,尾音携了浅笑:"宁宁,来日方长。"

来日方长。

在往后,他们还有很多很多的,只属于两个人的时间。

裴寂身上的热度一直蔓延到她脸上,宁宁闷闷应了声"嗯"。

春夜无声,风平水歇。

宁宁在他怀里闭上眼睛,倦声对他说:"晚安……裴寂。"

额头被人亲了亲。

这个亲吻不带丝毫欲意,宛如一场羞怯的春雨,裴寂的声音裹在晚风里,带了无限眷恋地告诉她:"宁宁,晚安。"

图书在版编目（CIP）数据

一不小心成了白月光. 大结局 / 纪婴著. -- 成都：四川文艺出版社, 2023.12（2025.7 重印）
ISBN 978-7-5411-6789-8

Ⅰ.①一… Ⅱ.①纪… Ⅲ.①长篇小说－中国－当代 Ⅳ.① I247.5

中国国家版本馆 CIP 数据核字 (2023) 第 204139 号

YI BU XIAO XIN CHENG LE BAI YUE GUANG. DA JIE JU
一不小心成了白月光. 大结局
纪婴　著

出 品 人　冯　静
责任编辑　梁祖云
责任校对　段　敏

出版发行　四川文艺出版社（成都市锦江区三色路238号）
网　　址　www.scwys.com
电　　话　028-86361781（编辑部）

印　　刷　嘉业印刷（天津）有限公司
成品尺寸　160mm×230mm　开　本　16 开
印　　张　23　插　页 4　字　数　443 千
版　　次　2023 年 12 月第一版　印　次　2025 年 7 月第五次印刷
书　　号　ISBN 978-7-5411-6789-8
定　　价　49.80 元

版权所有·侵权必究。如有质量问题，请与本公司图书销售中心联系调换。电话：010-82069336